1996 年 6 月，中共中央政治局委员、国务院副总理邹家华视察引黄工程。

1989 年 10 月 4 日，全国政协副主席钱正英视察万家寨水库坝址，白清才（右二）、钱正英（右三）、郭裕怀（左三）陪同。

1996 年 5 月，国家计委主任陈锦华视察引黄工程。

1996 年，国内著名水利专家在引黄工程工地考察。

1996 年 10 月 19 日，世界银行项目评估考察团对山西引黄工程项目进行正式评估。

位于地下 176 米的总干线一级泵站内景

泵站是引黄工程输水线路中的核心部分，引水全线共设六座泵站，采用了大流量、高扬程、立式单级单吸蜗壳式离心水泵电动机组。水泵总扬程 636 米，形成一个梯级输水系统。

**输水隧洞内景**

引黄工程采用全封闭地下输水。其中，长距离、大直径输水隧洞总长达196.66公里。自2003年通水以来，经过多年通水考验，实现了“长期稳定运行”的要求。

**大梁水库**

大梁水库是北干线上最大的一座调节水库。总库容 2260 万立方米，调节库容 1748 万立方米。

引黄工程线路上的申同嘴水库、大梁水库、耿庄水库、金沙滩水库、墙框堡水库等多座调节水库投运后，形成了大面积人工湿地环境，增加了受水区的空气湿度，局地气候条件得到明显改善，区内栖息的鸟类及种群数量明显增多，当地生态环境得到极大改善。

南干线 7 号洞头马营出水口

北干线 1 号洞出口

向大同文瀛湖供生态引黄水

黄河水在宁武县头马营出水口汇入汾河。引黄工程多年来向汾河、桑干河及永定河输送黄河水，在满足了城市居民和工业用水的同时，为山西经济社会可持续发展和助力京津冀晋协同发展国家战略提供了强有力的水资源保障。

从“引黄入晋”到“引黄济京”

# 引黄入晋工程回望

《引黄入晋工程回望》编委会◎编

人民东方出版传媒
東方出版社

# 序 一

《引黄入晋工程回望》一书终于要付梓了，这是一件令人欣慰的事。作为本书的编委会负责人，同时作为一个从筹集资金、引入世界银行贷款开始，到南干线、北干线建成的几十年建设历程，直到现在的运营发展的全过程的亲历者，目睹了山西引黄工程从无到有、从建设到运营全过程的“老引黄”，数次潜心通览全编之后，我感慨良多，觉得该说点儿什么。

本书组稿之时正值习近平总书记视察黄河流域后不久，“加强生态保护治理、保障黄河长治久安、促进全流域高质量发展、改善人民群众生活、保护传承弘扬黄河文化，让黄河成为造福人民的幸福河。”

“引黄入晋，造福人民。”一代一代的引黄人继承中华民族治理黄河的伟大梦想，怀抱着“改善人民群众生活、保护传承弘扬黄河文化，让黄河成为造福人民的幸福河”的美好愿望，不忘初心，无私奉献，牢记使命，砥砺前行，才有引黄河水入晋这个千年梦想付诸实现的今朝，才有南、北干线相继建成通水，才有如今的供水量逐年提升，才有现在的五机联合运行，才有由“引黄入晋”到“引黄入京”的历史性跨越！

承前启后，继往开来。我们辑录本书，首先是要“以史明志”，前事不忘，后事之师。山西自古十年九旱的历史现状，使一代一代的山西人、引黄人，在党和国家以及有关部门的鼎力支持下，倾全省之力，筚路蓝缕，迎难而上，倾数代人之力，终于建成了这一举世瞩目的“生命工程”。这一复杂的工程，在其动议、论证、建设、筹集资金、引入世界银行贷款、引入世界先进施工设备进行施工的过程中，留下了大量的决策、施工、技术、管理、生产、人物乃至政治等诸多领域的史料，出版这本书，就是本着“文以纪事，言为心声”的原则，收录了1989年至1999年引黄工程总指挥部成立以来艰难、曲折的十年中，一些工程决策者和建设亲历者的回忆性文字，它们真实详细地从不同侧面反映了当时不同岗位上的人物的所思、所想、所见、所闻、所为，旨在为后人研究万家寨引黄工程决策期和建设期这段历史提供第一手的鲜活素材，更是为了启迪“后来人”更好地珍惜老一辈引黄人为之奋斗、为之倾尽心血的成果，接好接力棒，始终牢记“引黄入晋，造福人民”的历史使命，服从服务山西省“争当能源革命排头兵，开创转型发展新局面”的大局，践行“绿水青山就是金山银山”的发展理念，打好保护黄河全流域高质量发展的持久战、保卫战，集中资源资本优势，不断提升供水服务保障能力，坚定不移走好引黄入晋工程生态优先、绿色发展之路。

其次，编纂本书的另一个重要意义是启迪我们这些“后来人”、我们一代一代的年轻人，要不断学习前人、继承前人，而又要不断突破前人、不断创新发展。“唯改革者进，唯创新者强，唯改革创新者胜”，而“突破”的前提就是“了解”，事物总是发展的、前进的，但这种发展、前进不是孤立的，而是建立在历史基础之上的。从这个作用来看，编纂这部《回望》，就是要让我们通过这部书，能够了解前人做到了哪个高度，走了哪些弯路，有哪些经验可资借鉴，无疑对我们创造性地做好水资源这篇大文章、有效推动黄河流域生态保护和高质量发展，把党中央决策部署落到实处是大有裨益的。

最后一点，编纂本书就是要让我们始终能够继承和发扬“引黄入晋，造福人民”的初心和使命。引黄河水入晋，是自汉武帝就有的千年梦想，民国时期也多次派人勘测线路，但最终都因客观和历史的原因束之高阁，只有在新中国成立后的今天，在党和国家的大力支持下，在山西省委、省政府的全力推动下，在山西人民、引黄人的不懈努力下，克服了资金、技术、管理等数不清的难题，从无到有，从不可能到完全实现，建成了举世瞩目的山西万家寨引黄工程，为改变山西省“十年九旱”的省情，提高山西人民生活、生产、生态条件奠定了坚实的基础。这，毫无疑问是一个奇迹。这个奇迹，就是共产党人“不忘初心，牢记使命”的生动体现，是执政为民、以人民为中心发展思想的生动体现，是共产党先进性的生动体现。

“黄河宁，天下平。”中华民族历来重视黄河的治理和发展。习近平总书记指出，保护黄河是事关中华民族伟大复兴的千秋大计。黄河流域是我国重要的生态屏障和重要的经济地带，又被称为“能源流域”，要保障黄河长治久安、促进全流域高质量发展、改善人民群众生活、保护传承弘扬黄河文化，让黄河成为造福人民的幸福河。

山西省作为黄河流域上的重要省份之一，是全国能源革命示范引领的排头兵，在山西开展能源革命综合改革试点，是党中央赋予山西的国家使命。勇担国家使命，抓重点寻突破，牵引能源革命全面推进。山西省委、省政府也在视察引黄入晋工程时要求要充分利用好引黄入晋工程引来的黄河水，加大引黄水利用力度，持续造福全省人民。

薪火传承，壮志不移，奋斗数十载，壮丽新篇章，传承前人壮志，用好黄河水，顺应市场发展，寻求变革创新，拓展经营领域，抢抓改革机遇，高效配置引黄水，为山西省示范引领全国能源革命、着力打造水务行业旗舰企业，实现生产、生活和生态用水全覆盖，尽快形成“一主二辅一新”的产业格局，以全新发展为促进黄河流域高质量发展、改善人民群众生活、保护传承弘扬黄河文化作出我们的贡献，让黄河水成为造福人民的幸福河。

新形势、新担当、新使命仍然需要努力建设一支政治坚定、业务精通、作风优良、善于创新的高素质队伍。而建设这样一支队伍的关键就是要对全体员工加强教育。“读史使人明智。”我相信，如果我们全体引黄人经常读一读这本书，对提高自己的精神境界、开阔自己的眼界思路，增强奉献意识，将会有无尽的启迪。但愿《引黄入晋工程回望》不仅在现在，而且会在将来起到它应有的作用，这既是我们编纂这部书的初衷，也是我们出版这部书的最大愿望。

是为序。

2019 年 10 月

（作者系山西省黄河万家寨水务集团有限公司董事长、党委书记）

# 序 二

2016年夏天，郭裕怀主席邀请我到北京景山西街的山西驻京办事处，讨论如何编纂一本具有文献价值的“引黄入晋”专著。这部专著的作者不是一位作者，而是一个参与过“引黄入晋”工程的作者群，他们可以通过个人独特视角回忆这个工程。除此之外，也需要将“引黄入晋”的决策者和主要负责人在关键阶段的重要讲话加以整理，纳入此书。之后，在山西省黄河万家寨水务集团主持下，经过三年的努力，这本以“老引黄”为作者主体，并收入“引黄入晋”工程不同阶段的重要讲话的《引黄入晋工程回望》终于得以出版。

《引黄入晋工程回望》一书有三个特色：（1）通过“老引黄”21篇“回望历程”的文章，展现了“引黄入晋”真实的和生动的历史，还有值得被历史记忆的个性化细节。（2）通过19篇“权威声音”，显示了“引黄入晋”的决策者和主要负责人对这个工程的战略意义和现实意义的认知，对国情的深刻理解，以及支持决策的科学基础。（3）通过“十年大事”部分，记录了“引黄入晋”工程从1989年至1999年十年的主要事件，如何一步一个脚印地走来。

在40篇回忆文章和讲话，以及十年大事记的背后，展现的是“引黄入晋”群体在那个特定时代的理想主义、历史责任感和锲而不舍的奋斗精神。如果说，读者从郭裕怀主席在2006年出版的

《摸着石头过黄河：一个副省长的执政心路》和2017年的《引黄入晋工程纪实》，更多看到的是基于一位主要负责人视角对“引黄入晋”工程的回顾与总结，那么，读者通过《引黄入晋工程回望》，则更多感受参与“引黄入晋”工程群体的经历、观察和感受，他们一点一滴的贡献都是这个伟大工程所不可缺少的。正因为这样，《引黄入晋工程回望》是有温度的，是感人的。所以樊安顺董事长在序言中这样写道：作为“一个从筹集资金、引入世界银行贷款开始，到南干线、北干线建成的几十年建设历程，直到现在的运营发展的全过程的亲历者，目睹了山西引黄工程从无到有、从建设到运营全过程的‘老引黄’”，在通览全书之后，也不免感慨良多。樊安顺董事长代表了多少“老引黄”的心声！

“引黄入晋”工程是成功的。随着历史的推延，人们还会不断评价这个工程。可以肯定的是，唯有“引黄入晋”工程具有源远流长的历史，又是千秋大业，同时具有经济、环境和社会意义。2017年，我在为《引黄入晋工程纪实》所写的序言题目是“黄河编年史的重要篇章”。《引黄入晋工程纪实》无疑丰富了黄河编年史。

历史会记住所有的“老引黄”，因为他们每个人都是历史英雄。历史也会继续记载“引黄新生代”，因为他们能够传承“老引黄”的牺牲与奉献精神。

2019年11月26日

（作者系经济学博士，经济学教授）

# 目录



## 回望历程

## 权威声音

## 十年大事

# 回望历程

郑友三，1938年3月生，曾任山西省万家寨引黄工程总指挥部副总指挥、管理局（总公司）局长、总经理、党委书记，黄河万家寨水利枢纽有限公司副董事长。

# 回顾万家寨引黄入晋工程破浪前行的建设历程

郑友三

我作为万家寨引黄入晋工程的参与者，是从1988年开始，任省计划委员会副主任期间，成为省引黄工程领导组主要成员，并承担项目审查、论证、报批立项、程序推进等工作和省委、省政府交办的推进晋、蒙协手治水和筹措资金等事项。1994年后又任引黄工程副总指挥、引黄管理局（总公司）局长、总经理。1997年后任副总指挥、局长、党委书记，协助总指挥郭裕怀参与指挥部工作和管理局（总公司）全面事务。1999年12月退休，仍任黄河万家寨水利枢纽有限公司副董事长至2002年换届。前后10余年。

20世纪八九十年代，正逢改革开放大好时机，山西省委、省政府大构想、大手笔，创作了引黄入晋造福人民的鸿篇巨制。90年代之后施工进入关键阶段，时任山西省五大班子的领导，高度重视，大力支持。把引黄入晋工程作为山西打基础、经济上台阶的战略工程，全面实施。万家寨引黄入晋工程十分宏伟，投资一百多亿元，是山西省前所未有的大型水利工程。论规模，在世界水利史上堪称地下引水工程之最；论难度，几乎把水利工程要遇到的难题都集于一身；论意义，为山西开辟了新水源，是功在当代、利在千秋的一项基础性工程。这是献身引黄事业的人们几十年的体会和感悟之言，引黄入晋工程是山西人民励志图强的图腾与象征，即使放在山西数千年的历史长卷中，也必将是留下深刻印记的浓重一笔，是山西改革开放光辉历史长卷中的重要篇章，值得记述。

## 天下第一长河

万家寨引黄入晋工程由黄河万家寨水利枢纽和引水工程两大部分组成。

万家寨水利枢纽位于山西省偏关县，作为引黄入晋的水源工程，主要任务是供水，兼有发电、防洪、防凌等作用。水库总库容8.96亿立方米，设计年均发电量27.5亿度。由山西省、水利部、内蒙古自治区三方投资兴建，实践了股权机制和省、部际合作。

引水工程是从黄河万家寨水利枢纽水库取水（称引黄的“龙头”，可靠的水源供给地），分别向太原和大同、朔州供水。工程由总干线、南干线、联接段和北干线四部分组成，设计年引水量12亿立方米（太原6.4亿立方米，大同、朔州5.6亿立方米），引水线路总长441.8公里，其中总干线44.35公里，南干线101.56公里，联接段139.35公里（含从宁武县头马营出水口到太原，利用汾河河道输水81.2公里），北干线156.54公里。

引黄入晋工程分两期实施：一期工程建设总干线、南干线和联接段，从偏关县万家寨经平鲁区、神池县、宁武县、静乐县、娄烦县、古交市，向太原年供水3.2亿立方米（土建按6.4亿立方米规模一次建成，机电分期实施）。引水线路全长285.26公里，主要建筑物包括：24条输水隧洞，共152.99公里；5座大型泵站，总扬程636米（总一、总二、总三、南一位于偏关县，南二位于平鲁区，除总三扬程为76米外，其余均为140米）；2座调节水库（偏关申同嘴水库和太原呼延水库，库容分别为20.24万立方米和200万立方米）；11座渡槽，埋涵；1条PCCP管道，长42.97公里。资金主要来源为水资源补偿费以及世界银行贷款等。工程于1993年5月22日奠基，1997年9月主体工程开工建设，2002年10月18日全线建成，2003年10月26日向太原供水。

二期工程建设北干线，从总干线偏关下土寨分水闸经朔州市平鲁区、朔城区、山阴县、怀仁县至大同南郊区，向大同、朔州两市供水，总供水规模5.6亿立方米，近期工程年引水2.96亿立方米。引水线路长156.54公里，主要建筑物包括：1条输水隧洞，长43.67公里；2条PCCP压力管道，共112.87公里；4座调节水库，其中大梁水库位于朔州市平鲁区（库容2260万立方米），耿庄水库位于朔州市朔城区（库容236万立方米），金沙滩水库位于怀仁县（库容1120万立方米），墙框堡水库位于大同市南郊区（库容 218.4 万立方米）；1 座地下泵站（位于朔州市平鲁区），总装机容量 5750 千瓦。2008 年 9 月，国家发改委批复北干线可研报告，2008 年 10 月，省发展改革委批复北干线初步设计。工程概算投资 53.4 亿元，所需资金全部由水资源补偿费解决。工程于 2009 年 2 月 27 日开工建设，2011 年 9 月 16 日建成向大同、朔州供水。

万家寨引黄入晋工程的主要特点如下：

1. 高扬程。五级泵站提水总扬程 636 米，单机流量每秒 6.45 立方米，是迄今为止国内扬程最高的大型调水工程。

2. 国内较早引进世行贷款（4 亿美元）的引水工程，并引进世行国际技术咨询，由国内外专家提供技术支持。主体工程面向国际招标，建设和管理与国际惯例接轨。

3. 国内最早引进国际施工队伍，使用 TBM（双护盾全断面隧洞掘进机）进行长距离隧洞掘进施工，安全且速度快。

4. 国内首家采用 PCCP 管长距离输水（预应力钢筒混凝土管，先用不锈钢板卷成筒，然后用钢筋缠绕，后用高压混凝土喷注，既抗压又有弹性，还不生锈）。

5. 先进的自动化系统，实现遥测、遥信、遥控，为工程可靠运行提供了保证。在国内引水项目中，首次采用大功率变频技术，有效解决了长距离无压隧洞系统的流量平衡问题。

6. 国内首次采用了明蜗壳、中拆技术，解决了水泵磨损及气蚀给设备带来的维修维护难题。

## 可观效益

1. 黄河万家寨水电站功能巨增，引黄供水能力达到6亿多立方米。

从2002年至2016年底的15年间，黄河万家寨水利枢纽电站累计发电量361.7亿度，年均发电量26亿度，有4年超过设计平均发电量。充分发挥调峰、调频和事故备用等作用，为山西电网、蒙西电网安全稳定运行作出了贡献，依托该水利枢纽滚动开发了万家寨下游25.6公里处位于河曲县的黄河龙口水利枢纽，总库容1.96亿立方米，水电站装机42万千瓦，设计年发电量13.02亿度。2006年6月全面开工建设，2009年9月首台机组投产发电，2014年通过竣工验收。龙口水利枢纽的主要任务是调峰发电，对万家寨水电站下泄流量进行反调节。

近年来，引黄入晋工程从万家寨水库，年引水量逐步增加。近三年年均引水3亿立方米左右。

万家寨、龙口水利枢纽缓解了黄河下游忻州市河曲县段冰凌险情，改善了下游沿黄灌溉泵站取水条件。万家寨水利枢纽通过水库调洪，提高了下游天桥水库防洪标准，同时还增加了天桥水电站发电量。

从2003年到2016年累计供水22.68亿立方米。其中向太原供水10.81亿立方米，向大同供水1.5亿立方米，向朔州供水1.06亿立方米，向汾河供生态水9.31亿立方米。

引黄入晋工程年供水能力已有6.4亿立方米，而目前供水量达到3.2亿立方米的水平。专题调研表明，城市需水量未能出现预期增长，同当地地下水超采未能根本得到遏制有关。省政府和水利主管部门加大了严格管水的力度，强力推进地下水关井压采和提高收取地下水的水资源费政策（是地表水的二三倍），对超采地下水实行惩罚性水价。同时逐步采取引黄水直供、分质供水等措施，引黄供水会出现大幅增加局面。加之，前面讲的万家寨和龙口水库，将对提高山西大水网建设中的骨干工程中部引黄6.02亿立方米的引水量起到安全、保障作用，为山西和沿黄生态环境改善，发挥了极为重要的作用。此外，对山西中部发生特大旱情的应急输水也有非常重要的战略意义。可见，称万家寨引黄入晋工程“功垂千秋”不为过。

2. 为山西和沿黄生态环境改善，发挥了极为重要的作用。

2016年5月5日，水利部陈雷部长来山西调研水利重点工作时，专程到黄河万家寨水利枢纽有限公司听取工作汇报，他指出：万家寨工程在黄河治理开发大局中具有重要地位，是关键性控制工程。工程建成运行以来，在防洪、防凌、供水、发电以及改善下游生态环境等方面发挥了极为重要的作用。配合参与潼关河床高程冲刷，黄河中游调水调沙，有效保证了黄河中游不断流，造福了沿黄两岸广大人民群众。

生态文明建设关系人类的福祉和未来，党的十八大以来，党中央、国务院高度重视生态文明建设，把生态文明建设放在重要突出位置。山西省委、省政府明确提出以“兴水增绿”为重点，加强生态环境治理保护，统筹山水林田湖治理，突出抓好汾河等重点流域生态环境修复治理。在实现这一目标上，万家寨引黄入晋工程也起到了重要支撑作用。引黄为山西提供生态水，为主要河流生态修复发挥了作用。

汾河是山西的母亲河，是黄河第二大支流，汾河由源头自北向南纵贯山西，绵延716公里汇入黄河，哺育着1/4的山西人口，撑起全省经济的半壁江山。然而，进入21世纪十五年来，汾河流域多年平均产水量已下降到13.3亿立方米，只有20世纪五六十年代26.5亿立方米的一半，流域生态总体趋势依然严峻。汾河流域地下水位大幅下降，污染日益加重，干流符合Ⅱ类至Ⅳ类水质标准的河长仅32%，而Ⅴ类和劣Ⅴ类水质却达到68%。重现汾河风光，实现生态修复，最缺的是水。从2008年以来，引黄南干线头马营出水口，以12立方米/秒的流量汇入，巨大的水流让汾河重现大河雄姿，万家寨引黄入晋工程成为“五水济汾”之首，现已实现汾河生态供水9.31亿立方米（近年年供水在1.5亿立方米左右）。对汾河流域地区生态修复、改善水生态环境起到了立竿见影的作用。监测显示，太原盆地地下水位总体回升15~20米，汾河连续8年不断流，河水常流常清，流域生态环境得到有效改善。

山西为解决全省水生态修复，已启动另四大河流（桑干河、滹沱河、漳河和沁河）生态修复与保护规划，其中，滹沱河将从引黄入晋工程南干线位于宁武头马营的出水口引水入阳武河干流，再汇入滹沱河，规划年引水量3000万立方米。桑干河规划将引黄北干线与东榆林水库连通，沿河道下泄，每年生态补水量2500万立方米，满足河道生态需要。

引黄北干线供水以来，使大同、朔州生态用水得到保证。生态环境发生了显著的变化。

大同市地处干旱少雨的晋北黄土高原，北魏时有“小东海”的美称，又被誉为“塞上明珠”的文瀛湖就位于城东6公里处。后来由于水文变化，水量逐渐减少，水位逐渐下降，文瀛湖在2009年以前就基本干涸了。2012年，大同市政府启动了引黄入文瀛湖项目，引黄北干线生态供水流入文瀛湖，使周边生态环境发生了大的变化，涵养了水源，净化了空气，以前大天鹅、水鸟等野生动物又重新回到了湖面。截至2015年，引黄工程北干线已向大同文瀛湖供水2187万立方米，不仅使文瀛湖重现了昔日蓝天碧水的景象，而且有效涵养了水源，重现了文瀛湖的健康生命，“塞上明珠”再次熠熠生辉。

朔州神头第二发电厂工业用水取自神头泉水，神头泉水为优质地下水，是朔州市城市生活及工农业生产的主要水源。为保护优质的地下水，朔州市关停神头泉工业取水，由引黄工程北干线提供神头一、二电厂及大唐电厂工业用水，2011年至2015年置换出优质泉水4923万方，以保障地区的生态用水。

怀仁县磨道河水系三河源湿地面积约256亩，库容约20万立方米，由于降雨量逐年减少，长期处于干旱缺水状态。2013年引黄工程北干线向三河源湿地实施生态供水，开创了晋北地区跨流域实施生态补水的先河，对怀仁县保护水资源，涵养地下水，改善水环境，促进人与自然和谐发展起到了积极的作用。磨道河湿地公园也因为有了引黄工程生态供水的滋润，日渐美丽起来。

截至2016年年底，引黄工程向工程沿线地区供生态水总计95448万立方米，为改善当地生态环境起到了积极作用。

万家寨水利枢纽积极配合水利部黄河水利委员会调水冲沙。当黄河上游来水不足，不能满足中游生态用水时，万家寨水库进行下泄补水，以防止中游断流和冲沙，2015年前总计补水96亿立方米。

## 临危决断

1993年1月27日，国家计委以特急计农经〔1993〕87号文向国务院上报了《关于审批黄河万家寨水利枢纽和引黄入晋工程可行性研究报告的请示》。国务院批准后，同年2月22日，国家计委发出通知，万家寨引黄入晋工程（水利枢纽、引黄总干线和北干线）立项，内容如下：按1991年物价水平，核定万家寨水利枢纽和引黄入晋工程投资及总工期8年，其中施工准备期2年，施工期6年；由水利部组织编制初步设计，等等。这是引黄入晋工程建设史上重要的里程碑。按当时工程管理办法，下一步水利部批准初步设计后，即可报国家计委下令开工。

早在国务院批准立项前，郭裕怀总指挥就跟我说过：大同市册田水库已竣工，以1.5立方米/秒的流量向大同输水，该市水资源状况将有所改变。1989年册田水库开工时，我曾参加庆典，后来又陪同国家计委农经司盛朝东同志到水库看过，该库确实为缓解大同市用水紧张发挥了作用。1992年6月13日，郭裕怀总指挥主持召开引黄入晋工程建设领导组会议，提出：鉴于太原水资源紧张的紧迫性，要考虑南干线和北干线工程同步建设，还布置了南干线的前期工作。大家没有异议，但没有那么多资金，经过深入考虑，1992 年 7 月 14 日郭裕怀总指挥主持再次召开引黄建设领导组会议，提出要把引黄工程近期供水工程，由北干线转到南干线，便于动员全省的力量，并确定努力实现 1998 年通水到太原的建设目标。这一调整，引黄入晋工程在建设枢纽和总干线的同时，从零开始推进南干线程序。从 1988 年我随同总指挥们为立项程序奔波，跑了 5 年。枢纽和总干线终于可以动工了，可是南干线的程序又要从头开始。这一阶段存在的主要难题是南干线工程量大大超过北干线，不仅要增加两座泵站，而且施工线路要增长 84.39 公里，隧洞距离又长，工期要求又紧，资金量需求更大。施工组织上既要保证按期完成枢纽、总干线，又要收缩北干线前期施工点，还要部署南干线控制性施工点的试验洞开工，工作的难度可想而知。为圆满实现山西历代人的引黄梦想，领导组、指挥部临危决断，迎难而上，带领朴朴实实的引黄人争分夺秒，负重前行，终于柳暗花明，功夫不负有心人，在各个方面取得了十分可喜的重大成果。

经省委同意，1993 年 6 月 2 日，省政府向国家计委报送了《关于万家寨引黄工程调整近期引水重点目标的请示报告》。报告指出，由于情况发生重大变化，原报批的设计任务书第一期工程引水到朔州、大同，第二期引水到太原的目标次序，需要调整为近期以向太原供水为重点，并阐述了原因。经过先前布置充分的前期准备工作，1993 年 9 月 23 日，省政府向国家计委和水利部报送了由水利部天津勘测设计院编制的《万家寨引黄入晋工程南干线可行性研究报告》请求审批。紧接着1993年10月8日至14日，根据水利部领导指示，水利部水利水电规划设计总院会同水利部计划司在朔州对《万家寨引黄入晋工程南干线可行性研究报告》进行了审查，我们事先邀请国家计委农经司派员参加了会议，为日后审批衔接缩短了时间。1993年11月3日，水规总院向水利部报告了审查意见。水利部同意，于1993年12月18日向国家计委报送了审查意见。1993年12月10日，经请示，我们陪同省长孙文盛、副省长郭裕怀赴京向国务院副总理邹家华作了关于引黄入晋工程和太旧高速公路建设等问题的汇报，邹家华副总理指出：山西提出引黄南干线方案，可抓紧进行可行性研究。1994年10月29日，中国国际工程咨询公司在太原召开山西省万家寨引黄入晋工程南干线方案评估会议，建议国家计委批准引黄南干线工程兴建实施，也明确提出从1995年起采取提高水资源补偿费征收标准给予资金保证。1994年11月5日，省委书记胡富国主持常委会，听取我关于万家寨引黄工程进展情况的汇报。会议决定省政府出台征收水资源补偿费等有关政策，从1995年1月1日起，将水资源补偿费征收标准从吨煤1元增加到2元，度电0.005元增加到0.02元，要求省政府争取世行贷款增加到4亿美元。1994年11月12日，我陪同省委书记胡富国、省长孙文盛、副省长郭裕怀到晋城，向邹家华副总理汇报引黄入晋工程进展情况。1995年2月9日，中国国际工程咨询公司向国家计委上报《关于万家寨引黄入晋工程南干线工程可行性研究报告的评估报告》，评估结论：修建万家寨水库和引黄入晋总干线的同时，利用总干线分水，兴建引黄入晋南干线工程，引黄河水到太原是必要的……

1995 年 2 月 18 日，副省长、引黄入晋工程总指挥郭裕怀向国务院副总理邹家华写了汇报信，主要内容如下：为了筹措建设资金，山西省已对煤炭销售和国家目录电价以外征收费和加价进行了认真整顿，整顿出的不合理费用绝大部分返还给煤矿和电力用户，仅从吨煤中拿出 1 元、度电中拿出 1.5 分集中用于建设万家寨水利枢纽和引黄入晋工程，以缓解工程建设高峰期资金短缺和世行贷款的配套资金。邹家华副总理于 2 月 23 日在信上批示：请计委领导阅，并予支持。1995 年 3 月 14 日，郭裕怀给邹家华副总理的汇报信得到支持，为国务院审批作了良好铺垫后，山西省政府向国务院上报《关于通过煤电收取水资源补偿费的请示》，恳请国务院对山西征收煤、电水资源补偿费的措施给予批复。1995 年 3 月 30 日，省委书记胡富国就引黄入晋工程进展情况和出台筹资政策向国务院总理李鹏和副总理邹家华写了汇报信。邹家华批示：请李鹏总理阅示，山西的办法是在整顿秩序，不增加用户负担的基础上产生的，所以一方面有利于解决万家寨工程资金的筹集，另一方面也不致有大的影响。1995 年 4 月 10 日，李鹏总理来山西视察，听取了汇报，引黄南干线方案又进行了优化。1995 年 8 月 8 日，省长孙文盛、政协主席郭裕怀总指挥，又联名给邹家华副总理写了汇报信：恳请国家计委能尽快批复南干线的可研报告和今年新增收吨煤 1 元、度电 1.5 分的水资源补偿费政策。邹家华副总理批示：已向总理报告过，可以按此办理。1997 年 1 月

8日，国务院批准了山西引黄入晋南干线和联接段项目立项，还明确认可增加吨煤1元和度电1.5分的政策及世界银行4亿美元贷款，为引黄入晋工程圆满完成打下坚实基础。

在这段时间内，项目施工管理，执行国家基本建设规模控制要求，对未批开工的隧洞、泵站，事先经省报国家计委，在年度控制规模中安排了控制性工程，征得国家计委同意，按试验洞予以施工。1997年1月8日，国务院批准南干线和联接段立项后，我们没有坐等开工令，进行了国际招标，前后有6台掘进机（一期工程）在工地施工，为保证总工期赢得了宝贵的时间。缩短这个时间差，实际效果也很好（国家基本建设改革中2004年国务院《关于投资体制改革决定》中明确规定，除特殊规定外，一般不审批项目开工报告）。推进工程建设的这些做法，得到了国家计委的理解。1998年7月24日，原国家计委主任，后为全国政协副主席的陈锦华来晋视察后讲：引黄工程可谓好事多磨，先是北干线往朔州、大同引水，后来考虑到太原的需要，又有了南干线，以后又有了联接段，形成了一个完整的工程体系。万家寨引黄入晋工程是改天换地的伟大工程，超越前人的壮丽事业。多少代人的梦想，现在开始实现了。山西很重视基础设施建设，这些重大的基础设施，对山西的发展将起到重要作用。可见，让具体干事的人在遵守国家大原则的前提下，拥有必要的自主权，让想干事的人敢干事、能干事、干好事，实现领导干部主动作为，是非常必要的。从当时工程的客观实际出发，不是小打小闹，做“太平官”，而是敢担当、善作为，为圆满完成历代引黄梦想，临危决断。既守规矩，积极争取得到国家支持，又大胆创新，敢于担当风险，走出一条大型工程建设改革的探索和实践之路，摸着石头过河。如果坐等2002年下达开工令，工程将延误10年之久，不去争取出台新的增收水资源补偿费政策和创新组织施工，根本出现不了现在的局面和汾河常流的效益。

## 筹集专项资金

引黄入晋的设想，早在千年前汉武帝时就提出过，百年前民国时期即1917年，又提出了此设想，并派出了8名技术人员用4个月的时间对偏关老牛湾引黄入晋线路进行了现场查勘，之后提出了山西黄水入汾预测报告。1958年3月，时任山西省委第一书记陶鲁笳在成都会议上向毛泽东主席汇报工作时，提出引黄入晋的意见，得到毛主席的赞许。此后，历届山西省委、省政府领导、山西人民都为“引黄入晋”而奔波呼吁，与此同时也陆续开始了工程前期的基础性工作。

万家寨引黄入晋工程是一项跨流域、穿群山、长距离地下输水的规模浩大的艰巨工程，所需投资之大，确实让人望而知难、筹措维艰。靠国家投资，国家难以安排。1985年，水电部向国家计委报送《关于要求恢复引黄入晋前期工作的报告》。国家计委因“七五”期间投资很紧，费用只能安排少数急需项目，引黄入晋的前期工程费用难以安排。1986年2月17日，山西省人民政府向国务院上报《山西省万家寨引黄工程应急方案可行性研究报告》之后，国家计委答复，因工程投资很大，在“七五”能源基建计划中难以安排，决定先不组织审查引黄工程的可行性研究报告。当时的山西是一个经济并不很发达的省份，财政困难，预算内预算外一年收入仅 30 多亿元，其中省里能动用的仅十几亿元，除了人头费外，所剩无几。靠山西地方财政投资百亿之多，也行不通。因此，资金问题的困扰，使引黄工程长期难以起步。如何为引黄工程筹集巨额资金这个难题，成为山西省领导潜心探索的重要议题。

我直接介入引黄入晋工程是始于 1988 年。当年 6 月，省政府再次成立山西省引黄入晋工程建设领导组，多年由先分管农业，后为常务副省长（1995 年任省政协主席）的郭裕怀任组长并出任工程总指挥，到 1999 年任顾问。我当时任省计划委员会副主任，是领导组成员之一，协助副省长兼计委主任吴俊洲，主要分管农林水事业发展计划和工程项目，成为引黄入晋工程这个项目的分管主任。我的主要职责是项目审查、论证、报批及协调外部环境联合治水，推进程序筹资有关事项。

1988 年 7 月 13 日、14 日，在太原听取了水利部天津勘测设计院首次编制的万家寨水电站及引黄入晋工程项目的设计方案后，我感到此工程确实宏伟，对山西经济、社会事业发展、生态环境改善具有重要作用，是山西历代人的梦想，自己一定要将项目审查、论证、报批等工作做好，以敬畏之心对待肩负的职责，不能误事。第一件事是 7 月 23 日召开引黄入晋工程建设领导组首次会议，交办我委的任务是同财政厅、水利厅起草收取引黄专项资金水资源补偿费的办法（销售吨煤收取 1 元），后交省政府审定。8

月 23 日省七个单位联合下发了文件。

中国改革开放之初，国家把山西确定为能源重化工基地，为支持能源基地的建设和发展，在省政府的统一部署领导下，省计委等有关部门全力争取。国家 1979 年开始从山西实际的外调煤中吨煤征收 20 元（由煤炭用户负担）的能源基地建设资金，逐步延伸，1986 年以后进而形成。至 2006 年累计征收 600 亿元。省里 20 多年主要靠此资金安排基本建设项目，每年只能安排一定的引黄前期费用。当时是第八个五年计划时期（1986—1990 年），1988 年按当时口径统计，省财政年收入为 39 亿元。引黄入晋工程这样的大项目，如果没有另外大额财源投入，实难上马。在当时省领导岗位上的主政者不愧为百姓的父母官，特别是引黄工程领导组、指挥部的主要领导郭裕怀、白清才在时任省委书记李立功、省长王森浩支持下，费尽心血，努力奔波筹措资金，在能源基地建设资金外，还为万家寨引黄入晋工程建设争取了专项资金。后经国务院正式批准，从 1990 年 4 月 15 日起山西省境内统配煤矿、地方煤矿向省内外销售的煤炭（市场生活用煤除外）每吨价位收取 1 元的水资源补偿费。1993 年开始度电征收 0.57 分（2000 年 8 月 5 日经国家计委以计价格〔2000〕1079 号文取消此政策）。

引进市场机制，这样有了收取吨煤 1 元的水资源补偿费资金垫底，在做大量前期程序推进的基础上，1993 年国务院批准，万家寨枢纽、引黄入晋工程总干线及北干线（后转为先上南干线）立项，推动了工程实际性进展，应当说这是首功一件。

1993 年后引黄南干线及联接段工程建设，仍需大量资金，如资金没有保证，引黄入晋工程虽有枢纽，总干线也将前功尽弃。为圆满实现引黄梦，经省委、省政府和引黄领导组、指挥部主要领导研究，在有关部门的积极配合下，又开始了筹资新征程。我作为先前是计划和项目管理，后为项目实施的负责人，独自或陪同总指挥奔波自然在其中。上下周旋四年，终于在国务院、国家计委、财政部、水利部支持下，争取到满足建设引黄南干线和联接段工程资金需求政策，通过整顿煤炭领域中间环节，1 吨煤再增加提取 1 元水资源补偿费后成为吨煤 2 元，度电 1.5 分。自水资源补偿费政策实施以来，截至 2008 年年底，共计征收 181.14 亿元。

后来增收的吨煤 1 元和度电 1.5 分的水资源补偿费，是郭裕怀总指挥在敢于担当的省委书记胡富国和省长孙文盛支持下，协同省有关部门，以坚韧不拔之志，超世之才之举，智慧闯关、艰辛奔波下取得的。在当时的环境下，搞这样大的工程没有出现资金断链，在国内外也是少有的，还为未来引黄入晋事业进一步发展存下可观的财源。

## 化解难题

20 世纪 80 年代，在当时推进程序，除资金外还有一个大难题。由于在黄河上兴建工程需要界河（晋、蒙）双方达成共识，中央政府才予受理，主动积极和内蒙古协商是当务之急。在同内蒙古交往的问题上，我们指导思想十分明确，要与邻为善，深刻认识到内蒙古的支持太重要了，要十分珍惜、永久珍惜。按这一指导思想去做工作，为工程尽快立项、团结治水创造条件。

1989年11月18日至22日，按水利部和能源部的指示，在北京卧佛寺招待所召开黄河万家寨水利枢纽及引黄工程设计任务书技术讨论会。当时技术设计方案或者技术条件已基本具备，关键问题是山西急着引水，而内蒙古不急，分歧较大。这次会议的重要目的是，让分歧较大的山西、内蒙古首次坐在一起共同协商。省政府让我带队，水利厅副厅长姜凯、引黄副总指挥曹中厚及引黄管理局的朱映、王东科、杨世芬、苏连元、张丹军等同志一同参会。会上，内蒙古代表初始意见：山西缺水，黄河筑坝，淹没内蒙古，应先由内蒙古开发。我们为求得共识，主动坐在一起说好话做工作。由于我们顾大局、主张团结治水、联合开发、态度上谦让，深受两部领导赞赏。为继续向前推进，第二年的12月8日至29日，山西仍由我带队，包括引黄副总指挥曹中厚、总工王东科等赴京，商谈由水利部、山西省、内蒙古自治区三方签订《关于联合建设万家寨水利枢纽和引黄入晋工程意向书》。由于开始分歧大，让我们坐了冷板凳，这样在京煎熬了将近一个月的时间。其间我们向钱正英老部长汇报，找水利部张春园部长求救，请求他们帮助疏通，那时的我们是真着急。最后，经过国家部委多方工作和我们的不懈努力，正确处理了上下游、左右岸的合作关系，并照顾了少数民族的利益，内蒙古方终于同意了。三方代表：水利部计划司副司长赵广和、我、内蒙古自治区计委主任周维德于1990年12月29日在《关于联合建设万家寨水利枢纽和引黄入晋工程意向书》上签了字。

此后，从1990年至1997年，水利部、山西省、内蒙古自治区就投资规模、管理方式和效益分配原则多次协商。1993年成立工程建设管理单位，1996年7月签署《联合建设万家寨水利枢纽协议书》，1997年按现代企业制度改制为“黄河万家寨水利枢纽有限公司”。该公司由水利部、山西省、内蒙古自治区三方出资组建，出资方委派的股东单位分别为水利部新华水利控股集团公司、山西省万家寨引黄工程总公司、内蒙古能源发电投资集团公司。股东三方多年来团结一致，相互配合，齐心协力为加快工程进度、保证工程质量、提高工程效益共同努力，为工程建设营造了和谐的外部环境和持续不竭的内在动力。建成了万家寨引黄入晋的牢固水源供给地和水电站，实现了股权机制的省、部际合作。

## 引进外资

万家寨引黄工程建设资金筹措的另一重要渠道是利用世界银行贷款。1993年5月工程奠基后，为解决资金缺口问题，山西省提出引进世界银行贷款的申请，并经国家有关部门批准。世界银行是一个国际金融组织，具有高度商业化的经营原则和严格的工作程序，对所投资项目要求必须技术上合理，经济上可行，财务上有效，环保上持续，移民上可以接受。1994年引黄入晋工程世行贷款工作启动以来，我亲自接待和组织8次世行派团考察，同省领导多次接触座谈外，同引黄管理局及工程涉及有关部门、单位的实际性工作会谈共96次。1997年4月我和副局长姜凯同财政部、国家计委官员一道参加华盛顿贷款正式谈判，郭裕怀总指挥赴华盛顿同世界银行高层和我国世行官员会面，推进谈判成功，最终筹措了万家寨引黄入晋工程一期建设利用的4亿美元世行贷款。世界银行的介入，不仅弥补了工程建设资金的不足，而且更重要的是，为引黄工程建设引进了先进的技术、设备和管理，使引黄工程与国际惯例接轨，这对引黄工程的顺利建成和运营起到了重要的保障作用，对山西省的进一步改革开放，产生了巨大的影响。

世界银行贷款的成功，不但引进了资金为南干线、联接段立项创造了条件，而且1994年10月4日至19日世行确认（鉴定）考察否定先上北干线的可行性（限制了工程效益），解除了国家高层管理部门对先上南干线的担心。1995年10月，针对山西当时河道污染现状，为确保引黄水质安全，世行又建议增加联接段工程。事实证明，此意见对引黄入晋工程圆满完成是十分有益的。当然，我们和世界银行、国外承包商打交道过程中做到了不去顶牛，也不被人牵着鼻子走。不过后来世行专家也出现对国际施工承包商的庇护，给我们同施工承包商处理争议添了不少麻烦。但我们积极应对国际博弈，用勇气加智慧，取得了胜局，为日后国际合作积累了经验。

引黄入晋工程成功地利用世界银行贷款，解决了工程施工高峰期资金不足问题，是一件天大的好事。利用世界银行的贷款，资金使用不同于国内项目，资金由国家划拨到项目单位去使用，而世界银行贷款是由借贷方（项目单位）按期将施工形成的工程量经严格手续核实，通过财政部报世界银行（所谓报账制），然后下拨资金。这些协议，经中国外交部长和国务院领导签署后，正式生效了。但对引黄工程来说，虽然经国家计委〔1997〕33 号文通知，山西引黄入晋工程南干线可行性研究报告已经国务院批准，但按当时规定程序国家计委还未下达开工令。我们没有坐等开工令，因为世界银行要求使用贷款是形成工程量后的报账制。只有开工才有工程量，否则用不上世行的资金。1997 年 8 月 30 日，省委、省政府召开引黄入晋工程国际标开工令发布暨动员大会。坚持改革创新进行了国际招标，前后有 6 台掘进机（一期工程）在工地施工，为保证总工期赢得了宝贵的时间。缩短这个时间差，实际效果也很好（2004 年国务院《关于投资体制改革决定》中明确规定，除特殊规定外，一般不审批项目开工报告）。推进工程建设的这些做法，得到了国家计委的理解。1998 年 7 月 24 日，原国家计委主任，后为全国政协副主席陈锦华来晋视察后讲：引黄工程可谓好事多磨，先是北干线往朔州、大同引水，后来考虑到太原的需要，又有了南干线，以后又有了联接段，形成了一个完整的工程体系。万家寨引黄入晋工程是改天换地的伟大工程，超越前人的壮丽事业。多少代人的梦想，现在开始实现了。山西很重视基础设施建设，这些重大的基础设施，对山西的发展将起到重要作用。可见，从当时工程的客观实际出发，引黄团队不是小打小闹，做“太平官”，而是敢担当、善作为。如果坐等 2002 年下达开工令，工程将延误 10 年之久，不去争取创新组织施工，先前以试验洞施工，后不等开工令，大开工，根本出现不了现在的局面和汾河常流的效益。如果 2002 年引黄入晋工程列为国家开工项目，2003 年世界银行贷款就会终止（一年时间怎么能完成 4 亿多美元的工程量）。如果不勇于担当，坚持创新开工的话，将使辛辛苦苦筹措到的世行贷款付诸东流，还将造成国际贷款违约，成为利用世行贷款的一大败笔。既葬送了工程，又会在国际上给国家改革开放造成不良影响。

谁都知道，等国家批复下来开工最稳妥、最“安全”。但引黄入晋工程等不起、拖不起。国际惯例接轨国内“规范”，落实起来有时间差。应当为这些敢于为国家和人民利益担当的勇敢人物叫好。改革开放没有现成模式可以照搬，必须采用实践、认识、再实践、再认识的方法论，“摸着石头过河”是最好的概括。引黄入晋工程的决策者和实施者的担当勇气和创新智慧，是时代的劲草、真金。

## 实现三管控

1. 靠科学，严把设计关。这是控制工程投资和质量可靠的基础工作。指挥部明确提出“要花小钱，省大钱”的要求，把优化设计作为节省投资的关键环节，多年来一直重视项目的调研、论证和审核，并聘请多位国内外专家参与咨询，形成坚实的技术基础支撑。仅委托设计、监理和技术咨询合同就签了 824 份。引黄工程输水线路较长，工程建设项目较多，从 1986 年设计任务书到 1994 年世界银行介入，先后进行了应急工程初设、可研、初设、补充初设、详细设计及国内外招标设计，不断地再完善。1993 年试开工以来的技施设计中，就有节省投资的多项优化。

1993 年编制的南干线可行性研究报告中推荐的输水方案是：自总干线下土寨分水点分水，在偏关河左岸河床边及信虎辛窑村设一、二级泵站，经利民堡、温岭，穿管涔山至白马崖村附近进入汾河支流洪河，输水线路全长约 103 公里。南干一、二级泵站扬程均为 142 米。后经提请中国国际工程公司专家进一步评审，通过对六个方案的工程量、投资、施工难度、工期等技术经济指标比选，1994 年初最终选定南干线出口设在汾河左岸头马营村附近的高线方案。线路长 102.4 公里，南干线一、二级泵站仍设在下土寨偏关河左岸河床边及信虎辛窑村附近，扬程均为 142 米（后调整为 140 米）。这样设计优化后，输水隧洞缩短了 0.6 公里，按每米 2 万元计算，就节省了千万元之多。

隧洞工程设计优化节省投资：南干线 4 号—7 号隧洞初步设计为钻爆法施工，在招标设计阶段改为掘进机法施工，减少了施工支洞；编标阶段管片衬砌厚 35 厘米，招标和技施设计优化为 22~25 厘米。节省投资 1 亿多元。

总干、南干线土洞段初步设计阶段为锚喷混凝土一次支护，技施设计优化为格栅拱架模喷混凝土；土洞及岩洞 I—V 类围岩二次衬砌进行优化变更等，节省投资约 9500 万元。

地面泵站土建工程，总干三级泵站厂区“高喷防渗墙”防渗，优化为“复合土工膜加混凝土防渗墙”防渗，节省工程投资 490 万元之多。

2. 积极推行和完善项目法人责任制、招标投标制、建设监理制并严格合同管理。

率先采用国际竞争性最低价中标，精选了国内外的优秀施工队伍，这样既节省大量投资，又能确保工程质量和工期。引黄工程浩大，工程分为137个标，随着工程的开展和引进世界银行贷款的成功，积极推行招标投标制的完善和国际惯例接轨，取得了成效。

1993年一期工程试开工至1997年，引进世界银行贷款之前，以自有的省内资金开始在总干线的试验隧洞早期建设，1号、2号、3号、9号隧洞以及10号隧洞进口采用了议标，其后主要项目均采用国内公开招标。从1997年一期工程主体开工后，严格按照《世界银行贷款协定》，对大多数工程项目均采用了国际公开招标，全过程同世界银行专家共同监控执行。部分较小而专业单一项目，不适宜公开招标的，同世行专家共同商定为邀请招标。

成效最为显著的是，南干线隧洞几个大标，率先采用世界银行推行的工程竞争性最低价中标（当时国内仍在沿用工程投资标底可上下浮动的“合理”价中标。1999年8月30日，国家公布了《中华人民共和国招标投标法》和其后的实施条例，才在国内实施综合评标法进行评标）。1997年大开工时，三个国际标最终合同价分别为：Ⅰ标4295万美元，Ⅱ标9555万美元，Ⅲ标9862万美元。总价比概算价低了23.8%，节省投资绝对额7406万美元。按1997年当时8.29元人民币兑换1美元，则是6.14亿元人民币，这是采用国际竞争性最低价中标节省的。

实行“规范化、制度化、程序化”的严格合同管理。引黄一期工程签订合同2106项，包括土建主体施工合同126份，附属工程合同925份，机电和自动化金属结构设备采购安装合同124份，设计、监理、技术咨询合同824份，其他合同107份。我们始终坚持将合同管理作为项目管理的核心，坚持签订严密的合同和严格执行合同，有专门合同管理机构，制定了合同管理制度和明确了岗位责任，从合同制定、履行到合同期终止，全过程由业主和监理队伍跟踪监督检查和协调，促使合同各方合作履约，保证了工程顺利进行。

实行国际竞争性招标，在节约投资上有明显的效果。为防止国外承包商中标后寻找机会要求索赔。对此，狠抓合同管理人员培训，针对国际招标的特点和合同执行的实际情况，邀请专家讲“合同法”，内部成立反索赔小组，应对合同纠纷事态，确保工程进展顺利和投资安全。虽然出现不少麻烦，但对合同的严密监管起到防范作用，没有发生什么闪失。作为业主，也必须履行应有的责任，关注建设资金筹措安排及时，未因资金影响工程建设，所有支付都依据合同条款进行，没有发生拖欠工程款情况。较好地处理了项目法人、设计单位、监理单位和施工单位在社会主义市场经济下的新型项目建设关系。

3. 齐心协力，对违规的承包商进行“升级治理”，达到保证工程质量和工期提速的目的。强化了惩戒，使国内15家承包商保质提速，履约完成拖延工期，又迫使承建南干线关键工段的国外承包商万龙联营体，解决掘进机进场滞后和管片施工不合格问题，并更换现场负责人，排除了仲裁不公正的干扰，促使工程有了好的业绩。

万家寨水利枢纽和引黄入晋工程经过多年的运行实践证明，工程质量可靠（建设项目质量等级评定。竣工验收，引黄一期工程已完工92个单位工程，合格率100%，其中59个单位工程为优良，单位工程优良率为64.1%，16个主要单位工程全部优良，主要建筑物质量等级优良，工程质量等级总体核定为优良），是优良合格的大型水利工程，已经发挥效益。引黄上下铭记在心的是，在保证工程质量上，如履薄冰，如临深渊，不能有丝毫的闪失，这一值得传承的经验和理念太重要了。引黄入晋工程利用世界银行贷款4亿美元（实际使用3.25亿美元），于2009年提前偿还了全部贷款本金和利息，结束了世界银行贷款的债务。投资控制良好，节省大量资金。

万家寨水利枢纽投资48.92亿元，未突破概算，除完成装机108万千瓦的电站外，在股东方未再增加资本金的情况下，又滚动开发了龙口水利枢纽（装机42万千瓦，年发电13亿度，2014年建成通过了验收）。

引黄入晋工程一期（总干线、南干线及联接段）于1999年4月经山西省政府和水利部批复概算为124.78亿元。2001年国家计委对概算进行了审核，调整为103.54亿元。在工程实施过程中，由于科学管理严控投资，实际大约在87亿元以内，节省了大量投资。工期安排合理。1993年1月，国务院批准万家寨水利枢纽和引黄入晋工程总工期为8年，要求在2001年完成。执行下来情况是：万家寨水利枢纽于2000年建成，提前了一年。引黄入晋一期工程于2003年通水到太原呼延水厂，原因是为保证水质要求和用户用水，增加了联接段58.15公里工程，需在太原同步建设呼延水厂，增加了工期，总体用了10年时间。北干线2008年开工，2011年建成，都在合理工期以内。

## “四铁”响三晋

山西省政府于1996年11月授权发文，引黄工程总指挥部为政府行政机构，具有相应的行政职能，代表政府承担引黄事务的组织、领导和协调工作的多项职能，协调省内各相关利益机构实施工程等。

1997年6月，省委、省政府同意批复《山西省引黄工程体制改革大纲》，并要求认真贯彻实施，切实抓好落实，用全新体制保障工程建设目标的实现，在改革方面为全省走出一条路子，并为国有企业改革提供示范和经验。

“引黄”的改革引起广泛关注，1998年3月9日，引黄工程总指挥、山西省政协主席郭裕怀应邀在全国政协九届一次全会上作了《大型基础设施建管体制必须全面改革》的发言，介绍了引黄改革的核心内容等经验。引黄入晋工程的全面改革进入了快车道，改革和“授权”，不仅促进和加强了当时的工程建设，而且对引黄事业长远发展有着十分重要的作用和影响。

多届省委、省政府挑选认可的人才，组建了强有力的总指挥部，由正省级领导任总指挥和由副省长及省计委、省水利厅、省政府办公厅、引黄管理局、工程建设和监理两大公司主要领导为副总指挥的指挥部班底，在改革、开放上有决心、敢担当，宏观调控有职能，水工管理有经验，长远发展有见识，形成了在引黄高层上智慧和职能合一的群体，为工程建设起着保驾护航的作用。尽职尽责指挥引黄入晋工程前行，取得明显效果。

正逢改革开放的时代，引黄工程总指挥部大胆探索，创新了推进工程建设多项重要举措。率领献了青春献终身，朴朴实实的过硬的引黄团队，多年战斗在晋西北崇山峻岭、深沟大壑几百公里引黄沿线上，自然环境恶劣，冬季高寒期长，滴水成冰，风沙遮天蔽日，生活和工作条件艰苦。引黄人艰辛付出，创造了“献身”“负责”“求实”的职业精神和种种事迹。

打铁还须自身硬，高悬利剑管好队伍、管好资金。面对庞大资金的使用，花钱的事、采购的事，引黄有新的理念：首先要把一切人视为金钱面前不可靠。在引黄有多项严以修身的做法和预先全面设防的制度，不一一介绍了，其中“四铁”仍在人们心中记忆着。指挥部印发了《对财会工作人员的几点要求》，工作人员要做到“四铁”：一是“铁算盘”，该算回来的钱一分不能少；二是“铁公鸡”，不该花的钱一毛不拔；三是“铁鞋帮”，常在河边站，就是不湿鞋；四是“铁门槛”，想拉关系、占便宜、捞油水的人就是进不来。执行后很有效，廉洁自律成风，扳着指头花钱。在引黄就是食堂买几把菜刀，我也叫他们派人分头货比三家。无欲则刚，引黄上上下下同不遵守合同的国内外承包商叫板、反索赔，习以为常。

总指挥部对财务管理，一直极为关注。抓理财的制度、纪律建设。我担任副总指挥、任局长和总经理，强调资金使用一定坚持会签制度，增加透明度，大有好处。1998 年 10 月 14 日，郭裕怀总指挥对引黄理财、廉政提出的要求记录如下：向财会人员提出“五要”，一要严格执行财务规章制度，维护财务工作的相对独立性，要与领导人保持正常的关系，不搞亲亲疏疏那一套。二要不妄自交结，不拉拉扯扯，不接受馈赠，也不准去歌厅、酒吧。三要制定并遵守避嫌的原则，瓜田李下，领导个人外出不准带财务人员同行。四要保证做到情操自守、自我约束，定时申报个人收入。五要坚持原则，财务工作只有原则性，没有灵活性。要求财务人员应做到四个“铁”字，即铁算盘、铁公鸡、铁鞋帮、铁门槛。这些要求不仅是对引黄财会人员，而且是引黄各级领导和员工廉政的准则，当时在整个队伍中迅速传播。业务交往承包商等单位也是传而广之，引黄系统确实认真落实。

仅 1997—1998 年引黄财务系统发布 25 项制度，涉及五大方面，即财会和预算、财务人员的职责、财务分析报告、财务监控、财务人员工作评价，均得到时任省财政厅领导和世界银行检查团满意度很高的评价。实践也证明取得了好的效果。五条要求和“四铁”，既是引黄用制度管钱、按制度办事，充分发挥监督、监控的严密财务科学管理；又是引黄严以修身，针对守住做人、处事、用权、交友底线的廉政纪律要求；也是引黄预先全面设防管人、管钱、管吏的重点环节，是引黄财务管理和廉政建设上的创新和成功实践。人们记忆着，社会上赞赏着“四铁”，充分说明得民心、顺民意、有实效。1999 年 8 月，省纪委反腐败督查组来“引黄”检查后，认为引黄管理局党委对山西有史以来投资最大、战线最长、难度最大、技术含量最高的水利工程，能够高度重视反腐败工作，在工程管理上抓重点和要害，提前做好防范工作，措施得力，力度较大，成效明显。引黄高悬利剑数年，守护了这片净土。

1994 年 7 月，我受命任引黄工程副总指挥、局长、总经理，整个工程指挥系统由我协助总指挥郭裕怀负责全面组织实施；副局长、副总经理（有水利工程背景）代表管理局对下属各分指挥部（偏关、平鲁、宁武及太原）分片包干组织施工；设计和技术系统由专家和总工程师分别把关；安全系统由我总负责，成立安全生产办公室，施工点上承包商配有负责安全的人员；监理系统设有总监，还成立了总监办公室，施工点派驻监理，监督工程进度和质量。涉外的工程，聘请社会监理工程师多人。局里由我亲自安排固定人员，定期下去巡视，掌握各系统和各分部全面情况，了解需要局里协调解决的重要事项。一般事项定夺由我主持办公会议议定，财务支出坚持相关处室、分管局长会签制度，重大事项请示郭裕怀总指挥拍板或上指挥部会议决定。体制改革试验期之后，指挥部新组建了专施工程的工程公司和有监理职能的咨询公司，充实加强管理系统，我任副总指挥、局长、局党委书记。党的系统是总指挥部成立党组，郭裕怀任书记，我参加党组为成员。管理局和两大公司归属引黄管理局党委，各分指挥部为支部。管党治党一刻也没有放松，在指挥部党组率领下，总指挥部、管理局和两大公司各级党政领导，坚持理想信念，不忘初心，结合“引黄”的实际，多年坚持改革开放，发扬艰苦奋斗、无私奉献、依靠科技进步实施工程的宗旨，精心管理，提质增速安全生产，整顿违约工程队进行升级治理，高悬利剑“四铁”响三晋，守护这片净土。工作中，不护短。

1999 年 7 月动员全员全面盘点以往工作，发现不足及时整改。全员上下对工程如履薄冰，如临深渊，没有闪失，工程质量经得住历史的考验。勤勉尽责，不谋私利，以打铁莫怕火烫脚的姿态，推动改革上了快车道，优化政治生态。用制度和纪律管权、管吏，用政策调动全员的积极性，效果甚好。1998 年度被评为省直精神文明单位，1999 年 12 月我退休离任后，2000 年 4 月和 6 月分别经上级考核评比，引黄工程管理局荣获 1999 年度省直机关综合治理工作先进单位称号和省直精神文明单位称号。2001 年 4 月，又经省社会主义劳动竞赛委员会批准，引黄工程管理局（总公司）被评为 1998—2001 年度山西省模范单位。

（2018 年 1 月）

# 引黄工程聘请知名专家顾问助力的往事回顾

郑友三

作为引黄工程的参与者，当年和专家顾问们朝夕相处的情景生动活现、历历在目。他们是20世纪50年代叱咤风云、创出“人间奇迹”的河南省林县红旗渠总指挥杨贵；博学多闻，曾任水利部建设开发司司长、原黄河小浪底工程管理局局长朱云祥；中国国际工程咨询公司副董事长、国内外著名水电专家罗西北以及引黄项目咨询专家组组长、著名水利科技专家张泽祯。

引黄战线精英荟萃，高端科技遍布沙场，组建起了强有力的领导班子，省委书记、省长大力支持、直接过问，省级分管领导直接指挥，先由省水利厅副厅长任副总指挥，后由省计委副主任任副总指挥并担任管理局局长。选调省内和中国水电五局曾参与实施或管理汾河水库、万家寨水利枢纽、文峪河水库、天桥电站、午城水库、襄屯灌区、双驴泉电站、兴安泉等水利工程，勤奋敬业的专家和技术骨干参战，充实了原引黄办事机构——省引黄办后扩展成引黄管理局（总公司）的专家技术骨干管理队伍。后又组建中方国内专家组指导，又请国外奥地利和加拿大专家参与咨询工作。

面对全面大开工，同国际惯例接轨，省委、省政府又聘请全国资深水利权威钱正英等指导，云集国内一流专家为引黄总指挥部顾问，奔波在工程一线巡视、督察和把脉。指挥部和引黄管理局（总公司）广纳专家们的意见和建议，在工程建设中取得了良好的效果。

“引黄往事不如烟。”我耳闻目睹专家们在引黄工作的点点滴滴，将自己对专家的记忆和留存记录、资料搜集到一起，由李俊刚、薛一哲两位同志帮助整理，又添加近期走访所获内容逐一成文，再现各位专家当年的身影，不忘他们为引黄入晋事业作出的贡献。

## 叱咤风云、创人间奇迹，红旗渠的主帅——杨贵

杨贵，是一位战争年代扛过枪，建设时期立过功的老干部。20 世纪五六十年代的人们无人不知，那时他带领林县 30 万人民在地质复杂、环境恶劣、资金短缺的情况下，靠自力更生，艰苦奋斗，修了一条长达 1500 公里的红旗渠，解决林县人民长期用水难的问题，被誉为创造了“人间奇迹”。尤其是“红旗渠精神”，曾经鼓舞了几代人战天斗地，与大自然奋力拼搏。辉煌已成过往，精神永驻心间。

1993 年 1 月，曾任国务院扶贫办副主任的杨贵，来到偏关县万家寨水利枢纽和引黄入晋工程工地考察。当时虽然国务院批准了万家寨水利枢纽和引黄入晋工程可行性研究报告，但工程起步存在的困难非常之多，前行步履艰难。首先需要有巨额投资保证，虽然有资金的意向，落实下来可不是件小事，还要具备攻克复杂地形地质的技术条件，后续的程序推进更是复杂而艰巨。面对引

黄入晋工程的诸多困难和矛盾，当时社会上议论很多，有恐惧，有怀疑，唱反调，亦不乏其音。

1994 年，我同总指挥郭裕怀同志赴京拜访山西省原主要领导，汇报引黄入晋进展情况。这位领导早期曾担任过省引黄工程领导小组组长，数年的奔波已深知这一工程上马之艰难，要想建成更是难上加难。他讲，你们把黄河水引上来，我老了，爬也爬到工地去看。他代表着真心希望兴建引黄入晋工程的人们，他讲的话，一方面是鼓励，另一方面确实也有担心和忧虑。工程夭折的例子比比皆是，前车之鉴在山西不乏其例。晋城张峰水库，20 世纪 60 年代，因省里缺 500 万元投资，被迫下马，一放就是半个世纪之久。况且历史上对引黄也有过争议，50 年代苏联专家提出不宜仓促上马；80 年代有人又提出在沟壑纵横、地质复杂的山里开挖长距离、高扬程隧洞，工程量巨大，技术瓶颈难以解决。甚至曾撤销过山西省人民政府引黄领导小组，把引黄办划归省水利厅，成为厅属小单位。社会上甚至还有讥讽万家寨工程为“万家债”工程的怪话。1988 年按当时口径统计，全省财政收入仅 39 亿元，担心工程贷款还不起也不足为怪。而杨贵看了工地后坦言，这项工程虽然很艰巨，但是个很伟大的工程，狠一下心就上去了，等什么都妥当再上马就耽误了。必须有长远战略眼光，有坚韧不拔的决心和毅力才能把这件事办成。这一席话，是对我们引黄入晋自信的声援，是搞大型项目成功的真金白银。

偿还心愿，为引黄工程质量把关。杨贵指挥建设红旗渠的水源是山西境内的漳河，他带着深深的老区情怀，与山西人民结下了不解的情缘，始终念念不忘山西人民曾经的帮助和支持。当山西省委、省政府有意邀请他做引黄工程的顾问时，他充满感情地说："去！我也该还还愿了，把我的余生奉献给山西人民。"

作为当年红旗渠建设总指挥的杨贵，亲身经历过干渠、河坝、隧洞、渡槽等工程的建设过程，深深地知道引黄工程施工难度大，质量要求更高，那是山西省3000万人民的生命工程。到任伊始，他便辛勤奔波于引黄工程沿线工地认真仔细考察。他说，此事意义重大，也责任重大啊！怀着一腔热情，凭着历史的经验，杨贵来到引黄工地一把抓住了牛鼻子，那便是质量，质量是千年大计。他讲，现代工程建设，技术进步了，设备先进了，有了规范、规程，定了制度、标准，要靠人来落实，要靠人来贯彻。把好质量关，施工队伍是关键，只有高水平的施工队伍，才能干出高质量的工程。他在工地上发现工程建设队伍中存在的问题：有的工队只重进度，不重质量；有的工队牌子虽大，但工人都是就地找来的民工，难以保证工程质量。他提出，必须对所有施工队伍进行全面整顿，把不合乎工程建设要求的工队坚决清除出场。要进一步加强监理队伍，应该聘请既有理论知识又有实际施工经验，责任心强，敢于管理并善于管理的技术人员担任，严格实行旁站监理。他指出，工地是战场的前沿阵地，应把最精干的技术干部调往一线，增强分指挥部的力量。

有一次，杨贵在引黄工地逐段逐户检查各施工队的施工质量的过程中，省里一家质监队在10号洞出口检查砼质量时，一米之内打了13个膨胀螺栓愣没打住，杨贵深感问题严重。他一个人来到现场，4 里地的隧洞他拿着砖头边走边敲，砼砰砰作响，他琢磨着这么坚硬的浇筑体上怎么会打不住膨胀螺栓呢。直到天黑回到驻地，他始终放心不下，又同总监刘劲军来到洞口现场，两人一起研究，终于发现是膨胀螺栓的质量问题。

杨贵敢于担当，坚守质量，视质量为引黄工程的命根子，他的这种精神影响着参战引黄工程的所有人。他站在为事业负责的高度上指出，引黄工程不是一个普通的战役，工程建设中所要求的高科技、高投入和施工过程中遇到的每一项难题，都是摆在我们面前的困难和敌人。认真打好每一仗，就是要把好每一个建设阶段、每一条隧洞，甚至每一个工作面的质量关。工程建设成功的最终标志是质量。引黄工程的建设，实际上就是运用各种高科技手段来解决每一个质量问题的大会战。他更为深刻地谈到，引黄工程几百公里长的地下输水隧洞，一旦某个部位出现漏水、渗水问题，那后果是不堪设想的啊。他的这些建议及时被指挥部和引黄团队吸纳。

杨贵积极支持和参与指挥部提出的工程建设保质提速，对违规承包商进行升级治理，强化惩戒，使国内拖延工期的 15 家承包商，完成保质、提速履约，又迫使承建南干关键工段的国外承包商万龙联营体，解决掘进机进场滞后和管片施工不合格的问题，更换了现场负责人，排除了仲裁不公正干扰，促使工程有了好的业绩。对杨贵发现的问题和提出的意见，引黄总指挥部、管理局（总公司）和各分部随即部署，收到了立竿见影的效果。

## 博学多闻、原小浪底工程管理局局长——朱云祥

朱云祥，曾任水利部建设开发司司长、原小浪底工程管理局局长。众所周知，小浪底是中国治黄史上的一座丰碑，创造了世界上最大的地下“迷宫”、最雄伟的进水塔群、最大的孔板消能泄洪洞、最大的消力池、最大的排沙洞，具备防洪、防凌、发电、排沙等多项功能，堪称世界水利工程史上最具挑战性的杰作。朱云祥具有先进技术的应用和先进管理的经验，曾作为水利部建设开发司司长掌握全国水利工程在建情况，对万家寨引黄入晋情况早有了解。

1990年7月，我带队和山西省水利厅及运城地区领导出席在郑州举行的黄河小浪底移民会议，涉及万家寨水利枢纽土地占用费问题，与水利部张春园副部长协商沟通，同朱云祥司长会中相识。1990年12月，我受权代表山西省人民政府，在京同水利部、内蒙古自治区签订《关于联合建设万家寨水利枢纽和引黄入晋工程意向书》。意向书的签订，为引黄工程尽快在国家立项创造了重要条件。时任水利部建设开发司司长的朱云祥出席这次重要会议，对引黄入晋意向表示支持。

1996年9月中旬，在引黄工程进展到利用世界银行贷款、国际承包商即将进场和全面大开工的背景下，全国政协副主席、资深水利权威钱正英，应中共山西省委、省政府的邀请，带来一批涵盖多专业的知名专家，对工程进行多角度、全方位考察，形成的结论对引黄工程推进产生了深远影响，时称钱正英“晋祠七条”。

在这一次考察前，钱正英主席派朱云祥来打前站。朱云祥在引黄沿线工地巡视时，我们进行过多次交谈，很受启发。他深入调查研究，了解工程的方方面面，为钱主席一行考察结论出台，提供了翔实的资料和建议，结论性总结如下：首先肯定万家寨引黄工程从奠基以来取得了很大的成绩。可概括为五个方面：一是工程总体方案不断得到完善。原一期工程是先送水到大同、朔州，现改为先送水到太原，包括了南干线和联接段工程；原来是利用汾河河道输水，现在采用部分管线和洞线输水，再加上太原市的供水工程，这就形成了一个完整方案。二是筹措了资金。省里向中央要了政策，通过煤、电、水几方面筹集资金，争取到世界银行贷款 4 亿美元，还争取到中央对枢纽的大部分投资。三是在方案有很大变化的情况下，完成了可行性研究报告，设计达到了一定深度，可作为国家审批的依据。设计难题基本得到解决。四是基本完成了工程的“四通一平”以及一些隧洞的开工，为全面开工创造了必要的条件。五是完成了初步的施工任务。枢纽基本按计划完成了任务，为 1998 年蓄水发电打下了基础。引黄工程总干完成 30 公里，南干铺开了一些工程，在不同地质条件、不同施工方法上取得了初步实践经验。

“晋祠七条”确定了引黄工程建设总目标是一次投产成功，经受长期运行考验。通过调查研究提出了需要注意的问题：1. 统一对质量第一指导思想的认识。对质量的复杂性、重要性，质量和工期的矛盾已取得一致的认识。应在保证质量的前提下，争取工期。要有高度的责任感和忧患意识。要着眼于最后建成的考验，防止领导的短期行为。2. 要确保标书的质量。国际招标的标书审查时间延长到6周时间，要抓紧认真审查。3. 要检查已完成的工程，整顿已进场的队伍，总结前一段工程的经验教训，以求提高全面施工的水平。不合格的工队要坚决处理掉。4. 要花小钱，省大钱。对设计费、监理费，一定要合理付给，科学试验费、必要观测设备费也不能省，要给设代和监理人员提供必要的生活和工作条件。要加强施工地质工作。5. 在对外交往中要防止两种极端化倾向：一种是顶牛，故步自封，闭关自守；另一种是让外国人牵着鼻子走。对外国人要高效率对高效率，严格性对严格性。6. 特别要加强技术方面的管理，建立健全总工、总监两个系统。还要建立一个高效的、精干的班子，在二线研究一些大的技术问题，协助总工、总监更好地工作。7. 争取水利部的支持。要充实技术骨干，发挥现有专家、技术员的积极性，再就是从水利厅调一些干部，破格选用一些超龄的技术干部。多分配一些大学生，抓紧培养。实在不够，可请水利部从全国选调少数干部。钱正英最后表示，要和山西的同志们同甘苦，共患难，分担责任，共同夺取新胜利。

朱云祥等专家也提出了具体建议：1. 严格工程管理。计划管理是龙头，每年要编出一个年度计划，作为安排全年施工的重要依据。应加大预备费的比例，严格进行合同管理和财务管理。2. 施工管理和技术管理分开，手续过于烦琐，建议加以改进，建立以工程师为主的技术管理体系。3. 质量和安全管理也存在不少问题，如粗细骨料多数不合格，钢筋控制不严，大部分洞段还没有埋观测仪器。4. 物资供应不及时，有的工队存在停工待料现象。5. 尽快为世行贷款做好准备，组成强有力的办事机构，配备外语人员，认真审查设计和标书，抓紧进行施工准备工作。6. 内部机构调整，理顺业主和监理、总部和分部的关系，赋予分部更大的职权。7. 标段划分过细，施工管理过小，给施工管理和监理带来了难度。8. 要开展专题研究，突破技术上的难题，如一、二级泵站优化厂房布置、黄土洞渗漏、水泵抗磨、流量调节的可行性、南干地下水以下的洞段等。9. 南干隧洞全部安排 TBM 施工不合适，4 号洞、6 号洞和 7 号洞前段 10 公里，可否用日本悬臂式掘进机施工。10. 要合理解决设计、监理费用，花小钱，省大钱，取得更好的效果。

会后，为加强指挥部的技术管理力量，钱主席向省委和省政府推荐杨贵、朱云祥等留下来，作为指挥部的顾问。

对于朱云祥打前站和钱主席一行的考察提出的意见，引黄指挥部上上下下深受教育，在后来的工作中十分重视、认真落实。

1996 年 9 月 17 日，郭裕怀总指挥主持召开指挥部会议，决定：1. 要切实形成尊重专家，以专家为师的良好风气，对专家提出的建议要有回音、有反馈，同时对专家的工作要组织好、服务好、专人专办。2. 在努力发挥中方专家组作用的同时，保留顾问组，由朱云祥、刘锡田、许四复组成。专家组每年定期或不定期对工程建设进行咨询和推动，凡涉及引黄工程的技术工作，顾问组都要参加。考虑组建直接对总指挥部负责的技术委员会。3. 组建专家工作办公室，确定了专家组、顾问组的工作经费等问题。

4. 加强以总工为首的技术力量，技术处划归总工领导，并着手考虑技术人员的充实、加强工作。专业人才是工程成功之本的认识，深深铭刻在人们脑海之中，“花小钱，省大钱”取得明显成果。

指挥部明确提出发挥专业人员优势，靠科学严把设计关，把优化设计作为节省投资的关键环节，对项目的调研、论证和审核，聘请多位国内外专家参与咨询，形成坚实的技术基础支撑，仅委托设计、监理和技术咨询合同就签了 824 份。引黄工程输水线路较长，工程建设项目较多，从 1986 年设计任务书到 1994 年世界银行介入，先后进行了应急工程可研和引黄工程可研、初设、补充初设、详细设计及国内外招标设计，不断地完善再完善。1993 年试开工以来的技施设计中，也有节省投资的多项优化。几笔大的投资节省包括如下项目，隧洞工程设计优化节省投资：南干线 4 号—7 号隧洞初步设计为钻爆法施工，在招标设计阶段改为掘进机法施工，减少了施工支洞，施工支洞同时兼作为永久支洞。编标阶段管片衬砌厚 35 厘米，招标和技施设计优化为 22~25 厘米。节省投资 1 亿多元。总干、南干线土洞段初步设计阶段为锚喷混凝土一次支护，技施设计优化为格栅拱架模喷混凝土；土洞及岩洞Ⅰ—Ⅴ类围岩二次衬砌进行优化变更等，节省投资约 9500 万元。地面泵站土建工程，总干三级泵站厂区“高喷防渗墙”防渗，优化为“复合土工膜加混凝土防渗墙”防渗，节省工程投资 490 万元之多。

朱云祥不仅有丰富的技术工作经验，在他任顾问期间，也从不保留意见，快人快语，实话实说，不怕得罪人，不怕领导面子下不来。他总是谈问题和毛病，正如他所言，“成绩不说跑不了，问题不说不得了”。搞工程就需要这样刚正不阿、挑得出毛病的人。这样的人多了，工程质量就有保证了，施工的效率也能上去了。有一次在引黄工程建设现场，他仔细检查了 19 个工作面，每到一处，他都毫不客气地指出存在不同程度的问题，甚至砼面上的一处蜂窝麻面，都没有逃过他的眼睛。他严肃地说道，我就是来敲警钟的，这是我的职责。他每次参加引黄工程建设的各种讨论会，都提出建议和意见。他毫不讳言地谈到过，引黄工程引进世界银行贷款，就要与国际惯例接轨，进行国际竞争性招标，但我们内部还存在一些不足和差距。如缺乏国际工程建设的经验；缺乏现代企业管理经验，特别是对国际承包商的管理经验。此外，从引黄工程本身要求的高科技来说，我们的技术力量明显不足。他结合引黄工程实际提出建议，搞国际工程，科学是前提，人才是关键，从引黄队伍现有情况来看，专业技术人员，包括既有专业知识，又能精通外语和计算机的管理人员急需充实。可以从全国调聘一批有经验的专业骨干。更重要的是加强内部人员的培训，造就自己的中青年骨干力量。同时他建议尽快建立与国际工程建设需要相适应的现代企业机构。一定要解决好业主与监理的关系，明确总部和分部的关系。要充实和加强一线的三个分指挥部力量，明确其职责和权利，简化工作程序，提高办事效率，全局的工作重心在一线。朱云祥的这些观点和意见，不仅看到了眼前存在的突出问题，更重要的是为引黄工程建成后的运行和管理提出了方向和思路。

引黄工程经过多年的运行实践证明，工程质量可靠，称得上是优良合格的大型水利工程，投资控制良好，节省了大量资金。引黄工程之所以能够成功建成、安全运营，离不开朱云祥这些顾问们的心血和贡献，我们要永远铭记他们的业绩。

## 引黄工程施工方案实施的镇舱石——罗西北

罗西北早年留学苏联，学习水电专业，曾长期担任水电部电力局局长，既有专业技术知识，又有丰富的实践经验。后来又任中国国际工程咨询公司副董事长，专家组负责人。他对水电工程建设具有真知灼见，是国内外很有影响力的著名水电专家。在引黄工程建设中，曾任引黄总指挥部的顾问。虽然离世经年，但他留给我们的无形财富，值得永远铭记。

在我经历的万家寨水利枢纽和引黄入晋工程的推进和实施中，有几件大事使引黄颠簸前行。经过山西省委和总指挥部的及时处置，在国务院和中央有关部委理解支持下，才化险为夷，确保了引黄的前行。但从中可透视出罗西北这位中国水电建设专家的战略眼光和高深学识，他的科学论断，为引黄这艘巨轮起到了镇舱石的关键作用。

第一件事情，把引黄水留给山西。1990 年 5 月间，从北京来了十几位同志到山西省政府，带队的是几位军籍，有南征北战经历，已经从领导岗位上退下来的老同志，他们大谈兴建“朔天运河”的设想，要在黄河万家寨筑高坝，使水位提到 1010 米高程，向东隧洞输水到朔县入桑干河，经官厅水库、永定河到天津入渤海，全长 585 公里，年引水 20 亿～60 亿立方米，可以从朔县到北京通航1.5万吨级轮船。根据高程关系，需提水扬高300米，装机40万千瓦，年耗电20亿度。“朔天运河”的设想实际上没有科学依据，但这一提议会使解决山西水资源紧缺问题复杂化。万家寨工程已具备了评估立项的条件，若不制止这种设想的提出，将会影响引黄工程的评估立项。对此，1990年5月29日，时任省委常委、常务副省长、万家寨引黄工程总指挥郭裕怀，给水利部部长杨振怀写信，反映对“朔天运河”的不同看法和意见。这股风虽然被国家制止了，但没有就此休止。1999年3月5日，我出席全国九届人大二次会议。会上收到呼吁兴建“朔天运河”的材料，孙文盛省长让我提出书面意见，鉴于我参加过黄河流域规划制定讨论，以及国家南水北调西线方案的讨论和十余年来引黄输水方案仅供山西不送北京的审查论证经历，特别有罗西北的早年建议，我提出“这个方案只能说是文学家的畅想，没有科学依据替代南水北调，同时也影响到引黄干线方案实施，只是旧话重提，既不利于国家南水北调西线方案的前期工作实施，又阻碍了引黄工程的前行，其要害是正值已开工的引黄工程受到波及，会动摇引黄输水给山西的决策”。意见送上后，上下取得了共识，风波未起。罗西北对万家寨引黄工程输水给山西早有建议。1989年7月，罗西北《关于研究解决能源基地与京津地区用水途径专题的几个问题》一文，谈及山西省引黄工程时提出以下观点：从长远看，山西能源基地用水主要靠从黄河引水，京津地区用水则要从长江调来。太行山以西除主要充分利用当地径流外，主要靠引黄工程。京津地区有两个可供选择的方案，即引黄河或引长江。从长远的观点看，主要靠引长江水，要搞南水北调工程。引黄河水只能是近期的，带有应急性质。主要原因是黄河流域缺水，黄河本身的水量不足。可见，引黄水不出山西早有建议。

第二件事情，万家寨电站和引黄工程同时上。罗西北再次发表意见支持万家寨引黄工程。1990 年 1 月 3 日，罗西北在同水利部总工何璟和高工马维敏、许世钧等座谈时表示，他愿意当万家寨引黄工程的促进派，同意两项工程（引黄、电站）捆在一起，统一规划，分头建设，万家寨电站和引黄工程最好同时上。

万家寨水利枢纽是引黄的龙头，如果枢纽工程不能按原规划方案实施，就会影响引黄的供水时间、质量和水量。1994 年 11 月枢纽开工后，先进行一期导流，围住左岸泄水建筑物坝段进行施工，按进度安排 1995 年汛期后，进行二期围堰截流。当时的万管局曾向水利部事先作了请示，1995 年 9 月 15 日，时任水利部部长钮茂生亲自讲，今年还得千方百计地实施截流，不能动摇。这样千军万马齐上阵，中国水电四局大批人马从青海长途跋涉到了工地，水电六局也从东北调兵遣将。可是平地一声雷，不到一个月水利部又有人提出：引黄搞无坝引水的零级方案，并发来电报提出暂停截流。实际上是枢纽建设停缓。眼看秋去冬来，如果再不作出决策，错过时机，引黄将遥遥无期。时任省委书记胡富国得知这一消息，他立即指示，一定积极争取做好工作，实现截流。后由郭裕怀及郑友三联名致函国家计委主任陈锦华并钮茂生部长，阐述枢纽兴建截流的必要性和不截流的危害，并于当晚派省计委王亮堂处长赴京将报告送到陈锦华手中。陈锦华及时和李鹏总理办公室联系后得以批准。11 月 28 日国家计委魏昌林司长通知：如期截流，由水利部通知万家寨水利枢纽管理局和山西省、内蒙古计委。这样于 1995 年 12 月 7 日 10 时开始，用 52 小时 27 分钟完成二期截流。没有罗西北之前向国家计委和水利部咨询建议托底，如果不是领导及时果断决策枢纽和引黄同步建设，一旦暂停拖延，引黄工程给太原供水很难说什么时候到来。

第三件事情，引黄入汾方案优化是高明决策，使引黄的效益巨增。罗西北多年研究引黄水和汾河水资源全面规划、统筹安排，提出的前瞻性建议是对引黄的一大功绩。

1996 年 12 月 9 日至 16 日，罗西北随钱正英来太原考察并召开引黄工程技术问题内部讨论会。

其中，钱正英和罗西北在会上总结发言时指出，引黄水和汾河水应该合起来。汾河是贯穿山西省的最大河流，本身有相当的水资源，而且有汾河一库、二库，可以统一规划、统一调度。万一遇到大旱，引黄水就成为另一条汾河，意义很大。从长远看，引黄水和汾河水合起来，战略上应当考虑。1993 年天津设计院编制的南干线可行性研究报告和 1994 年水利水电规划院对初步设计审查后推荐的输水方案如下：自总干线下土寨分水点分水，在偏关河左岸河床及信虎辛窑村设一、二级泵站，经利民堡、温岭，穿管涔山至白马崖村附近入汾河支流洪河，输水线路全长约 103 公里。南干一、二级泵站扬程约为 142 米。关键时刻，罗西北曾担任副董事长和专家组负责人的中国国际工程咨询公司评审，提出方案优化意见：引黄线路结合汾河流域规划由汾河干流出口的评审建议，后经天津设计院通过对六个方案的工程量、投资、施工难度、工期等技术经济指标比选，最终选定南干线出口入汾河在宁武县头马营村附近的高线方案，线路长 102.4 公里，南干线一、二级泵站仍设在下土寨偏关河左岸河床及信虎辛窑村附近，扬程均为 142 米（后调整为 140 米）。这样设计优化后，输水隧洞缩短了 0.6 公里，按每米 2 万元计算，就节省了千万元之多。既节省投资，又缩短了工期，真是高明之举。

从多年供水趋势看，充分证明了这一点，引黄工程南北干线输水除满足了目前供水区经济社会发展和人民生活用水及生态环境改善外，由于采用引黄水入汾河提供了生态水，为汾河生态修复发挥了作用。汾河是山西的母亲河，是黄河第二大支流，汾河由源头自北向南绵延纵贯 716 公里，汇入黄河，哺育着 1/4 的山西人口，撑起全省经济的半壁江山。进入 21 世纪十五年来，汾河流域多年平均水量已下降到 13.3 亿立方米，只有 20 世纪五六十年代 26.5 亿立方米的一半，流域生态总体趋势依然严峻。汾河流域地下水位大幅下降，污染日益加重，干流符合Ⅱ类至Ⅳ类水质标准的河长仅 32%，而Ⅴ类和劣Ⅴ类水质却达到 68%。重现汾河风光，实现生态修复，最缺的是水。从 2008 年以来，引黄南干线头马营出水口，以 12 立方米 / 秒的流量汇入汾河，重显大河雄姿。万家寨引黄入晋工程成为“五水济汾”之首，已实现汾河生态供水 7.8 亿立方米。引黄水源源不断地注入，对汾河流域地区生态修复、改善水生态环境起着不可替代的作用。汾河连续 7 年不断流，河水常流常清，流域生态环境得到有效改善。

引黄工程实现了百年前，即1917年山西黄水入汾预测报告中的期望：禹王治水有功而庙焉，享其后血食千秋，而配禹王庙享者，必今使黄水归汾者也。可见，罗西北这位顾问高屋建瓴的大智慧，他是引黄前行方案实施的镇舱石。

## 著名水利科技专家、咨询专家组组长——张泽祯

1994年2月，山西省人民政府聘任张泽祯为万家寨引黄工程咨询专家组成员，并任专家组组长。

张泽祯，国家水利部技术委员会委员、水利水电科学研究院教授级高工。在漫长的引黄工程建设过程中，他一直与引黄同行。在工程前期，无论是专题技术讨论会，还是具体到水泵设计技术条件，以及世界银行贷款项目的设计审查会，甚至对工程建设管理的体制、机制和大开工后的跟踪咨询服务的各种场合，都能够听到他提出的建议，为业主、设计单位参考应用，为引黄工程科学决策和设计、施工给予指导。

（一）1994年2月，张泽祯受山西引黄工程总指挥部的委托，作为全权代表，率领专家组许四复、魏永晖及引黄总工程师王东科和天津设计院设总闵家驹与加拿大CIPM公司（即加拿大国际工程管理联营有限公司，由钱正英副主席推荐）进行引黄工程设计与施工咨询谈判。签署了《万家寨引黄工程咨询服务合同》，确定了咨询范围，即结合引黄入晋工程需要（包括项目管理，技术报告编制，泵站、泵型、隧洞的布置、选择和施工等方面内容）。引黄工程消化、吸收国外先进技术经验，落实了固定渠道。

（二）张泽祯主持专家组成员多次进行研讨，坚持科学论证，为引黄泵站设计优化提供咨询、费尽辛劳。水泵机组的设计和选型至关重要。围绕这一问题，专家组派员参加了出国考察。1994年7月，作为引黄工程中方专家组组长的张泽祯在北京主持召开中方专家组会议，确定总干线一、二级泵站设计单机流量为6.45立方米/秒，泵站平面布置采用U型方案，并应进一步优化。同年12月，他又在北京主持召开专家组工作会议，根据水泵考察团出国考察的情况，对引黄总干线泵站方案选择、加拿大CIPM公司4个咨询报告的评估安排以及CIPM公司下一步咨询工作等问题进行了讨论。提出建议组织有关人员对各个生产厂家的设计制造能力、试验室技术手段、水泵方案及抗磨措施以及设备价格和经济支付条件等再作一些研究总结，编写考察技术报告，作出横向比较，为编制水泵设备采购的标书设计提供参考。同时原则同意CIPM公司提出的总干线泵站方案选择最终报告，总干线一、二级泵站分开布置，明确扬程、单机流量等方案。

1995年6月底至7月初，张泽祯主持召开引黄工程水泵选型及单机流量的选择研讨会，来自加拿大CIPM公司、山西省水利厅、省工程咨询公司、省水利设计院、省电力设计院、电力调度所、天津勘测设计研究院等单位的有关专家及代表34人参加，一是确定泵型选择。选用立式单机单吸泵，还应要求厂家在优化水力学特性、落实抗磨措施和结构，便于装拆、检修等方面做详细的工作，以保证引黄工程的水泵优质、高效和可靠。二是水泵单机流量的选择。同意将总干线一、二级泵站单机流量由原设计4.3

立方米 / 秒，提高到 6.45 立方米 / 秒，装机台数由 16 台改为 10 台，其中 2 台备用。总干三级站单机流量以选用 4 立方米 / 秒为宜，装机 16 台，其中 4 台备用。南干一、二级泵站单机流量推荐采用 4.3 立方米 / 秒。三是北干线大梁地下泵站单机流量及电气进线方式，请天津勘测设计研究院在世行设计审查以前提出研究成果。四是关于泵站流量的平衡调节，有必要在总干一、二级泵站与三级泵站之间设申同嘴地下水库；在总干三级泵站及南干一、二级泵站各装设 1~2 台小流量泵；与制造厂家研究其他调节流量措施。五是关于机组启动方式。南干线一、二级泵站电动机容量约为 7.5 兆瓦，可采用全压异步直接启动方式，总干三级站采用全压异步直接启动，总干一、二级泵站，以采用专用启动设备为宜。

1996 年 7 月，张泽祯主持了引黄工程中方专家组在北京召开的水泵研讨会，进一步确定了水泵的选型、水泵的安装要求、水泵的流量调节、前池的容积等重要的技术参数和要求，如关于单泵设计流量配置问题。总干三级站和南干一、二级泵站都采取单级单吸立式泵，单泵设计流量均为 6.45 立方米 / 秒较为适宜。采用一致的单泵流量优点是各泵站单机流量相同，对流量的平衡有利，特别是一期流量为 12.9 立方米 / 秒，为两台机的流量，更为有利；一期可不采用变速驱动方式，可节省大量的初期投资，运行简化，提高可靠性。如关于设置加压泵问题。总干三级站和南干一、二级站单泵流量增大后，南干一、二级泵站埋深值能满足要求，仅总干三级站淹没深度不能满足要求，根据经济技术比较，采取工程措施，降低水泵安装高程。

此外，1998年2月，就用掘进机施工、管片及止水设计，对CCPI/D2专家提出的《管片修改设计》进行了讨论。张泽祯和专家组成员参加了两次研讨会，与广东地铁总指挥部、天津勘测设计院、CCPI/D2设计技术咨询联合体、中科院武汉岩土力学研究所、引黄工程总公司、咨询公司等单位的专家共20多人共同探讨，提出了以下意见。关于橡胶止水材料和技术指标要求，建议在中国市场采购国产止水条而不用进口止水条。专家们认为，国内的工程实例证明国产止水条防水性能良好，供货及时，价格便宜，检验方便，同意业主和咨询公司批准承包商的要求。关于南干7号洞高地下水位洞段钢筋砼管片细部设计问题，应从工程的实际情况加以改进，如管片的结构设计，并将止水由内侧改为外侧，使管片结构更能适应高外水作用的要求；纵向缝应设置垫片，保持接缝受力均匀；多打排水孔，进一步减小作用于衬砌的外水压力；增加端部钢筋，增大管片承受应力集中的能力，等等，以保证设计符合输水后带来的应力强度。

此外，1996年9月中旬，全国政协副主席、资深水利专家钱正英，应中共山西省委、省政府的邀请，来山西视察、指导引黄入晋工程，带来一批涵盖多专业的知名专家，张泽祯也是主要成员之一。也为钱主席对引黄工程已取得的成绩和需要下一步解决的问题的概括总结出台，提供了一些具体参考建议。

（三）沟通世界银行贷款项目国内外技术交流，起了重要的作用。

从1994年开始到1997年11月2日引黄入晋工程世行贷款正

式启动，经过8次世行派团考察，同省领导多次接触座谈外，同引黄管理局及工程涉及有关部门、单位实际性工作会谈共96次。终于筹措了万家寨引黄入晋工程一期建设利用的4亿美元（后实用为3.25亿美元）世行贷款。张泽祯作为中方专家组组长，又由世界银行聘为引黄项目专家，以双重身份多次陪同世行来晋，对沟通双方技术交流发挥了重要作用。

1995年8月，张泽祯参加了由中国、瑞士、意大利、委内瑞拉、加拿大专家组成的引黄工程世界银行贷款项目国际国内专家组设计审查会，对引黄工程重点项目进行审查，包括施工方法、施工进度、国际采购等，并对国际性竞争招标程序进度提出了建议。张泽祯作为引黄专家组组长，将国内专家的意见同世界银行专家进行交流，增强互信，起到了积极的促进作用。

世界银行贷款的成功，不但引进资金为南干线、联接段立项创造了条件，而且在重大技术决策上有重要改动。1994年10月4日至19日世行确认（鉴定）考察否定先上北干线的可行性（限制了工程效益），解除了国家高层管理部门对先上南干线的担心。1995年10月，针对山西当时河道污染现状，为确保引黄水质安全，建议增加联接段工程。

事实证明，这些决策意见对引黄入晋工程圆满完成是十分有益的。张泽祯作为引黄工程咨询专家组组长，组织专家每年提供咨询和指导。特别是在消化国外技术、识别优劣设计方案上坚持科学论证，为引黄尽心尽力、功不可没。世行贷款协议签订后，他仍然发挥作用，为引黄工程把关。

1998 年 8 月，世界银行贷款项目引黄工程特咨团首次会议在太原举行。特咨团主席张泽祯和高玉林、巴林德尔、詹尼、诺林斯、金德濂、卡沙罗 7 位国内外专家出席会议。引黄工程总公司、咨询公司、天津勘测设计院、CCPI/D2 联营体、河海大学、武汉岩土力学研究所和国际Ⅰ、Ⅱ、Ⅲ标承包商等设计、科研、施工单位也派人参加了会议。

这次特咨团是对引黄工程全面开工提出的三个技术方面的议题来进行咨询，总干一、二级泵站有关设计，总干 6、7、8 号洞缺陷处理，南干线掘进机施工时不良地质的对策。特咨团专家听取了有关单位对咨询问题的情况介绍，两天一个主题，对三个主题进行了深入讨论。9 月 2 日，特咨团的专家就咨询的三个主题提出了具体的结论和建议。引黄工程特咨团，是根据世行的要求，经引黄工程总公司与世行协商，对引黄工程建设中的重大技术和施工难题进行咨询。特咨团一年活动两次，每次根据引黄工程提出的咨询题目，对引黄工程一期大开工后给予跟踪服务。

引黄人永远都不会忘记以张泽祯为组长的专家组的付出和卓有成效的技术支持。

（2017 年 1 月）

曹中厚，1941 年生，曾任山西省万家寨引黄工程总指挥部副总指挥（主持工作）。

# 尽心竭力把万家寨引黄工程的事情办好

曹中厚

万家寨引黄工程是当前全省瞩目，上上下下共同关心的一项重大工程，它对缓解我省水资源紧缺、促进能源重化工基地建设，改善农业生产的基本条件，振兴山西经济，具有重要的战略意义。建设这项工程的设想，从 20 世纪 50 年代开始提出，历经几次反复，近几年方案越来越成熟，准备工作越抓越紧，条件已基本具备。

## 全国最严重的缺水省份之一

我省水资源十分贫乏，是全国最严重的缺水省份之一。据 1982 年山西省第一次水资源评价结果，全省水资源总量平水年为 142 亿立方米，中等干旱年为 116 亿立方米，枯水年为 83 亿立方米。多年平均人均占有水资源量为 573 立方米，为全国平均水平的 19%；亩均占有 241 立方米，为全国平均水平的 13%。由于我省地处华北陆台东缘，降雨时空分布很不均匀，70% 的降水集中在七、八、九三个月，60% 的水量分布在东西两侧山区，大都注入黄河、海河，流入冀、豫两省，真正可被控制的只有 40% 的水量。由于水资源本来就很贫乏，加之工农业生产迅速发展，城乡人口的增加和群众生活水平的提高，水的需求量激增，这样就不得不大量开采地下水，造成采补失调。据调查分析，全省地下水已出现严重超采，如果长此下去，会造成地下水枯竭，这将不是几年或几十年可以恢复的。再加上采煤漏水和水质污染越来越严重，水的供需矛盾日趋尖锐。目前全省工农业及城乡人民生活用水平水年约需 65 亿立方米，枯水年约需 72 亿立方米，而每年实际供水能力包括地下水在内仅有 56 亿立方米，尽管近几年我们认真抓了节水措施，但每年仍有 9 亿至 16 亿立方米的缺口。这样，势必形成工业用水不足，农业用水大幅度下降，城市生活用水奇缺的严重紧张局面。

从农业总的情况看，我省十年九旱，而且旱灾的周期越来越短，据 1949 年后历年资料统计，平均 1.7 年就有一次春旱，3 年一夏旱。1949 年后发生 6 次大旱，成灾面积都在 2000 万亩以上。在这种情况下，必须在搞好旱作农业的同时，尽可能扩大水浇地面积。但事实却恰恰相反，由于农业用水减少，1980 年至 1987 年，水地面积减少 200 万亩。如果现在还不重视抓水，再要遇到光绪三年那样的大旱，后果将不堪设想。

从工业和城市人民生活用水的情况看，当前缺水最为严重的是太原、大同、朔州三个地区，太原、大同是我省人口密集、工业集中的地区，朔州是一个新兴的工业城市。太原市地面水、地下水加上汾河水库分配的水总量为4.96亿立方米，1984年总用水量就达到4.43亿立方米，1987年增加到5.69亿立方米。据调查，目前太原市每天超采地下水20万立方米，还缺水10万立方米。由于缺水，一些工矿企业不能正常生产，甚至被迫停产。太原钢铁公司经常因缺水告急。太原化肥厂由于供水不足，6条合成氨生产线一直是停三转三。已建的古交矿区水源尚未解决，拟建的尖山铁矿水源尚无着落。由于水源不足，城市生活用水不得不采取低压供水和间断供水，夏季用水高峰常闹水荒。大同市每年可供水只有1.7亿立方米，实际需水已达到2.4亿立方米以上。由于供水缺口很大，大同二电厂6台机组只有4台运行，水还得不到保证，还有两台机组因缺水窝机，造成5.6亿元的投资积压。大同矿务局日缺水7万立方米，新建成的燕子山、四台沟两个大型煤矿无法达到设计生产能力。目前全市有15万多人每日供水只有10公升，就连矿工的饮用水也不能正常供应，矿工浴池水更是不能按时更换，群众对此反响十分强烈。地下水连年超采，地下水位持续下降，1981年至1988年大同市地下水位平均每年下降1.6米，有的地方年平均下降3.3米，郊区农用水井报废100多眼，农业灌溉面积由32万亩降到14万亩，只能浇点菜地，粮食生产已受到很大影响。朔州市是我省新建的煤电基地，由于过量开采地下水和采煤对含水层的破坏，已使神头泉水由原来的8.4秒立方米降到5.04秒立方米，致使原来利用神头泉水灌溉的70万亩水地减少到20余万亩，影响粮食产量1亿多公斤。在建的神头二电厂和拟建的两个大型露天煤矿需水近1亿立方米，至今水源还无法解决。随着国民经济的发展，工农业用水还要大幅度增加，根据我省经济发展规划预测，上述三个地区1995年共需水16.72亿立方米，缺水6.15亿立方米；到20世纪末，需水20.29亿立方米，缺水9.54亿立方米。这三个城市的人口和工业产值合计均占到全省40%以上，其中煤炭产量占全省的47%，发电量占52%，钢铁产量占81%，在我省国民经济中占有举足轻重的地位，水资源的供需矛盾已成为经济发展的关键问题。

总之，无论从我省社会经济发展的全局看，还是从太原、大同、朔州三市看，水资源紧缺的威胁已经向我们发出了“黄牌警告”，因此，下决心解决水的问题已经十分紧迫，刻不容缓。根据我省的地理位置和地形条件以及水资源开发的可能性，经过多年勘测论证，解决我省水资源问题的唯一途径是引黄入晋。

## 从黄河引水势在必行

关于从黄河引水，解决我省水资源紧缺问题，省委、省政府十分重视。早在20世纪五六十年代，就成立了由省委主要领导参加的引黄领导组，开展了引黄线路的勘测规划，并开始了万家寨水电站的施工准备，后因国民经济调整而暂时搁置。1977年再次成立了引黄工程领导组，并组建了引黄办公室，具体开展了万家寨、军渡、黑峪口、前北会、天桥以及内蒙古托克托6个引黄线路方案的比较论证。1982 年和 1987 年年初，原水电部和山西省政府先后两次联合召开了水资源评价会和水资源紧缺综合对策讨论会，第一次会议确认山西省水资源严重紧缺，引黄入晋势在必行；第二次会议再次肯定了引黄入晋的方案，认为这一战略措施不但势在必行，而且刻不容缓。与此同时，引黄入晋的各项准备工作也不断加紧进行。1983 年 2 月，原水电部召开引黄工程座谈会，钱正英部长亲自参加，正式确定了建设万家寨水利枢纽及从万家寨引黄的方案，并列入国家“六五”重点前期项目计划。1984 年水电部天津勘测设计院完成了《万家寨水电站可行性研究报告》，上报国家计委。1986 年我省完成了《万家寨引黄工程可行性研究报告》并于 1987 年完成设计任务书，经水电部批准上报国家计委。1988 年完成了万家寨水电站和引黄应急工程的初步设计。根据国家计委的要求又于 1989 年 3 月完成了两项工程捆在一起的《黄河万家寨水利枢纽及引黄工程设计任务书》。1989 年 11 月，水利部、能源部联合组织了技术审查，其结论是：“万家寨水电站及引黄工程技术经济指标优越，建设条件较好。尽早同步建设两项工程，对于解决华北电力系统及内蒙古、山西地方电力系统的调峰负荷，缓解山西、内蒙古能源基地及工业、城市用水紧缺局面，具有重要作用。我们认为，近期建设万家寨水电站及引黄工程的技术条件已基本具备。”

## 加快万家寨引黄工程进度

为了加快万家寨引黄工程进度，1989 年 3 月 7 日成立了山西省万家寨引黄工程总指挥部，省委、省政府于1989年5月、8月两次召开现场办公会议，研究部署“三通一平”、资金筹集、前期工作、评估立项等有关问题。目前公路建设已列入年度计划，正由省交通厅组织施工，施工供水工程已陆续开工，输变电工程正在进行设计。吨煤一元钱的水资源补偿费已经国务院批准，国家物价局正式批复，预计年底累计可收回2.5亿元。前期工作在补充完善设计任务书的基础上，开展了部分初步设计的技术工作。1989年10月省政府两位负责同志专门到北京向国家计委汇报了引黄工程情况，国家计委同意先由国际工程公司对工程技术方案进行评估，其他方面的问题随后再协调。但由于在水电站建设和管理体制上两部（能源部、水利部）、两省区（山西和内蒙古）意见不一致，导致评估未能进行。省委、省政府的领导非常重视这件事，多次派人去北京汇报。直到1990年9月下旬，国家计委主任邹家华同志主持召开会议，专门研究万家寨水利枢纽和引黄入晋引水工程，两部、两省区的主要负责同志到会，我省王森浩省长、郭裕怀副省长参加了会议。会议经过研究，对水利枢纽及引黄工程建设管理的有关重大问题议定了6点意见，最后形成了一个《纪要》。《纪要》进一步明确了这项工程建设的目的和任务，肯定了建设的必要性，强调水利枢纽要与引黄作为一个整体工程统一规划建设，并对工程建成后的经营管理形式等问题也都提出了意见，还明确了这项工程由水利部牵头组成领导小组负责建设和管理。这是一次关键性的会议，把过去长时间没有明确的问题明确了，这次会议对万家寨水利枢纽及引黄入晋工程尽快动工兴建起到了促进作用。

山西之长在于煤，山西之短在于水。解决山西水资源紧缺的问题和引黄方案已经引起了党中央、国务院的充分重视。江泽民、李鹏、万里、姚依林、李瑞环、薄一波、田纪云、邹家华、陈俊生和钱正英等党和国家领导人，都听取过我们省关于这一问题的汇报，并给予了热情的关注和支持。中央领导同志曾明确指出："建设能源基地必须是煤、电、路、水同步建设"，"把水引进来，把路通出去，是山西大发展的两大战略要素"，"山西省两大问题，首先是水的问题。这个问题不解决、山西就很难有大的发展"。因此，兴建万家寨引黄工程不仅对建设我省能源基地、兴晋富民具有重要的战略意义，而且为下一个世纪经济腾飞创造了条件，是一项造福子孙后代的百年伟业。我们决心努力工作，克服困难，把引黄入晋的事情办好。

（本文摘自曹中厚同志 1990 年 11 月 24 日在山西省政协常委会议上的报告，有删节。）

（1990 年 11 月 24 日）

乔贵江，1935 年生，曾任山西省万家寨引黄工程总指挥部副总指挥、党组副书记，山西省引黄工程管理局（总公司）党委书记。

# 全力以赴，推进万家寨引黄工程全面开工

乔贵江

万家寨引黄工程是缓解我省水资源紧缺，促进能源重化工基地建设和振兴我省经济的一项具有战略意义的重大工程。

1990 年 7 月 19 日，山西省七届人大常委会第 17 次会议通过了《关于兴建万家寨引黄工程的决议》，从战略高度统一了全省各级党政领导和广大人民群众对兴建万家寨引黄工程重大意义的认识，把这项事关经济全局的建设工程变成了全省人民的共同意志，有力地推动了工程开工前的各项准备工作。1991 年 9 月 10 日，省委听取了万家寨引黄工程情况的汇报，要求万家寨引黄工程 1991 年年底前争取准备工作就绪，1992 年正式开工，“八五”期末引水工程初见成效。一年多来，我省有关部门紧密配合，工

程各项准备工作取得了实质性进展，开工条件已经基本具备。

## 万事俱备 蓄势待发

**一是顺利通过工程立项评估。**1990 年 9 月 20 日，国务院副总理邹家华召集国家有关部委和晋、蒙两省区的负责同志，详细地研究了万家寨水利枢纽和引黄入晋引水工程的建设管理问题，明确了工程以引水为主，兼顾发电、防洪、防凌和枢纽、引水作为一个整体工程统一规划建设的原则。这次会议纪要以国阅〔1990〕112 号文件下发。12 月 29 日，水利部和晋、蒙两省区政府共同签署了《关于联合建设万家寨水利枢纽和引黄入晋引水工程的意向书》，分别就建设资金渠道、投资分摊、收益分配、建设管理等方面的问题作了明确的规定。1991 年全国计划会议期间，晋、蒙两省区本着顾全大局、团结协作、互相谅解的原则，确定了将电站厂房放在内蒙古一侧、枢纽管理机构设在山西一侧的原则。同时，我省根据国家主管部门和专家几次查勘提出的意见，做了大量的地质工作和资料补充、科学论证等方面的工作，先后完成了《军渡、碛口、前北会、万家寨四条线路的比较论证》《取消四级站的可行性研究》《大梁水库调节库容论证》《北岭电站至赵家口的输水线路的方案比较》《井西煤矿塌陷区的调查与研究》等专题报告，回答了国家计委和水利部专家们提出的问题。今年 3 月上旬，国家计委国际工程咨询公司组织专家组正式对《万家寨水利枢纽和引黄工程设计任务书》进行了立项评估。专家们一致认为，该项工程技术上可行，经济上合理，已达到了可行性研究的深度，建议国家计委及早批准立项。

**二是加快“三通一平”的工作。**1991 年 4 月份，山西省交通厅采用公开招标承包的办法，铺开了从平鲁经偏关到万家寨的引黄主干公路的建设工作，8 月份进入全面施工。经过几个月的全力备战，到去年底共完成土石方工程量 466.8 万方，占路基土石方工程量的 80% 左右，全线公路已基本成型；两座大桥基础工程完成一座，四座中桥基础工程完成三座，526 米长的平鲁虎头山隧洞的主体工程基本完成，沿线防洪工程完成 70%，涵洞工程完成 90%。总计完成公路建设投资 7000 多万元，占计划总投资的 63%。1992 年 4 月 20 日，山西省交通厅在偏关县召开了引黄公路工程总结表彰会，总结交流了前段施工经验，表彰了一批建设先进单位和模范个人。接着又用三天时间对全线公路建设进行了现场查勘。预计 7 月底前可以完成全部桥梁的吊装工程，完成铺油 50 公里，10 月份全线竣工通车。沿线施工供水工程建设进展也比较快，在去年打井四眼的基础上，最近又安排打井 14 眼，要求于 7、8 月份完成，基本可以满足施工用水需要。沿干渠线路和大梁水库库区的地质勘探工作正在加紧进行，在前几年工作的基础上，今年又布置安排钻探孔 63 个，钻探 5515 米，预计于 10 月份可以全部完成。工程供电问题，已经报请能源部批准，正在进行从朔城区铺上到偏关县方城的 220 千伏输电线路的设计工作，争取 1993 年 6 月底以前送电。为了确保下半年部分工程的顺利开工，对大梁水库淹没损失和移民安置问题又进行了专题调查，抓紧进行大梁水库和偏关境内 9 号、10 号隧洞施工临建工程。经与水电部天津勘测设计院研究，6 月底可提出 9 号、10 号隧洞和大梁水库的设计。这样，就为下半年开工大梁水库和 9 号、10 号隧洞打下了良好基础。

**三是积极筹集建设资金**。根据今年 3 月份国际工程咨询公司召开的工程立项评估会上的估算。建设万家寨水电站共需投资 33.5 亿元，其中我省要负担 1/3；引黄入晋总干和北干渠工程共需投资 33.7 亿元，合计我省共需投资 45 亿元左右，是我省历史上投资最大的一项水利工程。为了解决这项重点工程的资金，1990 年 4 月份，国家物价局正式批复同意我省吨煤收取一元钱的水资源补偿费，作为引黄工程建设的专项资金。经过我省各级税务部门的积极努力，截至 1992 年 2 月份全省已征收水资源补偿费 4 亿元。按每年收取 2 亿元计算，到工程计划完工的 1998 年可收取 20 亿元左右，资金缺口仍然很大。为此，我们在资金筹措上坚持充分利用国内资金和积极引进外资相结合的原则，积极联系引进国外资金。我们已于 1992 年 4 月份与意大利 ELSE 公司签署《中意双方关于万家寨引黄工程贷款及工程承包的意向书》，意方计划向我们提供 2.46 亿美元的政府贷款和商业贷款。政府贷款部分按意政府的有关规定偿还，商业贷款可用补偿贸易方式偿还。我们还和意大利 CMC 公司、日本株式会社熊谷组有初步接触，他们对引黄工程很有兴趣，表示愿意合作。意方并提出，愿意在造价合理的条件下承包引黄工程总干的全部工程建设和设备安装。

**四是充实加强施工管理机构**。为了切实加强对引黄工程的领导，1991 年 10 月份山西省委决定抽调一些有多年水利施工领导经验、年富力强的同志充实加强万家寨引黄工程总指挥部的领导班子，省编委又批准在偏关、平鲁成立了两个引黄工程分指挥部，现已筹建完毕，开始办公。与此同时，水利部在太原成立了万家寨水利枢纽筹备组，编制为120人，从全国各工程局抽调了几十位骨干已开始工作，并着手水电站施工前的临时建设工作。近两年来，我们派出十几位同志到大专院校系统学习掌握施工监理知识，为开展施工建设管理培训了一批骨干。为了学习吸取修建大型跨流域引水工程的经验，先后派出二十多人赴四川铜街子水电工程、甘肃引大入秦工程、山东引黄济青工程、天津引滦入津工程进行了现场考察。今年3月份，总指挥部领导带领11位同志赴甘肃引大入秦工程工地进行了参观学习。甘肃省大胆解放思想，积极引进外国先进施工设备，突破了难关，加快了施工进度的做法，给了我们极大的启发。这项工程开始用传统手工操作办法打洞，三年时间只掘进900米，经常发生坍方、滑坡等事故。后来进行国际竞争性招标，引进了国外先进的施工机械，工程进度大大加快。如日本株式会社熊谷组利用悬臂式凿岩机日进尺达6米。意大利CMC公司利用美国制造的双护盾全断面掘进机日进尺平均达48米，最高达65米，一举拿下了多年来没有打通的两条长隧洞。根据引大入秦工程的经验，我们也计划引进一些国外先进的施工机械，准备购置两台全断面掘进机，每台需投资600万美元。省政府领导对我们的想法给予了充分肯定和大力支持。如果实现我们的想法，万家寨引黄工程“高扬程、大流量、长隧洞”的施工难点就突破了，施工进度就会大大加快，整个工程造价也会降下来。

## 紧锣密鼓 全力以赴

为了认真贯彻落实山西省人大常委会通过的“决议”和省委提出的1992年开工，“八五”期间使引水工程初见成效的具体部署，我们下一步的打算如下：

**一是抓紧催促工程立项。**国际工程咨询公司的立项评估会虽然从总体上对这项工程作了充分肯定，但至今没有下发立项评估的正式文件。我们现已确定专人负责坐催，争取国家计委能尽快立项。

**二是集中全力，做好一切准备。**争取下半年大梁水库和偏关境内9号、10号洞的开工。我们正抓紧做好这两项工程开工前的准备工作，制订临时建设规划，调查了解省内有能力承包这两项工程的施工单位的情况，为下一步招标承包做好准备。

**三是积极做好引进国外资金、技术和先进设备的工作。**广泛收集掌握这方面的信息，了解有关程序、规定，加强和国外客商、国内涉外经济单位的联系，为搞好引进工作创造条件。

**四是加强水资源补偿费的征收、管理工作。**本着艰苦奋斗、勤俭办事业的精神，管好、用好这项资金，保证投资效益。

**五是组织动员各行各业大力支持引黄工程的建设。**前几年，省直有关部门和有关地市县在配合抓好引黄工程建设上做了大量工作，给予了极大支持和方便。今后仍要加强这方面的协调配合工作，一切为引黄工程开绿灯。

我们坚信，在省委、省政府的正确领导下，在全省人民的大力支持下，只要把各行各业、各个方面都动员起来，就一定能够按期完成这项我省历史上最宏伟的工程，为振兴山西经济作出应有的贡献。

（1992 年 5 月 13 日）

（本文摘自乔贵江同志 1992 年 5 月 13 日在山西省七届人大常委会第 28 次会议上的报告，有删节。）

王东科，1933年生。1958年参加到引黄工作中，先后担任过引黄办主任、引黄工程总指挥部总工程师。

# 充满艰难与希望的历程

王东科

山西省地处黄土高原，水资源十分匮乏。而黄河从晋、蒙接壤的老牛湾村沿省境南行，到潼关东流至垣曲县马蹄窝村出境，流经山西界境约1000余里，古语曰："黄河百害，唯富一套。"滔滔黄河水，何时造福三晋？！

## 千年梦想

西汉时汉武帝，曾拟从内蒙古三盛公一带引黄河水，东行注水于永定河，目的是以河水御外。东汉太守实行驻兵屯田，以济豫粟西运王室之缺，曾在今河津开渠引黄灌田。因黄河三十年河东，四十年河西的河道变迁，迄今古渠遗迹已无法考证。阎锡山受康梁变法和辛亥革命的影响，也曾励精图治，提出过从老牛湾引黄入汾之构想。1917 年曾派员勘察，当测量至五寨县，地形已高出黄河 450 米，于是就此罢手。1934 年又提出建设山西十政，复提到引黄。这时，阎锡山已走向与蒋介石共谋反共之歧途，也就根本谈不上发展经济，更谈不上引黄入晋了。

## 提上日程

中华人民共和国成立后，只有共产党领导的人民政府才真正重视引黄入晋。1958 年中央在成都召开会议，山西省委书记陶鲁笳向毛主席汇报引黄入晋解决山西缺水问题，得到了毛主席的应允。是年 10 月份开始了引黄入晋的规划选线工作，水利部派部属北京勘测设计院协助山西开展规划设计。1960 年国际形势突变，又遇三年自然灾害的影响，1961 年完成规划报告，水利部组织审查后，结论是工作暂告一段落，报告先不印发。我是山西派出参与共同工作的人员，于是将报告手抄一套带回山西。报告的中心点是山西发展 5000 万 ~5500 万亩水地，分南北引黄解决。北引黄即现在的万家寨为主方案的引黄入晋，供水范围是晋中地区以北；南引黄是龙门水库引水解决临汾地区石滩以南直至涑水河两岸。两个工程都是以解决农业灌溉为指导思想。1962 年结束工作后资料封存于北京勘测设计院。

## 一波三折

“文革”的动荡，导致引黄工作全部停顿。原山西省计委主任贾冲之同志1972年从下放农村“接受再教育”返回工作岗位，提出了“引黄不要放下，继续研究”，并责成水利厅拿出自流方案的规划意见。1973年曾提出了以老牛湾自流引水至大牛店，然后穿石岭关入太原，既要解决山西用水，也给河北送一部分水的设想。“农业学大寨”最高指示贯彻得越来越坚决，昔阳一个县敢于建西水东调，山西全省就不能建设引黄入晋？于是我省又于1977年第二次组建引黄规划设计机构，并以沟通五大河系，贯穿五大盆地的宏伟蓝图开始了引黄工程的规划工作。就在这时，两种思想的碰撞也随之产生。熟知山西水资源特征的人们坚决支持引黄，并从多方案研究引黄。有人认为水土保持、植树造林可以增加水资源；有人认为山西年降水800亿立方米，可以产生大量地下水，以发展井灌，解决农业发展问题；但旱作农业高产的人，认为“大寨田”就是证明，可以在土地上下功夫不需要引黄。两种思想不断碰撞，而最基本点双方都没有摆脱引黄的供水对象——农业。引黄工程不论是采取什么方案，其前期工作量都是很大的，没有足够的勘测设计的科研时间不可能达到预期目标。三年后却遇机构改革和机构精简，加之对引黄工程认识上的不统一，也许还有其他因素，引黄工程领导组被撤销。领导组下设的从事具体规划设计的引黄办公室也被肢解。

## 步入实施

该引黄还是不该引黄？需要引黄还是不需要引黄？熟知山西

省情的贾冲之副省长给原水电部部长钱正英汇报时简明而富有概括力地讲道，“山西之长在于煤，山西之短在于水”。为了说明引黄的必要性，建议召开山西省水资源评价会。1982 年 7 月，水电部和山西省人民政府在太原联合召开了“山西省第一次水资源评价会”。会议邀请了国内水利专家，共议山西省水资源的原有资源，分析利用现状和将来发展的态势。经过专家的慎审，一致认为“引黄入晋，势在必行”。是年 12 月下旬，钱正英部长概括中央确定的“把山西建成以煤炭为主的能源基地”这一战略目标，召集河北、山西、内蒙古、北京、黄委会在北京确定兴建万家寨水电站和引黄入晋济京引水工程。对勘测设计工作做了分工，而且将万家寨水电站及引黄工程列入了国家重点前期计划。山西省委、省政府对引黄十分重视，并责成郭裕怀副省长主帅引黄。水电部派天津设计院协助山西开展规划设计，省计委拨专款开展前期工作。正当山西在紧锣密鼓，酣战地质、测绘、设计并向国家委报送可研报告之际，煤炭工业部又组织了以学部委员张文佑为首的水文地质勘探队在山西寻找地下水。1984 年，他们在太原北郊打井一眼，水冒 17 米之高，日出水量近千吨。《人民日报》驻山西记者站在《人民日报》报道了这一“特大”喜讯，“山西水源有了出路……”云云。随即《山西日报》《太原日报》转载。就是这眼井，在报刊刚刚报道不到一周，水头就降低了一半，不到一个月，水头全部消失而不再自流出水。但是，只见有出水报道而未见无水的报道。1984 年 12 月，国家计委电话通知水电部，国家前期计划只保留万家寨水电站，引黄入晋工程 1985 年不再列入重点前期项目。与此同时，天津勘测设计院也撤走了技术人员，引黄工程又面临一次是上还是下的严峻考验。省委、省政府及主管引黄的郭裕怀副省长都为水资源缺少而困扰。国民经济的“六五”计划即将结束，“七五”计划即将开始，水是个制约条件，制约着经济稳步发展。大同二电厂已安装4台机组，后2台因缺水而改为空气冷却式，外送电减少15%~20%。神头二电厂因缺水少上100万千瓦。全省30%的综采机，因缺水不能运转，太化6条生产线停三转三，因为缺水使优势不优。1995年6月18日，郭裕怀副省长率我等同往郑州，借全国水保会，给钱正英部长汇报引黄，再次恳请水利部给予支持。总结引黄27年三上三下的经验教训，汇报时提出以下方案：

第一，引黄在南水北调西线未建成前只考虑入晋而不考虑济京；第二，大同、太原要在规划上统一考虑；第三，以城市工业和生活用水为主；第四，隧洞断面满足施工要求，其引水规模使应急与永久相结合。钱部长和杨振怀副部长听后指示：同意应急、永久相结合。引水到朔州见效快，水从家门过还能不给太原用水？第一期工程在财力不足的情况下，投资控制在一定范围。报上的错误报道已在方方面面造成很大影响。山西的煤牵动着全国，建议在适当时机再召开一次水资源评价会，统一认识。关于设计要抓紧，不要放松，还请天津设计院协助设计。

郭裕怀同志的郑州之行给引黄工程带来了转机。它表现在：第一，引黄工程从以往的求大和为农业供水转向为山西能源基地供水，明确了引黄工程目标；第二，引黄由单纯的水利工程转变为基础产业；第三，使前期工作按国情、省情进行，所框定的引水规模作为今后设计工作的指导思想。

郑州会议之后，引黄前期工作又开始了紧张的运作。

（1996 年 1 月 10 日）

王必胜，1940年生，曾任山西省万家寨引黄工程总指挥部副总指挥，山西省万家寨引黄工程管理局（总公司）副书记、副局长，黄河万家寨水利枢纽有限公司监事会主席。

# 鼓足干劲，狠抓落实，为实现一期工程年内全线开工而努力奋斗

王必胜

当前我们引黄工程建设所面临的形势很好，资金的筹措得到了国务院的支持，新华社、《人民日报》、中央电视台等几个重要的新闻单位都为工程建设进行了较为全面的报道，特别是省委、省政府高度重视引黄工程、支持引黄工程，召开了规模空前、声势浩大的誓师动员大会，全省各地群情振奋，一致拥护，引黄工程成为众口皆碑的一件大事，可以说，现在引黄工程各方面的条件都已基本具备，下一段的关键是要看我们怎么抓，能不能抓住这个机遇，把工程建设迅速推向高潮。

前一段总指挥郭裕怀主席亲自主持召开了领导成员会议，首

先在领导班子内部统一了思想，通过一段时间的酝酿、讨论，促成了今天的会议。郭裕怀总指挥亲自到会，给我们作动员和部署，这足以显示出这次会议的重要性。

在这个大好形势面前，我们更要客观地看待工程任务的艰巨性和复杂性，尤其是建设工期，要实现1998年通水到太原，困难很大，我们必须下决心，拼命地向前赶。要十分珍惜目前的大好形势，郭主席在誓师动员大会上的讲话，对过去36年的奋斗历程讲得一清二楚，这项工程能够出现今天这样一种局面，确实来之不易，我们的领导同志们为之费尽心血，当然也是同志们共同努力的结果。

回忆过去，是为了今天，我们今天的引黄工程建设者，都要继续发扬这种锲而不舍的精神，艰苦奋斗，把工作做得更好。亦要珍惜时间，时间就是金钱，对我们工程来讲，多一年工期，就要多花5亿左右的投资，同时就社会效益来说损失更大。

（本文摘自王必胜在万家寨引黄工程管理局工作会议上的讲话）

（1995年9月11日）

卫耕润，1938 年生，曾任山西省万家寨引黄工程管理局（总公司）副局长（副总经理）、顾问。

# 团结一致，扎实工作，打胜前期工作这一仗

卫耕润

1995 年 8 月 12 日，山西省委、省政府召开了山西省万家寨引黄工程建设誓师动员大会。日前，《人民日报》以头版头条报道了万家寨引黄工程全面开工的消息，充分体现了党中央、国务院对引黄工程的重视和支持，体现了省委、省政府建设引黄工程的坚定信心和决心，体现了全省社会各界和广大群众对引黄工程的大力支持，也是对我们引黄工程建设者的最大鼓舞和鞭策。8 月 15 日郭裕怀总指挥主持召开了总指挥部和管理局领导成员会议，郑友三局长就如何贯彻誓师动员大会精神，提出了进一步加快工程建设、提高工程质量、确保工程效益的一系列具体实施意见，并认真研究安排了阶段工作。

## 统一思想，充分认识前期工作的重要性

引黄工程前期工作历经30多年，各级领导、专家和广大科技人员对工程方案多次论证，反复比较，呕心沥血，做了大量工作，为工程立项奠定了坚实的基础。

引黄工程引水流量大，扬程高，距离长，泥沙多，地质条件复杂，工期相当紧迫。可以说像引黄这样规模的引水工程，确实是中国仅有，世界少见。由于工程艰巨复杂，对前期工作就提出了很高的要求，前期工作稍有不慎，就可能酿成巨大的损失。尽管在立项之前已做了很多工作，但工程真正开工，前期工程不适应的矛盾仍然很突出。引黄工程既有国内招标项目，又有国际招标项目，对前期工作的要求深度尤其严格，增加了大量新的工作。初步设计通过审查后，还有招标设计，施工图设计，初步安排，仅南干线国内招标的项目就有18个，设计任务非常繁重，为了做好招标和施工图设计，还必须事先补充大量的地质勘探工作，时间非常紧迫，参与前期工作的同志及有关方面对此一定要有一个清醒的认识。前期工作不能按时完成，全面开工就是一句空话，前期工作达不到必要的深度，就会给下段施工造成巨大的困难。因此必须统一思想，知难而上，集中精力抓好前期工作这一重要环节。

## 总结经验，提高前期工作的科学性

前期工作的科学性集中体现在既要保证工程质量可靠，运行

安全，又要方便施工，节约投资，缩短工期。为确保工程进度快，质量高，投资省，必须在前期工作的科学性上狠下功夫。据有关资料统计，一项大的工程所节约的投资，88% 是由于前期工作反复优化实现的，而在施工阶段节约的投资只能占到节省投资总数的 12%，由此可见前期工作科学性的重要。

引黄工程从 1992 年总干预开工到现在已历时三年，积累了一定的经验。我们既要借鉴国内外已成工程正反两方面的经验，更要重视我们引黄工程自己的经验。我们以前已经在优化线路走向、正确确定围岩类别、科学设计支护方式等方面做了大量的工作，积累了一定的经验，节约了相当可观的投资。今后在总结经验的基础上，设计工作的科学性要上新的台阶，尤其在围岩类别的准确划分，支护方式的选用上继续下功夫。引黄工程造福千秋万代，设计要高标准，引黄资金来之不易，必须保质降耗。参与前期工作的同志一定要多学习，多实践，多总结，多动脑筋，真正做到精心设计，让我们的设计经得起历史的考验。这里顺便讲一下新材料、新工艺的使用问题。对于新材料、新工艺的使用，既要积极，又要慎重，一定要经过试验，经过必要的鉴定审批，绝不允许不可靠的材料、工艺出现在引黄工程上。

## 明确责任，确保前期工作的及时性

根据省委、省政府关于引黄工程一期工程全面开工的决定，结合世行贷款国际、国内专家审查会议的报告，万家寨引黄工程管理局最近召开局务会，专门就引黄工程总干线、南干线未开工程国际、国内标的划分及标书编制工作作了研究和安排，并作出了抓紧国内标书的编制，成熟一个招一个，尽快安排国内标段施工的决定。会后我又和有关同志与天津设计院就标书编制进行了充分细致的讨论，明确了任务、责任人和完成的时间，对完成任务中可能出现的问题，也研究了解决的方案。这次安排的阶段性前期工作必须按时间要求保质、保量地完成，每个担负任务的同志都要尽心尽力，一丝不苟地完成自己的岗位工作。安排什么时间提交的资料，一定要按时提交。工作中遇到问题要及时汇报，该领导协调的领导协调，该自己解决的就要勇于负责，自己解决。对无故不能按时完成任务的单位和个人，要追究责任，绝不能因为前期工作不能及时提交资料而拖了引黄工程建设的工期。

## 改进作风，打胜前期工作这一仗

前期工作进展的速度及质量的高低，和我们的思想作风和工作作风关系极大，我们要打胜前期工作这一仗，必须克服一切不适应这一任务要求的作风和习惯，转变作风，保证任务的完成。这里要强调几点：一是要深入实际，了解实情，调查研究，解决问题。我们负责前期工作的同志和设计人员一定要深入工地现场，真正摸清情况，这对作出正确决策非常必要。通过观察分析能确定地质情况的就最好不要再打孔，能少打一个孔就少打一个，真正需要钻孔的也要抓紧时间，及早完成。设计方案的选定也要各专业人员共同到现场，集思广益，及早决策。二是要紧密团结，互相配合，反对推诿扯皮，贻误战机。前期工作既包括地质测量试验，又包括设计和概预算，专业面广，牵扯因素多，所以，一个项目的各专业人员要紧密团结，互相配合，才能快出成果。引黄局内负责前期工作的有关处室、各分指挥部和设计单位也有个配合问题，一定要千方百计为前期工作提供必要的方便条件，今后要随时召开一些必要的协调会，避免扯皮现象的发生。三是要发扬高度的主人翁精神，工作中要勇于负责，敢于负责，对遇到的问题不能久议不决，久拖不办，一定要体现前期工作的时效性。

以上我就前期工作的重要性、科学性、及时性讲了一些看法和意见，并就改进作风提出了一些要求，概括起来就是要求从事前期工作的同志及有关单位和部门从引黄一期工程全面开工的角度，从引黄工程规模大、难度大、条件复杂的实际出发，充分认识前期工作的重要性和紧迫性，从而团结一致，密切配合，改进作风，深入实际，敢于负责，埋头工作，按时、按质、按量完成阶段性前期工作，为引黄一期工程全面开工作出应有的贡献。

（1995 年 9 月 11 日）

卫亚林，1949年生，曾任山西省万家寨引黄工程管理局（总公司）党委副书记、副局长、副总经理、总会计师。

# 引黄工程靠什么摆脱了“工程建起来，干部倒下去”的魔咒

卫亚林

十八大以来，中央加大反腐力度，一时间全国各地各种腐败的盖子纷纷被揭开，山西更是因塌方式腐败而名震全国，能源领域、工程领域的贪腐问题触目惊心，一些自己很熟悉、很有能力的干部纷纷落马。但作为山西历史上单项工程投资最大、同处于腐败高发期的引黄工程，截至目前，没有出现大的贪腐案件，在人们啧啧称奇的背后，是什么让引黄摆脱了“工程建起来，干部倒下去”的魔咒呢？

其实，很简单，引黄有一套真正发挥作用的制度管着。

2009年，我从引黄工程管理局副局长的岗位退休。在引黄任

职的12年期间，我主要分管财务工作，从自身的体会看，我认为引黄一期工程能够在国家单一投资主体的情况下节约概算投资，能够有一个好的质量确保长期稳定运行，能够在工程长期安全稳定运行的同时干部安全的原因主要有以下几点。

## 决策的民主化是第一大法宝

引黄工程是山西历史上单项投资最大的工程，而且因为是在地质条件极为复杂、施工条件极为困难的黄土高原长距离调水，其机电主要设备水泵的单机流量和扬程，土建工程单体隧洞长度长达43公里，工程难度举世罕见。为了弥补工程建设资金不足，山西人有史以来第一次巨额使用世界银行贷款，贷款额度4亿美金，是1997年度世界银行对华最大的一笔贷款，其考察、预评估、评估、决定、后评估的程序严密而繁多，一着不慎就可能满盘全输。因为使用世界银行贷款，工程必须进行国际竞争性招标，与不同国度的技术专家、施工队伍打交道，稍一疏漏，就可能带来巨额索赔。这些因素使得引黄时刻处于高度紧张状态，所以，从项目的实质性准备到进入全面施工以来，当时的省委、省政府和引黄指挥部高层就以高度的责任心和如履薄冰、如临深渊的心境作出引黄的每一项决策，每一次大的决策都必须充分听取专家意见、现场意见，总指挥部每次决策都要求大家充分发表意见，使得工程建设的每个环节都处在高度的民主决策、阳光决策下，任何一个人都很难暗箱操作诸如招标、资金等重大事项，这种决策机制在很大程度上预防了腐败，保护了干部。

## 制度先行是第二大法宝

引黄工程因为战线长，规模大，投资多，国内外承包商云集，所以在工程全面开工前，就明确建立起了项目法人责任制、施工监理制、招标投标制、支付报账制、工程审计等一系列事关大局、影响长远的制度，这在当时全国的工程领域都是比较领先的，而且是货真价实的。这些制度的建立，保证了引黄工程能够招来好的施工队伍，能够扎扎实实、认认真真做工程，从而保证了工程的质量、进度、工期以及投资的最大限度节约，也使得建设者的操作有章可循、有据可查，引黄工程靠制度管事管人的思想，确保了工程的顺利实施，也最大限度地保证了干部的安全。

## 制度的坚决执行是第三大法宝

引黄的高层管理者在管理工程的过程中，非常勤勉，几乎所有的文件总指挥部领导都要审阅，大的会议都要参加，对每一项重要制度的执行都予以过程监督，管理局、总公司的决策层更是经常深入一线，对制度的缺漏及时补充、修订，对制度的执行予以准确把握，所以引黄的制度没有挂在墙上，喊在嘴上，而是得以扎扎实实地执行。单从财务管理上看，从资金筹集、支付、审计就进行了全过程的制度设计和执行。比如引黄的开户银行，可不简单限于资金调拨，还要负责监管承包商的资金流向，一旦发现资金流向异常苗头，即紧急反馈业主，业主立即采取措施，防止资金不合理流动而影响工程的顺利进行。各种制度的落实和这些措施的跟进，使得引黄的绝大多数活动都处在制度的约束和监管之下，大的漏洞便不易发生。

## 领导层以上率下是第四大法宝

制度是人定的，制度也是人来执行的，再好的制度也会因为人的因素而扭曲或失灵。当时，从省委、省政府、总指挥部，到省里的职能部门，没有哪位领导、重量级人物出面在引黄揽工程，也没有其亲属或身边工作人员插手经济事务。我在管财务期间，没人找我揽工程，没人开口乱报销。正是高层这种以上率下的作风，保障了引黄各种制度的正常运行，制度在引黄没有出现形形色色的变通或失灵，这在我们的国情里可是极为不易，非常难得的。这也使得引黄干部在实际的经济业务中极少因为上级的无端干预感到为难，没有出于讨好巴结而绕开制度去逢迎领导，而这也在很大程度上保证了引黄干部的安全。

回顾自己在引黄的经历，觉得一个拥有权力的部门或者个人，要想真正有效地约束权力的肆意妄为，前提是必须要有一套好的制度，并使之始终得到真正的落实。没有规矩不成方圆，约束也必须是硬约束而不是橡皮筋，只有认认真真扎牢篱笆，时刻注意发挥篱笆的效力，才能确保把权力关进制度的笼子里，不会发生动辄数百万、上千万，甚至上亿的严重腐败案件，才能使我们的干部得以依法依规行政，安安全全行政，不至于身陷囹圄、家破人亡。

当前，我国正处于经济转型的关键时期，各种问题交织，为了带领全国人民顺利实现两个一百年的目标，我们国家、我们党需要一支有理想、有担当、干净廉洁的干部队伍，十八大以来的反腐倡廉正是一场队伍的自我净化，我们每一个党员都应该认清形势，牢记重任，把自己的责任履行好，对得起党，对得起人民，对得起这片生我养我的热土。

（2016 年 6 月 16 日）

姜凯，1933年10月生。1996年被山西省政府聘为山西省万家寨引黄工程总指挥部副总指挥，1998年8月—12月兼引黄工程（建设）总公司总经理。

# 我想说的几句心里话

姜 凯

山西是一个严重缺水的省份，水制约了山西社会经济的发展和人民生活水平的提高。多年的勘察、论证表明，从黄河引水是解决山西缺水的唯一出路。尽快建设黄河引水工程，实现先辈们的期望，是山西儿女的历史责任。

## 世界级工程

大约在20世纪90年代初期，省委、省政府决策启动万家寨引黄工程。从偏关县境黄河万家寨水利枢纽取水，穿过黄河流域与海河流域的分水岭，分别引水到太原、大同和平朔三个地区，全年引水总量 12 亿立方米，解决这三个地区的缺水问题。这一决策获得了全省人民的大力支持。

万家寨引黄工程因其引水流量之大，提水扬程之高、输水线路之长、各种建筑物之多、工程地质条件之恶劣、设计施工难度之大，以及建成后调度、运行之复杂，被认为是国内外输水工程建设项目中之首例。世界银行专家称万家寨引黄工程是极具挑战的世界级工程。

引黄工程总指挥部清醒地认识到工程建设的艰巨性，要求引黄工程全体工作人员大胆解放思想，以创新的思维，积极进取的精神，科学严谨的态度，实施工程建设。在引进世界银行贷款后，与国际惯例接轨，改革工程建设管理体制，在山西省率先实行项目法人负责制、招标投标制、施工监理制。面向世界进行国际（国内）竞争性公开招标，选择国际知名施工队伍，引进先进施工方法，采购国际一流的水泵和机电设备。总指挥部还充分调动和利用国内一流的专业设计单位、科研单位、大学的教授和世界银行聘请的国际一流技术专家、国内外参与投标的施工单位、设备供应商等各方面的技术资源，为引黄工程建设服务。

在总指挥部的领导下，引黄全体参建人员殚精竭虑、锲而不舍地工作，精心组织设计，精心组织采购招标，精心组织施工，引黄一期工程在预定的日期圆满建成，实现了向太原地区供水。

## 工程运行：难能可贵

引黄一期工程 2003 年 10 月正式供水。按照设计，每年除了

8、9两个月万家寨水利枢纽排沙期不引水外，其他时间均连续开机上水。从开始引水至2015年年底，总干实际最大过水流量为设计流量48立方米/秒的54%，南干实际最大过水流量为设计流量25.8立方米/秒的74%。运行记录显示，在长达12年的运行期间，整个引水系统的土建工程或机电设备没有发生过任何事故，堪称可贵。

引黄一期工程的5级泵站提水总扬程为636米，包括泵站厂用电和生活用电在内，实际耗电量为2.3千瓦时/吨，折合千吨水耗电量3.62千瓦时。这个耗电量数值不仅低于国家有关规范的规定和国内类似提水工程，而且低于国外类似工程，达到了国际领先水平。一个如此巨大、复杂的工程运行十几年没有任何事故已是难能可贵了，其提水耗电量又如此低，达到国际领先行列的实绩，这使所有从事引黄工程建设的人感到无比自豪，使所有关心引黄工程的人士感到无比欣慰。

## 宝贵经验：引黄首创

引黄一期工程12年的供水运行，不仅验证了工程各个系统的性能是先进的、优秀的，满足总指挥部“安全、稳定、高效”的要求，而且用事实肯定了引黄首创性地运用的许多新技术、新设备、新工艺、新材料是成功的，为我国大型输水工程和泵站建设创造了许多宝贵的经验，树立了先进的标志。

一是解决了一直困扰黄河取水泵站的老大难问题——泥沙问题。水泵运行在含沙水流之中，泥沙和气蚀的联合作用常会使叶片和通流部件产生严重磨损，导致水泵效率大幅下降。引黄工程解决泥沙问题采取了以下综合性的措施：①选用依据黄河高含沙水流设计的水泵机型；②在汛期8、9两个月万家寨水库排沙期不取水，非汛期从表层取水，以使取水含沙量较小；③水泵安装高程采用低值，留足气蚀安全余量，避免或减少气蚀发生；④用先进的抗磨涂层处理水泵各个易磨损部件。机组检修表明，引黄一期供水以来，仅有个别水泵有很轻微的不影响效率、耗电量和提水流量的磨损和气蚀。

二是解决各泵站间的流量匹配平衡是关键。引黄工程从万家寨水利枢纽取水口至南干7号洞出口，全长约150公里，是一个完全封闭的输水系统。要保持输水系统稳定运行，引黄解决这一问题的办法是：①设计阶段考虑各种可能的运行方式，优化各泵站单泵流量选择，使输水系统内各泵站的提水流量相平衡，不产生弃水。经过多方案比较，引黄一期工程五个泵站选择了同一型号的水泵，单泵流量皆为同一数值，成为我国唯一的一个单泵流量相同的梯级提水工程；②总干一级站出水管经调压井与二级站进水管直接相接，解决了它们之间的流量衔接，还简化了工程建设内容；③总干二级站出水管后修建调节库，调节万家寨水利枢纽发电进行日调节时导致的引水流量变化，使进入总干的流量基本稳定；④依据地形条件适当增加总干三级站进水池的容积，使其在保证水泵吸水的同时还具有少许调节能力；⑤在总干三级站、南干一、二级站选配若干大型变频器，调节水泵提水流量，应对总干输水过程中难以避免的流量少许变化；⑥运用全线自动化监控系统，实现全系统等流量稳定运行。事实证明这些措施是成功的。

三是引黄工程总干共有 11 条隧洞，总长 41.8 公里，断面为圆形，设计直径 5.46 米。采用双护盾掘进机开挖，开挖直径 6.125 米，预制六边形混凝土管片衬砌，月成洞最高达 1080 米。南干共有隧洞 7 条，总长 97.3 公里，其中 7 号隧洞长达 43.5 公里，洞线穿过黄河流域和海河流域的分水岭，是引黄工程中单洞最长的隧洞，也是当时国内引水工程中单洞最长的隧洞。该洞工程地质和水文地质条件复杂，洞线以上地下水位高 40~300 米。采用两台双护盾掘进机开挖，预制混凝土管片衬砌，衬砌后洞径 4.2 米，月成洞最高达 1323.98~1556.57 米。这样的隧洞成洞速度，在当时讲已是国内比较高的。输水运行十几年，实际过水流量最大达设计流量的 54%~74%，没有发现工程质量有什么问题。

四是引黄一期工程的输水隧洞中有土洞段合计约 7 公里长，其中总干 6 号、7 号、8 号洞的几段土洞穿过 N2 红黏土及 Q2Q3 湿陷性黄土，合计长约 1.53 公里。在掘进机开挖过程中，出现过掘进机机头下沉及隧洞冒顶塌陷，造成管片安装后整体下陷的情况。后又发现有的地方管片出现裂缝，有的地方洞侧管片产生内向位移，与顶部、底部管片错位。出现这种情况既有施工方法的问题，又与围岩土体的物理力学性质有关。后来分别采用灌浆、钢筒内衬、管片复位、拆除管片重新浇筑混凝土等措施进行了处理。运行十几年来虽未再发现有什么工程问题，但总觉得有点遗憾。看来，对于土洞采用掘进机开挖，预制管片衬砌的施工方法，尚须进一步研究、完善。

引黄南干 4—7 号隧洞的黄土洞段皆采用人工开挖，用钢支撑与挂网喷混凝土做一次支护，在一次支护表面加设防渗膜，再现浇混凝土做二次支护。防渗膜的作用在于把洞水与围岩土体隔绝，以免洞体四周土体由于洞水渗漏使之含水量增加或外水内渗而失水产生变形，影响隧洞结构稳定。运行十几年来，没有发现隧洞结构安全问题，说明采取的这种支护和防渗措施设计是可行的。

五是引黄一期各泵站经过多方案比较后皆采用单级单吸立式离心泵，按设计每运行 7300 小时需进行泵组检修。为减少检修工作量，缩短检修工期，引黄在国内首创，将转轮下拆检修改为芯包中拆，平移至旁侧进行检修，同时将常用的埋设蜗壳改为明设。实践证明下拆检修改为芯包中拆检修后，极大地简化了检修工序，检修时间可缩短为原来的 1/3；将常用的埋设蜗壳改为明设，还使厂房结构设计得以优化，由传统的机墩式结构改为板梁柱结构，减少了厂房建设工程量，没有出现有人担心的机组运行不稳定问题。现在国内许多泵站均仿效了这种做法。

六是为实现引黄工程的水工建筑物及所有泵站的机泵以及各种控制闸门（阀门）以正确的方式稳定运行，避免和减少事故情况下电气设备和机械设备以及水工建筑物的损坏，达到全系统运行安全、稳定、高效的要求。我们在设计阶段，在应进行而由于引黄工程规模大，无法进行水工模型试验的情况下，利用近代计算机仿真技术，对工程系统进行了多项模拟研究，包括水力学研究（验证工程设计和运行方式的正确性）；各种调度方式的控制程序研究（模拟各种正常运行工况和事故处理工况，找出最佳的调度运行模式）；相关变电站和输配电系统运行研究（解决 5 个大型泵站、40 多台大型同步电机由一个变电站供电的稳定问题）；以及全线计算机监控系统研究等。这种做法在国内水利工程项目建设中尚属首次。运行以来的实践证明，这样的仿真模拟研究对完善工程运行和自动化监测与控制是非常有益的。

七是为实现从汾河水库向太原呼延水厂全年不间断供水，按设计需沿汾河铺设长 43 公里、内径 3 米、耐压 1.0 兆帕、设计输水能力为 20.5 立方米 / 秒的预应力钢筒混凝土管道（PCCP）。如此长距离、大直径、高耐压、无检修期运行的 PCCP 管道，在我国属首次应用。

在输水管线通过地质条件恶劣的 6 个山体时，创新设计理念，首次采用在隧洞内安装 PCCP 管道的技术，避免了隧洞与管道衔接的困难。该技术被其后建设的南水北调中线干线工程京石段等工程采用。

该输水管线沿汾河两岸敷设，水平和竖向转弯较多，设计采用了夹钳式限制性接头与止推墩联合止推方式，取代或有效减少了混凝土镇墩体积，在大直径预应力钢筒混凝土管道上采用联合止推方式在国际上尚属首例。

为了适应太原市呼延水厂精确调节流量要求，首次引进国外先进设备——多喷孔淹没套筒式流量调节阀，用 8 声道超声波流量计与其配合，实现调节流量精度误差小于 ±0.5%，这在国内输水管道工程中尚属首例。

运行十几年来，该PCCP管道及与其配套的各种技术装置均运行正常、状态良好，未发现任何工程质量问题。在当时国内尚无规程、规范可资遵循的情况下，引黄将国内预应力钢筒混凝土管道的制造、安装质量飞跃式地向前推进了一大步。世行专家评价引黄铺设的PCCP输水线路质量达到了国际先进水平。

## 成了我国现代大型高扬程提水、输水工程建设的标志

在万家寨引黄工程建设的当时，国内尚无类似的大流量、高扬程、长隧洞引水工程，其泵站建设、长隧洞开凿及建成后运行管理面临的众多技术难题如何解决，没有先例可循，需要我们逐个去探索、攻克。引黄一期工程建设成功和安全、稳定、高效运行，为国内类似工程建设树立了参照的样板，其在建设中遇到的各种各样的技术问题及解决方法，构成了一笔巨大的技术财富。

引黄一期工程投入运行后，国内许多省市大中型引调水工程的建设和设计单位纷纷来山西调研、取经，如：广州西江引水，新疆引额济乌，安徽淮水北调，陕西石头河向咸阳供水，哈尔滨磨盘山供水，辽宁大伙房供水，辽西北供水，吉林中部引松，河南、河北南水北调配套工程，等等。国务院南水北调建设委员会办公室主任曾率团调研引黄工程，他认为引黄工程是“南水北调工程的预演”。

不仅如此，引黄工程建设还造就了一批年轻的具有世界水平的专业性技术专家，如：TBM掘进机施工专家，大直径预应力钢筒混凝土管道（PCCP）设计专家和制造、安装专家，项目施工管

理专家，采购招标专家，供水工程自动化控制运行管理专家等。他们现在均活跃在全国各地的工程单位，在相关技术岗位担任着主力角色。我省水利水电勘测设计研究院由于成功地完成了引黄工程设计而提高了知名度，国内多项引调水工程上门委托他们承担设计或咨询工作，该院的一些人还经常被以专家的身份聘请出席重要的技术会议。引黄工程管理局通过投标承担了南水北调工程中线干线工程代建管理，黑龙江鸡西供水工程聘请引黄工程管理局为其做调度运行，等等，这些都是我们更为心悦的宝贵财富。

## 及早部署调蓄工程

引黄一期工程设计年供水 3.2 亿立方米，目前实际年供水 2.5 亿立方米。考虑正在建设的清徐供水工程行将完工，正在进行前期设计工作的阳曲供水工程将开始建设。引黄一期的设计供水量实际上已分配殆尽。

据我所知，国家已经安排了引黄二期向太原地区供水的机组安装计划。按照设计，太原地区引黄二期的年供水量也是 3.2 亿立方米，这新增的 3.2 亿立方米水如何安排使用，尚未见到有关受水区及用水户的发展规划。

实现引黄二期工程供水还涉及的一个重大问题是，汛期 8、9 两个月不从黄河引水时，向太原地区的供水在哪里调蓄。按照较早的设计，在汾河上游需要建设一个“好水沟调蓄水库”。后来由于某些问题不能满意解决，而被搁置。目前利用汾河水库调蓄汛期 8、9 两个月向太原地区的供水的做法，当初只是引黄一期工程运行的一种临时性的安排。从汾河水库安全度汛讲，这样做显然冒有一定的风险。考虑到汾河水库不可避免的淤积，库容逐年减少，当二期工程供水时，需要调蓄的水量要增加到1亿多立方米，再利用汾河水库调蓄是不可行的，必须另寻出路，并要尽早动手建设，否则向太原地区的二期供水将无法实现。

## 坚持引黄入晋不能动摇

大凡基础设施建设，不仅要解决当前的问题，还应具有一定的前瞻性，考虑未来发展的需要。对山西这样一个严重缺水的省份，作为一项战略性的基础设施，国家批准建设万家寨引黄工程，每年引黄河水12亿立方米，绝对是高瞻远瞩，从山西长远发展考虑的。虽然现在我们尚无法确切说明白10年、20年后，太原、平朔、大同将会发展成什么样，需要多少水支撑其经济发展和民生改善。但我们可以断定，这三个地区当地拥有的水资源量不会比现在多，要满足这三个地区社会经济不断发展、民生不断改善的需水，满足新的不断增加的生态环境需水、高科技农业灌溉需水等新项目发展，肯定只有靠万家寨引黄。老天爷永远不会摘掉山西缺水的帽子，坚持引黄入晋并把引来的黄河水利用好是一定不能动摇的。

如果我们当前的社会经济发展、民生改善尚不需要动用引黄全部引水能力，我们也要非常珍惜地把这部分尚不需要动用的能力作为战略储备资源保护好，以应对下一个时期的需要，或非常时期的救急。干旱是山西的主要问题，谁能确切预知山西今后不会有大旱，甚至遇到像光绪三年那样的大旱呢？须知遇大旱、大灾之年，能有引黄这样一股活水送到家门口，是可以利国家、救万民之命的，这将是后人的福分。

在我写这篇短文时，李俊刚、白正裕、李文全、孟晋忠、孙旭敏等同志给我提供了许多帮助，在此谨表感谢。

（2016 年 6 月）

赵廷式，1937 年生，1999 年受聘为引黄工程管理局总工程师、技术委员会主任等。获省部级科学技术进步奖三项，主要著作有《双护盾 TBM 的应用与研究》（合著）等。

# 质量，效益

## ——我的引黄感悟

**赵廷式**

我来引黄时已年过花甲，在水利岗位工作了 40 个年头，算是个水利老兵。走进引黄，无论是其指导思想之前沿，工程规模之宏伟，技术问题之复杂，社会关注度之高，与我过去的经历完全不可同日而语。与其说是来工作，不如说是来学习。十几年的引黄工作，我受益匪浅，感悟至深。

我来引黄参与最多的事是工程的质量管理与缺陷处理。质量是水利工程永恒的话题。过去在工作中也经常强调质量，而引黄强烈的质量意识，全过程的质量管理理念，壮士断腕式的治理手段仍令人震撼。

早在建设初期，引黄领导就严肃提出：“引黄工程投资巨大，是并不富裕的山西人民勒紧裤带咬紧牙关上马的。这个钱能不能花好，关键看质量。质量好就是花得好，质量不好就是花得不好，就是犯罪，最大的犯罪，我们就会成为千古罪人！”在引黄，“千里之堤，溃于蚁穴”，“一丈不通，万丈无功”成为人们的日常用语。在这样的环境下工作，人人“如临深渊，如履薄冰”。“一次通水成功，长期稳定运行”的质量目标深入到业主、监理、承包商的每一个成员心中。

投资、质量、工期是工程建设中相互协调、互相制约的三要素。不适当地突出工期就不得不放松质量要求，过度投入施工资源，增加建设投资。但人们往往离开合同约定的节点工期和竣工日期，把节日献礼、政府换届当作控制目标，盲目赶工。引黄明确指出：“进度必须服从质量，否则再快也没有意义。”这样说了，也这样做了。引黄曾打算 1998 年通水，后来根据实际情况，把竣工日期调整到 2002 年。在施工过程中严格按照合同要求，既保证了质量，也如期实现了通水目标。

引黄不仅抓施工终端质量，而且讲究全过程控制，从设计、标书、合同文件等源头抓起。重要技术文件、标书、合同都邀请国内外权威专家逐条、逐字深琢细磨，指标要求严格务实，不提实现不了的要求，也不模棱两可、似是而非。在施工过程中，进行了两次集中治理和升级治理，对不满足合同要求的施工单位，分别采取更换负责人、停工整顿、清理出现场、驱逐出境等措施严肃处理。对不符合质量要求的施工成果，坚决拆除重做，在高压态势下，人人对施工质量不敢有丝毫懈怠。

在工程质量上还必须有点不图虚名的务实精神。工程习惯要评优，揭露问题多了就会影响评优。有时会以“一荣俱荣，一损俱损”的心态扬长避短，有问题内部消化，不示外人。引黄按照“三元制衡”所确定的制约体制，毫无保留地公开揭露施工过程中出现的质量问题，即便出现一些负面观感也在所不惜，要的是一个真正质量合格的工程。

经过各方面的努力，引黄的工程质量取得了实实在在的效果。施工过程中不可避免出现的质量缺陷经过认真处理最终达到设计要求，满足通水条件。在各阶段施工验收中得到国内外专家的充分肯定，甚至认为这是一个“奇迹”。世行终结评估结论质量为“满意”，给予了充分肯定。

20 世纪 90 年代，引黄是山西头等大事，社会关注度极高，工程质量一度成为关注焦点之一，国家主管部门组织了专项检查。问题集中在最先施工的，由意大利 CMC 公司承包的总干线 6 号、7 号、8 号隧洞上。这三条隧洞采用双护盾掘进机施工，总长 12.18 公里，掘进机通过后发现预制衬砌管片上有 5052 处接缝间错台超标，9877 处渗水点。掘进机是近年发展起来的专用隧洞施工设备，引黄使用的双护盾掘进机出现于 20 世纪 80 年代，90 年代初引进到甘肃“引大入秦”隧洞，只打了十几公里。以后由世界银行推荐到引黄，用于 9 条隧洞，总长 147.6 公里的隧洞施工。该类型掘进机可同时用于硬岩和软岩，边掘进，边衬砌，造价低、速度快。引黄隧洞地质条件十分复杂，不但土、石相间，而且有膨胀岩、断层带、溶洞、高外水等不良地质洞段，在掘进过程中常因不同硬度的岩石而控制失衡，出现错台和渗水，有赖于掘进机通过后进行缺陷处理。经过在引黄隧洞中大量使用，对施工设备、施工工艺，特别是衬砌管片结构进行了重大改进，对后续缺陷处理也积累了丰富的经验，技术日趋成熟，现已推广使用到青海、甘肃、陕西，以及山西大水网的中部引黄和东山调水工程。质量检查中发现的缺陷属于过程中的问题，不代表竣工质量。它也和特定的结构形式有关。如果是现浇混凝土结构，自然不允许有如此多的错台和渗水点，而预制管片衬砌，每一米长的隧洞，接缝长度达到 20~30 米，147.6 公里隧洞接缝总长达到 300 万 ~400 万米，出现上述错台和渗水点并不意外。然而无论如何，质量检查督促我们用更高、更严的标准进行后续缺陷处理，保证了最终的工程质量。

引黄投入运行近 15 年，隧洞不仅结构安全，渗水量也很小。多年量测结果，从万家寨水库引水口到头马营出口，渗水量不超过 0.02%（世行曾预估 6%）。泵站机组运行正常，运行至今从未中断供水，实现了“一次通水成功，长期稳定运行”的庄严承诺。

我在引黄接触多的另一个议题是工程的投资和效益。引黄工程规模大、投资多，水能不能引过来？提水扬程高，运行成本大，引过来能不能用得起？面临双重挑战，逼着你在节省投资、降低成本、改善运营上做深入细致的工作，拿出切实可行的建设方案。

面临的第一个问题是工程的开发目标和供水对象。历次研究引黄，无不以农田灌溉为主，供水范围又覆盖全省，致使工程规模浩大，即便到现在也无能为力，在当时更只能是一个大胆设想。20 世纪 80 年代以来，引黄决策者们及时抓住改革开放的机遇，紧扣山西经济发展大局，把引黄开发目标锁定为城市生活、工业和生态用水；供水对象由全省转向山西北中部的太原、大同、朔州，引水规模由数百秒立方米调整到 48 秒立方米，使工程具备了现实可能性。在开发顺序上，原计划先修建北干线，根据供水需求的变化，以及引黄在全省经济布局的要求，调整为先修建总干线、南干线、联接段，向省城太原供水。

鉴于国内外大型调水工程供水区用水增长周期较长，近期用水量小于供水能力，部分设施闲置的情况，又进一步采取分期施工的方案。枢纽、引水隧洞、泵站土建工程按最终规模一次建成，水泵机组、管道、调节水库分期施工，从而使一期工程投资规模控制在 120 亿元左右。通过征收煤、电水资源补偿费，以及世界银行贷款，满足了投资需求。工程列入世行名单也减少了建设过程中的不确定性。

设施功能齐全是实现效益的必备条件。水利工程过去也提出过“买全票”的要求，由于资金和管理体制的限制，一些工程有库没渠，有干渠没支渠，有渠系没田间工程，水到不了地头，效益长期实现不了。在世界银行的促进下，引黄明确提出“龙头、龙身、龙尾”一起抓的要求。龙头万家寨水库枢纽于 1998 年提前竣工蓄水，促进了调水工程的建设。在进行泵站、引水隧洞、调蓄水库等调水工程“龙身”建设的同时，以投资合伙人的身份和受益县（市）共同建设水处理厂和配水管网等“龙尾”工程，把水送进千家万户。除保证水量足额供给外，对供水水质也有明确要求，严密监测万家寨水库水质，合理调度，水质好时多引，超标期不引，保证调水期水质始终满足地面水Ⅲ类标准。进入汾河水库后，有81.2公里利用汾河天然河道输水，政府投入大量资金建设水土保持，减少水库淤积。引黄在相关县投资建设污水处理厂，要求达标排放。南干线输水终端的呼延水厂除能进行常规处理外，又增加深度处理设备，确确实实让太原人民喝上放心水。还利用世行资金协助太原市完善污水处理厂，解决引黄水调入后，新增污水的达标排放。

为了解决高水价给用户带来的负担，增加销售难度的问题，引黄在建设期间，委托国内外多家权威机构进行远近期水价分析和运营策略研究，提出初期按成本水价运营，只考虑电费和运行人员工资，用较低水价培育市场，逐步形成供水市场需求侧竞争，随着市场需求量增加再分步提高水价，向总成本水价和效益水价靠近，实现水的市场化。这一营运方案得到了山西省政府确认，供水运行正常。

经过十几年的运行，引黄的供水和生态效益充分显现，在太原、大同、朔州的社会经济发展中的支撑作用得到广泛认可。

在太原地区，引黄年供水量2.0亿~2.5亿立方米，达到一期供水量的2/3。20世纪八九十年代，汾河太原段天然来水量5亿~6亿立方米，规划再调进6.4亿立方米，相当于新增加一条汾河。近年汾河连年枯水，河段年来水量下降到2亿~3亿立方米，调来的2亿~2.5亿立方米同样是一条天然汾河。太原市城市居民与工矿用水充裕，人们关心的不再是缺水问题，而是如何让经济发展得更快些，让引黄水用得更多些。平均 5~10 立方米每秒的流量注入，汾河中、上游河段清水长流，重现生机。穿城而过的汾河公园不再发愁补水问题，终年水光潋滟。20 世纪 90 年代晋祠泉断流，泉口水位下降到 25 米以下，现在已经开始回升，浅层地下水位也在逐步回升，晋祠泉出流有望。最近实施的汾河流域生态恢复工程规划在中下游节节蓄水，营造湿地，离不开引黄水。挤占汾河灌区的灌溉用水量部分回归，汾河灌区农民得到好处。

北干线 2012 年投入运行，三年来年供水量达到 6000 万立方米左右，朔、同地区居民和工矿企业用上黄河水，规划引进的晋西北清洁能源项目将引黄北干线可提供充足水资源作为立项的有利条件。神头电厂冷却水由引黄置换，泉水回归桑干河灌区，恢复正常灌溉。大同市文瀛湖用上了引黄水，碧波荡漾，成为大同人民首选的休闲地。平鲁、朔州、怀仁营造了多处人工湖和湿地，生态景观大为改观。

引黄总公司努力改善运营管理，经济运行，节能增效，水价控制在每立方米 2~3 元，低于周边城市供水价格，引黄总公司也保持了良性运营。

现在我们可以高兴地说：引黄前期决策者的心血没有白费；引黄建设者的汗水没有白流；引黄前景广阔，值得期待。

（2016 年 6 月）

樊安顺，1962年生，山西省黄河万家寨水务集团有限公司董事长、党委书记。曾任山西省万家寨引黄工程管理局外联处负责人、引黄工程总公司偏关项目部经理、山西黄河水利工程咨询有限公司国际Ⅰ标工程师副代表、山西省万家寨引黄工程管理局计划合同处副处长、经营管理处处长、山西省万家寨引黄工程总公司（管理局）副经理（副局长）、党委委员。

# 跟着郭主席干引黄

樊安顺

宏伟的引黄工程，是山西省前所未有的大型水利工程。论规模，世界水利史上堪称地下引水工程之最；论难度，几乎把水利工程要遇到的难题都集于一身；论意义，为山西开辟了新水源，是功在当代、利在千秋的一项基础性、战略性工程。

我从1983年大学毕业分配到引黄办工作，投身到引黄工程建设中，到今天成立黄河万家寨水务集团公司，一晃30多年过去了。在此期间，20世纪80年代末到90年代，在郭裕怀主席的领导下引黄引进了世行贷款，引来了国际一流承包商、制造商和咨询专家，引来了国际惯例、国际规则和先进的技术、理念，培养锻炼了一大批技术、管理人才。当时郭主席对引黄入晋历史使命的坚定担当，对与国际接轨的宽阔视野，对工程质量的极端关注，对年轻干部的言传身教，点点滴滴，历历在目，不仅为引黄积累了一笔珍贵的精神财富，也是我一生中极为宝贵的一段经历。

## 国内最早引进世行贷款的引水项目

引黄一期工程投资概算 100 多个亿，对于山西这个当时经济尚不发达的内陆省份来说，无疑是个天文数字。为了解决建设资金缺口，引黄提出了引进外资的意向，成为国内最早引进世行贷款的引水项目。当时，以郭主席为总指挥的决策层对此事的态度是非常坚定的。记得有一次我和杨晋生局长去北京一起跑贷款的时候，听到了各种各样的声音，这里边有担心，也有疑虑，其中很多人说使用外国政府贷款更好。回来向郭主席汇报后，郭主席说，引黄向世界银行贷款，在这个问题上，大家必须坚定，只能有一个声音，不能有杂音。实际上，如果向外国政府贷款，设备和承包商都必须使用贷款国的，引黄就不能算是一个真正的国际性工程了。而世界银行是一个国际性组织，对工程项目的采购和管理有一整套系统的办法和规定，引进世行贷款，也就具有了全过程、全方位的国际合作和国际化的工程管理模式。

世行贷款谈判的进程完全印证了郭主席的观点。从 1994 年与世行就贷款事宜接洽开始，我先后 6 次参加接待了以古纳先生为团长的世行考察团，经过项目认定、准备阶段考察、预评估、再评估、正式评估等一系列评估考察，对设计方案、环境移民、水价改革、工程整体性等一系列问题进行无数次讨论。1996 年 10 月 19 日，世行项目考察团要对引黄工程项目进行正式评估。郭主席在评估前给我们 9 个专业组动员鼓劲："这次评估是最重要的一步，我们一定要努力追求成功，让世行贷款列入 1997 财年计划，各专业组要认真负责，和世行打交道，要有国格、人格，在大的问题上要讲一个声音。希望大家齐心协力，共同完成这次评估任务。" 20 多天里，郭主席夜以继日坐镇长河大厦，各专业组开了大大小小 79 次会议，在水资源管理机构、水价、贷款偿还计划等一系列问题上，与世行评估团达成了共识，评估程序全部完成。历时三年，终于在闯过一道道难关后，于 1997 年 8 月签订了 4 亿美元的引黄工程贷款协定和项目协定，引黄工程成为当年世行年度最大的融资项目。

## 与国际接轨

引进世行贷款，引进的不仅仅是资金，还引进了许多新的观念、知识和技术，而且是这一领域前沿的知识和一流的技术。郭主席当时谈到，引黄工程不仅要向省委、省政府和山西人民交出一个合格工程，还要通过工程建设拿出一系列优秀的水利科技成果，更要带出一支好队伍，交出一批高级的专业技术人才。

有一次，我随郭主席和牛辉林局长去工地考察，看到万家寨水利枢纽的领导干部都很年轻，郭主席拍着我的肩膀鼓励我好好干，这一巴掌，拍得我浑身是劲儿。有这么好的领导，给年轻人提供这么好的机会和舞台，有什么理由不好好地干、好好地学呢？

通过国际竞争性公开招标程序，引黄与意大利万龙联营体、CMC 公司、奥地利的奥中联营体签订了 4 个土建工程施工合同，合同总金额达 20 多亿元人民币；与日本丸红、荏原、东芝组成的联营体和澳大利亚福克斯波罗公司分别签订了水泵机组和全线计算机监控系统两个合同，合同总额达 4.6 亿元人民币；还与加拿大 CCPI 公司、奥地利 D2 公司、意大利 ELC 公司、英国 BBV 公司等签订了咨询服务合同，咨询范围涉及项目管理、合同管理、环境管理、设计技术咨询、监理管理以及国际标招标文件编制等诸多方面。

可以说世行贷款谈判的成功，促使引黄工程进入了与国际惯例接轨的快车道。在郭主席的倡导要求下，引黄人从局长到普通职工，把世行《导则》、《菲迪克条款》和国际惯例作为必修课来学习。面对国际工程管理，面对不熟悉、不擅长的国际惯例，我们这批年轻干部走过了被动接受到主动适应，再由主动适应到得心应手，其间的种种碰撞和警醒，无论是对个人还是对整个引黄，甚至对水利行业，都是一笔宝贵的财富。

## 百年大计，质量为本

百年大计，质量为本，郭主席对工程质量的高度重视，也给我留下了深刻的印象。

郭主席大会小会，各种场合，多次强调“引黄是山西人民的生命工程，质量是生命工程的命根子”，要求所有的引黄建设者必须时刻把质量牢记心头，必须有如履薄冰、如临深渊的高度警觉，必须不折不扣地落实到每一个部门、每一个环节、每一个人的行动和每一项工程，绝不可以有丝毫的疏忽和轻视。

1995年10月，郭主席在强化质量管理大会上作了《千秋大业，质量第一》的讲话，指出“引黄工程投资巨大，是并不富裕的山西人民勒紧裤腰带，咬紧牙关上马的，也是当代人为下几代人作出的重大奉献，这个钱花得好不好，不仅牵动和联系着当代人的感情和命运，而且联系着子孙后代的感情和命运。这个钱能不能花好，关键看质量。质量好就是花得好，花得值，质量不好就是花得不好，就是犯罪，是最大的犯罪，我们就会成为千古罪人”。

引黄人按郭主席的要求，始终将质量作为引黄工程的生命和灵魂。引黄总指挥部考察组去甘肃的“引大入秦”考察时，开始与意大利的CMC公司接触，经过多次谈判，1992年与意大利CMC公司签订了总干6、7、8号洞的建设合同，引进了TBM这个大家伙。TBM掘进速度比传统的钻爆法快10倍以上，在TBM快速掘进的过程中。每时每刻都可能出现新情况，遇到新问题，这些情况和问题如果得不到及时解决，将会影响到TBM的正常施工，因此监理等施工管理工作也必须跟上。

那时候，国内监理体制刚刚起步，在引入社会监理队伍之前，我作为业主的监理工程师，负责这个当时唯一的国际标监理工作，驻守在工程一线。1997年引黄体制改革，我到了偏关项目部担任经理，6月25日，郭主席在偏关会见意大利驻华大使夸洛尼先生及其夫人，会谈中郭主席专门谈到了意大利的 CMC 公司在引黄隧洞施工中出现的质量缺陷。CMC 总裁当场承诺，用一年时间消除缺陷，达到合同规定的技术规范要求，大使说：CMC 总裁当着大使的面作出的承诺是算数的！现在我体会到，引黄这样大型的工程，战线长、技术难度大，正是因为全员、全方位、全过程坚守“质量第一”的原则，把质量放在各项工作之首，才最终实现了工程质量、安全、进度的有机统一，实现了“一次通水成功，长期稳定运行”。

## 最早与国际惯例对接

引黄工程在国内同类工程中最早与国际惯例对接。置身于国际规则下的合作，必然带来东西方文化的差异及碰撞。郭主席经常对我们讲，同国际惯例接轨，首先是观念的接轨，知识的接轨；其次要牢牢树立合同意识，信用是现代经济安身立命的东西，一定要信守合同，履行合同，才能共同走向成功。

郭主席的这些理念和教导，对我们每天的工作都非常有指导意义。1998 年总公司加强国际标工程管理，我被派往国际 I 标任工程师副代表，与外国承包商和国际咨询专家零距离打交道。这段时间里，我把国际标合同的一般条款、特殊条款、各种备忘录、现场条件和对合同的所有变化等都重新翻译了一遍，并汇总成一本完整的合同指导，避免大家在看某个合同条款时，忽略掉这个条款已经发生更改变化的情况，这也是世行的要求。

1999 年年初，引黄针对国际 II、III 标的工期延误和一些质量缺陷成立专家谈判组，我又被抽调参与国际 II、III 标争议谈判。2000 年后，我回到引黄总公司担任合同处处长，处理国际 II、III 标合同争议问题成了我最重要的工作之一，我作为首席谈判代表投身到艰苦的谈判中。最后的谈判结果得到了水利部及省委、省政府的肯定，这与我之前和世行专家以及后来和国际承包商面对面打交道积累的经验密不可分。

跟着郭主席干引黄，近 20 年时间，我从一名普通的技术人员一步步走过来，见证了引黄由梦想变为现实。这项工程寄托着山西人千百年的愿望，凝聚了几代引黄人不息的奋斗与追求。问渠哪得清如许，为有源头活水来。太原十景之一的崛围红叶，游人如织，站在山顶俯瞰引黄呼延水库清澈的黄河水，水为山增秀，山与水如画，山水交融、人水和谐的美景让我们坚信，山西的明天也必定是一幅壮丽的画卷！

（2016 年 6 月）

雷天才，1962年生，曾任山西省万家寨引黄工程管理局（总公司）党委委员、纪委书记、副局长、副总经理。

# 对水当歌引黄人

## ——人民群众支持引黄工程建设纪实

雷天才

山西人民的“生命工程”——引黄入晋工程是关系山西社会经济发展的根本大计，是关系山西广大人民群众改善生活环境、提高生活水平的基本问题，开工建设、运营以来，得到各界人民群众的衷心拥护和无私支持。

在总投资103.54亿元人民币的工程建设资金中，就有相当一块儿是靠征收地方水资源补偿费，可以说，引黄入晋工程饱含着山西3000多万人民的血汗钱！

引黄工程线路全长441.8公里。沿线穿越忻州、朔州、大同、太原4个市9个县（区）的80个村庄和76个工矿企业。自1993

年5月开始建设以来，这一事关山西经济发展的“生命工程”，受到了沿线地方政府、百姓的衷心拥护。

偏关、平鲁、宁武、古交等地县、市（区）政府都为引黄“开了绿灯”，当地人民群众像当年支持解放战争一样支持引黄工程。1999年11月，南干线国际Ⅱ、Ⅲ标进场施工前，有一块儿施工场地要经过宁武神池县祖辈几代人的坟地，当时是零下几十度的寒冬，而且还刮风下雪，可当地政府和百姓硬是克服重重困难，在规定的时间内将“祖坟”迁走了。

引黄工程还按照国家水土保持法、环保法的要求对所征地进行了彻底治理。在宁武神池县窑子上村温岭，原来有沟壑纵横（共有深沟4条，其中最深的一条沟宽50米，深30米）的120多亩难以治理的温岭渣场和采石场，引黄在建设期间就投入了260多万元，下大力气努力治理，填沟筑田，愚公移山，现在已建成了水平梯田150多亩，使这个300多口人的村子人均增加良田0.3亩，年收入增加了200多元，提高了农民的生活质量。该村干部群众高兴地说：“没见过像引黄这么好的单位，办事正规，工程干完了，不是一拍屁股走人，而是后期安置做得更好，为百姓往远了考虑，老百姓现在更支持引黄了。”

不仅如此，引黄工程在多年的建设中，始终以“立党为公，执政为民”为根本出发点和落脚点，在建设主体工程的同时，以人为本，以实现可持续发展为目的，注重生态文明建设。主体工程建设完成后，对宁武县南干线头马营引黄水出水口进行了环境整治和绿化建设，共复垦绿化工程用地150亩，使头马营村人均增加耕地0.5亩，此外，引黄还义务为沿引黄水与汾河水交汇的河道西岸砌筑了1000多米的护岸防护工程，使头马营村450亩耕地免遭水土流失、汾河洪水的威胁。宁武县有关领导和群众发自肺腑地说：“宁武本身就是山区，降水少，耕地少，遇上干旱年更困难，解决吃水难、想办法增加百姓耕地的问题一直是县委、县政府的大愁事，引黄为宁武办了这几件大实事，宁武县委县政府、宁武百姓都会永远记着引黄。引黄给宁武百姓办的这几件大实事，体现了引黄人的风采，引黄工程蕴含的精神。”

这项造福人民的“生命工程”，始终得到了全国、全省、沿线的地方政府、群众从各方面的大力支持。为了给引黄工程添砖加瓦，他们当中不少人把多年积累下来的养老金、抚恤费、压岁钱和见义勇为中得到的奖金，也主动地捐献给了引黄工程。

虽然1994年省委、省政府作出决定，不接受向引黄工程的捐款捐物。但广大人民群众热爱引黄工程之心炽热，支持引黄工程的热情高涨，仍不断地通过各种渠道、采用各种方式向万家寨引黄工程捐款、捐物。

截至1998年年底，引黄工程共接收212笔捐款，计人民币201900.26元，其中1993年接收两笔捐款，计人民币10020元；1995年接收46笔，计人民币367902.71元；1996年接收134笔，计人民币1157453.55元；1997年接收30笔，计人民币474465元，1998年接收两笔，计人民币2100元。其中万元以上的捐款共有21笔。

接受捐赠物品共有20余次，计有面粉、小麦、白酒、生猪、矿泉水、皮鞋、手套、保温杯等物品。在这些捐款捐物的团体和人员中，有在革命战争年代和为建设新中国作出过重大贡献的老一辈无产阶级革命家和高级领导干部，有戎马一生、战功卓著的山西籍老将军、老红军，有远在大洋彼岸的晋籍华侨企业家和香港的商界人士，有普通的工人、农民、干部、教员和正在上中小学的学生，还有爱教爱国的宗教界人士。

比如，1993 年 5 月 27 日，古交市钢铁厂退休工人薄昌红为引黄工程捐款 1 万元。1994 年，洪洞县有个农民张国清，打了 3200 公斤粮食，交了公粮，留足了口粮，余下的 600 公斤粮食他没有上市，而是拉到了太原。他说："引黄缺少资金，我没有钱，只有这点余粮，我把它贡献给引黄工程，让大家蒸点馍吃。"

壶关县一青年农民，母亲有精神病，弟弟是弱智。他把家安顿好以后，骑自行车到了太原，找到引黄相关领导，说我没钱，但有力气，我要骑车到偏关，到工程上干活……

1995 年 1 月至 12 月，灵石县万事达公司总经理毛玉新捐款 10 万元。壶关县一名退休军人捐款 1 万元。柳林县兴无煤矿的 888 名矿工，听说胡富国书记到柳林县视察工作，自动捐款 28888 元，该煤矿子弟小学的孩子们，也捐款 1688 元。交口县双池镇康复门诊部 52 岁的医生葛文斌，是一位双目失明、双手致残的残疾人，1995 年 8 月 12 日他听了省委、省政府召开的万家寨引黄工程建设誓师动员大会的广播后，赶写了一封热情洋溢的慰问信并将 50 袋"86543 固本生命源"药品送到引黄工程总指挥部。盂县残疾人古米贵给引黄工程捐赠了一箱特制的便于施工的皮鞋，以表达他身残志坚支持引黄工程的心愿。太原市后小河小学的贾嘉、营房街小学六年级二班学生王亮和太原市三益公司范蕊等小朋友，都将父母给的压岁钱、零花钱节省下来，并给胡富国书记写了真挚热情的信，让转交给引黄工程。大同市希望小学的两名学生带着该校338名学生节省下来的零花钱2000元，来到省政协会议室向省领导表达全校来自14个省市、12个民族的338名孤儿对引黄工程的一片心意。

1995年12月12日，山西省佛教界人士为引黄工程捐款5.11万元。1995年12月18日，省交通厅及太旧公路总指挥部向引黄工程捐赠1.1亿元人民币，并为万家寨水利枢纽工程和CMC公司承建的总干8号隧洞工地的引黄建设者赠送了物品。1995年12月27日，薄一波等在北京工作的同志为万家寨引黄工程捐款15.5万元。

1996年2月2日，著名经济学家马洪托人将5000元稿费捐给引黄工程，以表达他对引黄工程的关心和支持。临汾市乔李村为引黄工程捐赠10.5万公斤小麦，折合人民币21.06万元。柳林县庄上村村委会主任张德廷捐赠5000元。太原市建筑工程总公司和太原市华北服装城全体职工为引黄工程捐款10万元。是日，晋城市郊区板桥村党支部书记李继荣等赴万家寨引黄工程工地慰问引黄工程建设者，并带去8万元汇款和4000公斤面粉。

1996年2月15日，原全国政协常委、中组部副部长乔明甫，在病床上让人代笔给胡富国书记、郭裕怀主席写信，并为引黄工程捐款3000元。温州太平洋集团公司董事长张庄勇先生为引黄工程捐款 2 万元。省建三公司为引黄工程捐款 10 万元。河北省西柏坡纪念馆为引黄工程捐款 500 元。

1996 年 4 月 7 日，在云南工作的 108 位山西籍老同志、在滇晋籍老干部向引黄工程捐款 51732 元人民币。

1996 年，《引黄工程报》编辑部收到残疾老人庞守礼的来信和 100 元捐款。庞守礼 15 岁就参加革命，后来患脑梗死致残，他 26 岁的女儿也是一个重度智力低下的残疾人。这样一个不幸的家庭，硬是从有限的生活费中，挤出 100 元捐给引黄工程。庞守礼在信中说："我虽不能和引黄人一起战天斗地、英勇拼搏，但我要做你们的后盾，要为你们鼓与呼。"

社会各界、干部群众所捐赠的钱和物，虽然在引黄这项宏伟工程中只是"沧海一粟"，但却最真切、生动地体现了广大人民群众对引黄工程的一片赤诚之心，极大地激励、鼓舞和教育了广大引黄工程建设者，转化成了一股强大的精神动力，推动着引黄工程建设、运营各个阶段工作的顺利开展。

（2016 年 7 月 16 日）

李文芳，1964 年生，曾任黄河万家寨水利咨询公司总经理、山西省万家寨引黄工程管理局（总公司）人事处处长等职。

# 运筹帷幄，永怀初心

## ——经济学家周其仁先生印象

李文芳

黄河落天走东海，万里写入胸怀间。自 2001 年以来，万家寨引黄入晋工程就夜以继日地造福三晋大地，人们不会忘记当年工程决策者的胆识和心血，也不会忘记那些国内外专家为之付出的智慧和汗水，周其仁先生就是其中一位杰出的代表。周其仁曾任北京大学中国经济研究院院长、央行货币政策委员会委员，是蜚声中外的经济学家。当年，他作为引黄入晋工程体制改革专家组组长，为引黄入晋工程的建设作出了不可磨灭的贡献，他的低调内敛、深沉博雅，他的大智大勇、远见卓识，给我留下了深刻的印象。在《摸着石头过黄河》一书再版之际，我写这些文字，再次表达对他的由衷敬意！

## 一

从1986年到2009年，我在山西省万家寨引黄入晋工程管理机构连续工作了23年之久，经历了这项大型跨流域调水工程的选线规划、设计论证、建设管理以及运行筹备、投产运营等全过程，切身感受到这项山西史上前无古人的伟大壮举，以及其对山西经济社会可持续发展所具有的重大战略意义。

引黄入晋，是造福三晋人民天大的好事，但也因巨大而复杂的各种困难曾多年悬而不决，起初主要是建设资金和施工技术两方面的困难，之后得益于改革开放，这两方面的问题得到了解决。然而，在取得世行贷款后，如何按世行要求与国际惯例接轨，确保引黄工程建设一次通水成功，长期安全运行，又成了新的难题。对于下决心完成这一历史性工程的山西决策者而言，必须拿到破解难题的密钥，而这个密钥就在于规划好与国际工程建设接轨的体制设计，这对于向世界打开国门不久的建设者来说绝非易事。几经研讨、反复权衡之后，省里决定进京请一个体制改革专家组，帮助进行引黄体制改革的设计。

引黄总指挥郭裕怀主席找到了国务院主管农村工作的国务委员陈俊生先生。陈先生认为可以请“农村经济体制改革之父”杜润生先生做引黄工程体制设计的总顾问，专家组的人选由杜老来推荐。郭主席遂登门拜访杜老，向他详细汇报了引黄工程体制改革各方面的情况，请他做体制改革的总顾问，同时推荐一个专家组。听了这些情况，杜老略加思索后说道："北京大学经济研究中心的国际认可度很高，学识水平、实践经验和对国情的理解都不错，是可以担当此任的。周其仁刚从国外修完学业回来，由他组织一个专家小组来做这件事，我想他会做得很漂亮。周其仁一懂国际惯例，二了解国情，三功力厚实，敏捷，尖锐，富有挑战性。我先打个电话和他讲一讲，你们见见面，先谈谈情况。我想，他一定会热心支持你的。"就这样，在杜老引荐下，周其仁教授于引黄工程建设的关键时期，担纲万家寨引黄工程专家小组组长，担负起引黄工程体制改革方案总设计师的责任。在此后的几年里，我作为引黄工程总监，在与周教授工作相处的日子里，听取并吸收了他对于引黄工程的许多建设性意见，也充分感受到他温文尔雅、卓逸出群的人格魅力和勤勉敬业、求精务实的可贵精神。

## 二

真正的经济学家总是胸中燃烧着思想的火焰，站在时代的前沿，把握着变革的脉搏。当时中国实施改革开放政策已经十多年了，但还有许多禁区尚未突破。引黄工程这么一个大型工程在市场经济和国际环境中所面临的各种困难，给我们带来严峻的考验。周教授大胆的思想、专业的眼光和雷厉风行的性格，对于处理一系列问题起到了重要的作用。周教授带领专家团队深入工程建设第一线，直面工程建设中的问题，以国际化视野和现代企业制度理念对引黄工程体制及其运营成本和要素进行了系统研究，指出一是要重视产权合约，二是应对市场的不确定性，三是注重企业的组织成本和监督管理成本。提出以产权清晰、权责明确、政企分开、管理科学为条件建立引黄企业制度。通过深入调研，周教授带领专家组拿出了《山西省引黄工程体制改革方案》(讨论稿)，对于如何满足世行要求，建立科学管理体制，作出了准确的把脉。经反复讨论修改后，由省委、省政府批准，正式付诸实施。

按照体制改革方案，首先设立了黄河基金，由省政府通过国有资产授权组建。随即确立投资主体，政府通过全额投资、控股、参股等方式，组建工程建设、运营、监理等公司，承担相应的风险，获取相应的收益，在条件成熟时可以到资本市场上融资。按照方案设计，在大型工程建设上，山西有了第一个可以推进水利工程滚动开发的投资主体，完成了从投入到投资的转变，一改过去普遍存在的只管投入、不问回报的建设状况。

《山西省引黄工程体制改革方案》施行后，极大地调动了各级人员的积极性，员工的潜能得到充分释放，责任心和工作热情空前高涨，工作效率大幅提高。我常为我们员工身上发生的巨大变化而感叹，常被他们的认真负责、自愿奉献的精神而感动！我也真切感受到“坏体制可以使好人变坏，好体制可以使坏人变好”的深刻含义。新体制对工程的顺利推进，起到了关键的、决定性作用。这在当时我国社会主义市场经济体制刚确立不久的情况下，实在是了不起的大手笔。

1996 年至 1998 年三年间，周教授带领他的团队先后就水价制定、水机构改革、工程合同、监理制度等课题进行了专项研究，考察了引黄济青、引滦济津等工程的运营状况，研究了世界银行的要求和国外水务公司的经验，提出工程竣工运营后，不仅要顺利归还世界银行的贷款，还要收回投资，产生回报。这就要求改变过去那种建设、管理、运营各不相干的状况，由一个主体负责到底；这就要求把地面水、地下水、当地水、过境水、净水、污水统一管理起来，在考察运营成本、考虑用户承受能力的基础上，通过引进市场机制逐步形成合理的水价；这就要求改变计划经济模式下形成的建设管理体制，对建设主体进行公司化改造，引进市场经济的激励机制、监督机制，使业主公司、监理公司和承包商之间形成“三元制衡”的关系，确保工期、质量和概算三大建设目标的实现。

周教授对引黄工程的各项研究和建设性意见，对于工程建设以及建成后引黄工程的运营和可持续发展，都具有指导性和前瞻性，实在是难能可贵。

## 三

周教授担任引黄工程体制改革方案总设计师之后，在引黄工程建设中投入大量心血和精力，他不畏艰难，甘于吃苦，率先垂范，身先士卒，时时处处严格要求自己。

当时自京入晋，一天只有两趟历时 8 小时的绿皮火车，为不浪费工作时间，他往往选择夕发朝至的那列。凌晨 5 点下车，我们接站用过早餐后，接着转乘汽车，马不停蹄径直到工地了解情况，是当时引黄上下公认的“工作狂”。他每天都工作十几个小时，但从来不知疲倦，总是一副精神饱满的样子。我觉得是敬业负责和工作专注激发出他无穷的精力。周教授思想敏锐，每次到工地视察，短短几个小时，就对情况了然于胸，且能准确把脉，切中要害，迅速提出解决问题的方案。他学识渊博，却处事低调，为人谦和，实地考察总是亲历亲为，从不放过任何一个细节。无论在工作中还是在生活中，他都表现出极高的品位和修养。

万家寨引黄工程跨越崇山峻岭，涉及十多个市县，面临复杂的地质因素，管理机构庞大，施工队伍众多，既有国内大型公司，也有国际知名公司。如何监管施工队伍，确保投资工期和质量达到合同要求，是引黄工程建设管理中的重要目标。周教授对各项施工合同悉心研读，准确运用，突出表现在对已进场的国内施工队伍的升级治理上。在引黄工程审批过程中，为缩短工期已有几十支国内施工队伍陆续进场试开工。而正式开工后，按照工程质量和工期要求，需对原有施工队伍进行甄别、提升。为此，周教授按照合同标准对其进行约束整治，亲自约谈施工单位的法人代表，就履约中存在的种种问题做了大量艰苦工作。这场升级治理活动，对促使承包商严格履行合同、提高工程质量、确保工程进度产生了重要作用。

周教授不畏强横，刚正不阿，在与国际承包商的反复较量中显示了令人钦佩的学识与智慧。引黄工程作为国内早期利用世行贷款实行国际招标的项目，我方在建设中多处于边干边学的状态，没有经验可谈，而对应的国际承包商却具有丰富的经验，往往试图低价中标，高价索赔，常常使中方措手不及。周教授利用自己的学识和经验，与一些国际承包商进行了卓有成效的博弈。意大利的一家大型国际公司，其使用的 TBM 掘进机在国际上是最先进的隧洞施工设备，施工效率为我国传统施工效率的 20 多倍。该公司项目经理自负刁蛮，长于发现合同漏洞，继而提出天价索赔，曾因此在小浪底工程和二滩工程上名声大噪。在引黄进场初期，因施工进度和质量未达到合同要求，他企图将此责任转嫁给业主，老调重弹提出索赔。对此，周教授通过现场周密调查后，与他进行了有礼有节、针锋相对的斗争。面对周教授慷慨激昂的陈词，该项目经理一改平时的趾高气扬，最终理屈词穷，低下了头。在收效仍不十分理想的情况下，经周教授建议，我们充分研究后，果断对其下达了停工令，并致函该公司总裁要求其来中国就现场存在的问题进行商谈。周教授以其雄辩的口才和高超的谈判技能，迫使对方不得不接受我方意见，更换了一再生事的项目经理。采取这些措施后，施工进度和质量才逐步回到合同要求上来。正如郭裕怀主席所说："引黄一期工程的质量和进度，停工令是个转机。"

还有家国际承包商的外籍工头曾对中方民工施暴，造成人身伤害。按说这样的事并不在周教授工作范围之内，但他知道此事后，在工程现场专门找到这个工头，对其进行了义正词严的训诫，并专程到宁武县公安局报案，由公安机关对他实施了拘留措施，最终将其驱逐回国。这也从一个侧面体现出周教授善良仁爱、同情弱势的人本情怀。

引黄工程完工验收时，一批院士都认为工程质量创造了水利工程建设史上的奇迹。引黄工程建设的成功，不仅给山西百姓带来实实在在的好处，还为后世留下了一笔宝贵的文化与精神财富。工程实施与国际惯例接轨的思路，使山西水利工程建设水平得以大幅提升，为长期计划经济体制下的管理方式带来了全新的理念，至今仍在发挥着积极作用。而作为最初的奠基者，周教授功德无量、功不可没。

男儿志兮天下事，但有进兮不有止。回想周教授伴随我们建设引黄工程的日日夜夜，我不由想起辛稼轩的词："醉里挑灯看剑，梦回吹角连营。八百里分麾下炙，五十弦翻塞外声。沙场秋点兵。"他作为万家寨引黄工程体制的总设计师，运筹帷幄，举重若轻，敢于担当，永怀初心，真可谓是大将风范，这首词正是对他的最好写照。虽然只有短短的四年时间，他对山西省万家寨引黄工程的贡献却足以记入史册。

（2016 年 6 月）

孙旭敏，1946年生，曾任引黄工程平鲁分指挥部指挥，偏关分指挥部指挥，建设总公司副总经理，黄河水利工程咨询有限公司副总经理，引黄工程管理局监理处处长，黄河水利工程咨询有限公司副总经理，黄河水利工程咨询有限公司总经理，引黄工程管理局副总工。

# 隧洞 TBM 掘进、PCCP 管线在引黄工程的成功运用

孙旭敏

山西天生就是一个缺水的地方，地处我国北方，每年的降雨量中北部地区只有不到 400 毫米。山西又是一块台地，中间高四周低，每年的降水又有很大一部分都流到省外去了。再加上山西是一个煤炭开采供应大省，大量煤炭开采又造成一些地下水资源的流失，使山西的缺水状况雪上加霜，严重制约了山西的经济发展，甚至威胁到省会太原和北部几个城市的安全。因此山西省委、省政府决定引黄入晋，解决山西严重的缺水问题，并得到了国家的支持和批准。山西人民盼望引水由来已久，称引黄工程是我省的

生命工程，功在当代、利在千秋。

山西省委、省政府高度重视引黄工程的建设，成立了山西省万家寨引黄工程总指挥部，对工程的建设实施全面领导，并组建了山西省万家寨引黄工程管理局，实施引黄工程的筹资、建设、运营、还贷等工作。在引黄工程的建设中，总指挥部要求全体参加工程建设的单位和人员，要以对人民高度负责的态度，以满腔热忱投入工程建设，要树立“合同是圣经”“责任重于泰山”“工程质量是工程的生命”“百年大计，质量第一”的观念，如履薄冰、如临深渊，把引黄工程如期建设成高质量的优质工程，向山西人民交出一份满意的答卷。引黄工程在设计和建设中始终坚持采用先进的施工设备和技术，确保工程建设的进度和质量；要有高水平的自动化控制，使工程运营达到无人值班、少人值守的水准。工程结束后，要培养出一批有经验的技术人员，要出一批有分量的技术成果，向人民交出一个经得起时间考验的优质工程。

在引黄工程施工中，单洞较长的隧洞采用了硬岩双护盾全断面掘进机（即 TBM）进行掘进，管线采用了 PCCP 管这两项新技术，对引黄工程能够如期完工、按时通水起到了非常重要的作用。

## TBM 在引黄工程的运用

引黄工程从黄河万家寨水库取水，经过总干线、南干线、北干线和联接段共 368 公里的工程线路和 5 级泵站提水，把水送到省城太原、北部城市大同、朔州及沿途的其他城镇。由于引水线路大部分在吕梁山山脉中穿过，隧洞工程是引水线路的主要工程形式。全线共有隧洞 25 条，单洞长超过 10 公里的有 7 条，其中最长的两条隧洞是南干的 7 号洞，单洞长 42.568 公里，北干线 1 号洞总长 53.994 公里。长隧洞埋深较大，若采用钻爆法开挖要安排很多支洞，埋深越大支洞越长，坡度越陡，会增加太多的工程量，增大工程投资。比选之后，引黄工程拟定长隧洞全部使用世界先进的隧洞掘进机，即双护盾全断面掘进机（TBM）进行隧洞施工。

使用 TBM 进行隧洞施工，其优点是，掘进速度快，可达到钻爆法的 6~10 倍，掘进衬砌一次成型，减少工序干扰，减少支洞开挖，节省工程量和投资。由于支洞减少，可相应减少施工用电、用水、施工场地和施工交通的准备工作，施工临时征地也可大幅度减少。隧洞衬砌所用的砼管片采取工厂化生产，速度快，便于质量控制。施工人员由于都在护盾内和已衬砌管片的洞内工作，相对比较安全。掘进机由于采用刀盘切割岩石进行隧洞掘进，不需爆破，省去火工产品的准备、仓储、运输等环节。同时隧洞开挖岩面非常规则，围岩非常完整。在整个工程建设期，引黄工程先后四次使用了 7 台掘进机，打通了 9 条长隧洞，保证了引黄工程所有隧洞按时完工，全线顺利通水。

选择一个合格的施工单位是工程施工的重要环节，所以第一次招标，引黄工程采取了国际招标，引进国际上有经验的施工队伍。在第一台掘进机施工取得成功后，后来三次招标则采用了国内招标，但要求承包商应是由国内施工单位和国际承包商组成的联合体，这样既保证了施工过程中有足够的施工技术支持，又培养了联合体中国内承包商的技术人员。实践证明这是一个成功的决策。在引黄工程建成通水后，引黄工程建设中许多使用过掘进机的施工单位，都转到别的工程使用掘进机进行隧洞施工了，掘进机技术在我国很多工程项目上得到推广。

引黄工程在使用掘进机进行隧洞施工过程中遇到了很多地质难题，如软岩和土洞段、溶洞、断层、膨胀岩、地下水等。随着掘进机穿过这些特殊地质问题的洞段，各种处理措施都成了工程建设的宝贵经验，使参加引黄工程建设的人得到了很大的锻炼和提高。TBM 是硬岩掘进机，在土洞段掘进机头易下沉和顶部塌方，造成管片安装困难和安装高程超限，顶部塌方有时还需停机处理。必须针对土洞段的具体情况采取相应的办法，确保 TBM 能顺利通过。引黄工程前后共遇上了 8 段土洞段和多处软岩洞段，出现过塌方，也出现过停机，想了很多办法，解决了难题，最后都顺利地通过。TBM 在遇到溶洞时会有风险，特别是遇到大的溶洞时机头可能会跑偏、下沉，甚至会跌入洞内。引黄工程在 TBM 掘进时多次遇到溶洞，在总干 6 号洞遇到最大的一个溶洞有 17 米长，特别是在南干 6 号洞施工中遇到的溶洞特别多，施工中遇见溶洞都进行了针对性处理，以保证 TBM 顺利通过，保证管片四周有一个稳固的基础和依托。TBM 在掘进中常会遇到断层，一般的小的裂隙和断层，影响带不宽，填充物较密实，掘进中不需要停机，可以正常通过，只是灌浆时要加强灌实。如果断层较大而且影响带较宽，里边的填充物又比较松散或者多为泥质的东西，千万不能侥幸硬闯，一定要把机头前边的松散体固结，然后再向前掘进。

如地质预报洞轴线周边有膨胀岩，要根据所提供的地质相关情况，及时更换刀盘上的边刀，加大开挖断面，提高掘进速度，使TBM的护盾在围岩发生重大变形前很快越过，让变形缩孔总是发生在已装好的管片区。洞内排水是TBM施工始终要考虑的问题，如条件允许，TBM最好打上坡，便于排水。如果条件不具备，必须打下坡，排水设施必须有保证。引黄工程先后使用了7台TBM，除上述这些共性问题外，每台TBM在掘进中都还遇到了很多需要及时处理的技术问题。通过对这些问题的处理，引黄工程锻炼了一大批具有TBM管理经验的技术人才。参与引黄工程TBM施工单位、监理单位的技术和管理水平也都得到了很大的锻炼和提高，这些人员后来都分别参加了四川坪上、辽宁大伙房引水、辽西调水、新疆伊宁南大坂引水、青海引大济湟、甘肃引洮、新疆引水喀双隧洞工程、山西中部引黄等工程的TBM的施工和监理工作。

引黄工程总干线6、7、8号隧洞共计21.353公里长，第一次使用了TBM掘进施工，共用掘进时间31个月，平均月进尺为688.8米，最高月进尺为1024米。南干线第二次共用了4台TBM施工，其中4、5、6号洞总长共计47.293公里，使用了2台TBM对打。在5号洞中贯通时，上游TBM共掘进26.222公里，下游TBM掘进21.071公里。上游TBM平均月进尺为970米，最高月进尺为1822.01米。下游TBM平均月进尺为724.6米，最高月进尺为1366.98米。南干线7号洞总长共40.975公里，同样采用上下游2台TBM对打，隧洞贯通时上游TBM掘进21.611公里，下游TBM掘进19.364公里，上游TBM平均月进尺为709米，下游TBM平均月进尺为668米，最大月进尺为1323.99米。联接段7号洞长13.332公里，第三次用了1台TBM掘进施工，由于围岩情况较好，总共用了10个月，隧洞就贯通，月平均进尺1333米，最高月进尺1637.5米，最高日进尺达到113.21米，被美国TBM制造商誉为同直径TBM的最高世界纪录。北干线1号洞下游段25公里，第四次用了1台TBM掘进施工，平均月进尺和以上几台TBM大体相同。引黄工程施工中的长隧洞全部使用了TBM掘进。从以上TBM平均月进尺的速度看，相比用钻爆法施工单个工作面进度都要快6~10倍，甚至10倍以上。充分显示出TBM在隧洞掘进中速度快的优越性。TBM的快速掘进有力地保证了引黄工程隧洞如期完工，为引黄工程按时通水打下了一个坚实的基础。

## PCCP管在引黄工程的运用

PCCP管即预应力钢筒混凝土管，是由薄钢板、高强度钢丝和混凝土构成的复合管材，PCCP管材具有承受内外压较高、防渗性能好、经济寿命长、防腐性能强、维护方便等优点，由于它采用承插口连接，安装方便快捷、便于施工、抗震能力强，又由于PCCP管材是工厂化生产，管子的制作高效、快捷，大大缩短了管线的建设周期。PCCP管1939年由法国邦纳管道公司设计并首先制造，20世纪40年代欧美竞相开发，广泛用于跨区域大型输水工程、工业输水管线和农业灌溉配水管网、城市自来水和市政压力排污主管道和倒虹吸工程。美国使用 PCCP 管道最多，其次在美洲、欧洲、非洲、亚洲的一些国家也得到广泛使用。

PCCP 管线我国开发研究较晚，20 世纪 80 年代才开始研制。在引黄工程设计阶段，我国只有几家能生产直径 2.2 米以下的小管径 PCCP 管材，中大型管径的 PCCP 管材还没有哪个厂家生产过，也没有使用过。

引黄工程联接段设计管线 44 公里，北干下游段有 100 多公里的管线。联接段 44 公里管线设计为直径 3 米的管材，是 2000 年一期工程首先要开工的项目，引黄工程设计使用 PCCP 管材主要基于其性能先进、经济寿命长、工厂生产、安装方便，能保证工程建设时的施工工期和建成后的长期稳定运行。但我国当时还没有生产过直径 3 米的管材，又给工程建设带来一定难度。面对这样的实际情况，引黄工程决定采取国际招标，选择有经验的国际承包商来工地建厂生产。

引黄工程于 1999 年开始进行 PCCP 管材的国际招标，此时离引黄一期工程完工具备通水条件仅有两年半多一点的时间。欧美一些国家和中国台湾地区的几家公司前来参加投标。评标结果台湾的一家公司为第一中标人。但引黄工程是使用世行贷款的工程项目，中标单位必须得到世行驻中国办事处批准才有效。因台湾地区的特殊情况，这家公司的履约保函的开具地和公司所在地不一致，被世行驻中国办事处否决，与此同时评标的第二名和第三名也被世行否决。世行同意评标第四名的一家欧洲公司中标。可在合同谈判中又出了新的问题，承包人提出生产安装 44 公里的

PCCP管工期不合理，要求工期为36个月。这样业主确定的完工和通水的日期就需向后推迟6个月，如若业主要求仍按标书的30个月完工，承包商提出要业主支付6个月的赶工费用。业主认为投标人严重背离招标文件有关条款原则。此时业主和世行分歧较大，业主宣布该次招标失败，并通过国家有关部门进行了拒标，世行为此撤走了7500万美元该项目的贷款。

事情到此工程建设遇到了一个很大的难题，引黄工程请了国内有PCCP制管经验的技术人员和国内生产厂家的技术人员共同研究，探讨国内PCCP管生产的各种问题，前后经历了几个月时间。此时距通水的日期只剩下26个月。最终引黄工程决定采用国内招标由国内承包商生产。生产中选择强有力的监理单位严格控制制管质量，请一家有PCCP制管经验的国外公司派专家给监理单位作技术咨询。这样又开始了PCCP管国内招标工作。

经过国内公开招标，山东电力和无锡华毅两家公司中标。这两个公司是国内生产PCCP业绩最好的单位，但3米直径的PCCP管都是第一次生产，厂里把所有的技术力量都投入到这个项目上。由于世行驻中国办事处不相信中国的工厂能生产出合格的3米PCCP管子，两个生产厂家都憋了一股劲，把制作3米管子当作为中国人争气的工程。监理单位对生产的每个环节严格把关，采取100%的检测和工序签票制度，每一个部件每一道工序，没有监理人员的签字不得运往下一个车间。国外的咨询专家随同我们的监理人员跟班作业。功夫不负有心人，通过业主、承包商、监理、设计单位和国际咨询专家的共同努力，一批批合格的管子源源不断地运往工地进行安装。业内很多技术人员和专家对管子的质量和生产情况给予了充分的肯定。世行的专家到厂家检查 PCCP 管子生产情况时也改变了以前的看法，认为引黄的管子比利比亚的管子要好，质量完全合格，并称赞说：“这与监理人员实行严格的工序控制是分不开的。”引黄的管子不仅质量完全合格，而且还缩短了制作工期，节省了 6000 万元的投资，国际承包商认为合理工期为 36 个月，而国内生产厂家仅用了 19 个月就完成了制管任务，距工程确定的通水日期提前了 7 个月，给管子的安装留下了十分宽松的时间。

引黄工程在 PCCP 管子引入我国时间还不长的情况下，大胆支持了国内生产厂家生产，为引黄工程的建设开创了一个很好的局面，坚定了创新的观念，保证了工期，减少了投资，为后来的运行打下了一个好的基础，更主要的为 PCCP 管道在我国的推广起到了一个先导和示范作用。在引黄工程建设和建成后，有很多工程单位派人前来引黄参观学习，开始使用 PCCP 管子，在我国各个行业很快形成了 PCCP 热。PCCP 管道在几年之内得到了迅速推广，PCCP 管子越做越大，线路越做越长。PCCP 管的生产厂家几年之内由几家发展到上百家。引黄工程的技术人员和参加引黄工程建设的单位也都又陆续奔赴祖国各地参与其他工程项目 PCCP 管道的建设。

山西通过几代人的努力，引黄工程在总指挥的正确领导下，于 2002 年一期工程建成并通水到省城太原。2007 年又开始兴建北干线，于 2010 年建成通水到山西北部城市大同、朔州及沿途城镇。山西人民盼望已久的解决山西缺水的愿望得以实现，中北部城市严重缺水问题得到了缓解。引黄工程能够按照预定工期顺利完工，按时实现通水目标，与引黄工程确定在施工中采用 TBM 进行长隧洞的掘进和管线使用 PCCP 管子的施工新技术是分不开的。

（2016 年 6 月 23 日）

梁晋平，1960年生。1984年8月入职山西省人民政府引黄工程领导组办公室工作。曾任山西省万家寨引黄工程总公司施工管理部主任、宁武分局局长、工程管理处处长、管理局副总工程师兼山西万家寨建筑安装工程有限公司总经理、管理局副总工程师兼平鲁分局局长、管理局副总工程师兼质量监督处处长等职务。

# 献身引黄事业，共建生命工程

梁晋平

万家寨引黄工程是目前我国已建或在建跨流域引水工程中线路最长、扬程最高、引水流量最大的工程之一。并且黄河水含泥沙多，给单级扬程142米、单机流量6.45秒立方米水泵的长期、安全运行出了一个世界级难题。引黄工程利用6台TBM施工，是继英吉利海峡海底隧道施工使用11台TBM后，世界上在建工程中使用数量最多的。南干线长42.569公里的7号隧洞属世界最长输水隧洞之一。引黄工程还引进外资、先进设备和技术，又有国外承包商参与施工，开我国大型跨流域引水工程之先河，是一个名副其实的世界级国际工程。

作为一名学水利水电工程建筑专业的大学生，我 1984 年毕业后就投身到万家寨引黄工程，亲历了工程的勘察设计、前期准备、主体工程施工和通水运营的全过程工作，并且长期工作在工程建设一线，是引黄工程给了我千载难逢的好机会，我满腔热情地、无悔无怨地为工程建设奉献了自己的青春年华，工程也造就了一批像我一样为引黄入晋无私奉献的人们。

记得 1990 年 7 月分管引黄工作的郭裕怀副省长在省七届人大常委会第 12 次会议上作出《关于兴建万家寨引黄工程筹备情况的报告》后，总指挥部立即着手开工前的最后准备，安排我们一批年轻人到甘肃引大入秦工程去学习国际工程管理和 TBM 施工。虽然引黄工程到 1994 年才有 TBM 进场施工，但这次学习使我们对 TBM 设备和 TBM 施工技术有了初步的认识和了解。从此，我与 TBM 结下不解之缘。

1994 年 8 月份引黄工程使用的第一台 TBM 在总干线 6、7、8 号隧洞开始掘进不久，领导就安排我作为业主现场代表全面负责 TBM 施工管理工作。老实讲，当时业主、工程师和设计单位所有参与 TBM 施工管理工作的人员对 TBM 施工和管理还是很陌生的，极具挑战性。因此，所有人员能虚心学习探索、刻苦钻研、协同配合、攻坚克难，及时解决施工中遇到的各类复杂问题，不敢有丝毫懈怠。TBM 在土层中施工、TBM 轴线偏移纠偏、土层塌方施工、长隧洞贯通控制等难题一个一个解决了。其中针对豆砾石回填灌浆质量检查，各方共同研究确定的现场压水试验方法和判定标准填补了我国TBM施工质量控制的一项空白，曾受到我国灌浆大师孙钊先生的高度评价，更可贵的是为引黄工程以后使用TBM施工积累了丰富的实践经验。

在总干线7、8号隧洞已贯通、6号隧洞即将贯通前，根据工作需要领导又安排我到宁武分局工作，负责国际Ⅱ、Ⅲ标4台TBM施工管理。宁武分局所辖工程线路长92公里，其中隧洞有90公里，其地质条件是引黄工程中最复杂的地段。郭裕怀总指挥特别注重对年轻人的培养和锻炼。1999年又让我们几个分局长到工程最艰巨的几个标担任工程师代表。我是国际Ⅱ、Ⅲ标的工程师代表。国际Ⅱ、Ⅲ标战线长，由国际承包商同时使用4台TBM进行施工，其管理难度较总干线6、7、8号洞要复杂得多。这一年是我参加工作32年来最艰难的一年，感受最深。当时由于承包商质量保证体系不健全，TBM又处在调试磨合期，进度不理想，质量不满意，导致了全线停工。在经过停工整顿后，承包商建立健全了质量保证体系，复工后工程建设和管理逐步进入了正轨，进度和质量逐步提高。在全体参建人员的共同努力下，土洞段、岩溶发育段、煤系地层、膨胀岩段、断层破碎带等复杂地质地段已基本通过。TBM还创造了月掘进1821.51米的同类断面TBM世界新纪录，国际Ⅱ、Ⅲ标工程按期完工，并实现试通水。

2005年至2008年，我又到平鲁分局工作，负责北干线1号隧洞钻爆法和TBM施工的管理工作。2009年至2010年参与引黄工程北干线建设管理工作。我在引黄工作的大部分经历都伴随着TBM的施工和管理工作，因此，在隧洞钻爆法和TBM施工管理方面积累了一些经验。2011 年 3 月我有幸受聘于意大利 CMC 公司，任青海引大济湟调水总干渠工程项目经理，经过四年多的艰苦努力，被国内水利界专家称为“世界罕见、国内少有”的复杂地质条件的调干隧洞工程于 2015 年 6 月 30 日顺利贯通，2015 年 12 月 15 日实现试通水，给青海人民交了一个满意答卷。

回想自己 30 多年引黄的工作生涯，从一名刚毕业的大学生，到一名在国内 TBM 施工领域稍有成就的工程师，得益于郭裕怀总指挥和历届领导、专家对我们的严格要求、精心培养和教育，得益于万家寨引黄工程的建设机遇。正是有了这些领导、专家的严格要求，大胆把担子压给年轻人，放手让我们工作，才会有万家寨引黄工程的如期完成，才会有我的今天。

（2016 年 6 月）

常青，1965年生，1986年7月参加工作，1997年至1999年曾担任山西省政协主席、引黄工程总指挥郭裕怀同志的秘书。

# 我心中的引黄工程、引黄人

常　青

“君不见，黄河之水天上来，奔流到海不复回……”千百年来，自西向东浩浩荡荡、流淌不息的黄河水在流经山西时转而向南，自北向南绵延几百公里，与山西擦肩而过，直到晋南才折而向东，汇入大海。囿于大山阻隔的地理之困，勤劳朴实的山西人民守着干涸贫瘠的土地，只能望河兴叹。引黄入晋也由此成为萦绕在三晋儿女心头的一个夙愿。

1983年，郭裕怀同志由离石县委书记任上直接调任山西省副省长，并开始负责引黄入晋工程。在其后的十几年里，他虽先后担任省委常委、常务副省长、省政协主席等职务，但受省委、省政府委托，引黄工程这副重担他一直挑到了退休。2002年，引黄工程胜利实现向太原供水。看着黄河之水哗哗入晋，滋润着农田企业，供应着千家万户，想着三晋人民的一大梦想最终得以实现，郭老感慨万千，奋笔疾书，利用一年多的时间，完成了这部28万字的山西水利史上具有里程碑意义的纪实性文学作品《摸着石头过黄河》，并于2006年年底出版发行。这本书翔实地记载了三晋人为引黄这一彪炳史册的大业所经历的艰辛，全景式地展现了工程实施的整个过程。十年之后，郭老的这本《摸着石头过黄河》又将再版发行。刻录昨天是为了更好地铭记过去的光辉岁月，铭记历史是为了更好地激励和启迪后人。喝着甘甜的黄河水，我们理应为伟大祖国改革开放带来的发展机遇，为心系三晋、始终关心关注支持引黄工程的各级领导干部，为百折不挠、历尽千辛万苦的引黄人喝彩、点赞、鼓掌。

我多年跟随在郭老身边工作，亲身经历过的事情数不胜数，现在回想起来仍历历在目。有些事情在当时看来似乎再平常不过，然而恰恰就是这样一些小事，折射出了郭老对事业的追求，折射出了郭老和他带领的引黄工程一班人十余年为理想而奋斗的艰难光辉历程。这些事情，或许就是对成功实现引黄入晋最好的注解。

引黄工程总指挥部设立在省城太原，为了更加清楚地了解工程一线的情况，掌握第一手资料，郭老几乎是每隔一两个星期就要跑一趟位于晋西北偏关县的万家寨水利枢纽工地。20世纪90年代的山西，交通基础设施条件还很落后，从太原到万家寨沿途连条像样的省级公路都没有，遑论高速公路。这就意味着单程跑一趟万家寨就要耗费五六个小时。这还不算，最受不了的是坑坑洼洼的路面。一路坐车颠簸下来，我们随行的几个年轻人都感觉浑身像散了架一样，何况当时已经是60多岁的郭老。往往是还不到目的地，郭老在半路上就已经吐得昏天黑地，最严重的时候，把胆汁都吐了出来。即使是这样，到达万家寨后，他还是顾不上休息，仍要硬撑着听相关负责人的汇报，到一些工程关键点实地察看，马不停蹄，一刻不得闲。

引黄项目是个投资上百亿元的特大工程。管好、用好每一笔款项，尽量避免增加制度成本，确保"好钢用在刀刃上"、花钱花在关键处，是郭老必须动脑筋抓好的一件大事。他首先从自身做起，给自己和身边工作人员"约法三章"：不在任何工程中为任何人说情打招呼，不拿引黄工程管理局一分钱的补助，不在引黄工程管理局报销一分钱。并明确要求引黄工程系统的干部职工一定要树立过紧日子的思想，工程以外的开支能俭则俭、能省则省。记得初到万家寨工地检查工作，地方负责同志一听说领导要来，按惯例都要迎来送往，这种形式主义的做法耗时又费力，郭老很是反感。明确要求，除非协调工作中需要当地领导参加，否则一概不见。每一次到工程一线检查和协调工作，都有大量的事情需要处理，有时候在招待所一住就是好几天。郭老对食宿标准要求十分严格，从自己做起，不住高档房间，吃饭坚持"四菜一汤"，谁都不许破此定例。他还多次给大家讲述钱正英同志来引黄工程一线视察时，严厉批评高标准接待的事例，用以告诫大家不得逾规越矩。有一次中午吃饭的时候，陪同的引黄工程管理局负责同志看到郭老那么辛苦，就自己做主多加了一道菜：红烧水库草鱼。红烧鱼刚一端上桌，郭老的脸色就变了，铁青着脸坐在椅子上一言不发，也不动筷子。过了一会儿，等情绪稍微有些平静下来，严厉批评道：“早就三令五申不许奢侈浪费搞特殊，为什么当成了‘耳旁风’。”直到负责同志承认了错误，撤掉这道菜才算了事。以后每次到万家寨工地检查，食堂里做的都是简单的当地农家饭，可口节俭。类似的事情还很多，时间一长，工地上的一些年轻干部不无揶揄地说：“这么大的领导管这么细，买把笤帚都让我们货比三家，这老人家也太抠了。”如果说郭老对手下人的要求是严厉的，那么对家人的要求则可以用“严苛”两个字来形容。郭老的孩子在河北当兵，有一次回家探亲，返回部队时间很紧，怕误了报到，走的时候就向引黄工程管理局借了一辆车。得知此事的郭老为此大发雷霆，将引黄工程管理局相关负责人和我们几个身边工作的同志叫来劈头盖脸一顿好训：“谁给你们这么大的权力，用公家的车送他回部队，赶快给我追回来。”随后，郭老的儿子连人带车让人在半路上追了回来，自然少不了挨一顿批评教育，最终还是自己买了张火车票回了部队。

引黄工程作为“中国第一、世界少有”的工程，需要在地质条件十分复杂的高山深处建设封闭式、长距离隧道输水系统。根据世行贷款协议要求，同时从技术需求出发，工程建设引入了国际承包商。与国际承包商因质量、工期等问题产生的各类“摩擦”“碰撞”可以说是不可避免的，甚至少不了谈判桌上的“唇枪舌剑”。在每次的“交锋”中，郭老都据理力争，特别是在原则问题上寸步不让。有一次谈判过后，聘请的翻译和我们几个开玩笑说："想不到平时这个平易近人、和蔼可亲的老头在谈判桌上较起真儿来真是一点儿也不含糊，这一点，连外国专家也不得不佩服。"

引黄工程建设中，需要克服种种技术难题，有的甚至是世界性技术难题。郭老深知人才在引黄工程建设中的重要性。省里组建了一支由曾在水利战线上工作多年退下来的老领导、老专家组成的顾问团。凡作出每一项重大决策，只要是技术层面上的事，郭老都要问计于他们，尊重每一个人提出的每一条意见和建议，反复综合分析、比较，力求做到科学审慎。对于老同志、老专家们的生活问题，只要不违反原则、规定，郭老都要责成有关部门给予尽力关照。对此，曾有人提出过异议：顾问团就是个形式罢了，顾上了就问问，顾不上就不问了嘛。这样的言论传到郭老耳中，他立即予以驳斥：老同志、老专家们就是山西水利战线上的"活地图"，他们有着几十年的丰富经验乃至深刻教训，我们搞这样一个前无古人的工程，就是应该多听听他们的声音。为了解决专业技术人才缺乏的问题，郭老还三上清华演讲，招聘了好几名清华大学水利系高材生。

引黄既是一项改造自然的工程实践，更是一项重大的改革创新实践。引黄实施的过程，本身就是一个观念不断更新、改革不断深化的过程。如此浩大的工程，首先需要解决的当然是资金问题。围绕弥补本省建设资金不足问题的一场深刻革新历程由此展开。从一开始的单纯向国家要投资，到后来的向国家要政策，即争取吨煤水资源补偿费，再到接轨世界——引进世界银行贷款，一步步印证了计划经济思维向市场经济思维的大转变。特别是当引进世界银行贷款后，触发了省委、省政府和引黄人对水权、水市场、水价等问题的深层次思考，围绕引水、管水、用水的综合性改革已势在必行。要实现这样的革新转变，在20世纪末的思想环境中，实属不易。因此顶层设计就显得尤为关键，于是郭老找到了被誉为“中国农村改革之父”的杜润生。作为资深农村问题专家，杜老曾连续5年主持起草了“中央一号文件”。他是山西太谷人，对家乡的建设一直很关心。面对急切上门“搬救兵”的郭老，已届耄耋之年的杜老慨然应允，并以他独到而敏锐的目光，向郭老推荐了周其仁教授。其仁教授出生于20世纪50年代，其时刚从国外修学归来，是业界公认的经济学家中的“少壮派”。他才思敏捷，敢于挑战，看问题一语中的，年轻时曾在黑龙江北大荒插队多年，任务是为生产队打猎，颇具“猎人的风采”。有杜老的推荐，面对郭老的求贤若渴，其仁教授没有丝毫犹豫，很快带领他的团队来到了山西。改变旧的体制本就不易，工程涉及的领域又多，且没有任何前例可循，一个个难题时不时地会冒出来。遇到疑惑，郭老总少不了找杜老登门求教。一次次的秉烛夜谈，杜老总是倾囊相授，指点迷津，每每在关键时刻都能起到“拨云见日”的效果。而年富力强的其仁教授则一头扎入引黄一线，搞调研、抓培训、做设计，念兹在兹，夜以继日，雷厉风行。当年我有幸跟随郭老近距离聆听了杜老的教诲，领略了其仁教授的风采，目睹了改革的一步步实施。我常常想，正是引黄这一伟大的工程实践，使80多岁的杜老、60多岁的郭老、40多岁的其仁教授找到了事业的契合点。他们于世纪之交聚首，因彼此的人格魅力而互相吸引，为了一个共同的宏伟目标，为了心中的这条大河和她哺育的土地、人民。这样，杜老宏观指导，其仁教授咨询设计，郭老倾力推进实施，他们肝胆与共、携手攻坚，从引黄投资体制、建设体制和营运体制等入手，推动了一场深层次变革。尤其围绕建设一个高质量的、永续利用的工程，在建设体制改革中，一步到位与国际惯例接轨，全面采取了“业主——监理——承包商”三元制衡模式。而在当时，这些理念和运作方式尚未在国内广泛采用，引黄工程由此为国内大型工程项目在建设体制和管理模式上摸索出了一条新的路径。这是引黄人尊重规律、尊重科学的选择，也是与时俱进、顺应时代潮流所做的一道必答题，他们不负重托，交出了一份高分值的答卷，回应了当年省委、省政府和全省人民对工程的期许：完成了一个好工程，培养了一支好队伍，创建了一个好体制，创造了一批科研成果。同时还促进了引黄沿线道路、通信等基础设施建设，为一方经济发展奠定了良好的基础。

我们从引黄工程建设历程中感受到的是一种义不容辞的时代责任，一种勇于担当的政治责任，一种尊重自然的人文精神，一种积极探索的创新精神，这些都可以称得上是一笔笔弥足珍贵的精神财富。我作为跟随郭老为引黄事业做过一些力所能及之事的其中一员，如今自己也已在基层主政一方多年。每当重温引黄入晋那场波澜壮阔的伟大实践，总会深深体会到创新、担当、作为是每一个领导干部应该具备的政治品格和不懈追求，不管时代如何变迁，要始终信念不变、精神不丢、初心不忘。

“黄河浩荡兮九曲回肠，牵龙入晋兮泽被四方。”引黄路，是一条坎坷曲折之路，是一条上下求索之路，更是一条泽及后世之路。那些“摸着石头过黄河”的人们，值得后辈永远记取。他们的创新拼搏精神，更值得后辈传承弘扬。

（2016 年 6 月）

朱晓东，1972 年生，曾任引黄工程管理局计财处处长等职务。

# 不忘初心，情系引黄

朱晓东

郭主席嘱咐写一篇有关万家寨引黄工程的回忆，受命之际，感叹光阴似箭，日月如梭，转眼之间距进入引黄工程参加工作已整整 20 年。回望在引黄走过的时光，深深怀念起那段开阔视野、增长见识、磨炼意志、收获友情的岁月。

## 感受引黄

1996 年 7 月，大学毕业后，我被分配到引黄工程宁武分指挥部接受一线锻炼。参加工作之前，对引黄入晋了解并不多，概念里只知道这是一个大型调水工程，是山西的重点工程，是省里领导十分重视并倾注很多心血的工程。待到离开繁华的省城太原，奔赴项目现场，跑工地，钻隧洞，翻山越岭，过河跨沟，频繁穿行在晋西北的工程一线，逐渐对这项宏伟工程的概况有了更深入的了解，对这项生命工程的战略意义有了更深刻的认知。

引黄工程调水线路总长400多公里，最长的引水隧洞就达到40多公里。工程建设沿线地质情况十分复杂，掘进施工要经受土洞段、高水压段、煤层段的严峻挑战，工程难度和强度都很大。并非工科生的我，一时对泵站、机组、TBM掘进、PCCP、埋涵等专业词汇感到陌生，但也激发了我不甘落后、求知求学的热情。初出茅庐的我，切身感受到了工程的巨大规模，感受到了工程的高科技含量，内心激动着、兴奋着，为自己能够成为一名引黄人而感到骄傲和自豪。

引黄入晋点多线长，工程建设初期，不通高速路，缺少快捷的交通工具，通信联络也不十分方便。虽然工作生活条件比较艰苦，但记忆中更多的是这样的情景：有70高龄的技术人员依然奔波在工地，有带着药罐出现在施工现场的项目经理，有广大离家别舍、久住工地的普通劳动者，有为了加快工程进度日夜操劳、费尽心思的各级领导……在引黄精神的感召下，一大批不畏艰辛、不辞劳苦、呕心沥血的引黄人支撑起了这项伟大的工程！初出校门、步入社会的我，不知不觉融入了这个团队，在艰苦奋斗的氛围中熏陶着，在无私奉献的环境中成长着。

十多年之后，根据组织的安排，我相继到晋南的两个县工作，每次深入到村庄田野、河渠水库时，那种遥远的亲近感总会涌上心头，也总想把更多的心思、更多的精力用在改善农田水利条件、农业基础设施等民生工作中，这样一种朴素的情结，我想还是源于在引黄入晋基层一线的锻炼吧。

## 感知引黄

如果说规模大、高科技作为初识引黄的感受，那么底蕴的厚重、视野的开阔、创新的精神，则是我感知引黄内在品质的深刻印记。

历史让人厚重。引黄入晋是一项造福当代、惠及子孙的工程，凝聚了三晋人民千百年的追求与梦想。随着工作的深入，引黄入晋如同一幅长长的历史画卷，伴随着岁月变迁、时代更替的脚步，徐徐地在我面前展开。据《汉书·沟洫志》记载，汉武帝时即曾有引黄入晋的设想。民国时期，山西诸多水利专家亦曾三赴现场踏勘过引黄入汾的线路。但由于时代局限、经济技术等原因，引黄入晋的设想也只能是萦绕在三晋人民心中的梦想。1958 年，在中央召开的成都会议上，毛泽东主席首肯了引黄入晋济京的设想，自此，引黄入晋拉开了帷幕。在此后的几十年间，历经初期酝酿、方案论证、评估立项、资金筹措、开工建设与通水运营，几经曲折，充满艰辛。正是这样厚重的历史底蕴，对生命之源、文明之源的渴望，激励着一代又一代的引黄人追求着黄河润三晋的宏图。

远见让人敬仰。高度决定视野，视野决定思路。引黄工程既是战天斗地对自然的改造，也是砥砺磨炼对人思想的升华。对此感触很深的是一次培训。1997 年春节刚过，从大年初二开始，引黄工程总指挥部举办了全体职工参加的体制转型培训。郭主席有一个开班讲话，他强调通过引黄工程建设，不仅要交出一个合格的工程，还要交出一个全新的体制，交出一批科研成果，交出一批人才。之后北京大学经济研究中心周其仁教授等人围绕引黄工程体制改革方案，放眼全球，从国际到国内，系统地讲解了市场和价格机制、现代企业制度、激励机制等方面的理论，介绍了二滩水电站、鲁布革水电站、引滦入津、引黄济青等水利工程的运行情况。他们的讲授，视野开阔，深入浅出，令出身企业管理专业的我，听得津津有味，仿佛醍醐灌顶、豁然开朗。离开引黄时，我带走的资料中有一份就是北京大学中国经济研究中心编制的《山西引黄工程体制方案》，每次翻开，总有胸次益阔、思路顿开的感觉，学者的风采与远见卓识真是令人敬仰！

变革让人提升。20 世纪 90 年代初，引黄工程即积极争取引进世界银行贷款。我曾在负责向世界银行贷款的外联处工作，切身体会到由此带来的巨大变革。4 亿美元的贷款，解决的不仅仅是工程建设的资金问题，向世行贷款的过程，也不仅是引进先进技术、先进设备的过程，更深刻地体现着思想的转变和观念的更新，体现着管理体制的改革、创新和发展。使用世行贷款，进行国际招标，让工程建设从计划经济的束缚中摆脱出来，确立了社会主义市场经济条件下符合自身实际的运行机制。按照世行《导则》、《菲迪克条款》办事，使工程走上了与国际惯例接轨之路。引黄工程规范化的管理体系，解放思想、开拓创新的精神，培养造就了一批懂技术、会管理的人才，这不仅是引黄人的一笔宝贵财富，也为全省乃至全国的水利事业作出了积极的贡献。

## 感悟引黄

置身其中的感受、感知，无论片段或者亮点，都已成为抹不去的记忆。待到走出引黄，回望引黄，感悟那些与工程相伴而生的认知与经历，无论模糊或者清晰，其实已深深融入自己的思想与血液，并让我在此后的工作实践中不断汲取营养，深受启迪、深受启发。

决策者的担当勇气。水问题是制约山西经济社会发展的“软肋”和“短板”，是危及子孙后代的矛盾和隐忧。今天，这项生命工程对于促进经济社会可持续发展、改善生态环境和提高人民生活水平的重大战略意义已经成为广泛的共识，但在引黄入晋50多年的历史中，却有过诸多艰辛与苦涩的历程。从20世纪60年代初三年困难时期的前期工作搁置，到80年代资金短缺的再次停下，以及之后各种原因出现的非议与舆论分歧……面对每一次的困境与低谷，历届省委、省政府依然坚定不移、毫不动摇地推进引黄工程，充分体现了决策者迎难而上的责任担当与孜孜以求的为民情怀。

管理者的周密果断。引黄工程项目繁杂众多，土建与机电交织，质量、概算、进度平衡控制，总目标与阶段目标环环相扣，既要不断理顺体制、凝聚人心，又要动员队伍、组织施工，还要协调上下左右、方方面面。组织协调本身既是一项工作，又是领导艺术，哪一个方面组织、配合得不好，都会形成障碍，影响进度。历届领导班子按照确定的目标方向，深入一线，靠前指挥，快速反应，及时决断，推出一系列适应工程建设的措施和办法，滔滔黄河水终于流入太原、大同、朔州，滋润着三晋大地。

执行者的开拓进取。目标一旦确定，关键在于执行。全体建设者注重学习先进经验，在实践当中结合自身实际不断探索，既讲规矩讲程序，又在务实中创新。工程建设中建立了良好的质量管理体系，保证了质量在每个环节处在受控状态。实行严格的合同管理，使这样一个浩大的工程控制在概算之内。运行管理中通过建立标准化体系，加强生产技术管理、提高检修维护能力、科学提升调度水平，保证了系统的正常运转，安全稳定供水。

## 感恩引黄

引黄工程是我参加工作的第一站，也是我工作以来最长的一站。饮水思源，无论走到哪里，我始终对引黄工程抱有一颗赤诚感恩的心，感恩引黄工程这个大课堂给予我的培养，让我思想觉悟、知识跨度、业务能力、领导水平都有了一定的提高；感恩引黄工程这个大熔炉给予我的历练，令我从中吸吮着丰富的营养，感受着“引黄入晋，造福人民”的光荣与责任，体验着水利人的传统精神与新的治水理念；感恩引黄工程这个大家庭给予我的关爱，领导的帮助支持，同事的鼓励配合，不断给予我信心和力量，我时常以他们为榜样，修正自身，增强党性，改进工作，奋勇向前。

如今，我虽然离开了引黄，但内心深处的那一份牵挂总是难以释怀，无论身处何地，我永远是一名引黄人。15 年的青春年华，15 年的奋斗岁月，15 年山山水水的点点滴滴的记忆，都在我心灵深处留下了难以磨灭的印记。从感受、感知到感悟、感恩，都化作一腔诚挚的愿望，愿引黄事业惠泽三晋，引黄精神薪火传承！

（2016 年 6 月）

田永清，1967年生，曾任山西省万家寨引黄工程宁武分局副局长、经营管理处处长、工程管理处处长、太原分局局长、山西省万家寨引黄工程管理局副总工程师。

# 我的25年引黄情

田永清

1991年我从沈阳农业大学毕业，直接分配到万家寨引黄工程总指挥部工作，23岁，风华正茂，意气风发。2015年调任后，已是47岁，人到中年。人生最美好的25年在引黄工程前期、建设和运营管理过程中度过，我的政治素养、知识结构、社会阅历、行为修养等综合素质，我的家庭都与引黄工程息息相关。我熟悉引黄工程的人和事，我的生命已与引黄融为一体。

25年的引黄工作经历，在历史长河中仅仅是弹指之间，在浩瀚宇宙万物进化中更是微不足道，但对我个人却弥足珍贵。25年的引黄生活，是我边学习边工作的生动实践，是一名刚踏入社会的年轻人一步步走向成熟并与引黄工程共同成长的过程。回顾个人成长，我感觉主要受三方面影响，即父母熏陶、学校老师教导和引黄工程25年具体实践，其中引黄工程世界银行贷款这一工作对我影响至深。

为了解决引黄工程建设资金短缺问题，1994年省委、省政府决心向世界银行贷款4亿美元，折合人民币32亿元，1996年正式签订《贷款协定》。世界银行贷款的特点是利息低、贷款期长、贷款难，世行独立完整而复杂的程序，可以保证贷款对项目及其效益发挥重要作用。一般要经过项目认定、项目准备、项目预评估、项目评估、项目谈判、项目执行审查、项目总结等阶段。贷款要求提供项目全套资料，包括可研、水文、地质、气象、环境评估、移民征地、卫生防疫、技术设计、经济指标等资料，这些资料堆积如山。世界银行组建了土建、机电、环境移民、经济、地质等专家组对上述资料进行详细审查并提出报告，并派出了D2技术咨询公司和ELC环境评估咨询公司进行深入专题评估。

我自始至终参加了引黄工程世界银行贷款工作，对世界银行贷款有一些粗浅理解。我认为引黄工程世界银行贷款，不仅解决了引黄工程资金短缺的大难题，而且还对引黄工程建设起到了“中医式”调理的作用。首先，引进了国内外先进的工程建设管理人才。世行先后派出涉及工程建设各个专业的60多名专家参与引黄工程项目审查和技术咨询工作，他们精通业务、经验丰富，都是本行业顶尖的人才。世界级的水利工程，得到了世界级工程管理人才的参与。第二，对引黄工程建设提供了全面的技术支持。世行专家对引黄工程前期工作进行了一次全面的研究，对工程技术、环境评估、移民征地等进行了深入详细的评估，中外专家围绕线路选线、泵站布置优化、水泵选型、水力计算等技术问题进行了技术大辩论，关键技术问题越辩越明。项目执行阶段，要求业主聘请世界银行认可的专业技术咨询公司进行技术跟踪，使复杂的调水工程得到了可靠的技术保证。第三，强化了制度建设。世行贷款严格按照我国法律法规和世界银行有关规定进行，在制度法律面前不打一点折扣。招投标工作严格实行《世界银行项目采购指南》规定，财政部为了指导我国世界银行贷款工作，专门编制了土建和机电项目招标采购文件范本，这些都对引黄工程建设起到了规范作用。世界银行设定的这些程序是严格的，相当于在项目执行环节中设置了一道隔离墙，保证项目保质按时推进，减少各方面的社会干扰。第四，融入了先进的工程建设和管理理念。引黄工程建设初期，我国正处于从计划经济到社会主义市场经济过渡阶段，现在认为先进的理念当时还不容易被普遍接受。而世界银行贷款有关规定，内含了很多先进的理念，类似工程建设业主负责制、工程监理制、招投标制度、国际惯例FIDIC条款、开明的业主观念、可持续发展理念、环境保护和以人为本的移民征地意识，等等。更重要的是参与引黄工程建设的广大技术干部，在工作中潜移默化接受了这些先进的理念，深深植根内心，内化于心，外化于行。直到现在，很多引黄工程的设计单位、监理单位和承包商单位说起来，都很认可引黄工程业主的开明。做个开明业主，不是很容易，要做到以下五个方面。一是作为建设单位，基于自己的主导地位，要发挥自己在工程建设中的主导作用，敢于负责，果断决策，勇于承担责任。二是要正确处理和把握好几种关系。如主动积极协调工程建设和地方之间的关系，为各方提供良好的社会环境和工作环境；处理好业主与设计方的关系，避免因设计方的原因造成合同索赔，对业主利益造成损害；增加业主和承包商之间必要的交流和沟通等。三是要授权到位，一方面，要给工程师授权到位，充分调动工程师的积极性，使工程师更好地发挥其职能和作用的同时，也能维护业主的利益；另一方面，要给业主项目合同执行部门授权到位，以便项目执行部门能够作出快速的反应，避免贻误战机。在授权的同时，监督也要到位。四是遇到问题要及时决策，要坚信“一个及时的不完美的决策远远胜过一个完美的过时的决策”。五是要积极履行自己的职责，特别是要确保资金到位，根据合同进展情况，及时支付合同费用。实际上，直到今天，很多业主单位都很难做到这一点。第五，感受到了勤奋敬业榜样的力量。这些世行专家不仅业务精湛，而且特别敬业。土建专家组组长张泽祯老先生堪称楷模。由于世界银行专家咨询费用很高，那时国内专家是每天 700~1000 元人民币，国外专家是 500~1000 美元，所以每次会议安排都非常紧凑。老先生一般是中英文发言，并且是边主持会议边起草纪要。有一次会议讨论结束已经晚上 11 点了，老先生交给我纪要英文手稿，告诉我打印出来随时送他阅审。我录入排版打印后 12 点送到他房间，老先生坐在沙发上呼呼大睡。我叫醒老先生，老先生马上戴上老花镜认真审阅，对内容字斟句酌，对字母大小写、标点符号详细标注。差不多晚上2点多修改结束，告诉我：麻烦你打印后再送我。当我修改后再送去，看到老先生和衣而睡，我不忍心再叫醒老先生，老先生毕竟60多岁的人啦。我坐在旁边的椅子上等老先生醒来。此时此刻，我才深深理解什么叫一丝不苟、什么叫勤奋敬业。还有一次技术论证会上，由于涉及一些生僻的专业词语，CCPI公司张芷美女士翻译时有一点不顺畅，在会议休息期间情绪低落，一个人坐在会议室门口的台阶上暗暗自责，CCPI公司负责人布朗先生走过来，拍拍她的肩，没有责备和批评，而是交流、信任和鼓励。我当时看在眼里，很感慨CCPI公司员工的素质和领导的艺术。还有世界银行代表团团长古纳先生，永远有使不完的劲，跳跃式思维，原则性极强。还有很多很多优秀的人和令人深受启发的故事。在我以后的工作中，特别是在我走上领导岗位后，好多人都说我要求严、太认真，我就给他们讲张老先生的故事。今天，习近平总书记指出："以上率下是最根本的工作方法"，对此，我领悟深刻。第六，打开了世界的大门。自从开始世界银行贷款工作，引黄工程建设和世界接轨。我们的思想不断地和世界碰撞，技术不断地交流。我们不仅请进来，而且走出去。引黄工程技术骨干、人员大部分都出国培训学习过，有的技术人员多次出国接受培训。

可以说，世界银行贷款，铸就了引黄千秋伟业，锤炼了引黄干部队伍。实现了郭裕怀总指挥在项目初期就提出的"引黄工程不仅要建设一个高质量、高标准的引水工程，更要建设一支懂技术、作风硬的干部队伍”目标，我以为世界银行贷款堪称引黄工程建设的神来之笔。

衷心祝愿引黄的明天更加美好！

（2016 年 6 月）

赵治安，1967 年生，曾任引黄工程管理局审计处处长等职务。

# 感恩时代，感恩引黄

## ——引黄工程建设体悟

赵治安

山西中间高、四周低的地形特征，决定了缺水始终是山西经济社会发展不可回避的一个现实。山西历史上的仁人志士对解决山西水的问题孜孜以求，但一直因为历史和客观条件的局限无法实现，这一历史的命题却在当代山西的一代引黄人身上得以破解。

我有幸参与了这项功在当代、利在千秋的山西生命工程，参与了引黄一期工程热火朝天的建设历程，奉献了自己人生最为宝贵的 16 年青春，到 2012 年离开引黄时，蓦然回首，已从不到 29 岁转眼已经 45 岁了，回忆在引黄的亲身经历，深感自豪和骄傲。

这项工程之所以能在这代人手中顺利建成，我觉得有太多的东西需要总结和提炼，每每思之感慨万千。

## 回首“引水”走上历史前台

崇高的理想和强烈的历史使命感。改革开放，百废待兴，山西远远落后于全国，怎么办？当时的山西省委态度异常鲜明，先搞基础设施以利山西的长远。

修路、引水、挖煤、送电，成为当时山西的施政方略，而且因为顺应民心而民众口口相传，耳熟能详。引水这件大事就这样从前期准备走上了历史的前台，从决策者到现场施工人员，开始甩开膀子大干了。项目的程序审批难，资金的多方筹措难，工程的复杂程度导致的技术难、管理难，等等。山西内陆省份搞了一个当时举世罕见的长距离、高扬程的高寒地区调水工程，这些难题曾经使决策者夜不能寐，使现场管理者如履薄冰。尽管困难重重，但引黄上下为了实现“为了山西，也是为了全国”的百年大计顽强拼搏、攻坚克难。心中有党，心中有3000万父老乡亲，这项工程是他们践行入党誓词，全心全意为人民服务的试金石。当时的省委和引黄人面对困难攻坚克难，没有哪怕一丝的退缩，正是这种护党为民情怀，给了他们无穷的勇气，革命理想高于天。

## “开放的思维贯穿始终”

我们没搞过这么复杂的工程，缺技术，我们内陆省份搞如此巨额投资的工程，没有钱，引进了国际施工队伍，和国际一流的施工队伍打交道，我们没经验。这些问题真难，但我们都顺利走过来了，因为我们有开放的思维。

我们知道，只要我们想做成这件大事，走出去，站高点，眼界放宽，眼光放长，不搞武大郎开店，不小农意识作怪，善于站在巨人肩上，问题最终是会得到解决的。没技术，请国内的天津院、北京院、成都院，请国内方方面面的一流专家，请国外的专业队伍，世行专家，奥地利、加拿大咨询公司专家，一时多位高鼻梁、蓝眼睛的老外出现在引黄的施工现场。没资金，国家也因为百废待兴而捉襟见肘，山西的事情最后还得要山西人想办法，不能给钱，国家能不能给我们政策？“以煤补水”，从山西的煤和电上征收水资源补偿费，因为挖煤破坏了水生态。山西的做法既实际又没有给国家出难题，政策国家给了，工程的启动资金有着落了，而且这是一笔在一定期限里每年都可以收取的资金，其对引黄意义重大。

水资源补偿费征收了，但资金在工程投资高峰期仍有缺口，怎么办？山西人的眼界再次放宽，向世界银行贷款，这件事情运作起来是真难，那段时间这件事牵扯了省委、省政府极大的精力，引黄在当时则倾尽了全力，事情历经曲折终于办成了，引进了4亿美元，是1997财年世行对华最大一笔贷款。这可不单单是钱的问题，相应的引黄工程成了世界工程，采用世行《导则》，运用国际规范，引黄人的视野一下开阔了，层次也跟着提升了。大家一下子就有了参与国际工程的历练，开口闭口也有了点国际范了。外国承包商进来了，他们可是转战多国，有经验的承包商，奉行着低价中标，高价索赔的策略。引黄人已经从小浪底、二滩、鲁布革工程知道老外不好打交道。但引黄人也相信，老外重的是规则，我们一定要尽快熟悉规则。于是，引黄办起了《菲迪克条款》培训班，办起了外语培训班，办起了合同培训班，连计算机培训班也办起来了。请来小浪底、引大入秦的专家传授他们的经验与得失，走出去到鲁布革水电站、二滩水电站现场取经，这些措施让引黄人心里慢慢有底了，老外一接触，山西这些人不是“土老帽”呀。合作过程中，老外也想利用以前的经验谋取更多的利益，但他们很快发现，引黄人们懂得也蛮多，合同意识也很强，是值得尊重的合作伙伴，这样的合作基础一旦确立，双方便只有一个目标，一切为了工程。山西的引黄工程，没有出现大的索赔事件，与引黄人的素质有关，而这一切，又何尝不是开放的眼界、开放的思维带来的呢！

## 高扬改革的主旋律

百废待兴，要做的事情很多，但旧的思想、旧的制度、旧的条条框框还很多，做事不易，做成大事，把事情做漂亮更难。引黄刚开始采用的也是国内普遍施行的传统的工程建设体制，工程包干制还很流行，大家的思想还是传统搞工程的思路，当时测算，按钻爆法施工，引黄需要一百年。

现实在不断逼着引黄人求变。为了解决资金问题，世行贷款进来了，外国承包商也进来了，我们再按照传统的做法来搞，就肯定要吃大亏，到时候我们可就不是功臣而是罪人了。面对这个现状，山西省委、省政府和引黄总指挥部的领导毫不含糊。改革，顺应工程面临的现实大胆改，针对我们的体制弊端真正改。

于是，新的业主、监理、承包商三元制衡的建设体制立起来了，工程建设招投标制立起来了，建设者的激励约束机制立起来了，适应工程建设的一系列改革纷纷破茧而出。仿佛一夜间，引黄工程上业主、监理、承包商，大家开始按照《菲迪克条款》办事了，招投标开始全面实行了，建设者在新的激励约束机制下活力激发出来了，工程建设顺利推进，建设三方合作有序，所有参建者的心思用在了工程上。引黄靠一套新的体制、机制和制度规范着人们的行为，保证着工程的顺利实施，改革，像阳光雨露，催动着人们蓬勃向上，像鼓起来的风帆，推动着引黄工程一路前行。

## “引黄人抓住了质量这个核心”

辩证法讲，要善于抓主要矛盾，抓矛盾的主要方面。引黄工程的最终目的是实现远距离调黄河水到太原和大同，最重要的考验就是工程的质量。水利人都知道，水利工程是“红脸工程”，是运行即验证的工程，没有丝毫情面可讲。

省委原主要领导讲到引黄的质量问题时说道：如果工程质量出了问题，自己就投河而死。引黄高层谈到对待不合格的质量问题时，谓之须有壮士断腕的精神。质量，始终是引黄工程的高压线，不管是工期还是投资，都必须为质量让路。为了狠抓质量，监理对国际承包商发出过停工令，这可真是震动啊！曾经转战世界的国际承包商被山西引黄的监理下了停工令，这岂止是一份停工令，这是引黄因为工程质量问题向承包商发出的“质量通牒”。承包商的中国总部、母国总部，甚至连母国大使也出面了，但在质量面前，引黄人是不让步的，“缺陷必须处理，下一步施工必须改进”，那可是需要人力、物力投入的啊，需要承包商真金白银投入。万事服个“理”字，承包商对照《菲迪克条款》，对照合同，无话可说，加大投入，改进，改善，直到监理认为达到合同要求，工程才得以复工。气魄啊，山西人这么干，令国内同行刮目相看，引黄人这么犟，反而赢得了承包商的尊敬，引黄全线施工风气明显改观，工程质量稳步提升，最后工程真正做到了一次通水成功，长期稳定运行。抓住了质量这个工程的根本，也就取得了工程的根本胜利。引黄人现在总是自豪地说：我们的工程质量是过硬的，是长期稳定通水证明了的。

## “干好工程的法宝”

现场、现场，还是现场，这是引黄人干好工程的重要法宝。没有调查就没有发言权。工程建设离开一线现场，就等于是“睁眼瞎”。

工程大开工后，省委书记每年都要率五大班子领导去引黄现场。一方面为了鼓劲，一方面则是深入现场，了解工程的进度和存在的问题，以利更好地决策和指导。总指挥部、管理局领导，总部管理机关的各个部门员工，更是常年穿梭在长达数百公里的工程沿线。引黄请来的咨询专家，在正月初二就到了施工一线，在现场与业主代表、监理、承包商对工程建设中的问题把脉问诊。

那些年，引黄沿线的道路上，到处是引黄人的身影。引黄的许多重要决策都是在现场作出的，工程建设的升级治理就是最好的例证。这次会开到了承包商的营地，与承包商短兵相接，通过现场大量调研，破解国内工程存在多年的“超概、超期、质量不过关”顽症，把国内国外承包商在其他工地经常使用的“拖”字诀消灭在萌芽状态，不让它成为一种常态。到了现场，情况就很快清楚了，决策就比较切合实际了，管理就有了针对性。当时的引黄业主，是承包商感到最不好糊弄的业主，业主掌握现场的情况有时候比他们还清楚、还全面，作出的决策符合现场实际，符合合同精神，他们只能按照业主的要求来认真做好工程。通过不断深入现场，业主始终牢牢掌握着工程建设的主动权，引导监理和承包商共同努力，顺利完成了工程的建设任务。要奋斗，就会有牺牲，常年奔波在引黄沿线，一些同志因为交通事故献出了宝贵的生命。

我自己亲历了引黄工程从立项、筹资，到工程招投标，再到工程全面开工，最后顺利实现通水到太原的全过程，引黄工程的建设史，就是一部山西乃至全国改革开放的发展史，引黄紧跟时代的步伐，勇于开放，大胆改革，走在了当时山西的前列，给山西的经济社会发展带来了一股春风，一抹生机和活力，这是引黄工程得以成功的时代前提。而引黄人富有理想，具有强烈的历史使命感和责任感，视引黄工程为毕生事业，为了理想和事业，为了党和人民的重托，不计荣辱，不计较个人得失，这种忘我的拼搏精神，铸就了引黄建设者的灵魂。

在工程建设过程中，始终视质量高于一切，质量就是工程的高压线，是不可触碰的红线，这个主要矛盾抓准了，引黄人现在才睡踏实了，安稳了。在具体工作中，引黄人靠一切围绕现场，一切来源于现场，引黄人，像希腊神话中的安泰一样，始终需要立足在大地母亲身上才能力量无穷。引黄人不断从现场汲取营养，汲取力量，靠现场的力量在与各方利益者“斗法”中获取了胜利。

引黄这段激情燃烧的岁月，让我毕生难忘，令我受益终生。感恩时代，感恩引黄，祝福引黄的事业越来越好。

（2016年6月）

戴建刚，1962年生，曾担任山西省万家寨引黄工程管理局办公室干部，时任周其仁教授的工作秘书。

# 写写周其仁

戴建刚

春节期间，周其仁教授放弃休假、冒着严寒，与张振杰、李文芳等同志一道，在国际Ⅱ、Ⅲ标进行了为期四天的现场调研，向总指挥部汇报后，形成了若干重大决策。作为周教授的工作秘书，我深受教育，深受感动，记录其一二，供引黄人学习。

## 初二动身

“1·25”神池会议以来，国际Ⅱ、Ⅲ标的质量和进度如何？限期承包商提高质量和进度，时间已过去三分之二，届时该如何出手？现场监理的状况如何？带着总指挥交给的这些任务，周教授于大年初二踏上了来晋的列车。他深知时间的紧迫、任务的分量、责任的重大。因为工程的标价是16个亿。承包商是有丰富经验的高手，丧失时机、决策失误都会给业主带来无法估量的经济损失。初三凌晨，狂风凛冽，万籁俱寂，火车驶入原平车站，下车的旅客只有周教授一人，张振杰总经理和我赶忙迎上前去，周教授握着我们的手说："过年好！你们辛苦了！"我感觉有点脸红。本想说一句教授辛苦，不知怎么却说不出来。只是紧紧地握了握教授的手。汽车飞速向工地驶去。

## 其仁其行

初三上午，周教授赶到木瓜沟监理营地与业主、工程师、现场监理和国际咨询专家进行座谈。详细了解国际Ⅱ、Ⅲ标自"1·25"会议以来的质量进度情况、承包商的行为和监理的状态，查看现场记录，分析讨论，广泛征求大家的意见。下午，周教授等来到头马营工地，进7号洞查看工程质量，抵达掘进机后配套时，情况基本上就搞清楚了，对一个非技术专家而言应该说已尽到了自己的责任。再往里进就难了，后配套与洞壁的空隙很窄。还须不时地爬上爬下，但周教授却一直抵达掌子面，详细观察了TBM4的掘进情况。据说初三这天是今冬最冷的一天，洞外寒风刺骨，从洞中走出的周教授却是满身泥一头汗。驱车回到平鲁分部，已是晚上8点多钟了。

初四上午，周教授又与张振杰、李文芳一道查看了温岭管片预制厂、6号洞出口段工程质量和TBM2，仍然是一直爬到掌子面，向工人和现场监理了解情况。从6号洞出来又是一身泥土一身汗，时间已是中午 12 点多了，我感到饥寒交迫，向教授提议回平鲁分部吃饭，可教授坚持要去华北水院监理营地看看，查看了现场记录，征求了他们对设计和技术问题的意见，详细询问了他们的生活和工作条件。之后又去木瓜沟看了万龙搭建的管片试验件，回到平鲁分部已经是下午 3 点钟了。周教授看起来年轻，其实已年近 50，日夜奔波，我担心他身体吃不消，建议今天到此为止，休息休息明天再工作。他说，明天郭主席、郑局长就要到了，我们要形成一个初步的意见向他们汇报，休息一小时，4 点半开始研究讨论，你们看怎么样？张振杰、李文芳只好表示同意。事实摆出来，问题摆出来，承包商的行为摆出来，合同赋予业主、工程师、承包商的权利和义务摆出来，紧抠合同条款，动机目的、前因后果，一项一项分析研究，一直讨论到晚上 7 点半，形成了初步意见。晚饭后，李文芳就此专门征求小浪底专家李武伦同志的意见，周教授一直在会议室等候，然后又与张振杰、李文芳讨论到深夜 1 点，一套行动草案基本形成，只待总指挥部决策。

初五上午，周教授与 BBV 专家费边先生一道查看 4 号洞进口 TBM1 的施工情况，并利用途中的时间征求费边的意见。TBM1 刚开始掘进衬砌不久，周教授要看个究竟，以此来检查行动草案的可行性。走到后配套时，费边先生遗憾地耸耸肩表示无法再往前进，周教授还是一直爬到掌子面，头顶管片缝隙后的碎石、TBM 的机油和管片挤破后的碎片不时地往下掉，脚下输送管片的托盘来回移动，一个多小时，观看了整整一环四片管片安装的全过程。出洞后他与意大利籍工长进行了认真的讨论，为了印证某一技术问题，又一次进洞爬到掌子面，当他从洞中出来时，借穿梁晋平的崭新的军大衣已经面目全非。回到平鲁午餐已是下午 2 点多了。午餐时，李文芳说现场监理已经证实了 7 号洞出口有连续的几环质量完全合格，周教授当即决定再去头马营看看。途中打了个盹儿，周教授又与张振杰、李文芳一起进入 7 号洞，仔细检查了每一环、每一条缝，并让我拍了照片。情况基本属实，我看到周教授更加沉着，激动的心情溢于言表，几天的奔波劳累荡然无存。回到平鲁又是晚上 8 点多，匆匆吃过晚饭，立即向下午已经赶到平鲁分部的郭主席和郑局长汇报情况。郭主席说，这几天你们太累了，明天开会再说吧。周教授坚持向他们汇报了有关情况后才回去休息，他知道若不当晚汇报，郭主席哪能睡得着啊！

初六上午，郭主席主持开会，周教授和张振杰、李文芳全面汇报了有关情况。总指挥部对国际Ⅱ、Ⅲ标作出了若干重大决策。之后，郭主席又同他单独进行了交谈。下午周教授的房门一直关着，我推门进去。见他在笔记本电脑上伏案工作。5 点 45 分，他陪郭主席、郑局长等领导征求了 CCPI 专家梅因斯先生的意见。晚 6 点 35 分，他参加了总指挥部召开的动员大会，并作了精彩的即席讲话。7 点半晚餐，8 点他与郭主席、郑局长等领导一起审核了梅因斯先生起草的工程师指令。9 点我送他去原平车站，11 点周教授踏上回京的列车。

## 其仁其言

周其仁教授考察期间多次讲话，要言不烦，每次都击中要害。

这里择要摘录如下：

——国际Ⅱ、Ⅲ标的现状是进度上来了，质量有所提高，但距合同的质量要求还有较大差距。目前主要矛盾和矛盾的主要方面是质量，工程师对质量要有个非常清楚的底线，就是百分之百的合格，不合格的工程丝毫不得放过，一分钱也不应支付。所谓学习期，我认为是指对工程进度而言。在工程质量上没有学习的余地。没有质量的进度是毫无意义的，其后果是极其严重的。

——任何设计都不可能做到尽善尽美。一个有经验的承包商应该也必须认真履行自己在投标时的承诺，严格执行合同。

——任何决策都必须考虑其财务后果，因为山西并不富裕，引黄工程的资金主要来源于挖煤工人的血汗。

——咨询专家应像场上的球员一样，首先是要摆正位置，其次才谈得上姿势和动作。

——监理人员首要的标准是责任心，其次才是技术素质。

——工程师是现场的权威，要挺起腰杆来，理直气壮地捍卫职务的尊严，用好《菲迪克条款》和合同赋予的各项权利。现场监理要有足够的心理能量，不可发恻隐之心，要坚决地、毫不动摇地执行工程师的指令，质量不合格，不得向前推进。工程师的指令不是停工令，而是不准停工令。

——工地要有祥和的气氛，但这是在各方共同履行合同的条件下才能实现，我们要促使承包商回到合同的轨道上来。

——世行贷款是由中华人民共和国主权信用担保的，将来是要由山西偿还的。

## 其仁其人

作为工作秘书，我有幸接触周教授多一点，他广博的知识和见识、丰厚的理论功底、系统的逻辑思维、敏锐的洞察力和判断力、分析解决问题的能力、雄辩的口才和充沛的精力，令人叹服。他正直的人格、脚踏实地的工作作风、一丝不苟的工作态度、科学的工作方法、吃苦耐劳的精神和理性的思维，值得我们学习。我想这也许就是郭裕怀总指挥信其人听其言的原因吧！

（1999 年 2 月 28 日）

温文驰，1973 年生，曾担任万家寨引黄工程咨询公司总经理助理、稽核部经理、国际标副代表等职。

# 回顾引黄工程的几点启示

温文驰

引黄工程是笔者走出校门的第一份工作，一干 8 年，直到一期工程通水成功。可以说是职业生涯最重要的经历之一，我对此饱含激情、热情和深情。之后去北京大学中国经济研究中心（现国家发展研究院）、芝加哥大学商学院深造，后来在两家 500 强外企工作，但引黄工程的宏伟和艰难给人的磨炼和成就感非别的经历可比。欣闻郭主席《摸着石头过黄河》重印，要我们借此机会与读者分享一些引黄的经历和思考，或许可以提供一些观察的视角，深感荣幸，故欣然从命。

## 释放体制改革的红利　落后的内陆省份面对的世界级挑战

1995年，我毕业分配到引黄，常听一些老同志跟我讲“文驰啊，你们遇到了千载难逢的好机会啊”。起初，我并没有多大感触，一年后，看到工程全面开工，世界银行贷款、国际承包商、技术咨询公司、管理咨询公司、机电设备公司、世行DRB（国际争端审议）专家组、国际仲裁专家等走马灯似的陆续进场，如同一支联合国多国部队，在长达400多公里的引黄工程沿线地上地下、各种地形地貌、各种形态的水利工程建筑中高度协同地开展建设的时候，我明白了前辈们的感慨是多么真诚：他们中间许多人期盼一辈子都没有赶上这么一个世纪工程。

今天回头来看，作为20世纪90年代一个以传统能源重化工产业为支撑、改革开放程度甚不理想、体制仍然僵化的、物力财力人力智力资源都很匮乏的内陆省份，如何能在短时间内调动起、驾驭好如此庞大而又错综繁杂的巨系统，做成一件具有“世界级难度”的工程，不能不说是一个巨大的挑战。尤其是能够顺利如期建成，并且工程质量经过15年的考验仍在健康运行。毫不夸张地说，这就是一个奇迹，一个传奇。

### 形势比人强：逼出来的创新——体制改革

面对这样的挑战，决策者们如何酝酿系统地应对，我一个刚参加工作的年轻人不得而知。然而，有一个场景至今记忆犹新：

引黄工程体制改革动员大会。时任引黄工程体制改革专家组组长的周其仁教授作了深入浅出、妙语连珠却又务实尖锐、深具启发的报告，这次报告以及后来很多次和周教授在工程建设现场的互动，使我深深体会到了“真实世界的经济学”的魅力，也成为我后来决心考入北京大学中国经济研究中心这个大师云集的地方学习深造的起因。

会议议程中有一个环节是自由发言，恰巧面试过我的管理局副局长杨晋生经过我的座位对我说“年轻人也可以上去说说你的看法”。当时说实话没有太多成型思路，也不觉得有资格在这个全系统的大会上发言，但心里一直在想《易经·系辞》里的一句话：“穷则变，变则通，通则久”，于是就上去讲了工作中看到的纷繁复杂和一些应对失措的现象，结论是面对形势必须变革才有出路。

会后，全局上下都统一思想，拉开了引黄工程体制改革的序幕。“上下同欲者胜”，在接下来的一两年里，各种机构重组、机制创新、全员下岗、三元制衡等体制改革伴随着工程建设的如火如荼而全面展开了，各方面的进展也明显高效了很多。

## “改革，是要动刀子的”

体制改革中，争议最为广泛的是政府的“总指挥部”全面后撤，简政放权，按照“国际惯例”建立“业主——监理——承包商”以合同为基准约束的“三元制衡”市场化体制。

同时，在用人上实行“全员下岗”后重新“竞争上岗”，不论资历论德能，给各个机构负责人自上而下“全权组阁”的极大的自主权。要知道，当时可是有大量的处级干部直接成了基层员工而下一步前途未卜，这要动多少人的“蛋糕”，我们今天都能想象得到。

多年后，每当老同事们坐在一起的时候，常常感慨若是没有当年的体制改革所释放出来的效率、灵活的制衡机制、市场机制，让短时间内聚集的全国乃至世界各地的资源、人才、机构能够不拘一格在系统里灵活自由而又有约束地、超水平地发挥他们的作用，很难想象引黄工程在原有的“总指挥部”单一业主管理工程建设的老旧体制下能够如期实现工程建设的圆满完成。

## 体制改革的副成果

此外，上百亿的建设投资没有听说出过什么腐败案例。引黄工程结束后分散到全国各地的工程建设领域的老同事、老朋友们有时候在谈论到工程建设领域的腐败时，大多感慨“跟咱们引黄工程当年那可真不是一回事啊，那时候谁敢呢？谁能呢？”这中间诚然有当时的决策者们警钟长鸣式的思想工作，与“引黄工程是山西的生命工程”，“引黄工程是高压线，不是唐僧肉”之类的提醒也是分不开的；但是，我们都明白，在极多个环节上、无数个巨大的利益面前，仅仅靠思想工作显然是不够的，必须有体制和制度的保障才有可能防范大面积的贪腐。

由此可见，改革后的以市场化为方向、以“三元制衡”为基本框架和思路的新体制不仅保证了工程建设目标的圆满实现，而且有效防范了工程建设领域最棘手的问题之一：腐败问题，值得今天深化改革开放过程中去思考和借鉴。当下山西的经济建设和反腐败形势，都处在历史上最痛苦的时期之一，而这两件事，20年前引黄工程进行的体制改革应该有所启示。

## 楚才晋用，人才是根本

记得有一个研讨会上，周其仁教授说道：山西历史上是很重视引进人才的，楚才晋用这个成语是真实的历史写照。

那么引黄工程是如何“不拘一格降人才”呢？除了当时汇聚了世界水利工程、机电工程领域的一批顶级专家以外，内部管理用人方面的大胆，可由众所周知的两位35岁的“少帅”掌管近百亿的投资可见一斑。我本人感受最深的还是主要领导对年轻人的尊重和培养。

发生在我身上的一件小事，我至今印象深刻。有一天晚饭后我正在长年驻扎的工地指挥部驻地办公室读书，办公室主任突然来找我说主席叫你去散步，我当时一愣，一个省部级干部找我一个小年轻做什么？去了，主席先是问了我的工作岗位，然后就新体制下各部门系统的运转协同以及工程建设中的一些具体问题问了我的一些看法，我也抓住这个机会汇报了我的观察和思考。最后，他说，我最近去一家国际承包商的总部考察了一次，我看到的不仅是他们技术的精良和先进，还有他们的谦虚认真！所有的细节都做得一丝不苟，非常到位，甚至鞠个躬都要鞠到位，就像这样，我做给你看看！当下就真的给我演示了一个几乎90度的鞠躬！这一幕深深地印在我的脑海里。将近20年过去了，我常常感慨，一位60多岁的正省级干部，为了教导、劝诫一个20多岁的年轻人“谦虚谨慎”的道理，竟然如此用心！可以想象，他当年为了引黄工程的顺利建成，在人才这个问题上下了多少功夫，花了多少心血，才凝聚了那么多的人才为引黄工程创造了奇迹！

那么今天的山西人才聚集效应和总体的用人环境如何呢？以我个人归国后在山西的创业经历和观察，真的需要向当年的引黄工程好好学习。

## 代价与感恩

在引黄工程工作的8年里，我先后作为业主方、监理方在工程建设一线的管理人员，深知各方面的工程建设人员都付出了多大的艰辛和努力。逢年过节不能回家都算是极小的事情，一周没有脱衣服睡过觉也并不鲜见。

多年以后，每当和我的老领导、时任“三驾马车”之一，也是当时两位“少帅”之一的咨询公司总经理李文芳一起聊天时，常常感慨当时的拼劲：常常工作到凌晨两三点，眼里常常带着血丝；冬季在工地临时建筑里住久了受潮而落下的毛病多年后才褪去……

让人揪心的还是那些现场的伤亡事故。我亲身经历的一起去往工地现场路上的交通事故，就夺去了司机——一个可爱的三岁小女孩的父亲——的生命。我们很难想象这对一个家庭带来的打击是何等的大，以及对那一家人的一生将产生多么长远的影响。我又想起，这个事故后我在医院从昏迷中醒来，听到的第一个声音就是历任业主公司、咨询公司副总的老领导孙旭敏在和医生商量如何跟我的家长沟通，避免让他们受到不必要的惊吓。我又想起，这位时近50岁的大男人由于太长时间不能回家，在工地自己缝补衣物时的捉急……

由此，我认识到一个真理：我们今天能够享受到的一切美好，都曾经有人付出过巨大的代价，而我们常常甚至不知道他们是谁。这，也不要紧。可是，我们应该有感恩的心！理所当然，我们应该对那些我们所知道的为我们带来祝福的人们心存感激并期待着有机会报答。同时，我们是不是也应该对许许多多的，甚至是历史上的，曾经为我们今天的幸福付出了极大代价的人们，心存感恩！

我常常和公司创业团队讲“跟红军长征二万五相比，我们什么苦都没有吃过！跟‘文革’期间前辈们所受过的委屈相比，我们什么委屈都没有受过！”我聘请过的几位年过古稀的老专家，每次看望他们时都谦虚地跟我讲“我没有为你做什么”。我说：“不能这么讲，退一万步，就算真什么都没做，我们这一代人也欠你们太多，你们付出的太多了！”

今天，山西的发展正面临改革开放以来可能是最艰难的时期之一。如何向前？我相信要体制改革，要制度创新！释放制度红利是最重要的也是根本的出路。同时，我想到一个关键词：“代价”。没有一个制度性的改革是皆大欢喜、顺理成章就能完成的，能给未来的山西带来持续的祝福的改革，一定是要付出“代价”的。那这个代价是什么？谁来付这个代价。我相信这是今天的决策者们必须要考虑清楚的一个问题！

可以肯定，所有的体制创新的“代价”应该都是能付得出来的、能在以后持续为山西带来祝福的；是在更长远的时期来看，会令许许多多人心存感恩的。

活着，就应该感恩！因为有许许多多的人正是为了我们今天能够享有这样的生活，付出了极大的代价，付出了我们甚至根本不知道的、极大的代价！所以，感恩，应该是生命的主旋律之一！由此我也好像再一次领会了《圣经》里耶稣要人们“凡事感恩”是对生命本质多么精准的一个指向！

## 前瞻性的战略决心具有无可替代的意义和价值

今天回过头来看，如果没有引黄工程的顺利建成，太原市和大同市两个经济重镇将面临极其被动的局面。不仅是经济建设受到很大制约，民生和生态环境都将面临很大的困扰。而当时，开工前后仍然有很多不同的声音。至于各种艰难和不确定性，相信读者从《摸着石头过黄河》一书中都了解了。

完全可以想象，如果当时没有坚定的、前瞻性的战略决心，巨大的勇气，排除重重困难的智慧，今天太原市乃至整个山西将要付出何等的代价！幸运的是，当时省委、省政府五大班子的主要领导都在引黄工程的问题上反复表达了坚定的决心和支持。尤其可贵的是，当时的国务院副总理邹家华，国家计委、水利部等若干部委的领导钱正英、张泽祯、杨贵等老前辈、老专家多次现场视察，为工程难题出谋划策，为一线的建设者们加油鼓劲，现在看来是多么宝贵！可以毫不含糊地说，引黄工程能够顺利建成，主要决策者当时极具前瞻性的战略决心具有无可替代的意义和价值，居功至伟！我们今天都应该对他们心存感恩！

今天，我们应该可以从引黄经验借鉴到一些至关重要的启示：以坚定不移的、前瞻性的战略决心，坚决持续地推动体制改革，释放制度红利，付出那些终究要付出的代价，才能实现经济的转型。着力打造吸引人才、尊重人才、留住人才、让人才充分发挥才能的宏观环境和氛围，就有希望出现万马奔腾而有所突破的局面。

（2016 年 7 月 2 日）

# 权威声音

# 按照现代企业制度的要求搞好引黄建设管理

邹家华

引黄是整个山西社会主义建设中的一个重点工程。山西省委、省政府决定建设这一工程，是从人民的利益出发、从人民的需要出发来考虑的。水，在全国的经济建设中也是一个制约因素。所以，国家把它提到了经济建设的基础地位上。我们过去讲农业是基础，后来讲基础设施，讲的是能源、交通，后来又把水利提到基础设施的地位上，作为基础来考虑。山西省委、省政府把这个方针具体化到引黄入晋这个工程上。这项工程是很重要的。这两天大家看了以后，是不是可以得出这么几条：

第一条，就是这项工程势在必行。这是大家一致的看法，没有不同意见。现在，不是研究干不干这项工程的问题，而是研究怎么样更好更快地把这项工程搞好。之所以这么说，一个原因是这项工程关系到山西的经济发展，关系到太原市人民的生产、生活、生存问题；第二个原因，涉及已经进行的工程，像刚才侯部长（建设部部长侯捷）讲的，不能下，只能上，不能后退，只能前进。我们大家要共同努力把它搞好。

第二条，要按新的要求组成经济实体。

引黄工程分为三部分。第一部分叫作枢纽，第二部分叫引水，第三部分叫供水。枢纽部分就是在万家寨建一个枢纽工程，包括水坝、发电的功能，供水的功能。将来还有个电的送出的问题，整个工程概算中没包括这部分，下一步要研究这个问题。电的送出不光有个量的问题，还有个方向的问题，下一步也要考虑。引水部分，原来有总干、南干、北干，一直到太原市水厂的门口，不包括太原市的供水。后来因为资金的困难以及大同那边册田水库的改造，把北干的工程建设时间推后了。原来是水通过总干、北干，再流一小段到朔州，后来李鹏同志来检查以后，把那一段也缓了，直接从总干就走南干这一段。现在我们讲的引水部分就是指总干、南干，一直到太原市水厂以前。后来在南干线上又发生一个变化，就是世行来考察以后认为，汾河水库以下这一段河道污染太厉害。本来花了很多的钱来保证太原的水供应，结果引来不干净的水，这就有点划不来了。不但要水量，而且要有水质。所以，后来提出从汾河水库以下不走汾河了，用管子和隧道把水引到太原，以保证水的质量。第三部分，就是太原市的供水部分。

枢纽、引水、供水三个部分，都要按新的要求来组织经济实体。枢纽部分要组织个经济实体，由经济实体来建设这个枢纽，将来由它来还贷，由它来经营这个枢纽。它向社会提供两个商品，一个是电，一个是水。引水部分也应有一个独立的经济实体。它从枢纽那里取得水以后，经过它的管理、输送，再把水卖给太原市的供水系统。尽管整个引水管线可以自动化程度比较高，用人少，但也还要有维护、管理，等等。所以，这个实体不是一个政府管理部门，而是一个经营部门。然后是第三部分。太原市要建一个水厂，由水厂来制订输水规划，进行输水管道建设，研究怎么样把水送到各家各户。这个问题，希望赶快研究。将来有许多经济上的关系，不能老找指挥部，不能老找政府。政府怎么样与银行签合同、签协议？要由经济实体来进行这样的工作。至于这三个经济实体上面还要不要指挥部，那还可以研究。指挥部就是另外一种性质的机构了，它所做的工作不是经济实体要做的工作。指挥部和各经济实体，责任要明确，要负责到底。昨天，在枢纽工地，我跟周局长（万管局局长）讲，工程建设好建设坏，不是建完后交给另外一个单位去经营，把质量差的尾巴留给经营公司，而是由你自己去经营。这样，它就会负责到底。昨天，我还看了阳城电厂的材料。阳城电厂成立董事会后，做了大量的工作。如果是指挥部，它做不成那么细的工作。总之，要研究怎样尽快组织经济实体来进行工作。

第三条，讲一下技术方案。

枢纽部分在技术上没有什么太大的问题。将来就是电往哪儿送，需要几条回路，这还要研究。枢纽本身发电量不是很大，如果连个发电的方向也不明，电的用户也不明，等于没有市场，将来也麻烦。输电技术上的问题不会太大。

关于引水的技术方案。现在总干、南干基本上没有什么太大的问题，当然在具体实施中还有许多具体工作、具体问题要研究。问题是要研究汾河水库以下，是用汾河河道呢，还是采用世行的意见，用管道和隧道封闭式地把水送到太原？从目前来看，恐怕还是用世行的方案比较符合我们的实际。之所以这样讲，原因有两个。一是从汾河水库到太原市这一段河道污染严重。昨天已经看了，水库出来的水是透明的，到古交以前水就变黄了，过了古交水的颜色就较深了，这样的水送到太原市，等于买了一盆污染的水，这怎么能够接受呢？路上富国、文盛同志也给我讲了，现在正在研究古交这一段的污染治理问题，但从现在来看，不只是治理古交这一段污染，而且要治理水库到古交那一段污染，就是水出了洞进入汾河到水库以前那一段也要加强管理。汾河水库以前那一段水现在还很好，没污染，将来如不加强管理就很难说了。昨天，一路上我见河道里又有洗澡的，又有洗车的，又有洗菜的。将来如果把这个水送给太原市，那很显然花那么多钱就划不来了。所以，是不是可以考虑从水库到太原市用管子和隧道来输送水，当然这跟造价有关系。二是从汾河水库到太原市这段河道有渗漏，一年要漏 6000 万方水。假如说水是很清的，为了防止漏，这个工作量就不得了。一年漏 6000 万方水，一方水 5 块钱，一年就要漏掉 3 个亿。这样，从长远经营上看不合适，损失会太大。从这个意义上讲，引水的方案应该确定接受世行的方案。

关于太原市的供水技术方案。这个技术方案要好好地做，要仔细地做，因为他跟现在的太原市的供水渠道已经不一样了。现在，太原市的市内供水主要是靠地下水，等于是打了井，泵上来，进入供水管道系统，是这么一个状况。现在要从黄河引水进来，怎么进呢？势必要建个水厂。因为水进来后还要过滤、消毒，一个池子接一个池子，然后出来的水再进入供水管道系统。它的供水系统跟现在的从地下抽水的供水系统可能就不完全一样（最后到用户那里去的管子也许还可以用）。这件事情要很好地进行规划。如果规划得很大，可能花钱很多；如果规划得很小，可能又不够用。这一次引来的水，将来用到太原市的大概有6亿方。这6亿方水过来后，你怎么往城市里用？开始的时候可能是1亿方，两年以后可能是两亿方，三年以后可能是4亿方。水需要量增加的过程加上太原市本身人口的增加，产业的增加，同时又要节水，这些因素合起来以后，到底管道怎么使用，水厂怎么使用？这个技术方案这次没有详细地谈，需要你们仔细地搞，弄清楚、规划好。又要实事求是，又要能节省投资，又要能保证用水。首先要考虑工程建成时2000年水的供应规模。这要赶快定。

在太原市内还有一个问题，就是要计算水价。上次说的是每方水五块钱，还有一个数字是五块四，还有一个数字是四块九，反正是五块钱左右。总之，要算好经济账。现在，每方水平均是1.1元。从1.1元要涨到5元。这个账不能不算。什么时候涨，怎么涨？可能5年以后到5元，也可能8年以后到5元。到那个时候我们是个什么水平？企业现在用1.3元一吨的水，到那时用5元的水，生产成本肯定要提高（用水总量可能节约了，成本不一定是5元）。家庭用水从1.1元到5元，负担肯定要增加，每天生活用水可能都要考虑了。当然，5年以后家庭收入也会增加。这个问题，要纳入整个规划研究好。

第四条，关于资金问题。前面的方案都订下来以后，最后就是资金问题。刚才宋密同志（国家计委投资司司长）已经讲了，计委总的态度是支持这个项目的，已认识到这个项目的重要性。现在，希望能把工作考虑得周到一点，能顺利地进行。

关于枢纽的资金问题，严部长（水利部副部长严克强）正在研究，还要与内蒙古一起，会同计委、水利部等商量一次，最后定下来。资金怎么筹集、怎么落实？总的来讲是静态控制、动态管理。静态控制是从静态角度控制工程不要超支，假如说能控制到按静态概算也不超支，那样最好。因为动态有个利率问题，又有汇率、物价的问题，现在不能说得很准。动态管理的意思就是随着实际的情况来管理。总的来讲，动态的资金要比静态的资金有一个增加的幅度。实际花钱，还在动态的数字里面。这一定要研究好。

关于引水的资金。郭主席（省政协主席郭裕怀）跟我谈过几次引水的资金问题，大体情况是，省内可以筹集的，世行可以贷款的，以及其他方面的资金加到一块儿，基本上可以平衡。这个需要仔细算一算。本来以为世行的钱借来以后就能用，其实这个用是有一个范围的，就是用外汇来换人民币这种办法有点困难。世行的钱用外汇来支出这是没有问题的。外汇可以买设备，可以支出劳务费。将来要仔细分一分，哪些可以用外汇支出，哪些不能用外汇支出，这里面需要平衡一下。

最后一块是城市供水资金。这一块资金过去说过，今天在路上老纪（副省长、太原市委书记纪馨芳）又跟我讲。过去的计划里是 1 亿的日本协力基金，还有一块，就是用国外的贷款。这个资金需仔细考虑一下，到底是什么样的规模，什么样的内容，都要研究好。

关于自筹的问题，要再仔细地考虑一下。搞自筹主要是请大家来研究，我想可以从水价里解决，甚至用城市的某些附加费用解决，有没有可能要考虑一下。城市建设，比如街道的建设、旅馆的建设等，都需要水，建了好多工程没有水，不就把工程的钱给积压了吗？没有水，整个城市的活动功能就展不开。所以自筹这一部分要仔细地研究一下。从水费来讲，现在就要开始做舆论宣传工作，如果将来一块钱突然变成五块钱，大家不知道，那就不得了！要做宣传的工作，要组织大家去看，让大家知道引水是怎么回事，是个什么样的工程。工程很大，从总干来讲，8 号、9 号洞打出来了，现在准备打 7 号洞。从南干来讲，3 号、5 号、7 号洞已经开始干了，后边还有一个长洞——43 公里的洞，这是非常大的工程。资金的问题要跟这个工程结合起来仔细地研究。

资金的问题仔细地算好以后，再跟计委好好对一对。城市这一块儿也需要算一算，跟计委一起商量一下。意见一致以后，把它定下来就行了。关于资金问题，今天还要说一句话，建行的同志要支持这件事情，可能最后研究问题的时候有些地方还要请他们支持。他们今天的态度是很积极的，具体落实的时候，还要一年一年地考虑。三峡这样一个大工程，从现在开始到最后建成的年度投资计划都有了，每年还适当做些调整。引黄工程也应当这样，每年都安排好，资金不落实，最后会影响工程建设。今天胡书记讲了，工程时间越长投资越大。事实上也是如此。太旧公路提前了两年，两年里的动态变化对它就没有影响了，不但没有影响，在这两年里还可以有收入。一正一反，资金差距很大。资金的问题请太原市、山西省和计委、水利部一起商量。枢纽是水利部归口，引水是省里归口，太原的事情是侯部长（建设部部长侯捷）的建设部门归口，工程本身是市里的工程。大家研究好了以后，最后跟计委具体落实；落实好以后，把它定下来。

我顺便再说一个问题，就是电的峰价和谷价要错开。晚上12点以后谁都不用电了，那个时候电价就应便宜。白天都用电的时候，那个价就要高。一般地说，峰价和谷价两者的差别是1∶3到1∶4。北京原来搞了1∶2，没什么反应，大家还是照样用峰电，后来1∶3，就好一点了。广东开始搞1∶3不行，后来搞1∶4。将来枢纽发的电是作为调峰用的，那么水电二者的价格也可以做些调整。电价能不能给水价补一点，让水价稍微低一点，这是内部的调价。总而言之，峰价和谷价要错开。

关于水利建设的问题，我们讲过一个方针，就是在一条河上，上游要抓水土保持工作，中游要抓梯级开发工作，下游要搞深挖清淤工作。历史记载汾河曾经走过船，现在不行了，这说明汾河流域发生了很大的变化，有的支流完全干涸了。路上我跟胡书记、孙省长说，这跟全面的工作有关系。树砍得多了以后水自然就少了；树种得多了，水、气候、降雨量都会发生变化。山西的降雨量如果能到700毫米，山西的水就可能好一点。这不是我们这一辈子能做得完的，也许两辈子、三辈子以后才会发生变化。

关于引黄河水的问题，计委老宋（国家计委投资司司长宋密）回去和陈副主任再进一步研究。

（1996年6月24日至28日）

# 万家寨引黄工程是山西经济发展中的

## ——在万家寨引黄工程技术问题内部研讨会

钱正英

前一个阶段，在山西省委、省政府领导之下，在万家寨
工程建设者的艰苦努力之下，万家寨引黄工程已经取得了
成绩，而且最近又通过了世界银行的评估，将要进入全面的
工阶段。在进入全面施工阶段以前，我认为还有两个问题，
我们内部存在着不同意见，需要进一步认真地、慎重地加以研究，作出决策。

### 需要慎重研究的"两个问题"

这两个问题，第一个就是对于太原市需水的预测。原来我们的规划中是有个预测，但是这个预测是不是高了一些？各方面提出好多问题和意见，需要我们重视。第二个就是联接段的方案。

我们在座的同志都知道，原来山西水利设计院提出联接段有两个方案供比较。一个是洞线方案，一个是部分管线方案。当时，不论是在水利部的水规院、国家计委、国际咨询公司评估，还是山西省引黄管理局的内部讨论中，都存在着相当不同的意见。有许多同志认为洞线方案有很大的优越性，但是，由于时间的关系，

了，而洞线方案做得还不够深，为了迎接世界银行
把世界银行贷款的整个程序搞乱了，所以很多同志为
，同意先给世界银行提供部分管线方案。据了解，当
统评估和引黄管理局的讨论，一直到国际咨询公司评估
都存在着这样一个问题。

上一次来过山西之后，给陈锦华同志写了一封信，大意是：
接段的两个方案，洞线方案是有它的道理的，但是为了不
世界银行的评估，建议国家计委先批准部分管线方案。联接
程还不急于开工，因此，我们在世界银行评估以后，内部还
以进一步做工作，就是进一步比较这两个方案。如果最后确实
线方案优越，那么，既然是好的方案，世界银行也还是讲得通
的。当时国家计委请示了邹家华副总理，最后是同意了这个办法。因此，联接段方案算是留了个悬案。特别是对于我个人来讲，给陈锦华同志写了一封信，感觉还欠了一个账。因为当时给他建议是以后进一步比较嘛，所以，这一回跟郭裕怀同志商量，咱们是不是抓紧这个空隙的时间，开个内部的研讨会，对这两个问题，一个是太原市的需水预测，一个是联接段的方案，进一步邀请国内有关单位和有关专家深入地、慎重地加以讨论。

因为这两个问题对万家寨引黄工程的最后成败都是关系很大的，我们还是应当慎重地考虑，不要因为世界银行评估了，原来已经批准了就不再研究，还是应当实事求是地认真加以研究。关起门来讨论，至于最后讨论得出什么结论那咱们也不可预见。如果最后的结论和以前有所不同，怎样对外进行工作，最后怎样决

策，那是由省里和国务院高层领导再考虑了。我们还是要邀请专家实事求是地加以研究，把问题搞清楚。因此，在会议开始，我就动员大家，本着对国家、对人民高度负责的态度，不受过去结论的限制，一定要充分发表意见，畅所欲言，各抒己见。至于最后领导怎样决定，那是另外一回事。咱们一定要负责任，把问题搞清楚。所以这次会议叫作“万家寨引黄工程技术问题内部研讨会”，是张泽祯同志起的。

## 如期召开“技术问题内部研讨会”

根据这样一个目的，我们邀请了原来万家寨引黄工程有关的前期工作单位，包括水利部的审查单位水规院，引黄工程的设计单位天津院，太原市供水工程的设计单位、建设部的西南市政建设规划设计院，联接段的设计单位山西省水利勘查设计院，以及太原市王副市长带队的全班人马，包括搞地下水的，搞规划的全班人马，还有引黄指挥部的领导，以及引黄指挥部的几位顾问：杨贵、朱云祥、刘锡田、许四复等同志，引黄管理局的有关领导郑友三同志带着他的一班人，以及我们专家组的张泽祯组长、魏永晖副组长。我还特别邀请了国际咨询公司的副董事长罗西北同志和国际咨询公司社会事业部的总工潘骏寿同志，再就是我们原来水利部水资源司的司长柯礼丹同志，他对需水的预测是做过很多研究的，还有你们引黄指挥部聘请的北京大学经济研究中心的同志。关起门来开了一星期的会，包括有一天是现场考察。最后到昨天上午讨论结束，下午个别征求了意见，晚上和罗西北我们几个又碰了一下头。总的感觉是会开得很好，大家认为这是第一次把各个有关设计单位集合到一起讨论，而且我们各个有关单位对引黄前期工程做了大量的工作，为这次会议又做了专门准备，搞了汇报的提纲。我们的讨论成果都是靠他们的基础工作得来的。

参加会议的同志确实是本着对国家、对人民高度负责的态度，把自己的意见毫无保留地提了出来。大家本来都是好朋友，但是，对关系到国家利益、人民利益的问题，关系到一些技术问题，还是要正面交锋，毫不留情。经过热烈的讨论，最后在一些重大的问题上取得了基本的共识。我个人参加这次会议也学到不少东西，了解了不少情况，对有些问题也做了进一步的重新认识。

## “建设引黄工程的必要性”

会上有一个总的认识，那就是刚才罗西北同志所谈的，就是对万家寨引黄工程的必要性，大家有了进一步的认识。刚才罗西北谈了，他认为万家寨引黄工程是山西经济发展中的战略工程，我想在座的同志都是这样认为的。这次又具体地听了太原市地下水开发利用的情况。太原市地下水的评估经过了水利部鉴定，超采比原来估计的还严重，日超采量是30万吨以上。天天超采，地下水位的下降非常严重，一个含水层已经抽干了，现在沉降的速度越来越快。由于地下水下降，影响到地面的沉降也很显著。由于地下水的下降，污染就更严重了。这些情况非常严重，太原市今后怎么发展？靠什么水来发展？出路在哪里？看起来出路只有一个，以山西的地理特点看，只有靠引黄。所以大家进一步看到了引黄工程对山西省、对太原市的必要性。当然我们也进一步地研究了国内、国外跨流域引水工程实践的情况。例如，我们国内比较有名的引滦济津、引黄济青。大家也提到了美国加利福尼亚的北水南调工程，等等，从我们国内的引水工程看起来，已建的引水工程都存在这么一个问题，就是原来对需水量估计过高，引水以前算的缺水量很大，但是到引水工程完成以后的实际用水量并不那么大。这样就造成了引水单位管理的亏损，以至于不能实现良性循环，造成严重失修和管理困难等情况。对这个问题，柯司长和北大经济研究中心都进行了认真的分析，国际咨询公司潘骏寿同志也提到了这个问题。这次要认真研究，引黄工程如何避免过去这些引水工程发生过的问题。

大家认识到，需水的增长是有个过程的，不是引水规模一下子就能达到，引来的水一下子就用上了，它是有过程的。而且这个过程由于种种因素的制约，例如水价的因素，还有其他的因素，需水的增长不是很快，而是有一个比较长的过程。引水工程的管理就应当首先预测到这么一个过程，在这个过程中怎样运营管理，这才能够真正解决引水工程运营的机制以及它的经济效益。从已建的这几个引水工程来看，这里边有几个方面的问题是值得进一步研究经验教训的。

## “三方面的问题”

第一方面的问题就是如何合理地拟定引水工程第一期的引水规模，如何在保质保量的前提下尽量压缩第一期工程的投资，力求能够尽快地发挥引水的效益。因为引水工程完成以后不是一下就达到规模的，要尽量把第一期工程的规模合理地制定，不要把第一期工程搞得过大，不要积压得过多，而是随着需水量的发展逐步加大。这是第一方面的问题。

第二方面的问题就是如何合理议定水价，特别是引水初期的水价。因为有这样一个矛盾，原来核定的水价是按照设计规模的水价，好比说我们是按照太原市用掉6.4亿吨水核定水价的，而开始的时候肯定不会用掉6.4亿，甚至开始的时候是一亿一亿地加上去。用水越小，水价的成本就越高，这个怎么办？亏损就是这么造成的。水价越高，人们越不想用，这是一个客观的规律。我们应当如何合理地议定水价，给水价以相应的政策？这个问题北大经济发展研究中心作了一个很好的专题研究报告，给省委扩大会议汇报了，我在这里就不提了。他们就是在研究了过去引水工程中出现的问题后提出了一个新的思路。

第三方面的问题，要研究今后管理运营的机制。在管理方面不可避免地存在这样或那样的问题，开始的时候用水没有达到设计规模，水费的收入不能按设计要求达到，怎么来度过这段时期？这时候管理运营的机制该怎么样？这个问题，北大经济研究中心也相应提出一个方案，我在这里也不多谈了。

我们感觉到以后如何发挥引水工程的经济效益，如何实行引水工程的良性运行机制，涉及三方面的问题：一是工程本身，二是水价和相应的政策，三是管理运行的机制。我们这一次集中研究第一方面的问题，就是如何拟定第一期工程的规模。后两个问题也非常重要，希望省里下一步抓紧研究。

第一方面的问题涉及太原市的供水规划、联接段工程方案和太原市的自来水厂及供水管网的方案。经过大家反复的讨论，涉及下边几个问题：

第一个问题，罗总也强调了，就是引黄水和汾河水，究竟是合起来好还是分开好，这是我们两个工程方案——洞线和管线的本质区别。从头马营南干的7号洞出来以后水怎么走？洞线方案就是从好水沟打一个洞子一直到呼延水厂，完全避开汾河。汾河的一切啰啰唆唆的难点就全避开了。部分管线方案就是从头马营出来后，经过好水沟支流进入汾河的天然河道，然后到汾河一库，依靠汾河一库调节以后进入双管双洞，通到呼延水厂。这样，首先从规划方向来讲就发生一个问题，究竟是引黄的水与汾河合起来好，还是分开好。讨论中认为，分与合各有利弊。分开来有它的好处，就是避开了汾河的一些难点。例如，天然河道结冰以后，怎么送水以及可能发生的污染和汾河的泥沙问题，等等，还有今后管理中和农业的复杂关系，等等，都可以避开了。这个方案涉及的因素比较简单，因此还是有它的好处的。特别在近期，是有它的好处的。但是与汾河合起来也有它很大的好处，因为汾河是发源于山西境内贯穿山西省的最大的河流，可以说是太原市甚至山西省的生命线，它本身有相当的水资源，而且已经建成了一个大水库，还正在建设一个汾河二库。引黄水和它合起来，统一规划，统一调度，利用它已建和在建的水库，近期内不用考虑另建好水沟调节水库，而且可以互补余缺。刚才罗总详细分析了，好比讲日调节，如果要尽量用低谷的电量，汾河水库进行日调节那是没问题的。季调节，过冰的时候干脆不放水，借用汾河水库的水，灌溉期间到引黄充水，七、八月份用汾河的水，然后引黄再还灌溉的水，等等。还有年调节，汾河水多时可少抽黄河水，万一山西省遇到大旱的年景，当我们不惜一切代价抗旱的时候，那引黄的水就成为另一条汾河，这个意义是很大的。所以，从长远讲，引黄水与汾河水合起来在战略上是应当考虑的。但这要有一个条件，就是汾河必须要同时抓好治理，包括它的污染和泥沙。

第二个问题，第一期引水到太原的规模究竟应当怎么确定。罗总刚才讲了，这次会议上我们看到了各种各样的需水预测方法，可以说是眼花缭乱。究竟该怎么考虑？总的来说，我们感觉到原来的需水预测可能偏高，柯礼丹这次提出的需水预测是很值得重视的。因为他是总结了一些实践的经验，而且在实践检验之后提出来的，当然与太原市的口径不一样，太原市认为偏低。最后我们研究，采取了一个比较折中的办法，第一期引水规模定在 3.2 亿立方米，自来水厂日供水 80 万吨，原来第一期自来水厂是 100 万吨，现在太原市的日供水量是 70 多万吨。3.2 亿方是个什么概念呢？几乎相当于一条汾河，一条汾河总量大概 4 亿方，80 万吨是把太原现有自来水的供水能力翻一番。因为考虑到地下水超采有30万吨，所以向太原引水的第一个要求是把地下水的超采制止住，就是顶替了 30 万吨以后，还有 50 万吨的发展余地。罗总刚才提出，自来水厂可以逐步建设，是不是先建 40 万吨，就是 2001 年的时候先建 40 万吨，接下去再建 40 万吨。今天曹市长来了，你们感觉可能是小了，我说，咱们2002年见面的时候，40万吨一投产就能把30万吨地下水超采都封闭了，你要能这样子做，你还剩10万吨的余量，那咱们马上再给你建。那么，3.2亿吨，80万吨能够维持到哪一年呢？刚才罗总没有具体讲，从会议上提供的预测来看，太原市认为只能到2005年，我们有的同志估计能到2010年，我个人估计比较倾向于柯礼丹的2015年，这可以在今后验证。如果在2015年以前水就不够用了，这是大好事，证明引水工程的效益发挥得很好，我很高兴，就怕你到2020年还用不完。

第三个问题，对动能回收的看法。原来洞线方案最吸引人的是动能回收。把水抽了600多米，现在又把它放掉了，至少我们可以回收500米，这是非常合理的事。这次会议我们也对动能回收热烈地讨论，我在会议上也发表了一些看法。首先我们要有这么一个认识，动能回收和经济合理这是两本账。从动能来说，动能回收是合理的，但是在经济上是不是合理的，还得算个经济账。也就是说动能回收并不一定就是经济合理的，要看用多大的代价来得到动能回收。这个投入和产出，就是发电本身的投入和产出，要另外算一笔账。这就有三种可能：一种可能是经济效益非常大，只要有很小的投入就能得到很大的产出，因此不仅是别的水电站没有的条件，而且由于它特大的经济效益，还可以补引黄工程的水价。第二种可能，所增加的水电站，本身资金回报率在一个合理的范围内，也就是说这个水电站本身可以站得住，但是却不能够对引黄工程有多大的效益。第三种可能，代价很大，投入很高，产出不高。它的资金回报率本身就站不住，更不用说帮你忙了。如果是第一种可能，引黄工程该考虑增加一些资金，因为增加一些资金产生的效益很大，对整个引黄工程有补益。如果第二种可能，那么引黄工程有钱可以投资，没钱也不一定要投资，但是别的业主投资还是可以考虑的。如果第三种可能，那是没有业主能投资的。虽然动能可以回收，但代价太大，没有业主可以投资。根据这个，我们来研究一下原来提的洞线方案，究竟经济效益怎么样。

刚才罗总已经分析了，在会议上，张泽祯同志有个具体的比较。与西龙池的经济指标作了比较，比较的结果，按山西省院提的方案，比西龙池要差一些。山西省电力局是不能出这个钱的，肯定应当先搞西龙池，因为经济指标不如西龙池。而山西省院在洞线方案中还没有列进一个好水沟水库的投资，因为洞线方案是不进汾河一库，是直接过来的。万家寨七、八月份是不引水的。两个月怎么办？如果建好水沟水库，那就可以维持七、八两月的常年发电，如果不建好水沟水库，七、八两月就不能发电，这个水电站就根本站不住。山西省院没有加好水沟的投资，如果加上好水沟的投资，那经济指标肯定是不能考虑的，虽然能回收动能，但代价太大，这个调峰水电站本身就站不住。

另一个问题，原来山西省院方案中有一个非常不现实的因素，就是这个调峰电站的规模 37.8 万千瓦，是在 6.4 亿立方米引水量的基础上考虑的，就是 20.5 的流量，现在我们拟定的第一期的引水规模是 3.2 亿，就是 10.5 个流量，一半流量，电站规模怎么可以达到 378000 千瓦呢？根本不可能。达到 6.4 亿的规模要到哪一年呢？照太原市的统计是2020年，柯礼丹的估计是2040年以后。所以近期就只能现实地考虑近期的规模，相适应的电站只能按3.2亿来设计。开始的时候，距离达到3.2亿还有个过程。刚才我还讲，达到3.2亿要到2015年，就算到2005年或者2010年，那么水电站的规模算大数是20万千瓦，这也还得到2010年以后，看来这个方案是不现实的。洞子必须要按最终规模一次建成，先打一条洞再打一条洞是不行的。管子可以先铺一条再铺一条，但洞子不行。所以洞子要按20.5的流量一次建成，这是长远考虑，但是电站在相当时间内不可能达到这个规模，这个调峰电站看起来没有价值。只能搞常规电站，分期建设。应当根据这样一个原则，就是洞线一次建成，电站分期建设，再进一步核定其经济指标。

## "两个方案比较"

根据以上这些分析，我们最后研究联接段工程就集中了两个方案作比较。第一个方案就是洞线方案，就是按照我刚才谈的洞线方案，洞线一次建成，常规电站分期建设。这里边还有个好水沟水库的问题，要解决七、八月份的供水，必须要建好水沟水库。也有同志提出不建好水沟水库，七、八月份利用汾河水，利用汾河一库、二库放水。我们认为这也不够现实，因为洞线方案最大的好处是避开汾河污染，如果七、八月份还用汾河一库的水，汾河一库放下水经天然河道来到二库，途中经过古交的污染。那么，虽然10个月内可以保证水质，但这两个月就成问题了，这也不够现实。所以洞线方案还需要建一个好水沟水库，这样才可以保证水质。

第二个方案是单管方案，就是刚才罗总谈的，从头马营出来，经过汾河的天然河道进入汾河一库，从汾河水库出来原来是双管双洞，这次我们研究，一致认为是一条管为好，先建一条管。如果是双管，洪水一冲就一起被冲坏了，大家认为不需要。就是单管，一条管道。一条管子一直到呼延水厂，然后把汾河二库作为事故备用库。这与七、八月份整个备用不一样，还可以稍晚一点建，作为事故备用。一般认为，一条管子是可以的，好多引水工程都是一条管子的。做事故备用，万一出现事故，可以从汾河二库借用一些水。这是第二个方案，但这个方案，也有一些问题要进一步研究，例如，冰期怎么进水。刚才罗总谈到了，设想有两个，一个是适当整治河道，冰期进水，另一个是近期借用汾河一库的水就行了，冰期可以不考虑。再一个问题是汾河一库的取水口设在右岸不合适，应当改在左岸。还有就是洪水期的冲刷，应当注意安全。再一个就是汾河整个的环境保护。汾河一库以上现在已经开始污染了，不能再污染了，应当进行环境保护，而且要同时治理。最后，大多数同志倾向于单管方案，因为单管方案工程比较简单，投资比较少，而且工期有保证，可以尽快建成，发挥效益。

根据这样的情况，建议山西省院下一步做两项工作。第一项工作，是写一个比较方案的论证报告，就是洞线方案和管线方案的论证报告。这个论证报告可以比原来设想的论证报告简单一些。因为在这次会议中，根据一般的经验，一般的常理判断，认为单管方案是比较经济合理的，但是最后总还得验证一番。对于洞线方案的地质勘探的要求可以简单一些。因为如果最后可能选洞线方案，那地质要求一定要非常仔细。地质是这样一个规律，越搞得细，越要加工程量，绝没有说要减工程量的。万一以后确定洞线方案的话，那地质一定要搞深搞细，那可不敢随便。如果将来很大可能是采用管线方案的话，洞线的地质可以搞简单一些。将来地质搞细了只能证明洞线更贵，不会证明洞线更便宜。因此，在这个基础上可以搞粗一些。尽量搞一些地面的地质工作，必要的时候也打些孔，但是还要搞一个论证报告。搞一个论证报告，一个是验证我们这些判断究竟怎么样，因为咱们毕竟是在会议中间你一言我一语，从这几天看的材料分析出来的。也可能验证中会发现一些当时没有注意到的问题。例如，当年对洞线方案怎么没注意到最终规模有这么大的差别，调峰电站不能成立呢？如果同样以后冷静下来一步一步证实管线方案有不可逾越的矛盾，那咱们还要再进一步讨论。因此，还得有一个报告，有这个报告也好有个交代。因为对于国际咨询公司、水规院、国家计委都得有一个交代。这个报告对洞线的地质要求可以粗略一些。

第二项工作，现在就要抓紧单管方案的初步设计，再不能耽误时间了。现在整个引黄工程卡在联接段和太原供水上，特别是卡在联接段工程。因为我们中间费了许多周折没有定案，所以一定要抓紧做单管的初步设计工作，可以设想将来两个报告同时报。论证报告要快一点，我建议半年内写成，这样就可以与管线方案同时审批。这样，在手续上比较完备，咱们总得要搞得严密一点。

单管方案必须要安全可靠。我们商量以后，感觉到山西省水利设计院在城市供水方面经验不足，但是现在要把任务转到别的院，一转就把时间都耽误掉了。我给你太原市的同志讲现在要临阵转移一个设计院，那你可是找麻烦了，现在不能转移，关键是怎么样改进。我建议太原市派出专家，而且希望西南院也派出专家。请潘总当总指导，锡田同志你组织一下。山西省院要虚心地接受指导，要经常向几位高级的咨询顾问请教，把你的水平提高，把设计搞得可靠。罗总昨天也答应了。

## 太原市的供水规划和管网设计

这个我跟罗总一样，都是隔了一行，没有多少发言权了，我们只是原则地提几个意见。

第一条意见，就是太原市的供水规划一定要在太原市地下水合理开发利用规划的基础上做出来。这次会议中间我们听了三个报告，一个是太原市的供水规划，一个是引黄自来水厂和管网的规划，一个是太原市地下水开发利用的规划。这三个规划时间不衔接，那个地下水的开发利用规划是在会议前夕才作出来的，本来是应当先有一个地下水的开发利用规划，在这个基础上作太原市供水规划，再作出自来水厂和管网规划，现在是倒过来了。这次要求把它顺过来，因为引黄工程最大的意义是解决地下水的超采。太原市供水过去主要靠地下水，发展到现在已经超采到这样子了。引黄工程要解决现在的超采以及今后防止超采。所以无论怎样，供水规划要在地下水规划的基础上提出来，然后自来水厂的管网规划要在供水规划的基础上提出来。

第二条意见，省市要研究解剖三个案例。

第一个案例是古交煤矿。原来为了解决古交煤矿的地下水超采，从汾河一库埋了管子给它。我们的管道方案就是借鉴的古交煤矿管道的经验，我们都看到了，从汾河一库给它埋了管子供水，而且只要4角钱一方，管子铺到了它的煤矿里面，它没用，还是继续超采地下水，这是个什么原因，用什么办法来解决?！将来引黄水至少2元，甚至到5元一方，你怎么用?

第二个案例是清徐，这个王庭栋同志都有印象，省人大都作过决定。听说清徐有个村，村里打的井是自流泉，天天在浪费，其实那自流泉是晋祠的泉源，为了要封闭它的自流井，政府专门出钱给它打了井，而且把自来水龙头通到每家每户，要求把自流井关闭。现在的情况是，自来水每家每户都用到了，但自流泉却坚决不关闭。一个村长就能把省人大的决议抵制住。这是经过人大检查以后定出来的办法，现在还没有执行。

第三个案例是大同市。大同市建电厂，当时是刘锡田同志和许四复同志给我汇报，我当时是水电部长。大同电厂要用地下水，他们说，大同地下水可能超采，我就答应了个条件，如果地下水位下降，我们从册田水库给大同市做补偿。后来大同电厂建成后，确实地下水超采，地下水位下降。以后的电力部也执行了我的诺言，把册田水库的水引到了大同市，而且分了水。据了解，现在谁家也不用，继续超采地下水。什么原因？所以，我第二条意见就是为了保证引黄水确实能解决太原市的地下水超采，建议省、市要研究解剖三个案例。要先解决三个案例，才能使我们有信心发挥引黄工程的效益。

我就归纳了这么五个问题，刚才我已经讲了，咱们只集中在第一方面的问题。关于引水工程还有两个重大问题，一个是水价和相应的政策，一个是管理机制。这两个问题都非常重要，建议省里在下一步继续研究。这里涉及一个最实质的问题，就是在引水工程的初期，水价的收入不可能解决它的运行和整个还债能力。在这样的情况下，一定要有一个基金，用这个基金来保持它的运行经营。一直到最后引水工程达到规模，达到设定水价以后，这中间一定要有过渡期。如果这个过渡期没有资金保证，那是不能发挥效益的。这个过渡期的资金在山西省来讲，确有这个条件，就是继续用煤电的水资源补偿费，这是非常重要的。我记得，原来党中央、国务院给山西省这个政策是长期的政策。因为山西省从长远讲是个能源基地，从长远讲水资源是困难的。所以，这个问题省里边要及早抓紧研究。

（1996 年 12 月 16 日 · 迎泽宾馆）

# 万家寨引黄对全国、全省都很重要

陈锦华

胡富国同志早晨给我打了个电话，说今天上午有这么一个场合，让我对省里五大班子的领导同志讲一讲。其实我们只是做了一些一般的调查，做了一些工作，不必惊动大家，大家都很忙，我有些过意不去。今天有这样的机会，我就向省委、省政府、省人大、省政协、省纪检委的同志汇报一下，把看到的、想到的事情讲一讲。

刚才文盛同志讲到，我到计委工作三年，三年三到三晋，我很坦率地跟你们讲，没有第二个省我是这样跑的。咱们可能是有点什么缘分，我也解释不清。反正我是来过三次，一年来一次。每次来山西都学到很多东西，对国家计委改进工作有很多帮助，我感到每年都有变化，每年都有发展。

山西省委决定的四大战役等重点工作，落实的情况，看了都使人感到很高兴。我沿路给文盛同志也说了，接触到上上下下不少同志，我感觉山西干部和群众的精神状态都很好，这与环境气氛极有关系。刚才裕怀同志讲我的一番话，讲得太好了，我虽然担待不起，但是说明我对山西还是有这个心意的。山西对国家贡献很大，国家应该帮助山西来发展。国家计委有很多事情也是责无旁贷的，在我现在的工作岗位上，有责任跟你们商量一下，有些事情看怎么办好。

万家寨枢纽的周局长，在工地给我讲了一通，说真的，我一开始就表示了，大家成绩很大。他也讲到些问题，我建议北京的同志真是非常需要来这里看看，现场这么好的形势，大坝截流了，但有很多事情很不顺。叫也叫不应的，所以他讲的时候，有些激动，我看这个是情理之中的。唐太宗的谏臣魏征，每次谏言，都讲得很激动，有人就进谗言说，魏征每次都讲得那么激动，干脆把他杀了，不让他讲话了。唐太宗不愧是个明君，他说，魏征为了打动仁君，不能不激动啊，不能不感动你，如果讲得平缓，听不进去，就不当回事了。老周那天讲得都很好，我完全清楚，我今天早晨给水利部写信了。我说要把他提出的问题先捎回去，我在回来的车上同文盛省长商量。我说有些问题可以先帮助解决，不一定都等，十个问题，先解决一个二个三个也好。

我到现场看了南干 5 号洞，现场的同志们非常好。这种条件下，讲奉献是落实在行动上的啊，环境这么艰苦，人家为什么？跟城里的物质条件比，这些人员是怎么看待这些的呢？我记得年轻时读过《谁是最可爱的人》，讲志愿军的，我觉得今天也要讲讲谁是我们最可爱的人，在第一线风里雨里，为国家作出贡献，他们也是最可爱的人嘛！没有这些人，我们拿什么来迎接美好的明天呢？我看了一路，我觉得还是很受教育，山西的工作在省委、省政府领导下，富国同志、文盛同志，还有人大、政协、纪检委各方面，大家齐心协力，很有成效的。富国昨天晚上给我打电话非要让我看看你们那个太旧路不可，我说，我一定要去看的。

关于万家寨引黄工程。上次富国、裕怀在北京找我谈了一些事。当时我就说了，我要到山西来开会，开完会我要看万家寨。两年多了，这个项目也是有变化有发展的。原来是枢纽、总干、北干，后来北干变成南干，去年世行预评估后又提出了联接段，还有太原水厂、管网，还有污水处理，当然人们的认识也随着实践变化。在运城我与文盛同志商量，去年联接段问题提出来了，有必要去看看。这次到了古交以后，顺着古交线路看了联接段，从古交到汾河水库这一段，有 183 个厂家在排污水，排污量 430 万方。我记住这个事了，将来在国务院讨论起来，有些意见我就可以讲了。富国同志、裕怀同志大概也是这个意思吧，他们考虑我年纪大了，不好意思让我走下去。我说没有关系，既然来了，当然要走了。走了和不走，完全不一样，我至少脑子里有东西了。看了 5 号洞、枢纽，感觉工程进展不错，很高兴。也就是两年多的时间有这样的进展，是了不得的事。山西省委、省政府，水利部、内蒙古，大家几方通力合作得很好。

大家最关心的是围绕 9 月份世行评估前要做的工作，需要定下来。

一是工程的整体性，贷款的额度，需要国家计委有个明确表态的东西。所谓整体性就是枢纽、总干、南干、联接段、水厂、管网，还没有把太原市的污水处理包括进去。根据这些需要，世行的贷款原来是 3 亿多美元，后来增加到 4 个亿，还有太原市需要的日本海外协力基金 1 亿美元，还有意大利政府双边贷款 3 千万美元，加在一起 5.3 亿，希望计委对 5.3 亿有承诺，是这个意思吧？我来以前，专门找有关司的同志商量这个事，家华总理对世行也表了态，我只能讲，万家寨引黄工程到了箭在弦上的程度，已骑上马背下不来了。

第二件事情就是审批可研报告。一个是南干可研报告，这个东西有关司已经签字了，准备开办公会，过了之后就可以发出去了。第二个就是联接段的报告，你们初步已经有个东西了，还得完善。第三是太原市供水工程的报告，要求在9月世行评估以前，这个没有问题。我们积极配合，不耽误你们的事！耽误了你们的事，我们也受不了。怎么能耽误在国家计委手里呢？

国家计委的态度是：山西是国家倚重的最重要的能源重化工基地，山西就是煤嘛，我们的南方靠你们送去温暖，送去光明，国家的建设离开了山西的煤是不可思议的事ss情，你们上不去，不仅影响山西本身而且影响全国。山西为国家，国家应该帮助山西。山西的发展，山西能源基地作用的发挥，我看至关重要的是水，有了水山西农业可以上去，能源基地的作用可以发挥，人们的生活水平可以提高。如果水要是不上去的话，方方面面都受制约。富国同志对这一点认识很深刻。计委根据国家规定，你们按程序报，我们按程序办。这事，总理在搞完《纲要》之后，在国务院全体会议上讲过一次，跟我也个别讲过多次，他说，“九五”计划定下来之后，涉及重要的事，都要按程序办，纳入年度计划综合平衡，我觉得总理讲得是对的，本来这事就不好办。为什么这事要这样看？今天省里几套班子都在，我也讲讲我们的难处。各人都有本难念的经，我也有难念的经，有些总理提出来，是出于实际的考虑。事情总是要看得远一点，看得全一点，看得深一点。我在来之前找我们一些同志谈了一下，除了裕怀同志找我们谈之外，我还个别找了一些同志谈。项目的事，本来我很少过问，我觉得没必要。不信，你可以问问你们山西人的儿子，山西人的女婿，计委还有那么多负责同志，干吗要我过问呢？

一个问题，就是内资的问题，你们还要考虑枢纽啊，我看内蒙古就是不拿，这个事，八九不离十，倘若真是那样怎么办？我估计古纳给你们算贷款是按外汇来算的，利用外资部分，就是 1/3 多一点。你们省每年筹措 10 个亿，配套资金还差 17 亿。让国家来安排很难啊。水利方面的钱，要预算内拨款，要优惠的贷款，我现在碰到这个事，都头大。水利用钱，超概算简直吓人，小浪底预可研时还是 55 亿，到初步设计涨到 110 亿，去年又调到 380 亿，翻了 6 倍多。这怎么受得了。听搞水利的说，古纳是个专家，他考虑的是合理些、完备些，专家有专家的观点，他并不考虑我们的可能性，更不会对全局负责。古纳的意见，还要择其善者而从之，就是“善者”也要根据我们的实际情况来考虑（老郑，你们去小浪底打听打听）。万家寨工程将来是不是 120 个亿？我今天是姑妄言之，可以走着瞧。我来的时候有同志提出工期应该到 2001 年，世行也是这个意见。这样，资金问题可以缓冲一下，这也是个意见。

第二个问题，因为世行贷款增加，银行利率也高了，7% 的利息，这些都要转嫁到工程费用中，将来多少钱送水，要考虑实际承受能力。到时不能再搞优惠用水政策，早些研究，要找到妥善处理的办法。

第三，万家寨枢纽的问题，我说给省里在座的同志。按现在现场的情况，1998 年送电，设备的采购，人员的培训，不解决要影响进度，枢纽提到的问题如不能及时解决，我看要影响送电、送水。今天早上我给钮茂生同志写了信，让他抓一抓，有些问题能迁就的迁就，有些问题一下解决不了，抓紧工作，还有些问题不难，做做工作就消除了。不能老拖在那儿，弄得大家不高兴。对人民来信，有则改之，无则加勉，我们上面也不是根据人民来信来看这个事情的。枢纽所说的告状风很重要的原因是基建的事，不应该那么早就盖房子，这是不对的。但已经做了，就让他检讨一下，批评一下，让他过去。不能老拖着。再说干部也很辛苦的，他在前线风里雨里，家属在后方住得好一点在情理上就一定怎么样吗？找一找国家审计署疏通疏通这个事，把这个事了了。这类事可以做做工作，你们在太原，我们在北京，离工地都很远，谁在那里干？谁在指挥千军万马啊？是他们啊！当然我们不是迁就不好的作风，这事以后不要再干了嘛。枢纽是引黄工程的源头啊，枢纽要建不成，引黄工程建成了又怎么样？还不是无源之水吗？

第四个问题，我们计委利用世行的贷款、日本协力基金及各种各样的东西来支持万家寨，万家寨引黄对全国、全省都很重要。跟万家寨同时报到计委的还有一大批项目，少的是 1 亿美元，多的多至 5 亿美元，跟万家寨一样，这就涉及我们有多大的力量。做事要看看重点能抓多少、抓几个，如果搞多了，你没有力量国家也没有力量，那不等于在拉长战线吗？

关于万家寨的事情，我们就这么干了，裕怀同志，你们抓紧进度，我们来批复。你们抓紧，要去找哪个司，哪个主任，就去找，实在找不通的时候，就来找我吧，我跟你们已经拴在一起了。这件事情很大，办好了也是应该的。

（1996 年 5 月 11 日）

# 引黄济晋，别无选择

杜润生

我现在是作为一个山西的公民，对引黄济晋这个事情，我们大家应有一个共识。山西缺什么？我们山西可以说是宝藏遍地，到处是矿产，土地、人口也不少，人才也不少，缺什么？

缺水，是我们最大的一个限制因素，它限制生产，限制发展，还限制生活质量的改善。有时候水比粮食还重要，粮食这东西还能有代替品，还能买进来，这个水可实在没有办法，非就地想办法不可。中东那个地方有几个国家缺水，没有办法，只得花很多的钱去搞海水淡化，那是很费钱的，这钱不能不花。

我认为省委作出引黄决策，经省人大决议，中央批准，付诸实施，是必要的、及时的。现在动工还能赶得上，时间再拖下去，后悔莫及。因为缺水，现在看来，不引水实在不行，除了黄河的水没有别的水可引。原来有一个地质学教授说山西有一块地下海取之不尽，现在看来，不尽可信。如果 500 米、1000 米以下有什么水，也不敢动，动了会引来难以预料的后果。最近听一个国外的教授说了一套道理，我才知道这一条。

第二条有没有别的引水方案可以选择，如再修水库，再自流灌溉，等等，都不能满足要求，现有方案是唯一的可行的选择。这是 1958 年开始，山西省委、山西人民的理想，今天实现了，我们应该高兴。

现在水的问题，已到了一个临界点。地下水已经过度开采，工业已限产，甚至停产，农业水浇地，增加不了还递减，井灌难以发展。最严重的是水源污染，居民饮水短缺，水源有污染了，地下水抽得多，煤矿积水就乘机下渗，水质变坏，影响人们饮用水，不是个发展问题了，变成个生存问题，再迟 10 年、20 年就更严重了。太原、大同、朔州地区生产和生活的安全，已接近最低安全标准。

引了 12 亿立方米水，并不能解决山西全部的问题，但是至少可以维持这个环境不再继续恶化，能够保证经济的持续发展，争取到时间植树造林，培育水源。

如果现状不求改进，我估计山西将来要往外地移民，逃荒走西口，大槐树下拜别故乡。这是极而言之，但并非危言耸听，太原五层楼以上用水难，看来不能再发展人口了。如果你要想扩大我们的产业，扩大繁荣度，就要有一些大城市，没有大城市，就没有繁荣，但是没有水就没有大城市。

我们建设引黄工程，解决了持续发展问题，防止环境恶化，也是为后代人造福，是个代际关系，我们多花一点钱，总投资 120 个亿，10 亿人民币换来每年 1 亿立方米的水，可连续利用几百年。这个钱有一部分是替我们后代人花了，这叫作转移支付。花这个钱，还可以收回一部分来，当代人多承担一点电费、水费，给我们后一代留福利，这道理至少干部要懂得。我们聚集人力、财力，搞这个工程，意义是深远的。

我们希望有两条，一条是竭尽全力保证工程的质量，一条是希望培养人才。工程的质量，不但对得起当代人，也对得起后代人，叫后代人看了说我们祖一辈、父一辈这个工程搞得不错，只要多想办法，特别是建设监测系统，掌握信息。

工程有两部分，一部分是枢纽工程，一部分是打洞引水工程。因为水是个流体，它有流体力学的性质，很难掌握，地质结构是非常复杂的，涉及各种材料的物理、化学性质，还有一个自动化电子系统，一出个小毛病，全面动态都要改变，我们要多向国内外专家请教，出现毛病，搞不好就推倒重来，不要马虎，不要怕重复，这是第一个希望。

最关键、难度最大的是培养人才。我们要利用这个机会，培养人才，全体职工要组织学，还希望指挥部不要关起来搞，要开放，特别是邀请国内的有关科研部门、技术部门、大学，告诉它我们这儿有些什么难题，如何得到解决，你们应该做做记录，进行研究，可以多盖几间简易房子，提供某种便利。

我们中国是个多山的国家，引水工程不止这一个，南水北调工程也会遇到同样的技术难题。在山里建工程，总有隐藏的问题没有发现，总有一些不可避免的差错要发生，切不可大意。我们看到工地的全体同志，在指挥部的领导下，在郭裕怀同志、郑友三同志还有几位副总指挥副局长领导下，工作是做得好的。他们为引黄操心，为引黄辛苦，我抱着感激的心情，表示我的敬意，我认为他们的工作应该得到奖励，奖励过去的同时还鞭策未来。

我们也对国外的专家，意大利的、加拿大的、美国的，还有好几个国家的专家，对他们的贡献表示衷心的感谢！

（本文摘自1998年杜润生视察万家寨引黄工程时的讲话，有修改）

（1998年8月27日）

# 引黄工程是解决水资源缺乏的长远之策

钮茂生

1998 年 6 月 14 日，水利部部长钮茂生在山西万家寨引黄工程考察时指出："民以水为天"，党和国家领导人对水利事业十分关心，近期还专门作了一系列重要指示。水资源缺乏是制约中西部经济社会发展的一个重要原因，山西省引黄入晋，大力实施开源的同时，注重节流和综合治理，这是解决水资源缺乏的长远之策。

（1998 年 6 月 14 日）

# 引黄工程是中华民族在水资源调配上的伟大创举

张基尧

引黄工程充分显示了山西省委、省政府的高瞻远瞩和英明决策，这样一个伟大的工程在国内和国际都是为数不多的。山西省委、省政府给引黄配备了这样强的领导力量，哪个省也做不到。

引黄工程的特点：1. 覆盖面大，全长300多公里，引黄工程实际上是国家南水北调的一次演习，为我国今后的水利建设提供了宝贵经验。2. 工期比较紧张。3. 地质情况复杂，水利上所有的工程项目在这里都能遇到，这对引黄人来说是一个艰巨的考验。如果说小浪底工程是一个挑战性工程，引黄工程同样也是一个挑战性工程，这是我们中华民族在水资源调配上的伟大创举。

**要干好引黄工程首先要有一个好的机制。**引黄工程目前实行的三元制衡机制是接轨国际惯例，符合中国国情的一种建设机制。首先要处理好业主与监理的关系，明确职责。业主的职责是合同签订、资金筹措、资源配备和外部环境的创造。监理的职责是三控制一协调。说起来容易做起来难，大量问题出在合同的权限上，明确合同责任的，由监理负责，合同责任以外的，由业主负责，这一点不清楚就要打乱仗。同时还要处理好业主与承包商的关系，监理与承包商的关系。三元制衡是以业主负责制为中心，以工程师监理为基础，以承包商施工为主体的一种机制，这个机制运转灵活，工程建设就能顺利发展。

**要抓好合同管理和技术管理。**工程管理的重点是国际工程的管理，国际工程管理的重点是合同管理，在国际承包商还没暴露出索赔的欲望时，一定要认识到，他们到中国来的目的就是获取最大的利润。

现在就要更多地收集资料，对现场情况进行跟踪，做好反索赔的原始记录，如进场时间、设备、人员是否达到合同要求，这些都会成为反索赔的证据。对外商所有文件性的东西，都要认真研究，不能把问题积累下来，要及时处理。

现在外商给小浪底的索赔文件 1 万多份，放在一起有一米二高。可以肯定索赔是一定要发生的，目前在国内进行的国际工程没有一个不发生索赔的，但是索赔的大与小与我们工作的强和弱有关系。

对外商的各种价差补偿要从严控制，劳务价差问题较多，而且量大，外商给业主报的人工费价格和实际支付是不一样的，工资单是假造的，工程师要经常监督外商的劳务支付情况，要他提供工资单的各种影印件。各种资料收集起来，到时候就是反索赔的炮弹。小浪底目前正在进行反索赔，你们可以派人参加反索赔小组，工作一段时间，以后就可以成为反索赔骨干。小浪底外商提出索赔一次 16 个亿，工程中标价才 29 个亿，所以不要轻视索赔，合同管理是为今后的反索赔打下基础。

**技术管理问题，随着工程进展会越来越多。**首先要分清技术管理的层次，中国存在着设计谁来定，重点修改谁来批的问题，要分出几个层次。第一个层次是设代和监理现场人员，最基层的临时问题在现场解决；第二个层次是监理工程师，由设总和总工一起决定；第三个层次是技术委员会，聘请有关专家参与工作，最后由业主决策。国际工程管理需要的是及时决策，时间拖延越长，损失越大。在技术管理上，设计修改既要考虑到技术可行，也要考虑到合同的执行。技术可行，经济上不可行又有什么用呢？技术管理一是层次，二是程序，三是制度。

**处理好和外商的各种关系。**要树立业主和监理工程师的权威，要凭我们的工作能力和素质赢得国际承包商的尊重，只有让国际承包商在心里佩服你，他才能在工作中服从你。

（1998 年 6 月 1 日）

# 万众一心，艰苦奋斗，共创引黄入晋千秋大业

胡富国

1994 年的今天，我们在这里召开了加快建设太旧高速公路誓师动员大会。那次大会有效地统一了思想，极大地鼓舞了干劲，掀起了建设太旧高速公路的热潮，出现了突飞猛进、日新月异的喜人局面。今天，我们又在这里召开建设万家寨引黄工程誓师动员大会，其目的就是要动员全省广大干部群众，积极行动起来，再掀建设引黄工程的新高潮。下面，就建设引黄工程的重要性、紧迫性及有关问题，我讲几点意见。

## 一、引黄工程是山西的生命工程，建设这一工程势在必行、刻不容缓

之所以说引黄工程是山西的生命工程，就是因为水已经成为威胁山西特别是太原生存和发展的十分严重的问题，而只有引黄河水才能从根本上缓解这一问题。据有关方面测算，全省人均水资源占有量为 466 立方米，相当于全国人均水平的 17%，其中太原市人均占有量只有 220 立方米，仅为全国人均水平的 7.4%。水利专家曾发出这样的警告：太原市再不解决用水问题，将面临搬迁局面。由此可见，山西特别是太原的缺水问题到了多么严重的程度！

——由于水资源紧缺，严重地制约了山西经济的发展。山西

是能源重化工基地，煤炭电力是山西的优势产业，由于缺水，这一优势难以得到充分发挥。太原、大同、朔州三市已具备生产能力的工矿企业，在大量超采地下水的情况下，仍有50%的企业因供水不足不得不采取限产措施，每年造成直接经济损失55亿多元，间接经济损失138亿元；如不超采地下水，每年经济损失将增至104亿元。由于缺水，工农业用水的矛盾日益突出。1990年以来，工业与城市用水每年以2.6%的平均速度增长，而农业灌溉水量却以4%左右的速度递减。太原、大同、朔州三市，每年农业转让给工业的水量达1.84亿立方米，水地面积已减少50多万亩。由于缺水，国家的许多重大项目不能在我省建设，使我们失去了一个又一个发展机遇。严酷的现实告诉我们：不彻底解决水的问题，山西的经济就不可能快速发展，人民生活就不能更好地改善。

——由于水资源紧缺，人们的生活受到了严重威胁。目前，我省许多地区实行了定时、定点配额供水制度，最低的每日每人只有13至23升水。尤其是太原市吃水难、用水难的现象普遍存在。一些地区长期处于低压供水和间断供水状态，许多居民不得不经常提壶挑桶四处找水。以往供水较好的市中心地区，近年来形势也急转直下，缺水由居民楼的五六层下降到三四层，甚至连二层也经常水压不足。高层住户不得不家家置缸备桶，每天半夜起来接水，以防停水造成的断炊之苦。在我们居住的这个城市，水荒的阴影随处可见，并呈日趋加重之势。太原市如此，大同、朔州的情况亦然。在大同有近两万人饮用矿井水。城市以外的情况是不是好一点呢？情况同样不容乐观。就拿远离城市的矿区来说，西铭矿 1994 年人均生活用水定额每天仅有 13 升。有的矿区连矿工的洗澡水都不能保证，用脏水洗澡已习以为常。同志们，看到此情此景，我真感到痛心啊！咱们山西煤矿工人对国家、对全省的贡献太大了，如果没有这些煤矿工人，山西就没有今天！我在国务院曾说过，不要看煤是黑的，那里面实际上是红的，红的变成黑的，是煤矿工人的血换来的。可就是这些矿工，连起码的生活要求都满足不了，真对不起他们啊！据预测，太原、大同、朔州三市，所缺水量到 20 世纪末将达到 8.07 亿立方米，到 2020 年将达到 12 亿立方米。如果看不到这个危机，不从现在起就抓紧解决水的问题，那么，水利专家警告的灾难，将会在不远的将来降临到我们的面前。

由于水资源紧缺，人们的生存环境日益恶化。浅层水资源得不到补充，致使污水渗漏，严重地污染了地下水源。现在，汾河两岸已形成一条 5 到 10 公里的地下水污染带。用污水灌溉农田，致使粮食、蔬菜及水果中的有害物质含量增加。一些工厂因缺水生产工艺达不到设计要求，粉尘、有害气体大量外泄，污染了空气，恶化了生存环境。特别是大量超采地下水，致使地下水位逐年下降，形成大范围的地下水降落漏斗。太原市以动物园、菜园村为中心扩展的漏斗区和西张水源地漏斗区，中心最大水位下降达百米，并且漏斗面积逐年扩大。位于上兰村的三晋名泉烈石寒泉和闻名中外的晋祠泉水已彻底断流。大同市因大量超采地下水造成地面裂缝，较大的有 7 条，总长达 20 公里。如果这种状况长此以往，将给未来的山西留下许多潜伏的危机，我们不能不对子孙后代负责啊！

无论从哪个方面看，解决水的问题已经到了势在必行、刻不容缓的地步了。那么，通过什么途径来解决山西缺水的问题呢？有没有比引黄更好的方案呢？经过长时间、多方面的论证，得出的结论是：引黄是解决山西缺水问题的唯一途径，舍此别无他途。李鹏总理今年视察山西时指出，山西很缺水，引黄是一条出路。世界银行引黄工程项目考察团明确提出，引黄工程是解决山西经济发展与缺水矛盾的唯一合理方案，没有其他更经济的途径可以替代引黄工程。多少年来，引黄入晋成了山西人民梦寐以求的夙愿。自1958年原省委书记陶鲁笳在中央召开的成都会议上提出引黄入晋的设想，并得到了毛主席的赞许后，历届省委、省政府都把引黄入晋工程摆在重要的议事日程。从20世纪50年代末开始酝酿，到70年代末、80年代末、90年代初，引黄工程的程序完善和评估立项，历届省委、省政府真可谓费尽了心血！一些科技工作者几乎付出了毕生的努力！同志们，回想起来，引黄入晋工程真是太不容易了，前后整整36个年头啊！今天，山西人民的夙愿终于付诸实践了。

## 二、大规模地建设引黄工程的条件基本具备，要不失时机地把基础设施建设的重点转移到引黄工程上来

在今年元宵节万家寨引黄工程现场办公会上，我就明确提出：要创造条件，抓住时机，把基础设施建设的重点转移到引黄工程

上来。现在看来，条件已经具备，时机已经成熟，我们要果断地实行重点转移。

——太旧高速公路建设已取得决定性胜利。从去年6月25日省级五大班子到太旧高速公路开现场办公会以来，特别是去年8月12日召开加快建设太旧高速公路誓师动员大会以来，在中央和全省人民的大力支持下，经过施工队伍日夜奋战，太旧高速公路东西两段及武宿立交桥已经胜利在望，今年国庆节完全可以建成通车。中段工程进展迅速，明年国庆节全线通车已经胜券在握。我们可以蛮有把握地说，太旧路建设已经步入坦途，绝对不会掉下来。更为可喜的是，通过建设太旧路，把群众发动起来了，从而有力地推动了其他几条重点公路及县、乡、村公路的迅速发展。抓基础设施建设，已成为全省人民的自觉行动。省委经过分析后认为，目前是进行基础设施建设重点转移的良好时机。如果重点转移过早，就会影响太旧路的建设；如果现在不转移建设重点，就会贻误引黄建设的时机。机不再来，时不我待，我们要抓住机遇，及时地把建设重点转移到引黄工程上来。在经济建设上，省委的指导思想是，紧紧围绕“三个基础，四个重点”的发展战略，一项一项地干，一件一件地抓，非把山西搞上去不可。近几年，全省的基础设施建设已经取得突破性进展，发展势头强劲。最近，省委又集中时间研究了如何加强农业基础问题，初步确定从今年秋季开始，用3年时间重点抓好兴修水利（包括节水）、修田造地、发展旱作农业、推广适用技术等几件大事，使全省的粮食产量发展并稳定在100亿公斤的水平上，然后分步达到110亿至120亿公斤的目标，基本实现粮食自给。省委还研究了如何搞好煤炭的产、运、销工作，要下功夫真正把煤炭搞成山西的“摇钱树”。下一步，省委还要集中精力研究其他基础产业的发展问题，以及改革开放特别是国有大中型企业的改革问题。现在，我们把建设重点转移到引黄工程上来，到年底争取使阳城电厂正式开工。这样一来，我们有这么几个伟大的工程、伟大的战役，就一定会把山西闹它个“天翻地覆慨而慷”！

——制约引黄工程建设的若干问题基本解决。在中央和国务院有关部门的重视、支持下，在历届省委、省政府和全省人民的艰苦努力下，经过建设者的顽强拼搏，引黄工程已经取得了突破性进展。一是勘查、设计、评估、立项等工作基本完成，结束了漫长的决策过程。今年正月十五万家寨引黄现场办公会，进一步坚定了建设引黄工程的决心。二是总干、北干和南干的供水、供电、通信、交通等施工准备工作已经就绪，整个工程将由施工准备阶段转向主体施工阶段。三是经过中外专家和施工队伍的共同努力，有关重大技术难题已经攻破或可望攻破，困扰引黄工程建设的最大问题是资金问题。目前，在中央的支持下，经过各方面的努力，我们已经找到了解决这一问题的途径。概括地讲，主要有这么几个方面：一是按原出台的政策，收取水资源补偿费。二是争取世行贷款。去年以来，世行考察团已两次考察了引黄工程，明确表示愿意参与这项工程建设，并加快了贷款进程。三是继续坚持以煤养水、以电养水的政策，通过整顿流通环节乱收费问题，筹集资金，搞引黄建设。四是发扬自力更生、艰苦奋斗的精神，动员全社会的力量支援引黄建设。去年我曾讲，即使卖掉省委办公大楼也要把太旧路建成；现在我要说，即使把全部家当卖掉，也要把黄河水引进来，因为生命比什么都重要。纵观目前情况，我们认为，制约引黄工程建设的若干重大问题基本解决。可以说，坚冰已经打破，航道已经开通，加足马力、全速前进的时刻已经到来。

——集中了一支国内外的施工劲旅。现已参加引黄工程建设的施工队伍，大都是装备精良、技术先进、作风过硬，有着丰富的施工经验的队伍。如意大利CMC公司，是世界建筑业百强之一，曾参加过引大入秦工程建设；中国水利电力部第六工程局，华北矿建马万水工程队，铁道部第三、第十八、第十九工程局等，都是国内建筑业的劲旅，都曾参加过大型工程建设。万家寨引黄工程开工两年多来，全体建设者都顶严寒、冒酷暑，住的是临时搭就、四面透风的简易工棚，克服着我们难以想象的困难，昼夜奋战在工地上，劈高山、填深沟、打隧道、架桥梁、修公路、通电话，谱写了又一曲当代愚公向大自然宣战的英雄赞歌。同志们有机会可以去工地看一看，那种场面太壮观了，那种气氛太让人激动了！远远望去，崇山峻岭之中，车水马龙，机器林立，几座大山已被削平，炸山取石，填入黄河；低头俯视，奔腾咆哮的黄河在万家寨左岸已被拦腰斩断，俯首称臣；四下环顾，从高鼻梁、蓝眼睛的外国人，到南腔北调、威武雄壮的建设者，都在以无可比拟的英雄气概向奔腾的黄河、绵延的群山开战。我相信，有这样一支敢打善拼的施工队伍，引黄工程的任何艰难险阻都会被他们克服。

全省三千万人民对建设引黄工程充满热情和希望。无数事实说明，一个工程，一项决策，只要符合人民的意愿，代表人民的根本利益，人民群众就会拥护它、支持它，就会焕发出巨大的热情和不可估量的力量。由于引黄工程充分体现了广大人民群众的意愿，所以，这一工程赢得越来越多的人的关心和支持。尽管我们不提倡向工程捐款，但是仍有不少群众为工程捐款、捐物。在这些人当中，有工人、农民、干部，也有军人；有机关、集体单位，也有个体劳动者；有年过花甲的老太太，也有年幼的小学生。一封封感人肺腑的来信，代表着一颗颗赤诚的心，表达了人民群众对党和政府的无比信赖和对引黄入晋的强烈愿望。那些处在万家寨引黄工程沿线的群众更是让人感动。今年元宵节，当我们五大班子到引黄工程现场办公时，整个偏关县一片欢腾。人们奔走相告，喜气洋洋，数万名群众自发地走上街头，有的踩高跷，有的跑旱船，有的舞龙灯，把这一天当成盛大节日，尽情表达发自内心的喜悦。那个场面太令人感动了！我感到还是那句话：有了群众，就天不怕，地不怕，神不怕，鬼不怕，任何困难都不怕！

——中央对引黄工程高度重视、大力支持。引黄工程从 20 世纪 50 年代酝酿、勘察，到后来的规划、设计，直至立项、奠基、开工，都得到了党中央、国务院的关心和支持。没有中央的支持，就没有引黄的今天。江泽民总书记 1993 年 3 月在看望出席全国八届人大和八届政协第一次会议的山西代表时就指出：最近中央和国务院已批准引黄工程，引黄河水入晋，这件事一定要高标准、高质量地搞好，以缓解山西缺水的矛盾。李鹏总理十分重视山西能源基地建设和经济发展。1994 年 3 月，他在接见出席全国人大会议山西代表团时指出：山西是一个缺水的省，这个问题中央很关心，我们大家要共同努力，把万家寨引黄工程建设好。1995 年 4 月 10 日，李鹏总理在听取引黄工程汇报后又指出：我赞成你们引水，山西很缺水，不引水没有别的出路，要发展电，发展煤，就要引水。因此引黄是一条出路。我支持你们，不仅向北引而且向南引。今年 5 月 3 日，陈锦华主任、钮茂生部长受李鹏总理委托又听取了我省的引黄工程汇报。两位领导充分肯定了山西省委、省政府贯彻总理指示精神是积极的、认真的，肯定了工程建设的必要性和方案的合理性。他们明确指出，山西唯一的可靠水源就是黄河，现在的引黄入晋方案是多种方案中选出来的唯一合理的方案。引黄入晋是山西的生命工程，也关系到全国。把万家寨的事办好，不仅是山西的事，也是全国的事，要把这项工程建设好，争取早日发挥效益。党中央、国务院和有关部门领导的支持，对推动引黄工程建设起了决定性的作用，对我们是极大的鼓舞和鞭策，进一步增强了我们搞好引黄工程的信心和勇气。

## 三、发扬大无畏精神，为实现 1998 年引水到太原的目标奋力拼搏

1998 年把黄河水引到太原，这是省委、省政府经过反复酝酿、充分论证作出的重大决策。这一决策符合全省人民的意愿，符合山西的实际情况，是完全正确的。今天，面对全省三千万父

老乡亲，我代表省委、省政府郑重宣布：1998 年引水到太原的目标决不动摇！为实现这一目标，全省各级党委、政府和广大干部群众，必须做到以下几点：

第一，要坚定战胜困难的信心。前面，我讲到建设引黄工程具有若干有利条件，但决不是说没有困难或困难不大，是轻而易举的。恰恰相反，建设引黄工程的困难是巨大的，它要比修建太旧高速公路的难度大得多。如果说修建太旧高速公路，是在太行山中筑起一座长城；那么，建设引黄工程，则是在吕梁山下开挖一条地下长河。引黄工程对山西来讲就如同全国的三峡工程一样，是惠泽万民的千秋大业，前所未有。概括地讲，最大的困难有两个：一是地质情况复杂，施工难度很大；二是在我省建设史上规模空前，投资数量很大。从施工方面讲，将数创世界之最、亚洲之最、全国之最，这在技术上将面临诸多难题。就拿开挖引水隧道来说，引水全线总长约 314 公里，其中隧洞长达 220 公里，为世界第一，被称为“天下第一地下长河”。南干 7 号洞长 43.5 公里，比英吉利海峡地下隧道长 7.5 公里，堪称“世界第一引水隧洞”。从投资方面讲，整个工程建设我省共需投资 120 亿元，相当于太旧高速公路的 4 倍，这对相对落后的山西来讲，是一个惊人的数字。就是分期建设，一期工程投资也高达 68 亿元。尽管中央原则同意了我省的筹建政策，但筹资的难度是相当大的，所以说，引黄工程既是宏伟的，又是十分艰巨的。对此，我们必须采取实事求是的态度，承认困难，正视困难。实践已经告诉我们，困难并不可怕，只要在困难面前信心不动摇，决心不改变，任何困难都是可以征服的。“山高自有客行路，水深自有渡船人。”太旧高速公路的建设说明了这一条，进行“四大战役”“五个一工程”的实践也说明了这一条。如果去年我们在困难面前止步了、退缩了，太旧公路这一百里通途就不会由图纸变为现实。我相信，英雄的山西人民敢于提出修建引黄工程的宏伟设想，就一定会以大无畏的精神征服种种困难，斩断黄河，凿通崇山峻岭，实现引水入晋的夙愿。山西省委、省政府的决心下定了，省级五大班子的决心下定了，全省3000万人民的决心下定了。不管遇到多大困难，绝不半途而废，一定要把引黄工程拿下来！同志们，引黄入晋不仅是一项引水工程，与太旧路工程一样，也是一个考验干部群众的战场。我们有没有壮志，有没有胆略，有没有能力，有没有为人民谋利益、办大事的精神和感情，引黄工程是一个试金石。全体共产党员、广大干部群众、每一个施工队伍，一定要有“红军不怕远征难，万水千山只等闲”的英雄气概，排除万难，经受考验，不达目的，誓不罢休！

第二，要保持艰苦奋斗的精神。在近几年的现代化建设中，我们大力发扬了锡崖沟精神和太旧路精神，已经把艰苦奋斗这面旗帜同改革开放这面旗帜一样高高地举起来了。通过艰苦奋斗，我们战胜了困难，看到了希望，领略到了胜利的喜悦。然而，在前进的历程中，还会遇到更多更大的困难，这就要求我们务必保持和发扬艰苦奋斗的精神。保持这种精神，就是要迎难而上，不管困难有多大，都要想方设法排难而进；保持这种精神，就是要乐于吃苦，不管条件多么恶劣，都要挺得住、打得赢；保持这种精神，就是要不屈不挠，不管遇到多少挫折，都要坚韧不拔、顽强拼搏；保持这种精神，就是要分秒必争，不管发生什么事情（除不可抗拒的天灾人祸），都要坚持施工、日夜奋战；保持这种精神，就是要无私奉献，不管局部利益和个人利益受到多大损失，都要舍小局、顾大局。广大共产党员和各级领导干部要做艰苦奋斗的模范，时刻冲在前头，哪里有困难，哪里就要有我们的党员和干部。不仅施工队伍要艰苦奋斗，全省各个方面都要艰苦奋斗。直接参加引黄工程建设的毕竟是少数同志，绝大多数干部群众都要努力做好自身的工作，以优异的成绩支援引黄工程建设。同时，要十分注意节约。建设引黄工程的资金确实来之不易，它是全省人民的血汗。有关方面一定要优化设计，精打细算，节约每一分钱，坚决反对一切铺张浪费的行为，坚决杜绝因决策失误造成的一切损失。总之，只要我们有了艰苦奋斗的精神，就会让一个个困难在我们面前低头，最终夺取引黄工程的胜利。现在，太旧高速公路的建设者正在酣战，引黄工程的战场已经摆开，东战太行、西战吕梁的格局全面形成。对此，山大一位 90 岁高寿的老教授曾用一副对联作了生动的描绘："西斩黄河万家寨引来福晋水，东劈行岳太旧路修成聚金桥。"省委、省政府要求，太旧和引黄两大工程的建设者要展开竞赛，赛干劲、赛进度、赛质量，以太旧精神建设引黄，以引黄风貌促太旧，在全省再掀建设新高潮。

第三，要具有尊重科学、精益求精的态度。引黄工程规模巨大，地质情况异常复杂，不仅需要苦干实干，而且需要高、精、尖的技术。可以说，科学技术是引黄工程的灵魂。这就要求我们必须把发扬艰苦奋斗精神同严谨的科学态度结合起来，尊重科学，尊重规律，精心组织，加强管理，科学施工，保证质量。要放宽眼界，尽量采用国际国内先进的技术、先进的工艺、先进的设备；要配备足够的技术力量，包括聘请中外著名专家，集优势兵力，对疑难地段的隧洞施工方式、全线自动化系统、泵型选择、泵站布置等主要工程技术问题进行攻关，确保工程顺利进行。引黄工程是个封闭式的输水系统，泵站又是串联运行，对施工质量要求很高。如果有一处发生质量问题，将影响全线安全运行。所以说，质量是引黄工程的生命。在这个问题上，绝不可有一丝一毫的疏忽。必须清醒地认识到：质量过硬，就可以使这一伟大工程流芳百世；否则，我们将成为千古罪人。所以，一定要严把工程质量关，防止出现任何纰漏，确保万无一失。为此，必须加强工程管理工作，对出现的质量问题，该返工的坚决返工；对出现质量问题多的单位，该停工整顿的坚决停工整顿，该辞退的坚决辞退，在质量问题上绝不允许马马虎虎。

第四，要发扬顾全大局的风格。引黄工程是国内一项大型跨流域引水工程，不是哪一个部门、哪一个地区能够包揽的事，需要全社会的有力支持。虽然引黄工程主要是解决太原、大同、朔州缺水的问题，但这是全省的大事，关系到全省经济的发展。因此，各地市、各部门一定要站在全省的大局上看待引黄工程、支持引黄工程。为确保通水目标如期实现，一是省里确定的筹资政策，各地市、各部门、各企业要积极主动收，带着感情交；二是必要时该缓建的项目要缓建，该砍掉的项目要砍掉，所有工程都要给引黄工程让路。省委、省政府已经决定，现建的几条重点公路建成后，今后几年不再开工大的项目，如有需要，太旧路建成后，可以考虑出卖一部分股权，用来支持引黄工程建设。受益地区和沿线各地更要从大局出发，全力以赴地支持引黄工程。要像太旧路沿线人民群众，为了太旧路不惜拆掉新房、让出好地、砍掉树木，甚至搬迁祖坟那样，义无反顾地支持引黄工程建设。实际上，自引黄工程筹建以来，全省上上下下、方方面面，都给予了热情的关注和支持。省人大专门作出了关于加强领导，保证质量，按期完成万家寨引黄工程的决议。省计委把引黄工程作为大事来抓，在程序推进、引进外资等方面做了大量卓有成效的工作。财政、税务、物价、煤炭、电力、水利、金融、邮电、海关等部门，以及工程沿线的各级政府和人民群众都为引黄工程作出了积极的贡献。希望全省各级党委、政府和广大干部群众，更加自觉地支持引黄工程建设。“人心齐，泰山移。”只要全省人民团结一致，心往一处想，劲往一处使，引黄工程一定能如期建成。

第五，要创造良好的社会环境。引黄工程建设要顺利进行，没有一个良好的社会环境不行。建设引黄工程时间紧、任务重，要办的事情很多，时间耽误不起。各有关部门一定要改善服务态度，提高办事效率，加快工作节奏，为引黄工程提供一流服务。凡涉及引黄的事，要大开绿灯，特事特办，绝不允许拖拖拉拉、贻误时机，要把为引黄工程服务作为转变工作作风的新起点。引黄管理局要进一步改进工作作风，严格内部程序，完善管理机制，健全各项制度。有关领导者和组织者，要深知肩上担子的分量，经常深入施工现场，及时发现问题，及时解决问题，宁可掉几层皮，也要把工程搞上去。政法部门要主动地担负起保卫工程建设的责任，不断加大打击力度，严惩偷窃、破坏工程设施的违法犯罪分子，以及恣意干扰工程建设的不法之徒，确保正常施工、安全施工。宣传部门特别是各新闻单位，要像去年大张旗鼓地宣传太旧路工程一样宣传引黄工程，不但要让全省人民了解引黄工程，而且要让全国甚至全世界了解引黄工程，以争取更加广泛的支持。总之，要经过各方面的共同努力，为引黄工程创造一个良好的施工环境，为广大建设者提供一个良好的生活环境，让他们集中精力、一心一意地把引黄入晋的蓝图变为美好的现实。

第六，要解决好关键性问题。当前影响工程进度的首要问题是资金问题，因此，要加大征收水资源补偿费的力度，保证施工需要。省政府和各有关厅局，要坚决执行关于征收水资源补偿费的政策，做到按期如数征收。哪个地区、哪个单位不能按时交纳水资源补偿费，要追究那个地区、那个单位主要领导的责任。同时，要扩大筹资渠道，积极引进外资，尤其要加快世行贷款的进程。其次，要狠抓控制性工程。地下泵站、南干 5 号和 7 号隧洞等，是目前全线的控制性工程，如不能按时完工，其他单项工程完成得再早，也无法如期通水。因此必须在控制性工程上及早起步，实现大的突破。此外，从现在起要抓紧做好两项工作：一是太原市要抓紧接水工程和供水管网工程建设，以及古交、娄烦段的污染治理；二是对引黄起调节作用的汾河二库，要加快建设步伐，不能拖引黄工程的后腿。

同志们，引黄工程大规模地建设时期已经到来，全省人民梦寐以求的夙愿将要变为现实，让我们团结起来，万众一心，共创引黄入晋的千秋大业，再现三晋儿女的豪情壮志！

（1995 年 8 月 12 日，胡富国在万家寨引黄工程建设誓师动员大会上的讲话）

（1995 年 8 月 12 日）

# 在“抢枢纽、保引黄”动员大会上的讲话

胡富国

引黄入晋是一个事关全国经济发展，事关山西人民命运和前途的生命工程。所以，省委、省政府认为很有必要把引黄工程的进展情况，向全省人民实事求是地作个通报，使大家心中有数。从今天的会议情况来看，我相信湖滨会堂参会的同志，以及每个在荧屏前观看电视的同志，听了省长的讲话，看了电视片，一定会很受感动、很受鼓舞。应该说，向大家通报情况的目的已经基本达到。但是，这次会议除了通报情况，还有个动员的内容，还要把省委、省政府关于抢枢纽1998年蓄水发电、保引黄2001年通水的决心在全省父老乡亲面前表达清楚。因此，我受省委、省人大、省政府、省政协、省纪委五大班子的委托，再讲点意见。

同志们，回顾1993年我们请邹家华副总理、钱正英副主席参加引黄工程奠基时，心里边压力很大。能不能把水从万家寨引到太原，最担心的是三个问题：

第一，这么大的投资，钱从何来？当时还没考虑到太原供水工程，总投资就是100多个亿。按1988年国务院批准山西从煤炭中收取吨煤1元钱水资源补偿费的政策，到2000年，只能收

到20个亿。就是说还差将近100亿左右！钱从哪里来？当时就是想靠两条：一条是以煤、以电养水；一条是靠国家给一定的资金，也考虑过要用世界银行贷款问题。1993年下半年到1994年初，国家正在加强宏观调控，重点是控制物价上涨。尽管我们这个工程不仅是山西人民的生命工程，也是一个事关发展、完善、巩固山西能源基地，支援全国经济发展的重大工程，但与全国控制物价、维护稳定的大局相比，毕竟还是一个局部问题。1993年9月，文盛同志来了以后，也感到肩上的压力很重。我们都感到，在当时的形势下，通过提高水资源补偿费筹措资金，的确需要慎重考虑。这样，1993年下半年就没有动。到了1994年五六月份，我和当时的常务副省长郭裕怀，还有文盛同志，一起商量能不能解决这个问题。看到全国控制物价的形势，感到时机还不成熟。因此，省委、省政府就委托郭裕怀同志组织有关部门先作调查研究。希望通过调查，拿出一个既能解决引黄资金，又不违背全国控制物价大原则的办法来。通过调查发现，煤也好，电也好，特别是煤炭运销的中间环节乱收费的情况严重。当时算账的情况是，通过整顿乱收费，企业每吨煤可增收4元钱，水资源补偿费每吨加1元，企业还留下3元钱，这样，既不会影响全国的平均物价，也不会影响企业的利益。因此，在1994年11月份，省委、省政府就下决心把吨煤度电收取水资源费的政策定下来。执行这个政策还要得到煤炭部和电力部的支持。因此，必须取得国务院领导同志的同意。物价这个问题太敏感，看上去是个经济指标，弄不好就是政治问题。在这个问题上我们首先得到了国务院和国家计委领导的理解和支持。李鹏总理和朱镕基、邹家华副总理都十分关心，都表示支持。国家计委陈锦华主任，甘子玉、叶青、马凯副主任以及各司局的同志们，也都赞成这个做法。电力部、煤炭部也明确同意我们征收。煤炭部还主动给我们每吨煤增加了 5 角钱。按这个政策算下来，到 2000 年吨煤度电收取的水资源费应该在 85 个亿左右，这是一笔账。接着，又考虑利用世界银行的贷款。关于这一点我想讲两件事。一件是邹家华副总理，国家计委陈锦华主任、甘子玉副主任，全力支持我们利用世界银行贷款。国家利用世界银行贷款不是无限的，有个指标的分配。国家计委想从已经分配了的指标里面拿出 1 个亿给我们。后来世界银行考察引黄，认为引黄不仅是关系山西的工程，而且也是关系全国的工程，这个工程在全世界都会有影响。他们很积极，再三表示愿意支持这个工程，要为这个工程服务。家华副总理、国家计委的同志当时就表了态，其他省暂时用不了的指标，调给山西。我讲这个情节，就是要说明，党中央、国务院的领导同志，国家计委、水利部等部门的负责同志，是千方百计支持引黄工程，帮助引黄工程的。这一点山西人民不能忘记！再一件，就是世界银行的项目官员古纳先生。这个古纳先生和山西有缘分，带着他的专家和助手到三晋大地一看山西人这种坚持改革开放和艰苦奋斗的精神，再加上引黄工程的伟大，一下子动了真感情。他表示，贷多少钱都要尽量给山西想办法，这是第一句。第二句呢，他提出为引黄工程要向国家领导人说话，他说你们山西人民干的不仅是山西的事业，干的也是中华人民共和国的事业。这话说得很带劲呀！裕怀同志陪着古纳先生在北京见了家华副总理一次，谈得非常投机。这笔世界银行的贷款是4亿美元，加上意大利政府3000万美元出口信贷，折合40亿人民币，加上我们自己到2001年筹措的85亿，行了，有希望！国务院领导对此十分关心。家华副总理前几天还在文件上批示过问："世界银行的贷款谈得如何？"现在我可以负责地向领导和同志们报告，世行评估团的正式评估已经圆满完成。这是我要说的第一个问题。

第二个担心，是技术。太旧路地质条件非常复杂，是什么太行之最、全国之最、亚洲之最，搬山填沟，打洞入岭，技术上是很难的。但是，相对来说，引黄比太旧难度大得多！太旧路毕竟是走车的，看得见摸得着，大不了也就是路况差一点。而引黄工程是引水的。第一期工程全长200多公里，90%是隧洞，尤其是沿线的地质条件又十分复杂，要打的洞又特别长，最长的40多公里，真正的世界第一。所以，老水电部长、全国政协钱正英副主席说，引黄工程科技含量之高、施工难度之大，是中国第一，世界少有。解决这个问题靠什么？靠科学技术、靠专家。我们请了一批国内外的专家，还请了钱正英副主席担任顾问，同时实行国际招标。不尊重专家，不尊重人才，就是不尊重科学技术，必然要出大漏洞。希望各位专家能为山西的建设出力，同甘苦，共患难。山西3000万人民是不会忘记你们的！你们是我们处在关键时刻请来的关键人物，办的是关键事。同时，我们山西也有自己的水利专家，像许四复、刘锡田，虽然已经七十多岁了，还是愿意为引黄鞠躬尽瘁。即使这样，也不能掉以轻心。前几天开座谈会，我们请来的杨贵老部长、朱云祥司长、张泽祯院长等都讲到了这一点。省委、省政府已经定了，要把山西所有的水利专家全部用起来。只要他真正有技术，有本事，身体又健康，本人愿意干，省委组织部就要大力支持，不要受年龄限制。

第三个担心，是效益。花这么多钱搞这么大的工程，效益不好，怎么办？效益问题谁都担心：第一，水价这么高谁来用？第二，花这么多钱能不能收回投资？关于效益问题，投资回报问题，有两笔账：第一笔账，搞水电是一本万利，万家寨枢纽是山西、水利部、内蒙古三家投资、三家分利，一年下来山西能分 8 亿度调峰电。每度如果按 0.7 元钱算，有 5.6 亿元；如果按 0.8 元钱算，就有 6.4 亿元。况且，估计到那个时候调峰电价还会高，按每度电 1 元钱算，就是 8 个亿。为什么我们要抢枢纽工期，让它早日蓄水发电呢？就是这个道理。时间就是金钱！枢纽发电的效益每年至少也有 6 个亿，现在我省的企业，除了太钢、西山矿务局等大企业，效益能达到 6 个亿的有几个？汾酒厂才有 2 个亿，枢纽的收益相当于 3 个汾酒厂。大家要注意，枢纽这个钱是要和引黄捆在一块儿的，就是说，枢纽挣了钱以后，首先用于引黄的还贷，其次用于滚动开发。今后还要考虑北干引水。第二笔账，我们的工程投入大，但用户也多。过去以为用水户只有一个太原市，通过和世行评估团谈，发现还有一个大用户、大顾客。就是太原的水用过之后，70% 左右还要回到水道，可以处理后增加下游的供水。加上枢纽发电卖电，我们这个大工程至少有 3 个大顾客。

在算清这两笔账的同时，我还要突出强调一个问题，就是引黄工程这个项目的效益，归根到底还要靠改革。重点是两个机制，一个是水的价格机制，再一个是打破铁饭碗、打破大锅饭的激励竞争机制。比如说，将来成立的引黄建设和经营公司，就要把大锅饭搬走。如果干活不干活都领薪水、分奖金、发福利，不要说枢纽能挣 8 个亿，挣 80 个亿也能吃穷。所以，一定要走改革的道路，一开始就建立起新的机制，建立一个现代化的企业制度。现在，引黄工程从机制到体制都是一张白纸，要画最新的图画！要走一条改革的路子，一条开放的路子，一条对全省的改革开放起促进作用的路子。这个改革的意义重大，首先是省委、省政府要给予各方面的支持和帮助。同时，引黄体制改革所涉及的组织、人事、计划、财政等各部门都要全力支持和帮助。

总之，最初的三个担心，一个是资金，一个是技术，一个是效益，现在基本上变成三个放心。

还有一个问题，有的人怀疑能不能在 2001 年把水引到太原。应该说，资金、技术和效益这三大问题有了基本的眉目之后，2001 年把水引到太原就有了客观的基础，剩下的问题就是努力去干。在今天这个大会上，我代表省五大班子向全省人民宣布：第一条，引黄第一期工程，就是南干到太原的供水系统，到 2001 年完成。只能提前，不能推后。必须拿出比建太旧路高十倍的干劲、十倍的精神，把黄河的水引到太原。太旧路能在全国叫响，一是质量好，二是造价低，三是工期短。引黄工程确实比它更复杂，比它更伟大，能保质保量完成就更伟大，就是把太旧精神继承并发扬光大了。第二条，枢纽工程 1998 年蓄水，第一台机组发电。

对枢纽工程，水利部钮部长非常支持，内蒙古的兄弟非常积极，我们一定要圆满完成。要把这两件事明确地记下来，这是省委五大班子都同意的，说话都得算数，当然我是第一责任人。

同志们，关于引黄工程的问题，我还要代表省委、省政府向全省各级党政部门、各级干部和广大群众，特别是直接从事引黄建设的同志们提出以下几点要求：

## 第一，提高认识，全力支持引黄

引黄入晋为了山西，也是为了全国。山西的长处是煤和电。我们把黄河水引进来，缓解了山西缺水的状况，有利于实现山西“三个基础、四个重点”的经济战略和未来15年赶超战略目标。山西的煤出得多了，电发得多了，就可以更多地支援国家的经济发展。这就是识大体、顾大局。因此，直接从事引黄建设的各级干部、工程技术人员、专家学者和全省广大干部、群众都应当站在这样的高度上认识引黄事业的伟大意义，全力搞好引黄，全力支持引黄。特别是引黄工程沿线的各级党政领导机关，工商、税务、公、检、法、司和企事业单位，包括工人和农民群众，都要提高认识，全力支持引黄建设。绝不能以为引黄有钱，就打引黄的主意，想吃“唐僧肉”。引黄现在是有钱，有上百个亿，但这钱是全省人民，特别是煤矿工人用血汗挣来的，每一分钱都要用在引黄工程上，不能流入部门和私人的腰包。这是铁的原则，谁也不能含糊！

## 第二，加强领导，坚持改革开放

世界银行贷款 1997 财年启动，万家寨枢纽 1998 年蓄水发电，2001 年引水到太原。这三大目标能不能实现，关键在领导。在于各级领导的认识、决心和行动。省委、省政府已经下了决心，先充分授权省引黄工程总指挥部作为代表省人民政府的全权领导机构，代表省人民政府组织、领导和协调引黄工程各方面的工作。同时还要充实和提高引黄工程建设队伍。凡是引黄需要的人员，要谁给谁。省委、省政府坚决支持引黄建设走改革开放的道路，在引进世行贷款、国外资金和先进技术、先进设备的同时，引进新的体制、新的机制，既要与国际接轨，又要与中国实际相结合。在国家关于国外贷款必须建立还贷基金规定的基础上，加上万家寨枢纽的发电收入和吨煤度电收取的水资源费，建立引黄投资基金。通过建立引黄投资基金和现代企业制度，确立有效的激励机制，把各种积极因素动员起来，协调运转。总之，要把引黄工程项目作为一个大基地，不仅要完成一个好工程，而且要培养一支好队伍，创建一个好体制，留下一批好科研成果。引黄工程的改革要为全省国有经济的改革提供经验。

## 第三，尊重科学，确保工程质量

引黄工程的质量是引黄大业的命根子。为了把住质量关，我们一方面按照钱正英同志的推荐，把国内一流的专家都请来了。在尊重科学、依靠专家的问题上，省委、省政府和有关部门，包括引黄总指挥部和引黄局一定不能算小账、吃大亏，要舍得花钱。另一方面，就是参照国内外的成功经验，把“业主——监理——承包商”的三元制衡体制建立起来。简单地说，就是人才要到位，体制也要到位。技术和监理系统要选那些既懂技术又负责任的人，只懂技术不负责任、敢负责任又不懂技术的都不要。选好了人，让他们在一个合乎现代企业制度要求的好体制中有职有权地工作，我们的工程质量就有了保证。关于质量，我可是讲过：如果引黄完工了，却把水漏了，我要投河而死！这么大的工程，投资上百个亿，质量出了问题，把水漏了，我们无法向3000万父老乡亲交代！

## 第四，开源节流，搞好节水蓄水

开源，是指把黄河水引进山西腹地，是解决我省水资源紧缺问题的战略举措；节流，是指搞好节水、蓄水。全省各地都要抓好节水农业、节水工业、废水处理利用工作。进一步搞好植树造林、小流域治理，把有限的地表水蓄起来、地下水养起来，尽最大可能改善我省水资源条件。现在，全世界都有缺水问题，中国最严重，山西又是中国最缺水的省份。我们要从引黄河水开始，树立水是商品的新观念，由市场机制来调节水的供求，全面改革水价和水的管理体制。

## 第五，加大宣传力度，充分发动群众

宣传引黄工程、引黄精神和引黄事业的伟大，不仅是宣传舆论部门的任务，全省各个部门、各条战线的负责同志都应自觉、积极地宣传引黄。要像宣传太旧那样宣传引黄，宣传中要注意太旧和引黄二者的不同特点和相互关系。太旧的成功，坚定了省五大班子、全省人民引黄的决心和信心，太旧的精神鼓舞了引黄的建设者。太旧的精神在三晋大地可以千古流芳，引黄建设也会出现历史的奇迹，太旧和引黄建设的这种精神，就是山西人民的精神，是山西人民把革命的传统和改革的时代精神相结合的产物。这两大工程在山西全省上下激发出的热情、凝聚的宝贵经验，不仅可以修成一条路，引来一条河，它必定会使山西经济腾飞，翻天覆地，使 3000 万人民走上富裕之路！

同志们，请记住这么几句话：第一，从万家寨枢纽引水到太原叫南干线，太原送水到各家各户叫供水工程，整个叫引黄一期工程，2001 年通水。第二,万家寨枢纽工程是个龙头工程。要引水必须先把水蓄起来，蓄起来后还要发电。第一台机组 1998 年发电，2000 年 6 台机组全部发电。枢纽 1998 年发电以后，就有收益了。按 1 度调峰电 1 元算，每年收 8 亿；按 0.7 元算，收 5.6 亿。第三，这么大的工程看来不会赔钱。因为有我们前边说到的三大用户，将在新的市场体制下用我们的水，用我们的电，我们就能有很好的经济效益。省委、省政府正在考虑，引黄工程到一定程度的时候，就要往大同引水，并且一定要考虑到沿途农民和下游人民的利益，这是邹家华副总理要求的，也是省委、省政府定下的。

总而言之，我们山西通过贯彻党的十四届六中全会精神和省委七届三次会议精神，一定会抓好精神文明建设，使群众的精神更加振奋。在以江泽民同志为核心的党中央领导下，在中央各部门的大力支持下，在过去几年取得成绩的基础上，再鼓干劲，连续奋斗几年、几十年，使山西经济有大发展，父老乡亲生活更加富裕。太旧路建成了，太原至原平高速公路动工了，其他公路建设都有规划，“九五”要达到山东“八五”的水平。阳城电厂今年可以动工，动工以后，向省外供电的规模更大。在四级书记会上我提出“扶贫攻坚，关键在党，根本在人，成败在干”，引黄事业同样是这样。同志们，只要我们把水引进来，把路修出去，把煤、电卖出去，三晋人民就会富裕起来，山西就大有希望。

团结起来，奋斗吧！

（1996 年 11 月 5 日）

# 坚定信心，奋力拼搏，加快万家寨引黄工程建设

孙文盛

1995年8月12日这一天，对我们山西来说，是个具有重大意义的日子。去年的今天，省委、省政府在这里召开了加快太旧高速公路建设的誓师动员大会，把太旧高速公路建设推向了高潮，并带动全省基础设施建设进入了一个新的发展阶段。今年的今天，我们又在这里召开誓师动员大会，目的是动员全省上下进一步统一思想，统一意志，坚定信心，鼓足干劲，发扬太旧精神，加快万家寨引黄工程建设。在这个令人振奋的时刻，我首先代表省委、省政府向战斗在万家寨引黄工程第一线的7000多名建设者们，表示崇高的敬意！向所有关心和支持这项工程的领导和同志们、朋友们表示衷心的感谢！下面，我代表省委、省政府就加快建设万家寨引黄工程的问题讲以下3点意见。

## 一、加快建设万家寨引黄工程是历史赋予我们的伟大使命

长期以来，制约我省经济和社会发展的有两大因素，一是交通不便，二是水资源严重短缺。为解决这两大难题，历届省委、省政府都做了坚持不懈的努力，现在这些任务又历史地落在我们

的肩上。目前，我省公路建设有了明显的进展，已经铺开的5条重点公路和各地抓的县乡公路建成后，可望初步缓解交通不畅的矛盾。但水资源短缺的问题，仍然十分严峻地摆在我们的面前，并且正在进一步加剧。如果说公路建设是我们的“致富工程”的话，那么引黄入晋就是我们的“生命工程”。对于我省严重缺水的问题以及带来的影响，大家都有着切身的感受。特别是太原、大同、朔州3个城市，正像裕怀同志刚才讲的，由于水资源的严重制约，工农业生产和人民生活已受到严重影响。大家知道，这3个城市是我省能源重化工业的主要基地，煤炭产量占全省的47%，电力装机占51%，水泥产量占74%，钢铁产量占81%。也就是说，我省主导产业的生产能力，半数以上布局在这3个城市。但是，由于缺水，这3个城市目前有一半左右的工矿企业不能充分发挥生产能力，一批企业的技术改造和新上建设项目也受到不同程度的影响，每年直接经济损失高达50多亿元；由于缺水，工农业争水的矛盾十分突出，随着工业与城市用水的大幅度增长，迫使农业灌溉用水逐年递减，造成农田灌溉面积减少50多万亩，少产粮食1亿多公斤。由于缺水，还导致了城市居民生活用水日趋困难。太原市供水面积120平方公里，目前能够保障居民生活用水的地区仅占39%。为了维持工业生产和居民生活用水，长期以来我们只好高强度地超采地下水，我们为此付出的代价是非常沉重的。城市地面下沉，中浅层水井干枯，水地面积减少，环境污染严重。

可以说，我省这些城市居民生存的基本条件受到了很大威胁。据预测，到20世纪末，太原、大同、朔州3个城市年缺水量将达

8亿多立方米，相当于现在全省城市年供水量的总和；到2020年缺水量将高达12亿立方米。由于我省地下水资源严重不足，地表水资源没有保障，所以，解决缺水问题的唯一出路和根本途径，只能是引黄入晋，并且是迫在眉睫、刻不容缓的大事。用发展的眼光来看，引黄入晋还不仅仅是为了解决这3个城市的用水之急，而且是从根本上解决我省今后经济建设的加速发展、持续发展，有后劲地发展的基本条件问题，还是改善人民生活状况、提高生活环境质量的一个至关重要的举措。因此我们讲，建设万家寨引黄工程，已成为历史赋予我们的伟大使命。在这个重任面前，我们省委、省政府的态度是十分坚决的。不管面临多大的困难，不论遇到多少艰难，万家寨引黄工程都要坚定不移地干下去。不达目的，誓不罢休！

从刚才裕怀同志通报的情况当中，大家可以看出，万家寨引黄工程已经进入了关键时刻，具备了加快建设的条件。我们说具备条件的第一条是国家已批准万家寨引黄工程的分步实施、分期建设的方案。同意我们先集中力量，建设总干线和南干线，先期解决太原用水问题。就是说作为万家寨引黄的第一期工程，程序基本完善。第二条是一期工程建设的资金基本落实。整个万家寨引黄工程概算为120亿元，其中一期工程包括万家寨枢纽大坝我省分摊的资金，共需投资68亿元。我们根据1988年国务院批准我省执行煤水挂钩的政策，可筹集到25亿元。国家计委已经同意我们利用世行贷款2亿美元，约折合人民币17亿元。还差的26亿元，我们解决的渠道主要是通过对电价收费和煤炭流通进行整顿，在不增加用户负担的前提下，继续实行以煤、以电养水的政策。这样，一期工程的建设资金就基本上得到落实。我们说具备条件还有一条，就是从万家寨引黄工程的前期准备工作来看，主要施工场地所需的水、电、路及通信等设施建设也基本就绪。现在总干工程已全面铺开，北干首段和南干试验洞进展顺利，引水隧洞已经开挖掘进20多公里，地下泵站交通洞、调节水库等都在紧张施工，枢纽工程主坝已开盘浇筑。战斗在引黄工程第一线的全体建设者，正在以饱满的热情、高昂的斗志，迎接新的建设高潮的到来。所以说，加快万家寨引黄工程建设，基础已奠定，条件已具备，时机已成熟。为此，现在，我代表省委、省政府向全省人民郑重宣布：万家寨引黄第一期工程建设的战线，从今天起，要全面铺开，全线上马。全省上下，特别是工程建设者们，一定要认清使命，坚定信心，同心协力，鼓足干劲，加快建设速度，掀起建设高潮，力争1998年年底把黄河水引到太原！

## 二、万家寨引黄工程在全省人民的支持下一定能够顺利建成

万家寨引黄工程是我们山西省有史以来所有的建设工程中，规模最大的项目，是前人没有干过的事情。这样一个浩大的基础性工程，能否顺利建成，这是全省人民最为关切的问题。省委、省政府希望全省人民继续关心，也请全省人民放心，正如裕怀同志刚才已经告诉大家的，这项工程是经过了30多年的准备，先后有数千名国内外专家和工程技术人员做了大量的科学技术研究工

作，又经过反复论证比较，才确定了现在的方案。可以说，我们现在的施工方案是在多种方案中选优的结果，是技术比较可靠、经济较为合理的方案，工程建成后其经济效益和社会效益都是巨大的。我们省委、省政府对建设万家寨引黄工程，态度是积极的，也是慎重的，始终坚持了按科学化、民主化的程序办事，始终坚持了按国家的基本建设审批程序办事。因此，我们说只要能严格按照设计方案施工，就一定能够确保工程的质量与效益，就一定能够使工程顺利建成。我们之所以敢这样讲，因为我们还有以下3个方面的有利条件：

一是党中央、国务院的大力关怀。引黄工程从规划、勘测、设计、筹备，直至工程立项、奠基和开工建设，每推进一步，都得到了党和国家领导同志的关怀和支持。1993年国务院批准工程立项以来，江泽民总书记、李鹏总理分别听取了汇报，都作了重要指示，要求我们一定要高标准、高质量地搞好引黄工程，不仅要向北引，而且要向南引，以缓解山西缺水的矛盾。邹家华副总理多次听取万家寨引黄工程情况汇报，多次指示国家有关部委支持这项工程建设。钱正英副主席亲自出面为工程聘请专家，解决工程建设中存在的重大技术问题。国家计委、水利部都给予大力支持。党和国家领导人及有关部门的支持和鼓励，对推动万家寨引黄工程建设起了决定性的作用。

二是有省级五大班子领导成员的统一意志。今年元宵节，富国同志带领省五大班子赴万家寨引黄工程现场办公，五大班子成员，一些省级老领导，以及省直有关部门负责人、社会各界人士，都对加快这项工程建设表示了坚决的态度和坚定的信心。大家一致认为，山西要振兴，经济要发展，必须下大决心，花大力气，干大事业。我认为，引黄如何大干快上，太旧已经作出榜样，我们能够在十分艰难的情况下，闯过建设太旧高速公路这一关，就一定能够再闯引黄工程这一关，就一定能够为彻底改变我省基础设施建设落后的面貌打一场漂亮的翻身仗。最近，省八届人大常委会第16次会议期间，卢功勋主任亲自带领大家到万家寨进行了现场考察，听取了引黄工程进展情况的汇报，并作出决议，要求省政府进一步加强施工领导，精心组织，周密安排，节约投资，确保工程质量，力争把万家寨引黄工程建成全国第一流工程。这也再一次充分表明了全省上下、各个方面对搞好万家寨引黄工程的坚决态度。

三是有全省人民的大力支持。我省严重缺水的现实，使人民群众清醒地看到了万家寨引黄工程，是振兴山西经济的战略工程，是从根本上解决生产生活基本条件的生命工程，是利国利民的壮举。因此，万家寨引黄工程从提出特别是自奠基以来，就得到了全省人民的拥护和支持。在我们收到的大量群众来信中，有的献计献策，有的要求捐款捐物，表现出极大的热情。特别是沿线广大人民群众，识大体、顾大局，舍小家、为大家，积极支持工程建设，表现出可贵的奉献精神。这些都给予我们以巨大的鼓舞，更加坚定了我们早日建成万家寨引黄工程的信心和决心。

以上情况表明，搞好万家寨引黄工程，我们有着科学的决策依据，有着深厚的群众基础，有着坚强的领导力量，再加上我们所具备的物质条件，这项宏伟的生命工程一定能够顺利建成。省委、省政府决不辜负人民的期望和中央的重托，一定要向全省人民交一份满意的答卷！

## 三、对加快万家寨引黄工程建设的几点具体要求

万家寨引黄工程基本上是一个封闭式的输水系统，地质情况复杂，技术要求高，施工难度大。因此，要加快这项工程的建设，不仅要有高昂的热情，还必须坚持科学的态度。这就要求我们全省上下、各级各部门，特别是工程指挥部和各路施工队伍，要发扬山西人民的光荣传统，发扬我们创造的太旧精神，追赶我们创造的武宿速度，精心组织，科学施工。具体要求有四条：

一是发扬太旧精神，确保工程进度。省委、省政府已经提出力争1998年把水通到太原，这个目标虽然难度很大，但经过努力是可能达到的。关键是要抓住影响全局建设速度的控制性工程。对控制性工程，不仅要做到心中有数，心思到位，而且要确保队伍到位、资金到位、材料到位。要科学地排出施工进度日程，争分夺秒抢时间。如果控制性工程的工期延误，不仅要拖整个工程进展的后腿，致使工程的经济效益和社会效益得不到充分发挥，而且意味着资金投入的进一步增加。因此，工程指挥部一定要制订严密的网络计划，加强计划管理，做好各项保障工作，确保工程建设进度。

二是发扬太旧精神，确保工程质量。万家寨引黄工程大多在地下作业，不同于其他地面的基建工程，对质量有着非常特殊的

技术要求。因此，一定要有严格的质量管理。工程建设者都必须严格按照设计要求，从各个环节上严把质量关，做到万无一失。要坚持公开招标、公平竞争的原则，不讲情面，择优选用施工队伍。要坚决实行业主负责制，明确责任人，明确经济责任，明确奖惩办法。要全面实行工程监理制度，选择那些政治素质高、业务素质高的监理技术人员和单位，对施工队伍和工程质量实行严格监督。同时，一定要做好安全工作，防范事故发生。

三是发扬太旧精神，确保工程效益。万家寨引黄工程是千秋伟业，工程建设的好坏最终要以效益来衡量。因此，从设计到施工的每一个过程，都要充分考虑工程的经济合理性，一定要严格控制概算，加强财务管理。在资金的使用上一定要做到精打细算，杜绝浪费，追求最佳效益。同志们尤其要清楚，我们现在筹集到的这部分建设资金，来之十分不易，是牺牲掉其他建设项目挤出来的“救命钱”。大家要珍惜每一分钱，用好每一分钱。工程指挥部要把今天以前的底子清一清，在工程建成后，要向全省人民交一本清清楚楚的账，千万不能在这方面挨骂招损！

四是发扬太旧精神，确保为工程的顺利建设创造一个良好的外部环境。万家寨引黄工程涉及方方面面、各行各业。全省各级各部门都要顾全大局，全力以赴，通力协作，都要主动地为加快工程建设作出贡献。尤其是财政、税务、物价、煤炭和电力部门一定要严格执行省委、省政府的决定，切实抓紧抓好水资源补偿费征收，保证按期足额上缴。各有关部门对万家寨引黄工程，政策要倾斜，服务要优惠，办事效率要提高。沿线各级人民政府要配合工程管理单位，在拆迁、征地等问题上给予大力支持，不能为了局部的利益而影响到工程建设的大局；要教育沿线群众保护工程设施，维护国家利益；要严厉打击哄抢工程建设物资、扰乱施工秩序的不法分子，为工程建设创造一个良好的社会环境。

同志们，万家寨引黄工程是关系我省经济和社会发展命运的一项战略性工程。现在全省人民都在关注着引黄工程的建设，都在关注着我省今后的经济发展，关注着山西的未来。我们决不能辜负人民的期望，一定要跟全省人民一道，更加紧密地团结在以江泽民同志为核心的党中央周围，高举改革开放和艰苦奋斗的旗帜，以坚定的信心和宏伟的气魄，同心同德，艰苦奋斗，为实现兴晋富民的目标，共同托起这个伟大的生命工程！

（1995 年 8 月 12 日，在万家寨引黄工程建设誓师动员大会上的讲话）

（1995 年 8 月 12 日）

# 千秋大业，质量第一

## ——关于加强引黄工程全面质量管理的若干问题

郭裕怀

我们这一次来，主要是就引黄入晋工程加强全面质量管理的问题，进行调查研究。开了三个不同类型的座谈会，又到工地看了看，形成了一些初步的看法。今天，就这个问题先谈几点意见。

### 一、从现在起必须把质量作为头等大事，摆到引黄工程最重要的工作日程上来

为什么我们要强调，从现在起必须把质量摆到引黄工程最重要的位置上来呢？

一是贯彻省委、省政府今年“8・12”加快引黄工程建设誓师动员大会精神，对我们引黄工程全体建设者来说，要抓进度、抓投入、抓质量，其中的核心问题是把好质量关。

二是我们前期的试验性开工已经取得阶段性成果，明年将进入全面攻坚阶段。前期的成绩是主要的，但也暴露出许多问题，这些问题的暴露是好事，警示我们对质量问题必须立足于早抓、大抓、狠抓，否则，待到全面攻坚战开始，那时就被动了，解决问题的难度就更大了。

三是我们省委、省政府和引黄总指挥部经过多方面的努力，使引黄工程资金基本落实，从现在起领导的主要精力，可以从抓资金筹措转到抓施工建设、抓工程质量上来了。与此同时，引黄总指挥部当然也必须进一步强化质量管理，施工单位必须全力以赴狠抓质量。当然，领导以主要精力抓质量，并不是忽视抓进度和控制投资，而是要以质量为中心，在保证质量的前提下推动进度，以实现质量全优来奠定和夯实实现 1998 年引水到太原的坚实基础。

因此，必须把确立全员质量意识，加强全面质量管理作为头等大事，摆到所有领导引黄、参与引黄的指挥员、战斗员面前。

## 二、对前一阶段引黄工程和工程质量的基本估价

需要指出，我们引黄工程前一阶段即从立项、奠基到试验性的预开工，基本胜利结束了它的历史使命。在党中央、国务院的亲切关怀和省委、省政府的正确领导下，在国家计委、水利部及社会各方面（包括天津设计院）的大力支持下，在引黄工程建设总指挥部、各分指挥部全体同志和参加引黄工程建设的各施工单位共同努力奋斗下，引黄入晋工程从立项到试验性开工，克服了重重困难，取得了较为满意的进展。工程总体水平是好的，基本实现了预期目标。关于工程质量，通过省重点办、建设厅、水利厅最近对引黄工程已开工项目的联合检查，总的看，基本上是好的，这个成绩是来之不易的，大家付出了艰辛的劳动，对此我们要给予充分肯定和足够评价。但是，我们既要肯定成绩，更要总

结经验教训，因为试验性开工的一个重要目的，就是一方面通过总结推广前一段好的经验，指导和推动明年的全面开工，另一方面通过吸取教训，使今后的工程建设少走弯路，不出或少出问题。从这个角度讲，发现问题是好事而不是坏事。今天，我们研究总结质量问题，就是在前一段实践基础上进行的。没有前一段的实践，也就没有我们现在的认识。这也是属于试验性开工的重要成果之一。

## 三、各级领导和全体引黄建设者必须充分认识质量问题对引黄工程建设的特殊重要意义

首先，引黄工程在我们山西经济社会发展中具有特殊、重要的地位，胡书记、孙省长和我在省委、省政府“8·12”誓师大会讲得很清楚了，大家也都明白，引黄工程是千秋大业，既然如此，就一定要确保质量，才能经得起历史的考验，才是真正对子孙后代负责。引黄工程又是山西省的生命工程、救命工程，事关重大，事关山西经济和社会发展的全局，在质量上绝不能出一点问题。生命工程的生命在于质量。引黄工程就像一个大的动脉血管，太原、大同、朔州几个城市犹如肢体，血管一旦出现断裂问题，肢体将会枯萎。如果引黄工程因为质量问题而出了事故，中断运行，那么它所带来的危害势必影响到生产、生活和社会安定各个方面，这确实是关系到全省经济发展和人民生活的根本性问题，决不可掉以轻心。

其次，引黄工程投资巨大，是并不太富裕的山西人民勒紧裤

带，咬紧牙关上马的，也是当代人为下几代人作出的重大奉献，这个钱花得好不好不仅牵动和联系着当代人的感情和命运，而且联系着子孙后代的感情和命运。这个钱能不能花好，关键是看质量。质量好就是花得好，花得值，质量不好就是花得不好，就是犯罪，是最大的犯罪，我们就会成为千古罪人。

再次，我们的引黄工程是封闭式、长距离隧道输水系统，地质条件又相当复杂，水利工程本来就具有不同于一般工程的特殊性，特别是在国内外像引黄入晋这种类型施工、这样规模的引水工程，尚无先例可循，建设施工中还有不少重大难题尚未完全解决，这些都给引黄工程增加了难度。水是流体，有流体力学性质，关于水的成语，诸如“水火无情”“水滴石穿”“无孔不入，无缝不渗”“千里长堤，溃于蚁穴”，都是说水难以掌握和无情。所以在施工中要确保质量，难度很大，必须下苦功夫，下大功夫，下硬功夫。而且一旦出现质量问题，哪怕是一米出了问题，一尺出了问题，都会留下无穷的后患。可以说是既难检查，更难维修，确实是“一丈不通，万丈无功”，甚至会使水利变为水害。这一点，我们务必充分认识。水工不同于一般的基建工程。引黄工程又不同于一般的水库、水电和其他引水、供水工程，它有三个突出特点，一是一年 7200 小时连续运转，二是超长距离隧道无压力输水，三是在高寒地带施工，这就要求它具有抗渗、抗冻，提到一定水位后无压力自流的功能。它的特殊性决定了质量问题在引黄工程中的特殊重要地位，不仅关系到工程的好坏，而且直接关系到工程的成败，这也就必然决定了我们必须把引黄工程的质量问题摆在特殊重要地位，以特殊的眼光和精力来给予特殊的注意。

第四，从工程进展的现状来看，我们的工程管理体系、监理系统、施工队伍，无论从结构、组织、运作方式、技术力量、设备工艺、管理方法哪方面衡量，还有很多不适应引黄工程全面质量管理要求的地方。比如我们业主总指挥部、分指挥部对施工和监理单位的管理方法，还不够科学合理，缺乏有效制约。施工单位普遍存在领导、工程技术人员、主要技术工人和工程必需的设备不到位的问题，有些工程项目也存在监理不到位的问题。各个方面的质量意识都还不够强，全面质量管理还有许多薄弱环节，质量和安全事故也时有出现，原材料不合理的问题也屡有发生。这些问题如不及时解决，明年大规模攻坚战开始后，弄得不好就会弊端丛生，积重难返。这就要求我们各个方面、各个环节都必须对质量问题给予高度的重视，切实动员起来，加大抓质量的力度，造成千秋大业，质量第一的强大舆论，真正把早抓、大抓、狠抓质量拿到手里，落到实处。

## 四、大力强化全员质量意识，牢固确立“质量是生命，质量是灵魂”的质量第一的观念

一定要把质量第一的要求贯穿于从工程设计到工程验收的全过程，使质量标准覆盖从局部工段到全线工程的全方位，让质量意识深入到从各级领导到每个一线工人即全体引黄人的心中，贯穿和统率整个引黄工程链条的每一个环节。

为了使质量要求与1998年通水到太原的进度目标相匹配，要明确提出引黄工程的质量目标，那就是“高质量、高标准地创造全优工程”。要把这个口号叫响，渗透到每个引黄指挥员和建设者的心中，使每个人确确实实有沉甸甸的历史责任感和吃不香、睡不着的压力，树立对人民负责，对事业负责，对历史负责的思想观念，具体落实到工作中，就是要对引黄工程负责。要树立这样一种高质量、严要求的思想，就要克服“差不多”的思想、“不要紧”的思想和马马虎虎迁就凑合的思想，使大家真正感到如临深渊，如履薄冰，警钟长鸣，常抓不懈，真正做到严字当头，一丝不苟，万无一失，不留隐患。

强化全员质量意识，必须正确处理质量和进度、质量和效益的关系。我们是要讲进度，1998年通水到太原的目标不能动摇，但是每一项工程的进度必须服从质量，否则进度就没有意义。施工单位是要讲效益，但效益必须服从质量，本单位的经济效益必须服从整个引黄工程的社会效益，质量搞好了，自然就有效益，质量出了问题，不但不会有效益，而且一定要追究你的法律责任，让你赔得倾家荡产！总之，追求利润最大化必须在服从和保证质量这个中心的前提下才可通行。

强化全员质量管理意识，必须反对不正之风和腐败风气。我们要在引黄工程中创造一个小气候和一方净土，提倡一种引黄精神，这就是要牢牢树立“引黄入晋，造福人民”的思想观念，大力提倡“坚持改革开放、依靠科技进步、无私奉献、艰苦奋斗”的引黄精神。要坚决反对和防止腐败风气侵蚀我们的引黄大军，否则，不正之风横行，我们所有的办法和措施都会变成一纸空文。

## 五、健全和完善整个引黄工程的全面质量管理体系

引黄工程的全面质量管理体系，是一个大系统，由若干子系统，如指挥系统、监理系统、设计系统、施工系统组成。这些子系统，包括引黄总指挥部、各分指挥部和设计单位、施工单位、监理单位，一定要做到职责分明，责任明确，既要在保证质量的大目标下分工协作，又要相互制约和相互监督，形成运转灵活、高效的全面质量管理体系。

对我们总指挥部和管理局内部建设来讲，要进一步理顺各级领导、各部门之间的关系，要落实责、权、利相统一的原则，要以改革来推动和加强机关建设，加强对工程的管理，用改革的办法、用增加科技含量的办法去解决问题。总指挥部和管理局要防止机关化作风。要牢固树立服务一线的思想，切实加强一线，保证一线，转变作风，提高效率。分指挥部更要成为前沿战斗指挥部。全体工作人员要加强学习，提高思想和业务素质，要懂技术、会管理、抓质量，树立长期蹲扎引黄工地吃苦奋斗的思想。

要不断健全和完善监理系统，加强对社会监理队伍的管理。要落实监理应有的质量否决权和支付签证权，支持监理正确、公正、严肃地行使职权。同时，必须加强对监理的管理，明确提出要求，及时严格地督促检查。比如，社会监理公司必须保证监理人员的人数和素质，必须坚持在混凝土浇筑等关键工序和关键部

位的旁站监理、跟班监理制度等，不能坐在办公室监理、定期监理。要发现和纠正监理工作中不利于保证质量的一些做法，如监理收费不能与产值直接挂钩，而是要同质量挂钩。要不断摸索和完善对监理工作人员的管理和监督的办法，确保监理围绕质量这个中心公正、严肃地履行职责。

对施工单位来说，必须把质量当作头等大事来抓，不管施工单位是否隶属山西，是否驻在山西，都要把3000万人民的根本利益放在首要位置。要按合同要求配备领导、技术力量和设备。要建立健全施工单位的质量保证体系，把质量管理落实到各个环节，落实到班组和第一线的每一个工人。

## 六、各个环节和每道工序都必须全面落实保证质量的规程、规范要求

加强全面质量管理，必须明确一个指导思想，就是高质量和全优工程是每一个环节、每一道工序一点一滴干出来的，而不是检查出来的。因此，强调全方位、全过程、全员都来严格落实保证质量规程、规范，必须从一开始抓起，从每一个环节、每一道工序、每一个人做起，都要严格按法制、按合同、按规范和技术规程办事。指挥部要科学地确定标的，选好施工阶段，及时下达施工计划，及时结算和按规定的比例拨付资金，做好技术保证和质量监督工作。设计单位要按规定派驻常驻代表，及时供应图纸，在工程进展过程中及时解决设计方面的问题。天津设计院过去对引黄工程非常支持，作出了贡献，今后要继续作出新的贡献。明

年引黄工程全面开工，天津设计院要全力配合。当地党政部门、各行各业和人民群众要像当年支持前线那样支持引黄建设，在保证引黄工程顺利进行方面再现老区人民的风貌，同时，抓住引黄工程全线上马的大好机遇发展生产，发展经济。施工单位要按照合同技术条款的要求及部颁水工规程、规范的要求，组织施工。材料供应部门要按设计要求保质、保量、及时供应材料。引黄物资供应总站要做好施工物资的保证，要通过整顿，解决存在的问题。大同水泥厂对引黄的水泥要实行专供。骨料要加快建设，上规模，上水平，保证供给足够的、合格的骨料。监理部门要做到监理到位，铁面无私。

这里，我再次强调指出，引黄工程是引水工程，所以必须统一在水利、水电部颁的水工设计，施工规程、规范上。不管你原来是搞铁路、公路的也好，搞煤矿基建、冶金基建、化工基建的也好，都必须毫无例外地以水工规程、规范来作为唯一的施工和考核标准。为了让大家对这一问题有一个清晰的认识和深入的理解，我结合工序谈一点共性的问题。如测量放线必须按水工隧洞的要求精度去测量，因为是无压力输水，水往低处流是法则。再如原材料的供应，将来钢筋混凝土是浸泡在水里，必须具有抗地下侵蚀的能力，不同于房建标准。砂石骨料的超逊径范围和含泥量的标准就不能按其他基本建设的要求，而要按水工混凝土的要求，才能保证混凝土具有抗渗、抗冻的能力。再如，水工混凝土表面有糙率的要求，要尽可能光滑，以减少过水时的阻力。总之，必须坚决地执行水工建筑的规程、规范。

## 七、抓住主要矛盾，下大力气突出解决好土洞和长洞的质量问题

引黄工程质量问题的重点是主洞，难点是土洞和长洞。土洞的危险性最大，根本问题是解决渗漏和土、岩结合部的压力承受问题。对这个问题，除了要组织力量进行技术攻关和试验外，还是要着重从施工过程中解决。在施工中，要把混凝土浇筑作为最重要的质量保证工序，施工单位要组织技术力量全力以赴，原料供应和施工操作都必须符合水工规范要求。同时，一定要坚持旁站监理。对开展技术攻关好的单位和个人可以实行奖励。对长洞的贯通测量，也一定要抓好、抓实，务必保证长洞设计要求，准确地顺坡贯通。

## 八、针对现存的质量问题，开展全面、彻底的整顿

（一）对施工队伍，要按合同检查，看履约能力如何，履约效果如何，分情况区别对待，对那些违约转包重要设备和主要技术力量不到位的，限期整改，拒不整改的，必须中止合同。

（二）对监理单位，要进一步按照部颁规程、规范制定和健全监理细则，并在实践中加以完善，在工作中严格执行。要自觉接受业主的管理和监督。对于违反职业道德，给工程质量带来隐患的监理单位和个人，除承担经济后果外，还要追究法律责任。

（三）对现已发现存在质量问题的工程部位，可以补救的，要敦促施工单位采取可靠措施加以补救。如果感到补救措施无十分

把握，就不能存有侥幸心理，决不能姑息迁就，要以壮士断腕的决心，要求其彻底返工。

（四）在整顿中进行全员质量意识的教育。从上到下，从施工单位领导到一线工人，从原材料采供人员到监理人员，要普遍地、深入地、持久地、反复地进行思想教育工作，要三百六十五天，天天念质量经，真正使质量关系到山西人民生命工程成败的意识成为每个引黄人的共识和自觉行动。在此基础上，进一步建立健全各项保证质量的规章制度，规章制度要具体、规范，便于操作，便于检查，便于奖惩处理。今后引黄工程每一个工地都要立一块碑，刻上施工单位名称，负责人、总工程师和主要技术工作骨干人员以及监理人员的姓名。除了挂牌施工的意义外，同时警醒每一个参与引黄工程的人质量好是功德碑，质量不好就是耻辱柱，决不要留个千秋百代的骂名。

（五）在这次整顿和今后引黄工程的质量管理中，一定要从严要求，赏罚严明。孙子兵法说：兵不斩不齐。为引黄工程的千秋大业，要敢于下决心。对重大质量问题，必须采取断然措施，决不能心慈手软，对于严重违约和违反水工规程造成重大质量问题，又不能认真整改、采取有效补救措施的单位，除终止合同外，必要时还要根据情节和态度，采取经济制裁和诉诸法律等严厉措施，对于违反操作规程造成重大事故的责任人，也要严肃处理。总之，在整顿中要动真的，来硬的，处理一些渎职失职的单位和个人，以儆效尤。

## 九、下功夫提高职工素质，开展全员培训，坚持持证上岗

要保证引黄工程的质量，归根到底要靠人的素质，包括人的思想、品德、工作态度和技能。思想、工作态度要靠学习来教育、来提高，也要靠制度、纪律来保证，工作技能一方面靠实践，主要靠培训。不管你是富有经验的老工人，还是补充进来的民工，只要到了引黄工地都要进行必要的培训，原来有证书的主要学习水工规程、规范，无证的还要学习所在岗位工种的基础工作技能，然后通过必要的考试、考核后，发证上岗。技能培训应当同最基本的爱国主义教育、职业道德教育结合起来，提高思想认识，增强质量意识和责任心。省委、省政府“8·12”誓师动员大会精神就是一个好教材，要组织学习好。培训应多层次进行，主要靠各施工、监理单位自己培训。必要时，引黄总指挥部也可对一些承包单位、监理单位的负责人进行培训，分指挥部可以对这些单位的工作和技术骨干进行培训，班组长和一线工人则主要靠各施工单位自己组织。各施工和监理单位应高度重视，采取得力措施，有效提高全员素质，全面推行和执行持证上岗的制度。

培训工作在整顿基础上就可以立即着手，开展起来。

## 十、对全面质量管理要一抓到底，确保创全优工程

引黄工程作为如此浩大艰巨的系统工程，人流、物流、信息流如此纷纭繁杂，这次调查时间又这样短，情况了解得不够全面，

问题吃得也不够透彻，所以，仅仅是个初步的调查和分析。我们今后还要继续作深入的调查研究。同时，要求总指挥部、各分指挥部及设计、施工、监理各个方面、各个单位，都要在不同层次、不同范围开展深入的调查研究，不断深化和完善我们对确保引黄工程质量这个主题的认识，以认识和把握客观规律，更加有效、更加有力地强化引黄工程的全面质量管理。对这次我们提出来的各项工作和措施，点到的事情，由引黄管理局组织各有关处室、各有关单位，进行认真的、具体的落实。省重点办、省有关厅局也要抓落实。总之，我们这次抓质量，仅仅是开了个头，出了个题，今后我们还要继续抓，共同抓，齐心协力抓，要越抓越深，越抓越细，越抓越有成效，一抓到底，切实把全面质量管理落实到每一个环节、每一道工序上，直到引黄工程全面完工，引黄济晋和创造全优工程的目标胜利实现。

（1995 年 10 月 11 日）

# 约法三章，确保质量

## ——在引黄工程总指挥部质量现场会上的讲话

郭裕怀

我们今天这个大会的主题，就是约法三章，确保工程质量。近几年来，我们反复强调，生命工程的生命就在于质量，千秋大业，质量第一。这些口号已经逐步深入人心，全面质量管理已经逐步走上轨道。现在，在引黄工程奠基三年多之后，全线开工之前这样一个关键时刻，我们必须把方方面面动员起来，把质量问题提到第一位的议事日程上来。作为整个工程成败的核心和关键，扎扎实实地抓好全面质量管理，确保工程胜利建成，一次通水成功，长期稳定运行。这是党中央、国务院和省委、省政府十分关心的一件大事，是全省3000万人民共同关心的一件大事，是所有引黄建设者必须时刻牢记心头，一定要坚决落实的头等大事。必须引起我们各级领导和全体同志的高度重视，必须有如履薄冰、如临深渊的高度警觉，必须不折不扣地落实到每一个部门、每一个环节、每一个人的行动和每一项工程上，决不可有丝毫的疏忽和轻视。

从1995年10月11日，引黄工程总指挥部在这里召开质量管理现场会，到今天已经过去一年零四个月了。在那次会议上，我们曾经集中多方面的意见和智慧，作过一个题为《千秋大业，质量第一》的讲话，一共讲了十条。无论在设计、承包商、监理和业主各方面，还是在社会上，普遍引起了重视。大家在加强全面质量管理上都做了大量有效的工作。那次会议之后的一年多时间里，我们先后进行了4次以质量管理为中心的整顿。尤其是去年11月5日省委、省政府“抢枢纽、保引黄”动员大会后，由总监刘劲军同志、顾问杨贵老部长负责的40天工地整顿，是引黄工程1993年奠基、试开工以来时间最长、整顿最深入、要求最严格、震动和影响最大的一次质量整顿。这次整顿，既是对前一段施工质量的总结评比和存在问题的集中处理，更是为迎接全线开工、确保工程质量运行的重要准备。在这次现场检查结束之后，总指挥部又连续开了4天分析汇报会，决定整顿要继续深入，要落实措施，要彻底解决问题，要总结经验教训。在此基础上，我今天就引黄工程的质量管理问题，再讲三点意见。

## 一、引黄工程全线开工诸事俱备，今后的问题，成也在质量，败也在质量。

为什么我们现在要把质量问题强调到如此突出和重要的地位呢？因为今年是引黄工程建设史上不寻常的、带有转折意义的一年，具体说，今年是引黄工程全线开工的一年，是世行贷款启动、国际承包商进场的一年，也是决战枢纽的一年。从今年开始，引黄工程已经步入程序完善、投资落实、工程建设有序推进的轨道，今后引黄工程的命运将取决于质量。这正如大家所说的，成也在质量，败也在质量。

大家知道，引黄工程在1993年奠基时，从国家立项上说，国务院只批准了总干和北干方案，还没有批准南干建设方案。从资金筹措上说，山西吨煤度电收取水资源补偿费的格局还没有最终完成，世界银行贷款刚刚开始考察评估。从工程的完整性上说，联接段的管线输水问题还没有明确提出，太原市供水工程还没有正式作为引黄工程的组成部分。也就是说，前几年引黄工程还远远不具备全线开工的条件，现在正在施工的各标段工程只属于预开工和试开工性质的建设。换句话说，几年来尽管我们对试开工工程的质量十分强调，从不放松，但是，从引黄工程建设全局的工作安排上看，关系到引黄工程成败的重点和焦点，还谈不到是工程质量问题。

现在的情况不同了。去年11月，世界银行完成了对引黄工程贷款的最后评估，引黄工程4亿美元贷款列入世行1997财年计划，成为1997年世行对华贷款总数25亿美元中首屈一指的大户。12月，钱正英副主席率领的专家组确认了联接段方案和太原市供水工程方案。今年元月9日国家计委的31号、33号文件在正式批准南干和联接段立项的同时，明文批准了山西省吨煤度电收取水资源补偿费的政策。2月初，国家计委在万家寨枢纽的调概会上又明确了国家投入资本金和各方投资比例问题。春节前，引黄管理局以姜凯总工为首的业主技术系统日夜兼程完成了国际标的标书编制和发售工作。我们这个会后，在正月十五，省委将召开五大班子偏关现场办公会，重点是优化施工环境、确保工程质量和决战枢纽问题。正月十七，将在朔州举行引黄工程国际招标的标前会，将有100多名外商和近200名有关方面代表参会。会后，国际承包商和国内工队将陆续进入施工现场。总而言之，从万家寨枢纽到太原市供水300多公里的引水工程，全线开工条件现在已经具备。我想大家都明白，这么浩大的工程，这么巨额的投资，这么长时间的开工筹备，一旦上马，开弓没有回头箭，施工质量就成为引黄工程建设的头等大事，重中之重。国务院副总理邹家华同志就此在对引黄工程的多次视察、听取汇报及电报、信函和批示中都把工程质量问题放在首位。

省委书记富国同志在去年“11·5”动员大会上向全省3000万人讲得十分明白：质量是生命工程的命根子。接着，又在12月27日，对引黄工程质量整顿汇报会作了重要指示：“现在是把施工质量提到首要和中心位置的时候了，这是对人民负责，对历史负责。要把质量方面存在的问题都搞清楚，摆出来，决不要回避、掩饰，然后一个一个加以及时、彻底、果断地解决，不然掩盖起来会危及全局，会葬送整个工程，也会葬送省委、省政府，葬送我们自己。一定不能含糊。”省长文盛同志在今年元月25日的引黄工程总指挥部新闻发布会上明确提出：“全体从事引黄工程建设的各级干部、技术人员和员工，包括社会监理和承包商工队，都必须把工程质量放在第一位。”为什么说质量是引黄工程的命根子呢？首先，因为引黄工程不同于一般的公路、铁路和普通的建筑工程，它是输水工程，要求不能渗、不能漏、不能有沉陷、不能有坍塌，一旦出了问题，是一丈不通，万丈无功；而且引黄也不同于一般的输水工程，它扬程高、埋深大、隧洞长，沿途的地形和地质条件十分复杂，特别是要多处经过见水就沉陷的湿陷性黄土，技术难度大，科技含量高，用钱正英副主席的话说，是中国没有、世界罕见的高难工程。同时，施工战线长，国内外承包商一齐进场，工程管理特别是质量管理的难度很大。由于质量在整个引黄工程中的决定性影响和质量管理在工程管理中的决定性地位，势必使质量问题成为这个生命工程的命根子，在工程进度、概算、质量三项指标中居于核心和首要的地位。如果我们精心设计，精心组织，精心施工，确保交出一个合格的工程，为千百年缺水的山西引来两三条汾河的水量，那将是功德无量、功在千秋。如果稍有疏忽，工程质量出了问题，漏了水、塌了洞，我们就是千古罪人，愧对山西 3000 万父老乡亲，愧对党中央、国务院的关怀和支持。施工建设的每一寸、每一方的质量都维系着引黄工程建设者的命运，都关系着山西在全国、中国在世界的信誉和形象。因此，我们不能不十分重视工程的质量，不能不对工程质量提出更加明确、更加严格的要求。

## 二、必须高度重视和认真汲取试开工阶段在质量管理问题上积累的经验教训。

现在开工的各标段工程，有的是试开工性质，有的是直接为大开工完成辅助工程。对试开工阶段的工作，我们应该给予充分的肯定和高度的评价，概括一句话，就是功不可没。首先，试开工已经完成了 30 多公里的隧洞施工，在枢纽到太原 300 公里的线路中占到十分之一，为确保2001年引水到太原赢得了时间。第二，试开工展示了山西党政领导及全省人民的决心、气魄和主动精神，为争取国家批准立项、世行贷款、煤电水补偿费政策出台和全社会支持起到了重要的促进作用。从这个意义上可以说，没有前一段的试开工，就不会有今天的全线开工。第三，试开工为全线开工积累了宝贵的经验教训，特别是在全面质量管理方面积累了宝贵的经验教训。这是我今天要着重讲的一个问题。

对试开工阶段施工质量应该如何评价呢？我认为，代表政府实行强制性监督的省水利工程质量监督站，经过几十天深入细致的现场检查后写出的报告，应该是权威的。报告指出："根据现场检查和试验室试验分析，万家寨引黄工程在试开工阶段工程质量逐年提高。但在施工过程中仍存在一定的质量问题。"我认为，这个结论是符合实际的，客观公正的。

首先，我们必须肯定，试开工阶段工程质量是逐年提高的，总的看也是好的。现浇混凝土的防渗，原材料中钢筋、水泥的质量，这些部分情况是好的，工程质量总体呈上升趋势。按质监站报告提出的数据，钢筋合格率90%，水泥合格率100%；混凝土浇筑的抗渗指标全部达到设计和规范要求，混凝土芯样抗渗合格率达到100%。这说明，引黄工程从奠基开工以来高度重视质量，特别是1995年10月现场会以后的4次整顿是很有成效的。

但同时，我们必须尖锐地指出质量方面存在的问题。在对待质量问题上，我们一定要坚持严字当头，宁严毋宽。我们宁可把问题揭得深一点，提得高一点，也决不可有丝毫的回避、掩盖。

过去有句老话，“成绩不说跑不了，问题不揭不得了”，我们不怕外界有什么议论，关键是自己要对质量问题始终保持高度的重视和警觉，要敢于揭短，决不能护短，这才是真正对引黄工程负责，对全省人民负责的正确态度。这次质检中查出的质量问题，集中在以下几个方面：一是原材料质量方面，橡胶止水带的合格率只有46.7%，沙子、石子都达不到规范要求。二是混凝土浇筑强度指标有明显差距，特别是土洞混凝土芯样强度合格率只有61%。三是施工中普遍存在着混凝土表面质量控制不严格的问题。多数工程项目混凝土表面有蜂窝、麻面、漏浆、错台和冷缝。年前大整顿中，首先使管理局的干部和顾问们震惊不已的就是这个问题。这不是有人说的表面文章问题，不是一个简单的无关大局的问题。我们的工程是要通水，数十年、成百年通水，不是过车、走路。我们说过多少次，水无孔不入，长年的通水，如果工程表面质量不好，也会酿成大祸。四是隧洞的预制砼管片衬砌质量，无论在渗水处理和表面平整度方面都存在明显差距。CMC工程就面临这个挑战。再从施工优良率的评定统计情况看，还是偏低的。1996年单元工程质量综合优良率仅为46. 4%，其中开挖优良率为45%，锚喷优良率为47.1%，混凝土衬砌优良率为48.1%。我们的输水工程要特别强调达标合格，合格率必须是100%。因为工程一段不合格，全线报废，这就是“一丈不通，万丈无功”。有了合格率，优良率自然就出来了。特别值得注意的是，非水利专业队伍砼施工质量明显落后于水利专业队伍，除铁十九局和铁三局温岭项目的优良率达到60%以上外，其他都在50%以下，最低的铁十六局仅有 13%。所以缺陷处理绝不能含糊!

以上所说工程质量中存在的问题，其原因在哪里？通过这次整顿的调查和分析，我们认为起码有以下八个方面的原因：

首先，是承包商违约或违反建筑市场有关规定，严重影响施工质量的问题。部分承包商中标后，不顾业主方面的三令五申，有的进场工队从管理班子到施工人员都是冒名顶替，临时拼凑来的，技术水平低下，既没有管理力量，又缺乏施工设备。有的把主体工程转包给皮包公司，无法进行有效的施工管理，每次质量检查都过不了关。有的层层分包，真正施工的工队工程承包价只有业主发包价的 40%，60% 被层层剥皮。也有的是中标后，工队的主力和主要设备始终没有进场。还有的是不服从监理，弄虚作假，蒙混过关。意大利 CMC 公司除了 TBM 土洞掘进和砼管片衬砌的技术问题必须进行认真的研究和解决外，同样存在着不按合同办事和打合同牌的问题。

第二，是监理工作不到位、不尽职的问题。多数监理单位普遍存在不能严格履约，不能坚持旁站监理的情况。有的监理单位工程师到岗人数不足、离岗人员过多；有的监理单位不仅工程师的数量不够，而且缺乏施工经验、水平低下；有的监理单位对承包商违约分包、转包、管理混乱、施工质量差的明显问题视而不见，甚至帮其掩盖蒙混。这样的监理当然不可能做到独立、公正，更不可能做到通过有效的合同管理、信息管理，控制施工进度、质量和概算。

第三，业主方也存在不能按合同规定严格要求监理到位，按合同规定严格检查承包商工队资质，按合同对工程支付严格把关和保证施工环境等问题。也有对施工中监理方面、工队方面确实遇到的困难应由业主方面解决而不能认真或及时解决的问题，以及不同形式和不同程度的不正之风问题。

第四，是设计方面存在的问题。有些设计不够完善，不尽合理，在现场施工过程中变更和改动较大、较多。有的设计图纸不能按工程进度及时提供，同时还存在设代人员不到位和不能按要求、按标准派足有工程经验技术人员的问题。

第五，是原材料质量问题，沙子、石子的生产组织和供应没有引起足够的重视和及时的解决，造成大部分达不到水工规范的要求。橡胶止水带的采购，选厂不当，把关不严，造成合格率相当低。

第六，部分施工现场管理混乱。有的标段几次更换施工队；有的标段在没有合同规定的情况下擅自开挖，不能严格按水工规范施工的情况较为普遍，以致蜂窝、麻面、错台、漏浆和冷缝等质量问题随处可见。

第七，工程的试验、检测手段、条件没有及时得到解决，监理单位对施工质量的检测不能有效进行。

第八，我们各方对引黄工程施工的技术重点、难点，如土洞、长洞和TBM施工中的技术问题，没有足够重视，事先缺乏调查研究，底数不清，施工中又没有及时组织研究和攻关。

上述八个方面的原因，归纳起来，一是没有严格按合同规定办事，二是没有严格按水工规范要求施工，三是从业主、设计、监理到承包商各方都缺乏足够的全员质量意识和全员责任感。

总之，试开工阶段所存在的各方面问题并不可怕，只要我们认真总结、吸取教训，及时纠正、认真弥补，就可以变为全线开工后全面质量管理的宝贵经验和借鉴。

## 三、约法三章，确保质量，把全员质量意识和全面质量管理真正落到实处。

在这次以质量为核心的整顿中，我们由质量检查入手，进而分析质量管理中各方面存在的问题，总结经验教训，得出的结论是，必须下大力气增强全员质量意识，强化全面质量管理，把各项工作真正落到实处，做到千秋大业，质量第一，严字当头，一丝不苟，寸步不让。为此，就必须在所有引黄建设者，包括业主、承包商、监理单位和设计单位在内的全体人员中，确立一个加强质量管理、处理质量问题的共同纲领和准则，也就是任何一方和任何人都必须遵守的共同规范和纪律，我们把它称为“约法三章”。第一，必须严格遵守合同，坚决按合同和合同法办事，在履行合同和执行合同法的问题上，真正做到一丝不苟，寸步不让。第二，必须严格遵守水工规范，坚决按水工规范组织原材料、施工、监理、质检和验收，把执行水工规范作为引黄工程施工的法律来看待，真正做到一丝不苟，寸步不让。第三，必须严格遵守社会公德和职业道德，坚决按社会公德和职业道德自觉地规范自己的行为，在参与引黄工程这个大型公益事业中自觉地做到善事善举，善事善办，在抵制不文明、不道德的行为和一切不正之风中，真正做到一丝不苟，寸步不让。上面就是各方面都必须坚决执行、人人都要自觉遵守的“约法三章”，简明地概括一下，就是六个字：合同、规范、公德。

在市场经济条件下，任何工程建设项目都必须坚决执行合同法，按合同办事，全面实行业主、监理、承包商三元制衡的建设体制。业主公司作为甲方，国内外承包商作为乙方，监理公司作为丙方，依照合同各负其责，共同进行工程建设。甲、乙、丙三方中，甲方作为业主，要对乙方的资质、信誉和履约能力进行审查，并按照工程设计的要求和国家的有关法律和政策，通过公开招标的方式，选定承包商，并与承包商签订合同。合同一经签订，就成为约束双方行为和具有法律效力的文件，甲、乙双方必须共同遵守，任何一方不得违约。丙方即监理方，也同甲方签订合同，受甲方委托，根据甲、乙双方的合同，对乙方施工实行严格的监督管理，同时，对甲方在施工条件准备和工程支付等方面进行有效的监督。这种三元制衡建设体制成为世界通用惯例的原因就在于，这样的体制能够通过合同的法律约束，使工程建设的三大主角紧紧绑在一起，杜绝相互推诿、相互扯皮，各司其职，各尽其责，确保工程质量、工期和概算。在合同中，对质量要求必须有明确的条款。在合同起草的签约过程中，甲、乙双方特别是业主方对此要十分审慎。在签约之后，乙方必须按合同条款确保施工质量，甲方和丙方也要按合同来进行工程质量管理。在这种三元制衡的体制中，合同就是法律，西方人说是圣经。出现问题，发生争执，合同说话。特别是外国承包商，只认合同。四川“二滩”

的一家外国承包商把合同缩印到字典那么大，背得滚瓜烂熟，事事都出备忘录，最多一天能提出十几项索赔。德国和意大利的承包商都有专门的班子研究合同和索赔。实际上，这也是从设计、合同、工程管理的角度对监理和业主提出更严、更高、更具体的要求。现在的问题是我们国内的业主方、监理方和施工单位包括设计单位都缺乏合同意识，或者说合同意识很淡薄。在合同签订之时，有的就打定主意不准备按合同办事，或不准备完全按合同办事。合同签订之后，往往束之高阁，工程管理中甲、乙双方都是按自己习惯的做法行事，丙方也往往睁一只眼、闭一只眼。一旦出了问题，发生争执，也不是合同说话，而是找领导、托人情，到处通融，甚至行贿、告状、闹事要挟。这次质量会后，要坚决杜绝这种坏风气，各方都必须按原则办事，按合同办事。对违反合同的问题，决不能容情，一定要坚决果断地处理。如果协调不能解决问题，直至诉诸法律。大家都应该懂得，在市场经济条件下双方的经济往来就是合约关系。合约讲两条，一是说话要算数，这是信誉；二是丑话说在明处，这是制约。

在执行合同和合同法的过程中，监理具有十分重要的地位。监理在整个建设过程中的任务是三控制、两管理、一协调。即控制施工进度、质量和支付，进行合同管理和信息管理，协调甲、乙双方关系。它是施工建设的全权监督管理工程师单位，要对施工的进度、质量和支付负合同责任。前几次试开工各标段的质量检查和整顿重点在工队，对工程质量有问题的工队进行了严肃的处理，并不等于监理没有责任。当然，工程是工队做出来的，工程质量好坏的基础是工队的施工质量。但是，监理是业主出钱委托授权来监督工队、管理施工的。工队出了问题、质量出了问题，监理首先难辞其咎。包括业主方面对有的工队提前超量支付，对有的工队长拖延短欠、不按合同办事，监理同样要进行有效监督，予以抵制和纠正。尤其是当前基本建设行业歪风邪气、腐败问题十分普遍和严重的情况下，独立公正的监理更是至关重要。在这次的整顿中，我们也注意到，前一段社会监理在报酬、用房、交通、通信诸方面都遇到了一些问题和困难，在下一阶段的监理整顿和监理公司的组建中，也要给予合法合理的解决。我在这里要突出强调的是监理工作的三控制、两管理、一协调，其核心是确保工程质量。没有质量的达标，其他都是无效劳动。

其次，必须严格遵守水工规范，在工程设计、地下开挖、锚喷支护、混凝土施工以及原材料供应、检测试验等各个方面，都必须把水工规范作为基本依据，作为必须遵守的规程来对待，要像遵守和执行法律那样遵守和执行水工规范，这是一般水利工程的基本要求，更是引黄工程建设必须突出强调的基本要求，是引黄工程任何合同条款中最基本的一条。违反了这一条，就违反了合同，如不及时纠正就没有资格继续承担引黄工程的建设任务。因为水工规范是按照科学的理论和在大量的实践经验基础上制定出来的，是保障工程安全可靠、经济实用的基本规范。今后，对执行和遵守水工规范的极端重要性，非水利专业的施工队伍要切实提高认识，要通过包括全员培训在内的各种措施，真正落实到施工过程中。水利专业的施工队伍也要进行再学习、再认识、再提高，绝不能掉以轻心。监理单位则要严格监督、把关，绝不能有丝毫的迁就、马虎。

再次，是在引黄工程这个重大的公益事业中一定要做到善事善举，善事善办，任何一方，任何一个建设者、参与者，都要增强社会公德意识和职业道德意识，始终把质量问题放在自己的心头，落实在自己的工作中，决不能干任何缺德的事情。引黄工程的资金，不论煤电水补偿费，还是世行贷款，实际上归根结底是山西 3000 万人民的血汗钱。引黄通水之后的受益者是山西 3000 万人民，它是山西人民的生命工程，是造福千秋万代的工程。对这样一个工程，如果不看到它的社会意义、社会效益，缺乏奉献精神、负责精神，甚至不顾一切地单纯为了攒钱，或者不讲廉洁，一心为了个人捞钱、捞好处，搞不正之风，结果损害了工程质量，损害了千秋大业，确实是令人发指的犯罪行为。这样的人，就是缺乏起码的社会公德。无论是业主方面、承包商方面，还是监理方面和设计方面，哪一方面出现这样的人和事，都应该像过街老鼠一样，人人喊打。为了强化社会公德和职业道德观念，确保工程质量，我们一定要千方百计提高全体员工的素质，特别是加强社会主义精神文明建设。要把提高全员素质特别是社会公德和职业道德水平，当作第一位的重要工作来抓。从某种意义上来说，人的素质也就是人的质量先于工程质量。只有高质量、高水平的管理和施工队伍，才可能干出高质量、高水平的工程来。人的质量是道德修养、知识才能、身体素质等因素的综合体现，其中道德修养又是第一位的。我们在整个工程的建设过程，在日常的政治思想工作和全员培训中，都要把提高大家的道德修养水平、增强全员的质量意识，贯穿始终。要从上到下，树立一种浩然正气。

为了坚决落实和执行“约法三章”，我们一定要有“壮士断腕”的决心和气概。什么叫壮士断腕？古人说：“蜂虿入怀各自去解，毒蛇噬臂壮士断腕。”这两句话的意思是有毒的虫子飞进谁的怀里，谁自己赶快解开衣服轰出去；一旦毒蛇咬了手臂就要当机立断齐腕斩掉。否则，毒性扩散到全身和内脏，会死人的。这话讲得很生动，很深刻。对于引黄工程建设者，包括业主、监理、承包商和设计单位，什么是有毒的飞虫和蟒蛇呢？就是劣质工程。对于承包商和设计单位来说，谁家的劣质工程，谁家赶快去处理，一寸、一方都不要放过。不要捂盖子，不要企图蒙混过关。那是自欺欺人，最终害了工程也害了自己。对于业主和监理来说，对劣质工程寸步不让，绝不能因为人情面子，甚至贪财受贿而放松质量要求，因一己的私利，损害引黄工程的千秋大业。不论是什么情况，只要发现了劣质工程，就要有壮士断腕的决心，一刀切下去。否则你就是人民的罪人。谁也救不了你，被钉在历史的耻辱柱上，生不如死！

对于全面质量管理工作，需要各个方面、各个层次去一项一项地落实，对于现在已发生的质量问题要一个一个去解决，特别是其中涉及的技术问题更需要工程技术人员去研究、攻关和解决。就引黄工程总的质量要求、质量管理工作而言，我在1995年所作的《千秋大业，质量第一》的讲话和这次讲话，从各方面都提出了很明确、很具体的意见。这不是代表个人的意见，也不是一般的讲话，而是必须说到做到，真正落到实处的要求，希望能够引起各方面应有的切实的重视。

同志们，引黄入晋工程是一项泽被三晋、造福百代的伟大工程。能够参与这样一项世界级伟大工程的建设，无论是作为业主、监理，设计还是作为承包商，都是历史给予的机遇，是莫大的光荣。让我们参加工程建设的各方携起手来，互相帮助、互相支持、互相监督，给 3000 万山西人民交一个高质量的工程，交一份无愧于时代和子孙的答卷！

（1997 年 2 月 19 日）

# 关于工程质量管理的一组谈话

郭裕怀

郭裕怀总指挥1997年8月27日对《山西黄河水利工程咨询有限公司分配方案》作了重要的批示。

姜、刘、牛、袁、卫诸同志：

（1）在我们全力推进新体制确立、运转的同时，必须同样着力抓好管理。我们各方面的管理水平还很低，普遍不适应新体制的要求，也影响着体制效益的发挥，这一点都应有一个清醒的认识。现在我们组织委托的“合同调研”“财务状况调研”和将要开展的“成本研究”等，既是深化、配套改革的需要，也是加强科学管理的需要。管理出效益，我们管理者还缺乏应有的认识，强化管理措施的力度也远远不够。从现在起你们几位都要在管理上下功夫，管理上要出新气象。合同执行、财务运行、人才流动、奖惩兑现、工作纪律等都应有及时准确的信息反馈和后处理，要使上上下下经常保持最良好的竞争状态。

（2）注意要有奖罚的条款和大体数额，奖罚要对称。

（3）刘劲军总监出了一套文件，请诸位抓紧研究答复。

（摘自《快报》第91期）

1998年4月7日至9日，郭裕怀在周其仁教授的陪同下，深入引黄工程前线调查研究，提出，要在引黄全线全面实行“升级治理战略”。他说：

今后对延误工期，出现质量问题等情况的违约承包商实行警告、罚款（索赔）、曝光、清除出场，直至取消其在山西省承揽工程的资格。同时对引黄工程总公司、黄河水利咨询公司相关部门的责任人，实行扣罚年薪、降职、下岗，直至按党纪国法追究责任。

要从工程看工作，通过工程检查管理的水平，要加大奖励和惩罚的幅度，既要讲正面的激励，也要讲负面激励，报酬要跟工程联系在一起。工程干好了，业主、监理、承包商统统受益，工程有了问题，个人的利益就要受到损害，有关责任人就要受到处分和制裁。实行严格的升级治理战略，确保工程万无一失。

（摘自《快报》第191期）

1998年4月12日下午，郭裕怀总指挥在奥中联营体营地，召见国际I标代表。他说：

对奥中联营体的现状，一是不满意，二是不放心，而且怀疑你们的履约能力。今后，对所有承包商将采取“升级治理战略”。现在有些国内承包商，低价中标，拿到工程就拖工期，希望国际承包商不要传染上这种病。上海隧道局，同样让我们感到失望。我们的工期是耽误不起的，实现不了2001年通水的目标，是无法向社会交账的。所以，对延误工期者，要采取严厉措施，根据升级治理战略，我们将致函上海市有关领导，如实反映情况，然后根据合同条款，致函奥中联营体，进行处罚。

（摘自《快报》第 191 期）

1998 年 4 月 12 日上午，郭裕怀在郑友三局长召开的一次调查研究会上作了重要讲话。他说：

项目部负责人要注意的问题，一是角色要弄对。现在最大的问题是过去由你们直接对承包商发号施令，而现在不是了，这是个很大的变化；二是对新体制不适应，这是要害。要做一些经验、工作的比较。在过去的体制下是由你们发号施令，而现在是监理发号施令，现场就是一个声音，这个声音不仅是权力，还是责任。要减少摩擦，要适合新体制，业主公司和监理公司不要老盯着对方，要多想想自己，对方有善意的意见提出来，如果有就改，两大公司不是衙门，不是当官员，而是做事，履行、执行合同。项目部承上启下的位置很重要，给老总提供的信息要准确，要及时。对工作日志的记录要认真，要记一些有价值的东西，出了问题后要让文字来说话。

（摘自《快报》第 191 期）

1998 年 5 月 6 日，郭裕怀在总指挥部办公会上说：我们搞升级治理的核心就是加大制裁力度。引黄全体员工都必须正确理解总指挥部"升级治理战略"的精神，要充分认识到工地上存在的现实危险性，增强危机感。我们已经没有退路了。承包商低价中标、高额索赔是其惯伎，我们必须清醒地认识到国际承包商用积累问题的战略和国内承包商用拖工期的战略，企图在施工后期逼迫我们就范。这一点必须认识清楚，如果我们没有得力的措施，我们的一切努力包括新体制和效益，就会统统被打垮。

总指挥部对两大公司的授权是充分的，并且还可以进一步授权，为了把工程搞好，搞上去，一些既定的东西都可以在改革中修改、补充、完善，但是我们决不能回到改革前的老路上去，三大控制目标不能动摇。我们就是用工程来检验一切，检验体制、检验决策，包括检验人员的素质，看他是否胜任工作。我们决不能迁就姑息错误，不能送人情，送人情就会断送工程。对不能胜任者，要及时进行调整。

一定要用好激励机制，要把报酬分配制度同我们的三大目标结合起来，要把相当大比例的一块与项目挂起来，所有人员的报酬分配都要实行联动。

必须真正加强一线的管理，在前期工作不误事的前提下，无条件地加强一线的管理。要开好即将举行的对国内承包商的升级治理大会，要把承包商的问题分析透彻，要针对每一家的不同情况，分别提出有效办法。对不合格的承包商，决不心慈手软。

（摘自《快报》第 200 期）

1998 年 5 月 13 日上午，引黄工程升级治理现场会在偏关召开，针对施工第一线普遍存在的拖延工期和合同观念普遍淡薄的现状，郭裕怀指出：当前保证严格履行合同的关键是统一思想，痛下决心，限期整改，全面实施升级治理战略，这也是本次会议的主题。

针对国内承包商低价抢标，拖延工期，表功叫苦，讨价还价的现状，升级治理的中心就是“严”字当头，升级治理，以合同为准则确保“三控制”目标的实现，方针是惩前毖后，吸取教训，完善合同，限期整改，升级制裁，严格履约，扭转局面。

为确保会后一个月初见成效，三个月彻底扭转局面，进一步完善现场工作制度，强化竞争机制，对整改工作要及时检查督促，快速反应，在加快工程进度的同时一定要严把质量关，加强安全防范，防止质量滑坡和发生安全事故。

（摘自《快报》第 203 期）

1998 年 5 月 15 日上午，总指挥部在偏关召开会议，郭裕怀要求全面落实升级治理战略：抓住这次转机，毫不含糊，不打折扣，全面落实升级治理战略。

第一，快速准确提供信息。建设公司、咨询公司每旬要向总指挥部提供一次信息，孙旭敏、李文全、李清梅和张俊杰等相关人员每隔一天要去一次工队，项目部、助理部负责人一个月内不许回太原，要扎在一线，盯住工队。

第二，实施制裁措施，要坚决果断，该出手时就出手，对承包商倒排工期，十天看一次，对没有变化的承包商坚决清退。

第三，把补签手续办好，办成有法律效力的条文，不能留下空子。

第四，两大公司向承包商所作的承诺要保证兑现。

第五，引黄系统报酬制度调整的政策，五月份出台。

建设公司、咨询公司要抽出专门的人员，研究国际承包商，要有对策。

（摘自《快报》第 204 期）

1998 年 8 月 24 日，总指挥部召开办公会，郭裕怀说：当前的主要工作，一是加强现场，解放总部。抽调可靠、有培养性、具有一定专业背景的人到咨询公司监理部，加大现场混编力度。抽调的 25 人，月底要到达一线。业主公司项目部要向施工一线移动，要控制项目部的人数。今后各单位聘用临时工要有一定的规矩，要加强监督。机关要消肿，不能越搞越膨胀。二是抢抓时机，确保今年工程进度，国内承包商今年定的任务，必须完成。两公司今年的任务，一块也不能少。要认清当前的形势，全国投入四千个亿，市场会有什么样的变化，物价会有什么样的变化，我们本来具备的优势，随着经济形势的发展，有可能变成劣势。所以，一定要抓紧 8、9、10 三个月的黄金时间，搞好工程建设。没有进度就没有质量，没有进度只能是空谈质量，拖延工期后果不堪设想，只有在确保进度的前提下，才能谈到质量。引黄人要学习大禹治水的精神，三过家门而不入，身、心都要在现场。到监理部的同志，要跟社会监理摽在一起，真正发挥监理的作用。现在重头戏在咨询公司，一切工作要为他们服务，他们在施工前线，责任重大。咨询公司要把空降部队和地方部队变成一家，共同监督承包商，要给承包商创造好的施工环境，要公正地对待业主，公正地对待承包商。保证承包商有一个好的财务状况，使承包商能够集中精力，一心一意搞好工程。

加强现场管理，解放总部和抢抓时机，确保工程进度要成为当前和今后工作的两面旗帜。

（摘自《快报》第 242 期）

1998 年 10 月 6 日，郭裕怀同志在总指挥部会议上就决战三个月的战略作了部署：超额完成全年任务，不是力争而是保证，这一点丝毫不要动摇。潜力在哪里？我们的体制优势、政治优势、环境优势没有发挥出来。国际承包商的合同内潜力没有激发出来，要与他们谈，要他们加快施工，加强管理，完成工期。要全面完成国内采购任务，要展开或完成相关配套工程以及电信、电力、路、水和征地任务。第一要完成工程量，第二要完成投资任务，要给投资人以信心，要给全省人民以信心。

全面完成任务的一条原则：不能以牺牲合同为代价。两个公司的工作重点都要放在完成工程量和投资任务上来。

要求：1. 用伟大的抗洪精神鼓舞大家，造势，造成逼人之势，把大家动员起来。2. 明确责任，责任到人，要持续地讲到位，不得缺位，也不能越位，思想、工作、任务统统到位。3. 强化合同意识，建立责任终身制。业主、监理、承包商的行为都要规范到合同之内。责任终身制就是要按月填单报单，责任人签字，相关责任人也要签字，存入档案，记入电脑。通水之后，无论什么地方出了问题都可查到具体责任者，到那时，不论你在什么地方，该罚则罚，该进监狱就进监狱，来不得半点客气。4. 给外国承包商加压，是指合同内的压力，不能授人以柄。5. 牢固树立成本意识。

（摘自《快报》第 256 期）

1999 年元月 7 日至 8 日，总指挥部在太原召开办公会，郭裕怀同志分别对各项工作作了要求：

一、预算问题：钱要花得合理，花得明白，要从长计议，要很理性地考虑，哪些钱该花，哪些钱不该花，花钱形成了什么？哪些可以保值？哪些可以增值？不怕花钱，是怕把钱白花了。要讲预算管理、成本意识，努力去降低费用。严格管理采购环节，特别是监理现场支付环节。要向人大汇报工程进展情况，特别是财务情况。

二、工程公司和监理公司主要是合作，两公司是兄弟之交、长期合作，要彻底沟通，讲真话，掏心窝话，光凭一家是搞不成工程的。

工程公司对工程三大控制目标中的质量、工期全权负责，要向承包商和咨询公司要工期，要质量。概算中，工程公司只对工程直接性投资的部分负责任，间接性投资部分，谁签单谁承担经济责任，一定要清清楚楚。

监理公司要继续提高业务水平，目前人员的管理机制、工作经验都不够。现场监理要解放思想，看到什么就是什么，从承包商看监理，从监理看承包商，跟国际承包商打交道就要认真学，不要弄不准“穴位”。对不认真、不负责任施工的承包商，很放肆的承包商，要敢动刀子。

摆在咨询公司面前的问题是要有一支在现场有经验，有资质，能在现场打仗的、自己的队伍，必须在与国际承包商打交道的过程中迅速成长起来。

要抓住这次机遇，把监理队伍整顿好，提高水平，抓好就是转机。要支持两公司的工作，特别是支持李文芳的工作，支持他把这一步走好，推动这次转机的实现。

（摘自《快报》第 292 期）

1999 年 1 月 17 日晚，总指挥部就解决南干Ⅱ、Ⅲ标现状召开办公会议。郭裕怀同志说，万龙联营体，进场 15 个月，误了近一年，没什么好商量的，说上十万条理由，统统没用。监理、业主的致函同时发，明天的标前会就把这话讲出去，丢掉了一年的时间，而且至今没有任何好转，那就没什么好讲的，再拖，就意味着纵容他们的延误。两公司不能再含糊，有些问题是过去积累的，但今天讲了这话，就按这个建议办，捅了娄子，我们承担责任。过去你们出手不得力，不敢面对现场给承包商施加压力，天天抠《菲迪克条款》，仅仅是抠程序，没有说如果完不成随时可以把他赶走，我没有听你们这样说过。这个责任，首先是我有责任，我自己是怎么想的呢？我对工程的现状是比较了解的，非常担心，迟迟不下手，受了两个影响。一个是古纳，古纳一直讲，这个承包商优秀，欧洲第二，意大利第一，进了中国市场打得漂亮，王牌军，在二滩、小浪底延误了一年多，最后都赶出来，交了一个合格的工程。第二个是DRB，他们庆幸我们找了这样好的一个承包商，这就使我产生了麻痹的思想，估计他们最后能赶出来，而且他们给我提出了18条措施，影响了我。但我心里又非常着急，所以叫其仁赶快来。上次开会研究，我感到问题非常严重，但办法没想出来，只想到从监理开刀，后来又听了梅因斯和布朗维奇的报告，感到更加紧张。其仁来了以后，上午大体给我讲了讲，我就非常坚定。他考虑得非常周到，我们只需要在细节上考虑。要让参加标前会的承包商去Ⅱ、Ⅲ现场看，把他们的意见送给古纳，送给DRB。作为筹资的业主，就有这个权力，合同讲得清清楚楚，工期是到2001年8月31日，你现在延误的时间比剩下的时间差不了多少，我怎么能够不着急，怎么能不出手呢？完全可以。两公司可以去听听朱司长、梅因斯的意见，一开完标前会就发函。这次再动摇，就把机会失掉了，现在还是很好的时机，赶他们是有条件的，可以部分或全部终止合同，发函要发给三方的董事。至于内部的事情，Ⅱ标要找国际一流的监理。我主张Ⅱ、Ⅲ标同时搞，统统是国际监理，现在这个市场，谁走也不怕，能找到人干。全换成国际监理，现在的监理费也够了。李文芳不能动摇，两个老总的沟通不能文来文往，张振杰就是业主，是工程的业主，这个思想，从上到下要清清楚楚。该讲的话要讲，该负的责任要负，今天作了决定，今后你们再出问题，不能容忍，因为工程不能容忍。如果工程再有延误，全省上下都会沸沸扬扬，我们就会站不住脚，无地容身。现在出手，按最坏的打算，把英波吉诺赶走，也没什么了不起，现在不采取措施，对进来的国际承包商就不好动手，而且对国内承包商也不好对付，现在要下决心动手。

（摘自《快报》第 296 期）

1999 年元月 20 日上午，郭裕怀同志召集郑友三、姜凯、牛辉林、袁浩基、王必胜、卫亚林、张振杰、郝永和等同志研究确定本月 25 日在现场召开国际Ⅱ、Ⅲ标工程进展情况汇报会的有关事项，他说：

要把握好会议的气氛，是通报、沟通的气氛，要有分寸。要表现我们的坚定，我们的信心，我们的沉着，我们的通情达理，属于我们的责任我们就承担。

目前，我们的人还有“书生气”，有些被动、软弱。同时，我们的信息系统不灵敏，不迅速，不准确，快速反应不够。对国际承包商只能从严，不能放手。

（摘自《快报》第 299 期）

1999 年元月 25 日上午，引黄工程总指挥部在神池召开引黄工程国际Ⅱ、Ⅲ标工程进度检查汇报会。郭裕怀说：这次会议还是为了推动我们今后更加真诚地合作，而绝不是为了决裂，尽管意见比较尖锐，不大好听，但忠言逆耳利于行。不仅是对承包商，对监理，对业主都一样。

一、为什么要召开这样一个较大范围的会议？是出于对工期压力的考虑。从开工到现在 16 个月，离合同工期只剩下三分之二的时间，延误近10个月，不管说给谁听，都是令人焦虑的、紧迫的问题。合作的各方要坐下来共同讨论解决的办法，取得彼此的理解和共识。

二、今天的会议要成为一个转机。给承包商、监理一个机会，真正能采取积极的态度，合同各方发挥团队精神，确保合同的履行。

三、工期的延误已经引起上上下下、各个方面的关注，如果不能按合同的工期、质量完工，业主也是无法交代的。现场现在发生的延误是严重的，超过了正常的范围。现场的现状尤其使人不安，TBM并没进入正常状态，质量也发生了一系列问题，这样不得不使我们对万龙联营体的履约能力和诚意产生怀疑。

当然，万龙联营体有过很好的纪录，意大利第一，欧洲第二，进入中国市场创了很多一流纪录。历史地、一贯地看，我们还是相信万龙联营体是有能力、有诚意把工程搞好的，所以才有信心开这样一个会。开这个会正是有信心、正视问题、解决问题的表现。

四、能否就以下几个问题达成共识：

（1）分清责任和解决延误的关系问题。完全同意周教授的意见，面对现实，当务之急是改变现场的现状，从根本上扭转延误局面，确保质量，至于延误的原因分析、责任划分是第二位的。凡属于业主或是监理的那一部分的相关责任，绝不会推辞，他们会主动承担应负的责任。

（2）现场的状况确实是严重的，标前会，有些同行的反映使我们吃惊，他们怀疑是否业主降低了标准，他们不说承包商，而是说业主。同行的评价是公正的、内行的。国内的同行认为，延误大大超过了总干的CMC。

（3）确定一个时间表，在5周之内解决问题，使现场出现根本好转。各方要全力配合，全力支持，包括我本人在内。对我们不适应合同要求的，近期会果断地作出调整。现场和工程是决定一切的，论输赢、定成败的是工程。

（4）达成共识，对问题要按实事求是的原则认账。是谁的责任，谁承担，只能认账，不能赖账。代表政府的总指挥部，坚持公正是我们的基本职责。

（摘自《快报》第301期）

1999年1月27日上午，咨询公司在平鲁召开“坚决扭转国际Ⅱ、Ⅲ标被动局面动员大会”。郭裕怀在讲话中说：今天也是向咨询公司发出可置信的威胁，对监理的诚意、能力表示怀疑。文芳、振杰需磨炼，虎气不够，出手不硬，不敢出手。工地现场无戏言，该出手时就出手，要刀刀见血。在引黄，各方都是合同关系，离开合同不讲话，讲话不能离开合同。对不干事、不负责、不称职、不承担责任的人，就是要让他下岗。

一、三元制衡，业主为主。监理受雇于业主，不能平起平坐，业主对监理的工作，可发通知提醒、指示，直至停止工作，但要按程序、按条款，最重要的是要正确。

二、现场状态与监理的状态有着直接的关系。咨询公司目前存在着一些问题：① 机构臃肿，队伍庞大，总人数达到800人左右，都要拿钱养活，这样的状况怎么会有高效率？必须下决心改变。② 扯皮拖延现象，不敢说比比皆是，也是时有发生。③ 财务、采购、支付、合同几个环节程度不同地存在漏洞。

三、对监理的要求。合格的监理要做到三点：① 瞪大眼睛，盯着现场，看承包商的质量、进度，不能把精力放到不该自己管的事情上；② 全力干活，不干活、不尽责的人，不能在引黄系统存在，要培养一批像古纳先生、周其仁教授一样的工作狂；③ 负起责任，承担责任，目前在重要环节、重要岗位上还存在不负责任的现象，要培养敢于承担责任的人。只有敢于承担责任，才能去负责任，要吸取前段时间不敢负责造成延误的教训。责任终身制的具体措施要立即建立起来。

四、一个月内改变现场状态，要有硬指标，对承包商就两条：（1）TBM 正常掘进；（2）质量达到标准。对现场监理：① 责任人到位，不管什么地方出了问题，都能找出责任人；② 及时、准确地向总指挥部、业主公司提供信息；③ 咨询公司三天要出一份快报，不要套话、空话，要实实在在的东西；④ 内部重组；⑤ 准备一份终止合同的预案；⑥ 严守纪律的表现是执行纪律、兑现纪律。

今天大家面临巨大的压力，同时也是一个难得的机会，就看你如何拼搏，怎样发挥自己的能力。两位总经理接任不久，要提高消化吸收能力，解决实际问题的能力并增强后劲。

（摘自《快报》302 期）

1999 年 1 月 27 日上午，郭裕怀在铁三局引黄指挥部召开的 1998 年度总结表彰暨 1999 年度工作会议上说：

今天是给大家鼓劲的，相信你们有能力、有办法、按照合同完成施工任务，我们合同各方，要共同努力，发扬团队精神，搞好工程。

一、我们之间是合同关系、契约关系、法律关系，不是上下级关系。大家都要按合同办事，摆对角色，不能不到位，也不能越位。二、铁三局工地现状有很大的转变，进度上来了，质量达标了，对你们的进步、提高、转变，表示肯定和欢迎。三、认清大形势，当前，中央对惩治建筑行业腐败问题十分关注，新闻单位接二连三对腐败问题进行曝光，要引起我们的足够重视。当前经济形势出现紧缩，下岗人员多，挣钱不容易，要珍惜合同，干好工程。

（摘自《快报》第 302 期）

1999 年 2 月 1 日下午，总指挥部在太原召开引黄系统在并全体干部职工大会。郭裕怀说，1998 年已经过去，这一年也确实有几件事完成得比较好：① 枢纽提前发电并且运转正常。② 对国内标的升级治理大见成效。今年，所有国内承包商在总干及南干的部分工程将全部结束，总干将进行灌水试验。③ 两公司新老交替，上来的两位总经理 30 多岁，尽管年轻，还需要磨炼，但他们的投入，他们的状态，他们的责任心是令人满意的。④ 招标采购进展顺利。水泵电动机机组及其附属设备（第一期）国际招标采购合同签订，土建项目国际Ⅳ、Ⅴ标标前会也进行得顺利。⑤ 制度建设基本走上正轨。财务制度与世行的制度接轨，财务部门消化、吸收能力得到提高。今后，我们的质量管理，包括招标采购制度等都可以整理成册，这就是我们在实践中积累的财富，我们与国际接轨的经验，值得全员重视和总结。

作为工程单位，是由工程来论输赢，论成败的。没有别的话好讲，就是“一次通水成功，长期稳定运行”。现场，除了个别国内承包商还有问题，重点是国际Ⅱ、Ⅲ标的问题。Ⅱ、Ⅲ标的延误问题、质量问题不能令我们满意，更重要的是现场现状让人担心、不安、焦虑。我们并不是要中止合同，是要给他们一个可置信的威胁，一个警告。

回过头来看我们，监理是有责任的，处事不当。不该操的心不要操。比如，同心圆、管片安装技术问题是承包商负责的，人家什么也没提，我们却炒得很热，角色没摆对。要注意研究合同，不要侵权扩张责任范围，边界要非常清楚。

从一年的实践看，我们的经验不够。对合同，对《菲迪克条款》不熟，干这样的工程不是靠行政力量、长官意志。钱正英副主席说过：这么大的国际工程，要请国际监理，一流的承包商就要请一流的监理相对应。

1998 年，财务总监由于与财务中心的工作交叉，没有完全到位。搞财务工作的人，严禁作假，发现一次，立即走人。3 月底，所有拖欠借款必须全部清理。

引黄工程不是“唐僧肉”，不是再就业中心，不要把七姑八姨都往引黄放。要用能干活儿的，能吃苦的，能负责任的人，吃饭不干活儿的就得下岗。要建立责任终身制、责任追究制。

监理公司就是要按素质条件定人员。有个别社会监理不辞而别，对其要保留追索权、投诉权，协商不能解决就要用法律手段解决问题。

汽车管理要用新办法，司机出一次事故就走人，推荐司机者要赔偿一定比例的损失。

要加强责任心，提高信用度，提高成本意识，牢固树立“每一个行为、决策背后都有成本”的观念。各部门、各单位、各重要环节上的同志要提高记忆能力，对基本情况、基本数字要非常熟悉，要提高分析判断和快速反应的能力，不能听你讲了许多话，都是枝节问题，根本听不到要害问题，要用数字、事实说话。还要提高文字表达能力，说空话、套话的毛病和文函往来过多，官僚文化的积习还没有彻底改掉。总之，大家在学习上要提高消化吸收能力，工作中要提高解决实际问题的能力。

改革工作要经常化。管理局年终的述职，要形成制度，两公司的述职自己搞。江总书记最近一直讲两件事，一件是讲学习、学习、再学习，实践、实践、再实践。我们不学习就要落后，不学习就有下岗的危险。另一件是讲水，水是重大的社会问题，没有水哪来繁荣，哪来文明？我们是搞水的，只能搞好，不能有闪失，大家要感到自己肩上的责任，沉甸甸的啊！

（摘自《快报》第 304 期）

1999 年 2 月 12 日下午，郭裕怀在 1999 年春节团拜会上说：当前国家稳定是压倒一切的大局，稳定是第一位的，我们在工作中要注意公正，施政的公正，作风的公正。要对全局有一个清醒的认识，不要把认识问题当政治问题对待，也不要把政治问题当成认识问题对待。引黄系统在新的一年里要有新的气象、新的面貌、新的作风。

第一，在我们的体制内，要讲诚实。我对财务工作有过批示：在财务上造假者统统走人。上上下下应该以诚相待，实实在在，不要作假，要把引黄的风气搞好。

第二，要讲信用。守信，说了话就算数，我们是国际工程，我们和国际承包商、国际监理、国际咨询、设计人员打交道，要言而有信。要让人家对我们的说话、办事形成“听其言，信其行”的印象，而不应该是“听其言，观其行”。

第三，要讲团结。大局稳定的后边就是团结，要讲真诚的团结，团结大多数，团结得越多越好，调动大家的积极性，这是一个大文章。① 搞好团结就要平等待人。在一起工作，组织上我们是领导与被领导的关系，但人格上统统是平等的，不能侮辱他人人格。要平等地交换意见，平等地讨论问题。② 要善解人意。一个团队里，不善解就容易误解，就容易结疙瘩，要能够体谅别人。③ 要善待群众，善待部属。引黄的事业是个善事，善事就要有善举，不要让人家感到你心里有阴暗的东西，老感到你在捉弄人家，你要打人家的主意。④ 要讲道理、讲关心、讲沟通。不能不讲理，也不能讲歪理，对内对外都应注意。

第四，要讲合同。我们讲合同讲了两年，为什么还不行？研究问题，讨论问题不应该离开合同，全体员工应该牢牢地树立合同意识。国家的合同法就要通过了，新合同法对我们当前不规范的行为有极大的针对性。

我们的工程是一个与国际接轨的工程，是一个完全靠法律框架进行管理的工程。大家要从这里学东西，切不可在这里工作几年后什么也不知道，那就太可惜了。这也是对宝贵年华不负责任的表现。

第五，要重视质量。中央也讲了几次了，质量责任，重于泰山。如果将来我们工程出了事，没有脸面去见山西父老。

第六，要有成本意识。行为后边都有成本，办事、工作，处处时时要讲成本。

只有我们懂合同，懂成本，懂管理，诚实，守信用，懂得团队精神才能体现出引黄的文化，这才是我们大家共同的财富，这样的工程才能确确实实造就一批人才。

（摘自《快报》第 308 期）

1999 年 2 月 21 日晚 6 时，总指挥部在黄河水利工程咨询公司会议室召开会议，宣布对国际Ⅱ、Ⅲ标的施工质量问题采取措施：管片安装不合格，不得继续向前推进。郭裕怀说：

今天的会也是一次培训会、动员会。这一仗是对业主，尤其是对监理最实际的考验和选择，考验你够格不够格，胜任不胜任。我们没有情绪化的东西。执行指令不能动摇，谁动摇谁走人，不论你是新引黄人还是老引黄人，明天你做不到，后天就走人。旁站监理要责任到人，寸步不让，咬住不放，违规连坐。这是一场合同仗、商务仗、主权仗，对打胜这一仗，我们是越深入越有把握，这一仗我们一定能打胜。总指挥部、管理局、业主公司要全力配合咨询公司，管理局机关的人员要到现场来体验，要接受这种现场培训，要研究怎么为一线服务。

（摘自《快报》第 310 期）

郭裕怀总指挥于1999年2月14日致函争端审议委员会（DRB）主席哈里·弗思特先生，表明以下几点：

1. 自去年 10 月以来，国际Ⅱ、Ⅲ标现场进展不顺，质量问题严重。这种状况引起我们严重的关注和忧虑。为此，1 月 25 日，由总指挥部主持召开了神池会议，邀请国际承包商董事会代表、业主公司、监理公司负责人和有关高级专家出席，旨在表达我们对工程现状的严重关注，并要求限期改变工地无法令人满意的局面，这是由各方高层人士参加，为推动合同各方严格履约，确保工程质量和进度的高层会议。

1 月 25 日之后的现场情况表明，神池会议起到了应有的作用，国际Ⅱ、Ⅲ标出现了一些积极变化。

2. 2 月 11 日至 13 日，业主召集 CCPI/D2、BBV 和国内专家举行了“技术论证会”，会议认为，国际Ⅱ、Ⅲ标出现的质量和进度问题是由于施工工艺及设备不符合要求，以及缺乏严格的质量管理措施而导致的。会议形成的结论随后送达。

3. 2 月 22 日至 23 日召开高层会议。我们不认为这一要求的含意是清楚的。DRB 召开听证会，属于合同范围，我们将按国际惯例执行。

（摘自《快报》第 310 期）

（1997 年 8 月 27 日—1999 年 2 月 14 日）

# 识破传统，冲破阻力，开创引黄入晋工程建设新局面

王庭栋

1996 年 8 月 19 日去引黄工地现场办公，最突出的印象是万家寨枢纽工程、大坝主体形象有了非常令人兴奋的变化。大坝耸立，使我们看到胜利的前景。听了各位同志介绍的情况，我感到整个工程在省委、省政府和水电部的领导下，在各方面的支持下，有了很大的进展。

在引黄工程即将全线开工的时候，省委、省政府又一次把极大的注意力投给引黄工程，这就说明引黄工程虽然有了很大进展，但这篇大文章还只是刚破题，今后 5 年还将面临非常艰巨的任务。

1996 年的现场会突出解决了两个问题：一是改革问题，包括工程体制的改革和施工环境的治理；二是质量问题。对这两个问题进行认真解决，我完全拥护。

《引黄工程体制改革工作大纲》采纳了世行专家的一些合理要求，主要依靠我国专家的科研成果。它是冲破传统思维方式的束缚，按照决策民主化、科学化的原则提出来的。省委、省政府要求对这个大纲在决策民主化上还要做更充分的工作，听说还要开大型的讨论会。我感到这样做非常有利于决策的准确性，要进一步统一认识。我相信大纲确定之后在实行过程中也还会不断完善。

但无论如何改革，必须触动体制，不触动体制不是真正的改革，这是裕怀同志反复强调的一点，我认为非常正确，动摇不得。改革是一场革命，革命就有阻力。我省这一二十年改革的实践证明，改革的阻力主要来自内部，主要来自权力部门。因此，冲破改革的阻力，就需要内部特别是权力部门的同志确实认识到只有深化改革，才能加快山西的发展，我们别无选择。虽然过去改革取得了很大的成绩，但不能守成，不能代替。如果我们迟滞了深化改革，就有失去活力、停滞发展、失掉民心的危险。因此，统一对深化改革的认识是冲破改革阻力很重要的一条。同时，一定要坚持调查研究、解放思想、尊重群众的首创精神，尊重科学，也就是一定要走民主决策、科学决策的路子。我们的引黄工程是经过全省各级党委和干部群众几十年大讨论，最后形成决策的。这个决策也是经过水利战线科学研究人员、工程技术人员大量的调查研究、勘察设计，耗费大量心血，进行科学论证以后才决定的。在工程建设的每一个环节上，还要坚持科学化、民主化的决策方法。这次制定引黄改革方案，也是这样的做法，我感到很好。

冲破阻力，还要求权力部门的领导同志保持清醒的头脑，特别是有三件事情要严肃对待：第一件事是对那些维护地方、部门、个人局部利益的习惯势力要保持清醒。因为改革就是要突破旧体制的束缚，同传统的弊病作斗争。如果维护旧体制，新的体制就无法建立。我们拥护党的基本路线，拥护小平同志的教导，就必须维护改革的方向，为建立社会主义市场经济体制作出努力，而且要贯彻在具体行动上。

第二件事是对于破坏山西改革开放环境、违法乱纪的行为要保持清醒。不能认为这些是为了某个地方、局部的利益而可以原谅，这一点不能原谅，是法律问题，是党的纪律问题。在全省这样大的重点工程施工时，这个问题都不能解决，还讲什么政治？讲什么法治？

第三件事是对于那些坚定执行改革开放政策、勇于开拓前行的同志，当他们遇到习惯势力围攻的时候，应该敢于保护他们，必须对这一点保持清醒。这个问题在山西是有经验教训的，我们保护了很多坚持改革的同志，也伤害过坚持改革的同志。深化改革遇到阻力是完全可以想到的，也是不可怕的。改革实践也证明阻力是可以冲破的。如果我们在这些方面加以注意，真正对深化改革的认识有了更加高度的统一，真正有了民主化、科学化的决策，在改革中对于那些妨碍改革的事情保持高度的清醒，我们冲破阻力是完全可以的。从引黄工程可以看出，在裕怀同志亲自领导下，这里的改革有了良好的开端，我很高兴，希望整个改革能够成功。

省委、省政府这几年在全省高举改革开放和艰苦奋斗两面旗帜，在实施农业基础、基础设施、基础产业和挖煤、输电、引水、修路方面是胸有成竹、指挥有方的。该着重的时候，抓得很准，压力很大，责任明确，一环扣一环，谁也不能松散。由于突出了重点，集中了力量，所以大家齐心协力就上去了，而且干得很漂亮。我们已经完成的工程和正在完成的工程都证明了这一点。火车站、飞机场、太旧路、引黄工程、阳城电厂都是这样。正因为如此，我们能够不失时机地在较短时间内取得超过预计的成就。去年，省委又及时抓了文明城市建设。显然，这项工作如果抓得早了，基础设施太差，难以收效；抓得晚了，就不能与改善了的基础设施及时配套，会浪费人力、物力，推迟我们的改革开放。因此，在基础设施继续改善的基础上及时抓住城市形象建设，内增实力、外树形象，就可以很好地巩固我们的成果，不断取得新的成就。邹家华同志讲，山西省委、省政府“弹钢琴”弹得好。我认为对这一点应该进行很好的总结，这是对我们今后工作很有用的一条重要经验。

（本文摘自1996年8月19日王庭栋在引黄局贯彻省委“8·16”指示工作会议上的讲话）

（1996年8月19日）

# 引黄工程是巨大的物质财富与精神财富

李修仁

这次，我来万家寨引黄工程工地算是第六次了。每来一次都使我看到一次工程的大变样。工程进度之快，变化之大，真令人激动不已，振奋不已。说它是日新月异，一点也不过分。

每当看到工程的这些变化，不能不使我想到日夜战斗在工地上的建设者们的辛劳，不能不使我发自内心地对他们表示真诚的感谢。

这次来现场参加办公会议，看了枢纽坝和7、8号隧洞工程现场，听了枢纽工程公司董事长王文珂、引黄工程管理局局长郑友三的汇报，非常令人鼓舞。建设者们立誓“要在1998年确保枢纽坝第一台机组按时发电”，“下半年国际承包商将要如期进入施工现场，全线大开工的局面就要拉开”。如此宏伟的万家寨引黄工程的诞生已经是指日可待了，听了、看了这些，能不高兴吗！

此时此刻，我想起了曾几何时大放异论的“英雄”们散布的“引黄必败论”“引黄劳民伤财论”“引黄贪图长远，不顾眼前论”“水价高过天外论”“个人树碑立传论”，等等。这些异论一时间来势汹汹，大有不可阻挡之势。但山西广大人民在省委领导下，没有被吓倒，而是顶住了这股狂风，继续前进了。引黄工程的建设者们更以自己的实际行动和光辉的成就，封住了这些预言家们的嘴，大大鼓舞了全省人民对引黄工程的必胜信心。

但他们是否就此认输了呢？在我看来还不会，他们只不过是暂时地收敛了一下而已。因为，至今还没有见到持此论者敢出来作点自我批评。我猜他们口头上虽然不敢大说了，内心里并没有服输，还等我们在工程质量上、进度上出了问题，到时好幸灾乐祸地瞧我们跟胡富国、孙文盛同志一同去跳黄河哩！其用心可谓毒矣！

不过话说回来，有这些反面教员也好，可以提醒我们：引黄工程已取得的成绩是很大的，但不能自满，今后保证按时、按质完成工程的全部任务还是十分艰巨的。

争取工程的最后胜利，是建设者们的任务，更是全省人民的任务。各级党委、政府必须教育广大人民，认识引黄工程是全省人民的根本利益，是大局，必须一切服从引黄工程的需要，只有支援的义务，没有阻挡的权力。对于破坏引黄工程建设的一切不法行为，都要绳之以法。为此，建议成立引黄工地联合监察执法机构，及时处理这方面的问题，净化社会环境，维护社会秩序，确保引黄工程顺利进行。

谁都承认引黄入晋工程是一个利国利民的、特大的好工程，又都承认它是一个特大难的难工程。但有人在困难面前一开始就吓破了胆，相反有些人却一开始就信心百倍，勇往直前。这是为什么？我认为还是老答案：因为每个人的思维方法、决策水平、群众观念不同，因而才有如是不同的差别！

我一直在想，我已是日薄之年的人了，能看到家乡境内兴办如此宏伟的浩大工程，可谓三生有幸。人生难得几回投身如此浩大的工程，机会实属不易，每个人都应当珍惜这一机会，争取学到点什么东西才好，包括我在内也应当如此。在我看来，以胡富国、孙文盛同志为首的省委、省政府领导，在引黄工程决策和行动上体现出来的客观可能性和主观能动性相结合的妙用，是很值得我们学习的。

像引黄入晋这样巨大的工程，说难，确实也很难！但决策者能透过现象看本质，透过困难看到成功的客观条件。首先，山西严重缺水，已成为制约国民经济发展和人民生活水平提高的大敌。解决缺水问题，是山西绝大多数人民的根本利益和殷切希望。山西担负着支援全国用煤发电的任务，缺水直接影响全国煤、电供应，解决山西缺水问题，也符合全国人民的利益，也定会得到全国人民和党中央、国务院的支持。这是争取引黄入晋工程成功的最根本的有利的政治条件。其次，技术难度虽然很大，但就目前国内外的技术发展看，是完全有条件可以解决的。最后，资金来源困难就更大了，但也不是毫无办法的。煤、电是山西财源优势，争得中央在某些政策上的同意是有可能的；再加上引黄工程是个收益不薄的工程，对投资者具有一定的吸引力，引资的可能性是有的。上述三方面的情况加起来，引黄入晋工程成功的条件是完全存在的。领导者的决心，也就是建立在这样客观的基础上的。我认为这样科学的思维方法是很值得我们提倡的。

当然，客观的可能性并不等于现实性。任何事物由客观的可能性转变为现实性，还需要充分地发挥人的主观能动性，没有这一条件，想坐等其成是永远办不到的。客观的可能性如同有了舞台、道具、剧本一般，戏演得好坏还得看演员的功底。引黄工程也是这样，成功的客观条件是有的，最终成不成决定于主观上的努力，如艰苦细致的组织工作，灵活应变的方式方法，轻重缓急的策略步骤，能攻善守、进退自如的战斗队伍，等等。

引黄工程是一个巨大的物质财富，更是一个巨大的精神财富，我们有幸能参加这一改天换地的巨大工程，在改变客观世界的过程中，也定会改变我们自己的主观世界。引黄建设者，从领导到成员，每个人在发挥主观能动性方面的表演够出色的了。否则，哪来的如此感人的成绩呢！只有投身于这一伟大工程的人才深知其中的酸甜苦辣和智慧喷发的喜悦。

回首往事，与你们现在的成绩相比，我自愧不如，不过我还愿尽我一分绵薄之力。

（本文摘自1996年8月19日李修仁在引黄局贯彻省委“8·16”指示工作会议上的讲话）

（1996年8月19日）

# 善始必有善终

霍　泛

我认为，省委、省政府在引黄工程全面向前推进的时刻，召开这次会议是非常及时，也是非常必要和非常重要的。我能够参加这次会议，感到非常高兴。

刚才，听了友三和文珂两位同志的汇报，昨天又参观了工程现场，感触颇多。我去年7月来万家寨参观时，大坝还在河底，现在大坝已经接近设计的规模，高达70多米。当时7号、8号隧洞还未打通，现在已全部贯通了。由此，使我深深感到引黄建设的质量之高、速度之快是惊人的。由此我想到，引黄工程已经有了一个良好的开端，也必将有一个圆满的、成功的良好结果。

古人说“善始必有善终”，这是因为凡事总是开头难，闯过了开头的难关，往后总要好起来。当然这也并不是说以后就没有问题和困难了，在前进中还会有问题和困难的，但这是可以克服的。因而，必定会取得最后的胜利。在这里，我对已经取得初战重大胜利，夜以继日、不辞辛苦地劳动和工作的全体职工同志们表示崇高的敬意。下面，就谈谈我的一些看法。

首先，谈一下对引黄工程的看法。我认为可以用“大、难、高、自、伟”这五个字来评价引黄工程。“大”就是投资大、工程规模大。引黄工程（不含到大同的北干线）共投资120亿元，筑坝100多米高，提水高程 600 多米，引水长 240 多公里，可谓世界之最，难道不是“大”吗？“难”就是难度很大。引黄提水如此之高，在黄河上筑起如此之高的大坝，引水距离如此之长，而且多处是穿山越岭地下作业，难度确实很大。“高”就是质量要求高。别的不讲，只讲引水。水要在地下流，而水是无孔不入、无孔不出的，要做到不渗不漏，要求的技术水平和工程精密度十分高。大家知道，水火无情，把它掌握好了可以为人类服务，掌握不好就要造成危害。因此，引黄工程中质量要求之高与严是不言而喻的。“自”就是自力更生进行建设。山西是一个穷省，财政困难，能挤出 80 多个亿（占到总投资的一多半）进行引黄建设，确实难能可贵。我看，这种自力更生的精神在全国也很突出。“伟”就是工程宏伟。这项工程是共产主义的工程，是百年大计，千年大计，将与黄河之水同命运，共长寿。

其次，谈谈通过这项工程我们能得到什么，能取得什么效益。我认为，第一是能够取得巨大的经济效益。工程竣工后，太原用水紧张的问题将会得到根本解决，不仅能够满足城市生活用水，而且能够满足工业生产用水。正如富国同志多次讲过的，其效益不单是为了山西，而且是为了全国。因为太原及其周围地区是能源基地，解决了这个地区水的问题，煤和电就能大力开发，这对全国无疑是重大贡献。这样，就不单是有巨大的经济意义，而且有重大的政治意义。

第三是通过对引黄体制改革的实践，我们将取得对大型企业进行改革的良好经验。目前我们已经制定出引黄体制和经营管理的改革方案，并且已经在稳步实践。改革的核心是使引黄工程按照市场经济的要求经营和运行，真正成为社会主义市场经济的企业。在引黄这么大、这么复杂的企业中，能够在体制上、经营管理上实行市场经济的管理体制和经营管理方法，其丰富的经验确实是极其宝贵的。这样新型的企业不仅全省目前还没有，而且全国也为数不多，它对促进我省企业的改革必将起到巨大的示范作用。我们必须下决心在体改方面总结这个经验。

第四是促进了人们的思想解放。以前，许多人对引黄工程不愿想，也不敢干。这次我们居然干了而且干得很好，这就大大解放了人们的思想。这么大的工程我们都敢干，以后遇到更大的工程敢不敢干呢？敢！我认为这项工程使人们转换了脑筋，开阔了视野，解放了思想。这确实是通过建设引黄工程所取得的又一巨大成果。

第五是能够培养锻炼出一批高级技术人才和适应社会主义市场经济的高级管理人才，这些都是我们最缺乏的人才。人才是最宝贵的，在太旧路建设中，我们培养锻炼出了一批人才，现在已经发挥作用。我想，通过建设引黄工程也将培养出更多的人才，这对推动山西经济建设的腾飞极其重要。

第六是树立了团结一致办大事的好典型。“人心齐，泰山移”是一句古话，但它确是真理。引黄这么大的工程之所以能进展顺利，就是在省委、省政府的领导下，全省从上至下、方方面面、同心同德、团结奋斗才实现的。没有这一点，这么大的工程就不敢干，也干不成。我省还要完成更多的重大建设任务，团结奋斗这面旗帜要永远高举。

第七是树立了优良的工作作风，这就是将大胆改革的精神与实事求是的态度有机地结合在一起。我认为，对待引黄，我们在战略上是大胆的，敢于藐视这个工程，从而充满了胜利的信心；在战术上，在对待每一个具体问题和具体环节上，又是极其认真的，从而保证了工程建设的稳步推进。战略的胜利是战术胜利的总和。这样优良的领导作风，在引黄中表现得很鲜明，这是这项艰巨工程能够顺利推进的重要原因。这样好的作风在我省今后搞大的建设项目时必须发扬。

第八是引黄工程引发了我们对一些问题新的思考。当 2001 年引黄工程竣工后，必将引发我们更多的思考。在这里我只讲一点，就是那时将会考虑全面治理汾河流域的问题。正如钱正英同志所说，引黄工程竣工后，将使汾河的水增加一两倍（包括废水利用）。汾河增加了大几亿立方米的水，这就为汾河治理打下了基础。如果将来实现了引水到大同，也就为桑干河治理打下了基础。汾水长流，无形中也增加了汾河流域的地下水。如果届时能把汾河的水、地下水、小流域的水都有效利用起来，就可能解决忻州、晋中、临汾、运城几个盆地的用水问题，还可以发展高灌。实现农业水利化后，我省的粮食产量就不仅仅是 105 亿公斤，而是 150 亿至 205 亿公斤。我们应该有这个思考。引黄这样难度大的工程都干了，汾河流域水利工程为什么不可以干呢？要有这样的雄心壮志。

（本文摘自 1996 年 8 月 19 日霍泛在引黄局贯彻省委“8·16”指示工作会议上的讲话）

（1996 年 8 月 19 日）

# 从长远看，山西能源基地用水主要靠从黄河引水

罗西北

从长远看，山西能源基地用水主要靠从黄河引水，京津地区用水则要从长江调水。太行山以西除主要充分利用当地径流外，主要靠引黄工程。

京津地区有两个可供选择的方案，即引黄河或引长江。从长远的观点看，主要靠引长江水，要搞南水北调工程。引黄河水只能是近期的，带有应急性质。主要原因是黄河流域缺水，黄河本身的水量不足。

北引黄工程和万家寨水电站应合并为一个项目统筹安排。项目建议书、可行性研究和设计分开编写是历史情况决定的。现在情况已经有了发展，能源基地作为一个整体，煤炭开发、发电、供水、灌溉等应该统一考虑。计委已经有了明确要求，将北引黄和万家寨作为一个项目统筹考虑，所以有必要进行一些补充设计“合二为一”。

（选自 1989 年 7 月 21 日中国国际工程咨询公司专家组副组长罗西北撰写的《关于研究解决能源基地与京津地区用水途径专题的几个问题》一文）

（1989 年 7 月 21 日）

# 深化建设管理体制改革，尽快与国际惯例接轨

## ——对万家寨引黄工程的几点建议

刘锡田　许四复

自1993年6月引黄工程奠基以来，引黄工作取得了巨大进展。在中央领导的关怀下和省领导的大力领导下，短短两年多时间里把引黄工程100多亿元的投资落实下来，是十分艰巨和鼓舞人心的工作。这也是郭裕怀主席及郑友三局长一班人锲而不舍、排除困难、不断奋进所取得的成就。当前，世行评估和贷款签字仪式即将进行，如何把技术工作跟上去、与国际惯例尽快接轨，已成为引黄工程的重要任务。

**审查技术设计是首要问题。**引黄工程虽已开工多年，但由于种种原因，引黄工程的技术设计至今还没有进行过系统的、认真的审查。正在进行的中外联合设计也需要进行审查。技术设计书是编制招标文件（标书）的主要依据，是业主与承包商签订合同的唯一依据。如果设计不完善，过于保守，错项漏项较多，根据合同将会招致无穷无尽的索赔，可能会使工程预算成倍增长。小浪底工程、二滩工程都遇到过这类问题。

为了更好地审查设计，可否考虑委托中方专家组聘请省内外专家对地质、水工、施工、泵站、机电设备、观测设备、自动化

调度等分项进行审查。引黄工程中方专家组是由钱正英副主席建议、水利部推荐，经省政府同意后，邀请成立的。中方专家组对全国各项专业的专家较为熟识，能够有针对性地请一些较为高级的专家逐项地并且全面系统地进行审查。

**对于已经竣工的工程要进行认真的质量检查与验收，并进行必要的测试。**特别是隧洞工程，如果忽视这一环节，今后可能发生许多意想不到的问题，如隧洞漏水，黄土地基湿陷坍塌，高程错位，水流不畅，等等。建议对已完成的隧洞段落逐项检查，并进行必要的不承压充水试验。合格后才能验收结算。不合格的，由原施工承包单位立即返工。

**迅速建立完善的监理体制。**监理是业主与承包商双方签订合同的直接管理者，其职责主要是按施工规范保证工程的质量、进度和预算。监理是由业主选定的，但他是“独立”于业主和承包商的法人。当前引黄工程的监理工作在体制上和组织分工与人员配备上都不能适应与国际惯例接轨的需要，应该尽快进行改革。不然即使选定了总监，也不能行使总监的职责。

**总工程师系统是当前引黄工程的薄弱环节，需要尽快改变。**引黄工程管理局虽设有总工程师，但由于体制不顺，发挥不了总工程师应有的作用，管理局内更没有建立起总工程师系统，各业务处室的技术工作没有人总抓，有关全局的技术工作没有人总管。引黄工程的技术设计至今没有全面的、系统的审查，施工过程中应该埋设的观测设备至今没有埋设，引黄总干 8 号隧洞进口滑坡事故的技术原因至今没有总结出来，都是与没有健全的总工程师系统有关。

**深化引黄工程管理局的体制改革**。这是解决上述技术问题和做好国际惯例接轨的根本措施。正像邹家华副总理多次指出的“工程管理要实行项目法人责任制、招标投标制、施工监理制”，与国际管理模式接轨。这是总结世界工程管理经验必须遵循的体制，建议尽快研究执行。

（本文为刘锡田、许四复于1996年8月22日向山西省万家寨引黄工程总指挥部提出的工作建议，有删节。）

（1996年8月）

# 引黄入晋是解决山西缺水的最主要途径

许四复

## 进行水资源评价的目的和意义

当前，水资源问题已经成为世界各国普遍关注的大事。不少国家和地区已不同程度地面临水荒，国外叫作“水源危机”。近几年联合国相继召开过许多专业会议，研究“如何对付水的威胁”这个重大课题。

我国一些地区和城市供水也很紧张，去年京、津缺水，国务院专题研究，采用从黄河引水补给的临时措施，一方水成本高达一元以上。我们山西是全国最缺水的省，水的供需矛盾越来越突出。为了发挥我省的煤炭优势，国家已确定把山西建成煤炭能源基地。随着煤炭、电力工业的发展，必将引起整个经济结构的深刻变化，煤化、轻工、交通运输、城市建设、商业供应等都要相应地大发展，粮、棉、油等农副业生产也要赶上去，工农业和生活用水，势必大幅度增加。水源问题已成为煤炭能源基地建设的主要制约条件之一。为了对水资源进行统一规划，合理开发利用，为我省以煤炭能源基地为中心的国民经济发展提供可靠的供水依据，为了及早解决我省严重缺水的问题，防止将来出现水荒，迫切需要对我省水资源进行认真研究、全面评价。

中华人民共和国成立以来，我省在水资源的开发利用方面做了不少工作，现已建成各种水利工程15万项，控制利用水量63亿立方米，其中从黄河提水2.5亿立方米，保证水地面积由中华人民共和国成立初期的150万亩发展到1400多万亩，工业和城市供水由中华人民共和国成立初期的2000万立方米增加到11亿立方米，还解决了山区280万人，40万头大牲畜的吃水困难问题，增强了抗御自然灾害的能力，促进了工农业生产的发展。全省粮食总产量由1949年的25.9亿公斤增加到1979年的80亿公斤。丰产年与减产年的差距逐渐缩小，中华人民共和国成立初期波动率是25%，70年代后期缩小到12.8%。全省工业产值由1949年的1.97亿元增长到1979年的107.94亿元，每年平均增长14.2%。尽管工农业的增长不单纯是水利一个原因，然而供水条件的改善发挥了显著作用。

但是，长期以来我们对水资源缺乏统一管理，一直没有进行过统一的研究和评价。虽然水文、地质、气象等部门，从不同的角度对水资源搞过大量实测和调查，积累了很多资料，但是由于部门之间分工不同，对天上水、地面水和地下水的研究各有侧重，有些资料的来源和观测时间范围不一样，计算方法也不完全一致，一些水资源成果的数字始终不统一。地面水多年平均总量先后有109亿立方米和117亿立方米两个数字，地下水曾有过64亿立方米、91.7亿立方米和116亿立方米三个数字。因而我省究竟有多少水，底子不清，认识也不统一，不仅水资源的开发利用和管理比较混乱，而且今后安排水利建设心中无数，对国民经济发展，特别是煤炭能源基地建设提不出可靠的供水依据。在此情况下，水电部和省政府联合召开山西省水资源评价会议是十分必要的。

这次会议的主要目的是研究确定山西省水资源总量和不同干旱年可供开发利用的水量。同时，初步预测20世纪末全省工农业生产和生活需水量，研究讨论供需平衡问题及解决水源不足的途径和措施。

## 山西省水资源初步计算成果

经会议筹备、领导组织协调，在各有关部门紧密配合下，我们在已有资料的基础上，对全省水资源总量、开发利用现状以及到2000年可开发利用的水量，重新进行了计算，并将计算成果向国务院技术经济研究中心和水电部作了汇报，又请水电部水资源所和黄委、海委的有关专家来并会审。经过反复研究计算，基本统一了认识，初步提出了我省水资源计算成果。

### （一）全省水资源总量

水资源主要包括地面水和地下水两大部分。地下水有一部分流出地面，地面水也有一部分渗漏到地下，在互相转化的过程中，有相当一部分是互相重复的。但过去我省在计算水资源总量时，都是把地面水和地下水简单相加，因而计算成果比实际偏大很多。

这次水资源的计算，是根据大气降水、地面水、地下水互相转化的关系统一考虑的。以排泄量计算为主，用补给量加以校核。按水电部统一规定，用1956—1979年这24年的资料作为计算依据。我们把全省按地质地貌特点，以流域水系划分成九片，先分区计算，然后进行汇总。

全省河川径流（地面水）多年平均水量114亿立方米，其中清水基流65.5亿立方米，洪水径流48.5亿立方米。即

地面水（114亿立方米）– 清水基流（65.5亿立方米）+ 洪水径流（48.5亿立方米）。

全省地下水量93.25亿立方米，其中排泄到地面河道的水65.5亿立方米，多年平均开发净消耗9.87亿立方米（多年平均超采0.7亿立方米应扣除），潜水蒸发12.43亿立方米，潜流省外6.15亿立方米。即

地下水（93.25亿立方米）– 排泄到地面河道的水（65.5亿立方米）+ 多年平均开发净消耗水（9.87亿立方米）+ 潜水蒸发（12.43亿立方米）+ 潜流省外水（6.15亿立方米）– 多年平均超采量（0.7亿立方米）。

由于地下水中排泄到地面河道的水就是河川清水基流，因而地面水与地下水有65.5亿立方米的重复水量。

把地面水和地下水加起来，再减去重复部分，全省水资源总量为142亿立方米。即全省水资源总量（142亿立方米）= 地面水（114亿立方米）+ 地下水（93. 25亿立方米）– 重复水量（65.5亿立方米）。

以上计算成果是全省水资源总量的多年平均值。因为水资源总量主要决定于降水的大小，所以不同干旱年份的全省水资源总量也不相同。平水年为134. 67亿立方米，4年一遇的一般干旱年

为 113.87 亿立方米，20 年一遇的特殊干旱年为 94.57 亿立方米。

我省水资源最突出的特点是十分贫乏，按多年平均总量与全国各省相比，仅比宁夏多 10 亿立方米，居倒数第二。按人均计算，我省人均只有 480 立方米，相当于全国人均水量的 18%。从缺水程度看，我省是第一，辽宁是第二。第二个特点是时间和地区分布极不均衡。丰水年与枯水年相差 2~3 倍，而且常常出现连续多年枯水，有时也出现连年丰水。例如 1968—1977 年连续 10 年水量较少，1953—1956 年又是连续 4 年多水。一年之中，60% 的河道来水集中在 7、8、9 三个月。从地区分布上看，东西两山多，平川盆地少。东山地区占全省水资源总量的 40%，西山地区占 22%，中间几个工农业比较集中的盆地仅占 38%。全省较大的泉水年平均出水量 26 亿多立方米，出露在省境边沿地区的就有 11 亿立方米。第三个特点是河川径流含沙量大。现有水库总库容 42 亿立方米，已淤积 11 亿立方米，有 7 亿立方米库容的汾河水库，已淤积 3 亿立方米。全省多年平均输出泥沙 4.56 亿吨。

我省的水资源，由于种种条件的限制，可供开发利用的只是少部分。特别是我省是一个高台地，东、西、南三面地形下切，山多川少，水低地高，开发利用比较困难，同样搞一项水利工程，和南方向北方周围各省相比投工大、花钱多，这是开发我省水资源应该特别考虑的一个问题。

### （二）开发利用现状

到 1979 年年底，全省建成各种水库 928 座，总库容 42.2 亿立方米，万亩以上自流灌区 126 处，各种机电灌站 2.15 万处，装机 92.7 万马力，配套机电井 9.77 万眼，装机 147.7 万马力，小型水利 3.2 万处，加上一部分工业和城市自备水源工程，现已控制利用水量 63.60 亿立方米。其中河川径流 34.87 亿立方米，地下水 26.30 亿立方米，抽取黄河水 2.43 亿立方米。农业灌溉用水 49.99 亿立方米，占 78.6%。工业和城乡生活用水 13.61 亿立方米，占 21.4%。

在全省已控制利用水量中，除去抽取黄河的客水 2.43 亿立方米，地下水超采 3 亿多立方米，本省水资源开发利用量约 57 亿立方米。鉴于工农业用水量主要是根据年报数字计算的，大部分工程供水缺乏应有的计量设施，统计数字误差较大，已控制利用水量可能偏高。特别是现有水利工程控制利用能力目前已达高峰阶段。一般水利工程的寿命是 20 年到 30 年，多数已经老化，今后能够控制利用的水量将逐年减少。因此，现已控制利用的水量，表面上看起来相当可观，实质上潜伏着很大的危机，既不能完全说明我省水资源的开发利用水平，更不能作为今后考虑供需平衡的基数。

**（三）可供开发利用的水量**

天然水资源一般都要通过修建一定的水利工程设施才能开发利用。由于受到自然经济、技术等条件的限制，可供开发利用的水量有一定限度。我们根据我省自然条件，结合 1979 年供水现状，按照技术可能和经济合理的原则，对我省可供开发利用的水资源进行了初步估算。全省可控制利用的水资源，一般平水年为 68.21 亿 ~71.71 亿立方米，4 年一遇的旱年是 63.19 亿 ~65.52 亿立方米，20 年一遇的特殊旱年是 57.82 亿立方米。

这个可供开发利用的水资源量看起来比已控制利用的水量增加不多，实际上要达到这个水平是相当困难的。

## 山西省水资源的供需平衡问题

### （一）需水量预测

随着山西省煤炭能源基地的建设和工农业生产的发展，用水量将大幅度增加。预计到20世纪末，全省煤炭产量达到3亿吨，火电装机达到2000万千瓦，钢铁产量增加到270万吨，农田灌溉面积发展到2000万亩，粮食总产达到100亿公斤。按这个发展规模预测，全省年需水量将达101亿~109.4亿立方米，其中工业用水27.57亿立方米，农业用水63.57亿~71.9亿立方米，城市生活用水3.12亿立方米，农村人畜用水6.8亿立方米。

### （二）缺水情况

假定把我省可供开发利用的水资源全部利用起来，按上述需水量进行供需平衡计算，到20世纪末，我省一般平水年缺水33.77亿立方米，4年一遇的旱年缺水46.25亿立方米，20年一遇的特殊旱年缺水51亿立方米。这说明本省的水资源根本不能满足工农业生产发展和煤炭能源基地建设的需要，缺水情况是相当严重的。同时随着工业生产的发展，采煤要漏水，工业要排污，水资源的污染、破坏将越来越严重。尤其是水质污染对水的利用危害极大，不仅会使大量地面水无法利用，而且一旦污染了地下水几十年也变不过来。如不加强对水资源的保护，我省缺水问题将会更为严重。

## 及早解决水资源问题

（一）这次水资源评价是在现有资料的基础上进行的，只是一个阶段成果，基本上反映了目前我省水资源的状况，可以作为近期进行国民经济发展规划的供水依据。同时也存在一定问题，例如地下水没有频率概念，这与水井缺乏长期观测资料有关。地面水测站较少，也不十分精确，水质评价尚未进行。但这些问题不是短期内可以解决的，今后要加强地下水常规观测，进一步搞清地下水开采量，并增强水文网点，开展水质监测。

（二）从这次水资源评价成果可以看出，我省水资源十分贫乏，目前供需矛盾已经突出，随着煤炭能源基地的建设，用水量将大幅度增加。由于水利工程建设周期比工业建设长得多，工业和城市用水又是集中用水，定点供水，对保证率要求很高，水源工程建设必须有一个超前时间，如不及早起步解决缺水问题，势必影响工农业生产的发展，若干年后甚至会出现水荒，这个问题必须引起高度重视。尤其是工业布局应尽快定点，以便及早安排供水。

（三）解决缺水问题必须坚持省委提出的“开源节流”“内蓄外补”的方针。当前首先要加强水资源统一管理，狠抓节约用水，农业用水要积极推广先进灌溉技术，搞好田面工程建设，逐步采用地下管道输水，适当发展喷灌。工业用水要积极推广节水新工艺，搞好废水回收利用，逐步降低用水定额，提高水的重复利用率。城市生活用水都要安装水表。同时必须抓紧水源工程建设，一方面对现有工程加固改造、配套挖潜，充分发挥效益，一方面积极新建一批水库枢纽工程，在有条件的地方，适当地打新井，并要安排好工业布局，尽量就水建厂，把出露在省境边沿的泉水利用一部分。

从长远看，本省水资源远远不能满足需要，引黄河水补充本省水资源的不足，是解决我省缺水的最主要途径。因为引黄入晋工程不是短期可以建成的，应该早动手、早安排，否则，将会措手不及。

（本文系1982年7月在山西省水资源论证会上的汇报提纲）

（1982年7月）

# 关于引黄体制改革继续完善配套问题

周其仁

引黄工程体制改革取得的成绩和经验，在1998年具有全国性意义，对此我们要有坚定的信心。目前中国经济正处在急速变化之中，在东南亚金融危机、周边环境发生很大变化的情况下，1997年我国经济实现“高增长，低通胀”，整个形势是好的。但由于多年来重复建设，经济结构不合理，加之近年来贷款约束力加强，通胀下来后实际利率上升等原因，造成企业负债率过高，经营困难，亏损企业和下岗工人越来越多。面对这一严峻形势，中央正在寻找刺激经济效益的办法，确定通过投资搞基础设施建设，安排适当的措施来研究如何使非竞争性资源得到很好的回报、提高效益的问题。引黄工程在这方面先走了一步，有重要的国民经济的意义。再一个含义是政企分开。发展经济不是靠效益而是靠投资，由政府指令银行大量借款，在一段时间内可能有成就，但付出的代价太大，后患无穷。引黄体制改革是站在政企分开基础上的，这就为整个国有企业的政企分开起到重要的借鉴作用。

下一步如何使体制完善配套。（1）对两大公司授权要到位。目前仅有了公司框架，但还不是一个完整的公司。财务上有了预算制、报账制，建立了财务中心。但公司的人事权还不到位。可以把人事权进一步放到两大公司，把用人和做事连在一起。但要制订目标，控制办法，不能聘任无限，用人不当。（2）理顺两大公司的关系。两大公司的关系要进一步确定在合同上，要有制度化的制衡。两大公司都要对自己的工作作出全面、正确的评价，要提高专业化素质，不能互相计较，不能搞成情绪化的东西，要制衡不要制气。（3）要把引黄的改革扩展到相关方面去。对社会监理、对设计院供图要有制衡办法，对国内承包商要改善激励。（4）加快组建投资控股公司。

对两大公司减少程序控制，增加目标控制。对业主公司目前过程控制过多，今后目标控制主要是控制施工网络图、概算、初设等，并要有时间表。对咨询公司主要控制进度、质量、概算。

从全局观念考虑，引黄的决策重点从1998年应转移到管理上来。一是放在现有工程的施工管理上，一是考虑工程将来如何营运；从1998年就要列入议事日程。在建设上，重点要推进两大公司的完善配套，真正实现目标管理。当前反索赔、机电、自动化很薄弱，需要加强。对枢纽，不但要进入董事会，还要进入管理层，要考虑从枢纽得到效益。

清楚界定体制和管理。体制是游戏规则，管理是怎样进行游戏。当前有很多问题不是体制问题，而是管理问题。一方面要学习大公司的管理经验，另一方面要总结自己的经验。要健全内部的信息传导系统。不允许在大公司里闹意气，不能有情绪化的东西，要有很高的文化和企业形象。

确立以人为本的思想，把人才吸收作为战略任务。要把外来人才和原有人才很好地结合起来，把引黄变成一座熔炉。要注意选拔三四十岁的人进入领导层。要制订人才培养的计划，特别要学好英语。

引黄工程的体制目前仅仅是个框架，是个模拟公司，还需要经过实践来检验。加强监督是对干部的爱护，不管怎么改，都要有监督，建议引黄总指挥部尽快建立监督系统。

（1998 年 2 月 4 日）

# 十年大事

# 一九八九年

## 能源部向国务院上报《关于万家寨水电站和引水工程项目建设问题的请示》

1989 年 1 月 27 日　能源部向国务院上报《关于万家寨水电站和引水工程项目建设问题的请示》。该请示称，最近，水利部、山西省人民政府联合建议：万家寨水利枢纽由水利部归口建设管理，引黄入晋工程由山西省建设管理。为此，我部提出以下意见：1.1988 年 2 月国家计委给国务院的报告中提出，应将引黄工程和万家寨水电站一并考虑，这两项工程同步建设。我部同意这个意见。2. 主要资金来源是山西省吨煤 1 元钱的水资源补偿费，但仅靠这项资金是不够的，建议水利部、国家能源投资公司、内蒙古自治区、华北电管局等筹集一定数量的资金，其各分担资金的比例和集资方式是入股还是贷款可待商定。3. 考虑到引水工程在山西境内，电站的枢纽位于两省、区的界河上，为便于协调两工程在建设中出现的问题，建议山西省组建开发公司，负责万家寨水电站和引水工程的建设和经营管理。4. 两工程的建设建议招标，从优选择施工队伍。5. 两工程的项目建议书、可行性研究报告、设计任务书、初步设计报告，应该报能源部和水利部，由两部共同主持审查。6. 万家寨水电站在工程建设过程中以及建成后的各种税收的地方留成部分和水库维修费，由两省、区平均分摊。7. 该电站的运行由华北电管局统一调度。汛期还要服从黄委的防洪调度。

## 万家寨引黄工程总指挥部成立

**1989 年 3 月 7 日** 为了加速引黄工程的建设，省人民政府决定成立山西省万家寨引黄工程总指挥部。4 月 15 日，经山西省人民政府第八次常务会议研究，决定任命白清才为山西省万家寨引黄工程总指挥部总指挥，郭裕怀为第一副总指挥，曹中厚、刘尚志为副总指挥，王东科为总工程师（副厅级）。

## 省计委向国家计委提出将太原市引水纳入万家寨引黄工程总方案的报告

**1989 年 3 月 17 日** 省计委向国家计委上报《关于将我省太原市引水工程纳入万家寨引黄工程总方案的报告》。报告称：太原市是山西能源重化工基地的中心城市，是山西政治、经济、文化的中心，工业产值约占全省的 1/3。随着工业和城市的发展，水资源的供需矛盾已成为突出问题，直接制约着太原市国民经济的发展。目前，万家寨水利枢纽和引黄工程将由中国国际工程咨询公司评估。我们建议，万家寨引黄工程应与解决太原市用水问题一并考虑，纳入引黄工程总方案统一评估立项，以从根本上缓解太原市水资源供需的矛盾。

在该报告的附件《关于解决太原市水资源紧缺开发方案的意

见》中提出，到 2000 年全市用水总量将由 1984 年的 4.43 亿立方米增加到 9.47 亿立方米，其中工业用水 5.18 亿立方米，城市生活用水 1.71 亿立方米，农村人畜用水 0.1 亿立方米，农业用水 2.48 亿立方米。经过采取措施，且在地下水不再超采的情况下，可供水量为 5.37 亿立方米，其中地面水 1.83 亿立方米，地下水 2.64 亿立方米，污水利用 0.9 亿立方米。供需平衡缺水 4.1 亿立方米。为解决太原市缺水问题，多年来在节流方面做了大量工作，在开源方面也提出过以下设想：1. 引滹济并工程。从滹沱河甲子湾以下戎家庄一带提滹沱河的岩溶泉水和五台山流来的清水，逆河而上，穿过石岭关进入太原盆地，经阳曲到太原，线路全长 133 公里，5 级扬水，净扬程 392 米，年引水 1 亿立方米，投资 3.55 亿元。2. 兴建潇河松塔水库换水方案。在汾河支流潇河上游南支松塔河上建一座坝高 50 米、库容为 1.45 亿立方米的水库，将潇河水送到汾河二、三坝灌区，换取汾河水库给晋中、吕梁的供水。3. 兴建文峪河柏叶口水库换水方案。即在文峪河柏叶口附近建一座坝高 117 米，总库容 2.94 亿立方米的水库和下游峪口水库联合运用，将文峪河水送到汾河二、三坝灌区，以换取汾河水库给下游灌区的供水。4. 兴建汾河二库。在太原市北郊区玄泉寺附近建一坝高 88 米、库容 1.2 亿立方米的水库，可控制区间流域面积 2348 平方公里，区间年径流量 1.43 亿立方米，和上游的汾河水库联合运用，可净增年供水量 2600 万立方米。5. 开发东山岩溶水。即在太原市东山枣沟地区开采地下水，总水量不超过 2 万吨，水量有限。6. 引黄入并工程。综上所述，第 1 方案为跨流域引水，区间矛盾难以解决，而且引水量也不大；第2、3方案从充分利用当地水源考虑，修建这些工程是必要的，但当地供水也很紧张，没有余水引到太原；第4、5方案是要挖掘当地水源的潜力，但水量有限。只有引黄入并的第6方案，引水量是可靠的，是从根本上解决太原市缺水的唯一途径。

## 省编委批准引黄工程总指挥部编制

**1989年6月16日** 万家寨引黄工程总指挥部向省编委报送《关于山西省万家寨引黄工程总指挥部设编的请示》。7月7日，省编制委员会批复，同意总指挥部内设5个处室，即办公室、财务处、施工处、物资供应处、技术处。原省引黄办公室相应撤销，原核定给该办公室的60名全额预算事业编制并入引黄工程总指挥部，另增加40名经费自理编制，事业编制共100名。

## 引黄工程公路建设指挥部成立

**1989年7月4日** 为适应引黄工程公路建设的需要，万家寨引黄工程公路建设指挥部成立。偏关、平鲁公路建设分指挥部同时成立。

## 李瑞环对万家寨引黄工程作重要指示

**1989年8月15日** 来山西视察工作的中共中央政治局常委李瑞环听取了省领导李立功、王森浩、白清才、郭裕怀等关于万家寨引黄工程兴建的必要性和工程规模的汇报。李瑞环指出，水和阳光、空气一样重要，一时一刻离不开。如果断了水，城市人民就无法生活；如果没有水，建设和发展都是空谈。兴建这个工程是完全必要的，山西省没有水，经济发展就会受到限制。有了水，煤炭就可以深加工，提高煤炭工业的效益；有了水，就可以给外商创造投资环境，吸引外资。

## 陈俊生听取万家寨引黄工程汇报，李鹏、姚依林就万家寨引黄工程作重要指示

**1989年8月21日** 副省长、引黄工程第一副总指挥郭裕怀，副总指挥曹中厚，总工王东科向视察山西工作的国务委员陈俊生汇报了万家寨引黄工程概况。陈俊生听取汇报后，对这项工程表示支持，并表示回京后要向李鹏、姚依林反映，争取早日批准立项。

9月6日，国务委员陈俊生就万家寨引黄工程书面报告李鹏总理和姚依林副总理。认为：水资源缺乏，供需矛盾突出，已成为制约山西省国民经济发展的关键性问题。如果山西省水的问题不解决，工农业生产和人民群众生活都将受到严重影响，必将影响全国经济的发展，后果将十分严重。解决山西省水的问题迫在眉睫，刻不容缓。李鹏总理于9月7日批示："请计委研究。"姚依林副总理9月8日批示："送请计委研究，万家寨引黄可能是条可行之路，可否在今后计划中加以考虑。"

## 钱正英视察万家寨水库坝址并与省委、省政府领导座谈引黄工程

1989 年 10 月 4 日　全国政协副主席钱正英在平朔安太堡煤矿听取了副省长郭裕怀、引黄工程总工王东科关于引黄前期工作进展情况及当前水资源紧缺影响山西国民经济发展情况的汇报。汇报后，钱正英在白清才、郭裕怀、王东科等陪同下视察了万家寨水库坝址。

10 月 7 日，钱正英与省领导李立功、王森浩、白清才、郭裕怀、乌杰以及引黄工程副总指挥曹中厚，总工王东科，水利部规划设计总院马维敏等进行了座谈。钱正英指出："我看了万家寨水库坝址，听取了引黄工程的设计情况汇报，你们已做了大量的前期工作。引黄已势在必行，搞引黄的决心不能变。70 年代你们谈引黄我听也不听，现在改革开放，山西是北方地区最缺水的省份，如果遇到大旱，天津好解决，太原没有五年是不能把水引过来的。真遇大旱或长期这样下去，太原非搬家不可。"当郭裕怀讲到计委到现在还未审查可研报告时，她说："回去我找一下他们，钱是钱，方案是方案，先请他们把技术方案审查了，不然很多工作不好进行。"

## 《黄河万家寨水利枢纽及引黄工程设计任务书》（讨论稿）技术讨论会在京召开

1989 年 11 月 18 日至 22 日　根据水利部、能源部指示，水

利水电规划设计总院在北京卧佛寺召开《黄河万家寨水利枢纽及引黄工程设计任务书》（讨论稿）技术讨论会。国家计委农经司、中国国际工程咨询公司、国家能源投资公司、水利部计划司、建设开发司、水工程中心、黄委、海委和山西省、内蒙古自治区有关单位以及天津、西北、北京勘测设计院等单位的代表专家共120余人参加了会议。山西省由省计委副主任郑友三带队，参加的有水利厅副厅长姜凯，副厅长、引黄工程副总指挥曹中厚，引黄工程总工王东科等12人。会议由水利水电规划设计总院副院长朱承中主持。能源部总工潘家铮、水利部总工何璟出席并指导了会议。

会议认为：万家寨水利枢纽及引黄工程技术经济指标优越，建设条件好，尽早同步建设两项工程，对于缓解华北地区电力系统调峰负荷和满足山西省、内蒙古自治区能源基地工业用水需要，具有重要作用。设计方案技术上可行，经济上合理，基本达到了本阶段工作深度的要求。按设计任务书要求，本工程分两期进行：第一期工程先解决大同、平朔用水，第二期再解决太原用水。会议议定：1. 工程建设是有必要性和可能性的；2. 引水规模，总干渠设计标准按48立方米/秒，一次建成，扬水站机组分期安装；3. 工程设计标准，同意引水总干渠工程是二等工程，主要建筑物按二级建筑物设计；4. 工程布局基本合理，由于北干渠弯道太多，还应提出专题研究报告送审；5. 鉴于万家寨水利枢纽工期较长，同意修建临时首部枢纽和零级扬水站；6. 同意修建大梁水库为调节水库，库容不小于1亿立方米；7. 同意设置北岭小型水电站回收电能；8. 引黄工程分两期进行，第一期应急工程三年半，第二期北干渠不控制工期；9. 向太原供水，引水流量 24 立方米 / 秒可满足要求；10. 由于近两年国家有关部门颁发了新的规定，同时材料设备价格增长幅度也较大，需要重新编制投资估算。

会上，郑友三讲了几点意见：1. 基于国家确定山西省是能源重化工基地和为满足山西经济发展需要，万家寨水利枢纽和引黄工程应作为一个统一整体项目来对待；2. 设计单位在这次技术讨论会的基础上，对任务书作必要的补充，尽快进行评估，希望有关上级部门予以支持；3. 对电站建设，同意按集资办电、按股分电的原则进行；4. 按国家政策规定处理移民和淹没赔偿；5. 对设计任务书中提出的坝址、水位、厂房位置，应按科学原则分析，我们的意见仍维持现有设计方案；6. 鉴于该工程有晋、蒙、水利部、能源部的关系问题，希望上级单位进行协调。会议结束后，郑友三、曹中厚将会议情况向全国政协副主席钱正英作了电话汇报，她说你们又前进了一步。

## 省计委向国家计委申请万家寨水利枢纽及引黄工程立项

**1989 年 11 月 30 日** 省计委向国家计委上报《关于尽快立项兴建我省黄河万家寨水利枢纽及引黄工程的请示报告》。报告中明确提出：经过 10 多年的前期工作，现已完成了引黄工程的可行性研究报告、设计任务书及万家寨水电站和引黄工程的初步设计，于 1989 年 11 月 18 日至 22 日在北京由水利部主持召开了《黄河万家寨水利枢纽及引黄工程的设计任务书》（讨论稿）技术讨论会，认为经济技术指标优越，建设条件好，对缓解华北电力紧张，满足山西省、内蒙古自治区能源重化工基地建设的需要及城市用水具有重要作用。万家寨水电站和引黄工程作为一个项目，评估立项同步建设，可节省资金，以水带电，以电济水，发挥更好的经济效益。山西对该项目的建设作了充分的准备。

为此，请国家计委对万家寨水利枢纽及引黄工程尽快审批，争取列入1990年基建投资计划的预备项目。

# 一九九〇年

## 江泽民指示：一定要把引黄入晋的事情办好

**1990年1月18日至24日** 中共中央总书记江泽民在山西视察期间听取了关于引黄工程前期工作准备情况的汇报后，指示："一定要把引黄入晋的事情办好！"

## 国务院同意山西对煤炭收取水资源费

**1990年4月6日** 国家物价局向山西省人民政府并物价局下发《关于山西省统配矿、地方煤矿加收水资源费问题的批复》称：你省提出为兴建必要的水利设施，保护和开发水源，要求对销售省内外的煤炭，每吨向用户收取1元钱水资源建设资金的问题，业经国务院批准。特通知如下：1. 从1990年4月15日起，山西省境内统配煤矿、地方煤矿向省内外销售的煤炭（市场生活用煤除外），每吨价外收取1元钱。2. 所收加价款由山西省人民政府用于水源建设，专款专用，具体如何使用由你省报国家计委审定。3. 所有用户要自行消化加价款，未经国务院特批，一律不得提高产品价格或收费标准向外转嫁。

## 《万家寨引黄入并工程规划选线报告》印发

**1990 年 7 月 8 日** 万家寨引黄工程总指挥部印发《山西省引黄入并工程规划选线报告》。报告对万家寨、天桥、碛口库区（黑峪口）、军渡等几条引水线路进行了比较论证：1. 引水口。以从万家寨水库左端引水，取水保证率最高。从碛口库区引水，因受水位变幅大的影响，取水保证率最低。2. 水文情况。每年平均径流量万家寨为 249 亿立方米，最高的军渡 283.8 亿立方米，多年平均含沙量万家寨为 7.18 千克 / 立方米，而军渡为 21.3 千克 / 立方米。3. 地质情况。围岩稳定性良好、好的，万家寨线路占 60% 以上，差、较差的占 14.6%，其他线路良好、好的都在 50% 以下，差、较差的占 30% 左右。4. 引水时段和引水流量。为了避开沙峰期，全年引水时间万家寨为 304 天，其他几个方案都是 200 多天，相应的引水流量万家寨 24 立方米 / 秒，其他方案为 32~36 立方米 / 秒。5. 主要工程及建筑物。引水线路长度除黑峪口 77.55 公里外，其他 3 条长度接近。扬水高程，万家寨和黑峪口接近，天桥和军渡的扬程都比较高，装机容量以万家寨为最少，扬水站级数万家寨只有 5 级，其他 8~11 级，建成后管理运用也以万家寨为最方便。6. 调节水库。万家寨最小，工程量投资淹没损失也最小，黑峪口最差。7. 施工条件。对外交通、地方建筑材料、施工供电都差不多，施工供水万家寨、天桥两线路较困难，军渡线路较方便。工期、施工强度、高峰劳动力人数都差不多，军渡线路战线比较长。8. 工程量及投资。万家寨为最小，其他 3 个方案基本接近。9. 经济分析。万家寨最好，黑峪口次之，军渡、天桥最差。10. 财务分析。万家寨最好，黑峪口次之，军渡、天桥最差。经过全面综合分析，万家寨引黄入并方案为最优，黑峪口引黄线路虽具有长度短的特点，但其他条件相对较差，特别是调节水库的淹没损失及移民，是最大的弱点。

## 山西省七届人大常委会第 17 次会议通过《关于兴建万家寨引黄工程的决议》

1990 年 7 月 19 日　山西省七届人大常委会第 17 次会议通过《关于兴建万家寨引黄工程的决议》。决议指出，山西省水资源十分缺乏，已成为当前与今后发展经济和建设国家能源重化工基地的主要制约因素，并且严重影响人民生活。因此，兴建万家寨引黄工程具有重要的战略意义。决议认为，省人民政府为兴建万家寨引黄工程做了大量的前期工作，工程的技术条件已基本具备，工程所需公路、供水、输变电工程、资金的筹集工作正在抓紧进行，评估立项工作有了新的进展，会议对此表示满意。决议要求，省人民政府要继续积极做好各方面的工作，尽快完成评估立项。万家寨引黄工程是一项造福子孙后代的大事，规模宏大，建设周期长，不是一届政府所能完成的。为此，省人大常委会要求本届政府和以后的各届政府，都要把万家寨引黄工程作为振兴山西经济的重点项目，全力以赴、毫不动摇、坚持不懈地工作，把这项工程胜利建成。

## 邹家华主持会议研究万家寨水利枢纽和引黄入晋引水工程的建设和管理问题

1990 年 9 月 20 日　国务院副总理邹家华主持会议，研究万家寨水利枢纽和引黄入晋引水工程的建设和管理问题。国家计委副主任叶青，能源部部长黄毅诚，水利部部长杨振怀、副部长张春园，山西省人民政府省长王森浩、常务副省长郭裕怀，内蒙古自治区人民政府副主席裴英武，中国国际工程咨询公司董事长金熙英，能源投资公司姚振炎等参加了会议。会上，国家计委介绍了万家寨水利枢纽和引黄入晋引水工程的设计情况和投资估算，以及水利部、能源部、山西省、内蒙古自治区、中国国际工程咨询公司对该工程建设和管理问题的意见。会议议定：1. 万家寨水利枢纽和引黄入晋引水工程主要解决山西省能源基地和城市生活用水，兼顾华北地区电力调峰的需要，兴建该工程是十分必要的，应尽早建设。2. 工程的任务以引水为主，兼有发电、防洪、防凌等作用。万家寨水利枢纽和引黄入晋要作为一个整体工程，进行统一规划建设。视筹资情况，也可以采取分步实施，先建设引水工程。3. 水库淹没区绝大部分在内蒙古自治区境内，库区要采取开发性移民，使移民有一个稳定的生产生活条件。万家寨水电站厂房位置的确定，要服从于经济技术的合理性。水电站的经济利益分配要适当照顾内蒙古自治区，请内蒙古自治区支持这一工程项目的建设。4. 万家寨水利枢纽和引黄入晋引水工程由水利部牵头组成领导小组负责建设和管理，同时负责建设万家寨水电站配套的输变电工程，并要与电站同步建设。5. 枢纽和引水工程建成后，应按一个经济实体统一经营管理。抽水用电视同水电站内部用电，免交有关税费，并尽量利用引水落差发电，以降低引水成本。引黄入晋的水主要供给新增用水企业，实行新水新价。要实行峰谷差电价。6. 万家寨枢纽发电要按合同服从电网调度，而电站运行又要服从水利防洪、供水、防凌、调沙的统一调度，以发挥工程的综合效益。

10 月 23 日，国务院国阅〔1990〕112 号文件印发了《关于万家寨水利枢纽和引黄入晋引水工程建设和管理问题的会议纪要》。

## 水利部、山西省、内蒙古自治区签订《关于联合建设万家寨水利枢纽和引黄入晋引水工程的意向书》

**1990 年 12 月 8 日至 29 日** 水利部、山西省、内蒙古自治区在北京就联合建设万家寨水利枢纽和引黄入晋引水工程的有关问题进行了商讨。三方本着从全局出发、有利于国家社会主义建设和团结协作、互惠互利的原则，达成了《关于联合建设万家寨水利枢纽和引黄入晋引水工程的意向书》(以下简称《意向书》)协议。确定：1. 水利枢纽所需资金由水利部、山西省、内蒙古自治区集资解决，引黄入晋所需资金从山西省收取的水资源补偿费中解决。2. 工程建设每年所需投资及相应物资，以及设备储备资金，三方各负担 1/3，同步投入。3. 电量指标分配。总电量扣 10%作为库区及工程所在地用电，并按 8 ∶ 2 比例分配给内蒙古自治区和山西省，余下电量按三方实际分担枢纽工程投资的比例进行分配。4. 电价及电的销售。外送电按国务院有关规定，实行新电新价、峰谷分时电价，各方分得的电量各自负责销售。5. 发电产品税，山西省分得电量其产品税按国阅〔1990〕112 号文自行确定，内蒙古的税交给内蒙古。6. 按规定提取库区维护基金根据两省淹没面积的比例分配。7. 三方分得电量送出工程自行解决，但送出工程必须同枢纽工程同步建设。8. 三方共同组成领导小组，负责对工程建设和管理中的重大问题进行协调。9. 本《意向书》可作为设计研究和向国家申请立项的依据。

12 月 29 日，《意向书》在北京签字。水利部副部长张春园主持签字仪式。水利部计划司副司长赵广和、山西省计委副主任郑友三、内蒙古自治区计委主任周维德分别在《意向书》上签了字。水利部建设开发司司长朱云祥，天津勘测设计院副院长王宏斌，引黄工程副总指挥曹中厚、总工王东科，山西省计委李发曙、张京辉及内蒙古自治区计委、水利局、电管局负责人共 21 人出席了签字仪式。

《意向书》的签订，明确了万家寨水利枢纽建设的投资来源、领导体制、产权占有、利润分配等重大问题，使基本建设纳入了市场经济轨道，为工程尽快立项实施创造了重要的条件。

# 一九九一年

## 万家寨引黄工程确定为省重点前期工程

**1991年2月20日** 副省长吴俊洲在省政府主持召开山西省重点工程建设领导组会议，确定万家寨引黄工程为重点前期工程。

## 王茂林、王森浩主持听取引滹入并和引黄入晋工程情况的汇报

**1991年5月17日** 省委书记王茂林、省长王森浩在省委会议厅主持召开省五大班子成员和有关人员会议，听取引滹入并和引黄入晋工程情况的汇报。会议指出，解决太原市的供水问题已刻不容缓。兴建汾河二库和引滹入并南庄调水两项工程都不能放松。汾河二库的前期准备工作较充分，特别是对提高太原市的防洪水平具有十分重要的意义，请水利厅尽快报批立项，批准后立即上马。关于汾河古交段的水质污染问题，要及早动手治理，请省环保局和太原市政府尽快提出治理方案，报省政府批准后执行。引黄入晋是解决太原市缺水问题的战略性措施，要继续抓紧做好前期准备工作。

## 万家寨引黄工程总指挥部新领导班子组成

**1991年10月14日** 省委组织部通知：经省委常委会议10

月 2 日研究决定，郭裕怀任万家寨引黄工程总指挥部党组书记（兼），乔贵江任万家寨引黄工程总指挥部党组副书记。经省委组织部部务会议研究决定，刘尚志、姜凯、王必胜、王东科为万家寨引黄工程总指挥部党组成员。10 月 16 日，省政府决定任命郭裕怀为山西省万家寨引黄工程总指挥部总指挥，乔贵江、姜凯、王必胜为副总指挥。

## 郭裕怀主持研究万家寨引黄工程 1992 年开工问题

**1991 年 11 月 27 日** 省委常委、常务副省长、引黄工程总指挥郭裕怀主持会议，贯彻省委 9 月 10 日常委会议精神，研究万家寨引黄工程 1992 年开工的有关问题。省计委副主任郑友三、建设厅厅长范敬荣、财政厅厅长冯铁健、电力局副局长李富、水利厅副厅长姜凯、税务局局长张潞生、省建行副行长于志勇、投资公司副经理雷应润，引黄工程副总指挥乔贵江、王必胜，总工王东科等参加了会议。

会议决定：1. 鉴于万家寨水利枢纽和引黄入晋工程国家没有评估立项，山西省缺水又非常严重，急需解决，引黄工程先列入省内地方基本建设项目，建设管理方式和管理程序均以地方水利基建项目对待，请省计委再研究解决。2. 引黄工程 1992 年要正式开工，一切准备工作抓紧进行。3. 吨煤收取 1 元钱的水资源补偿费请省税务局抓紧征收。征收起来的钱仍由省投资公司管理，根据年度、季度计划拨给省建设银行，再根据工程需要随时拨转引黄工程总指挥部。4. 可按照特殊工程与省建设厅研究免交市场增容费。5. 引黄主干公路井坪至偏关段1992年7月完工，偏关至万家寨段1992年10月完工。6. 永久输变电工程和施工供电的建设问题，由引黄工程总指挥部与省电力局具体研究抓紧进行。

## 国家计委确定万家寨水电站厂房位置

**1991年12月30日** 国家计委计能源〔1991〕2220号文件《关于万家寨水利枢纽水电站厂房位置的函》称：万家寨水利枢纽水电站厂房位置，经专家技术经济论证后，确定将水电站厂房放在内蒙古自治区一侧。枢纽管理机构考虑引黄入晋统一管理调度，设在山西一侧。

## 《太原市水资源评价、供需分析及发展对策研究报告》编制完毕

**1991年12月** 由太原市水利局和山西省水文总站组织有关部门从1986年7月开始对太原市水资源评价供需平衡及发展对策进行研究，经过5年多的时间，编制出《太原市水资源评价、供需分析及发展对策研究报告》。报告提出，太原市水资源总量为6.6亿立方米，其中地表水多年平均为3.1亿立方米，地下水多年平均为5.7亿立方米，重复计算量为2.2亿立方米。地下水和地表水可供水量保证率P=50%、75%、95%时分别为4.6亿立方米、4.4亿立方米、4.2亿立方米。1987年全市取用水资源总量为6亿立方米，其中地表水0.7亿立方米，地下水5.3亿立方米，地下水超采1亿立方米，日超采19.8万立方米，地下水位平均降幅3.5

米/年，区域水位降落漏斗已达400平方公里，最大水位降深近100米。2000年太原市50%保证率共需水资源总量11亿立方米，总缺水量为8.5亿立方米，如遇干旱年实际缺水形势会更加严峻。为此，在强化水资源管理、狠抓节水、控制水质污染、进行国民经济调整、严禁超采地下水、加强水土保持工作的同时，唯一有效可行的措施是引黄入并，并及早实施，方可缓解太原市严重缺水的局面。

# 一九九二年

## 引黄工程总指挥部向省委、省政府提交预备性开工情况报告

**1992年6月7日** 引黄工程总指挥部向省委、省政府提交《关于万家寨引黄工程预备性开工情况的报告》。报告提出，为了认真贯彻落实省委确定的万家寨引黄工程“1991年前做好一切准备工作，1992年开工，‘八五’期末使引黄工程初见成效”的部署，开展了各项筹备工作，目前准备工作已基本就绪，决定于7月1日开工。确定今年预备性开工的5项工程如下：1. 从万家寨水库引水的1号隧洞，总长493米，由万家寨水利枢纽筹备组负责承包施工；2. 总干9号隧洞219米，10号隧洞进口掘进200米，由铁十二局承包施工；3. 位于10号隧洞中部的马家山村10号支洞由省水工局承包施工；4. 位于偏关岩头寺村10号隧洞出口段由铁三局承包施工；5. 平鲁大梁水库的挖基工程，由省水工局承包施工。

## 郭裕怀主持召开引黄工程建设领导组会议，引黄工程重点由北干转向南干

**1992年7月14日** 常务副省长郭裕怀主持召开引黄工程建

设领导组会议，主要讨论了引黄工程近期供水工程重点和工期要求等问题。会议听取了引黄工程当前工作情况的汇报，经会议研究认为：万家寨引黄工程第一期工程总干线和北干线已经过中国国际工程咨询公司评估，但现在情况有了新的变化。册田水库向大同市引水 1.5 立方米 / 秒的工程已经竣工，使大同市水资源紧缺的状况有了很大缓解，而太原市的缺水情况则越来越严重，越来越紧迫。因此，要把引黄工程近期供水工程的重点由北干线转向南干线，首先解决太原市的缺水问题。太原市是全省政治、经济、文化的中心，先搞南干线，解决太原市的缺水问题，也便于动员全省人民来关心和支持引黄工程。从现在起要抓紧开展南干线的前期工作，要通过顽强拼搏，勤奋工作，在党中央、国务院的关心和支持下，全省各级各部门要积极配合工作，努力实现 1998 年通水到太原的建设目标。

## 万家寨引黄施工供电工程分指挥部成立

**1992 年 9 月 2 日** 引黄工程副总指挥乔贵江主持会议，研究引黄工程施工供电工程的建设问题。省电力局副局长李富、引黄工程副总指挥王必胜、总工王东科等参加了会议。会议决定：1. 同意成立山西省万家寨引黄工程总指挥部供电工程分指挥部，为临时机构，隶属总指挥部；2. 供电工程分指挥部根据总指挥部安排的供电工程建设任务负责组织实施；3.1993 年 8 月保证平鲁变电站至万家寨 110 千伏输变电工程完成；4. 供电工程分指挥部按批准概算包投资、包工期、包质量负责建设，如因物价上涨因素造成资金缺口，总指挥部应予以解决；5. 总指挥部帮助解决协调征地、拆迁以及与其他部门发生的问题。

9 月 4 日，引黄工程总指挥部供电工程分指挥部成立，办公地点在省电力局。李富任分指挥部指挥。

## 《万家寨引黄工程征地搬迁安置补偿办法》下发

**1992 年 9 月 8 日** 省人民政府办公厅向有关地、市、县和省直有关部门批转《万家寨引黄工程总指挥部关于万家寨引黄工程征地搬迁安置补偿办法》。这个《办法》是 1991 年 4 月，由引黄工程总指挥部提出讨论稿，发送省直有关单位征求意见，修改后确定的。规定的补偿、补助标准主要有：1. 征用耕地的补偿费，按该耕地被征用前三年的平均年产值的 3~4 倍计算；征用人均耕地 1 亩以上村、镇的耕地，安置补助费按该耕地被征用前三年平均每亩年产值的 2~3 倍计算；人均占有耕地 1 亩以下的，从 1 亩算起，每减少 0.1 亩，安置补助费相应增加年产值的 1 倍。2. 征用宅基地、空间地、轮荒地和荒山、荒地的补偿费，按征用前三年全村耕地平均年产值的 2 倍计算。国有荒山、荒坡为无偿划拨，征用这些土地，都不给予安置补助费。3. 施工临时占地，应尽量在已征范围内安排。如确需另行增加临时用地，按被占用前三年平均年产值逐年给予补偿。4. 被征用土地上需要拆迁的房屋，按建筑面积每平方米混合结构 250 元，砖房 120 元，砖石窑洞 100 元，土坯房 90 元，土窑洞 70 元，杂房 50 元。5. 征用材料，伐掉的树木归原主所有。胸径 20 厘米以上的，每株补偿砍伐费 20 元；

胸径10~20厘米的，每株补偿10元，胸径10厘米以下的每株补偿移植费5元。果树已结果的，每株补偿按盛果期年产量价值的4~5倍计算；未结果的，每株补偿移植费50元。对水利设施、其他占地等也都规定了具体的补偿、补助标准。

## 钱正英就引黄工程作出要求

**1992年9月11日** 全国政协副主席钱正英与引黄工程总指挥部人员在太原座谈引黄工程。钱正英在座谈时指出，钻爆法与全断面掘进机施工各有优缺点，要根据工程的具体情况来确定。引进外资要与国际招标相结合，一招标，外商就闻风而动，政府贷款、补偿贸易也就随之而来。资本主义社会就认竞争，竞争就得有个目标，有了目标就都来了。引黄工程与水利枢纽同步建设，要与水利部配合好，由水利部负责催办立项，山西抓紧搞初步设计及“三通一平”等前期工作。钱正英要求修建万家寨引黄工程必须把确保质量放在首位，这项工程技术难度大，一丈不通，万丈无功。要有如临深渊、如履薄冰的精神，精心组织好设计和施工，特别要搞好施工总体安排，制订好网络施工计划。

## 水利部、山西省、内蒙古自治区请求万家寨水利枢纽和引黄工程尽快立项开工建设

**1992年10月13日** 水利部、山西省人民政府、内蒙古自治区人民政府向国家计委报送《关于万家寨水利枢纽和引黄入晋引水工程立项和开工建设的报告》。《报告》提出，根据中国国际工

程咨询公司对该项目的评估意见，万家寨水利枢纽投资（静态）调整为 24.5 亿元（其中包括送变电工程投资暂列 3.74 亿元），引黄入晋引水工程投资（静态）调整为 29.2 亿元。按照 1990 年 12 月 29 日水利部、山西省、内蒙古自治区共同签署的《关于联合建设万家寨水利枢纽和引黄入晋引水工程的意向书》中商定的原则，万家寨水利枢纽由集资各方分别承担枢纽工程实际发生投资的 1/3。同时根据专题论证的结论，并取得三方一致同意后，确定引黄工程分摊水库枢纽工程投资 1 亿元。据此，确定水利部承担枢纽工程静态投资 6.59 亿元，山西省承担 7.59 亿元，内蒙古自治区承担 6.59 亿元。目前万家寨水利枢纽及引黄工程的前期工作和施工准备均已完成，已具备开工建设条件，特请求尽快批准立项。

## 万家寨引黄通信工程分指挥部成立

**1992 年 11 月 19 日** 引黄工程副总指挥乔贵江主持会议，研究万家寨引黄通信工程的建设问题。省邮电管理局副局长罗山荣、引黄工程总工王东科等参加了会议。会议决定：1. 成立山西省万家寨引黄工程总指挥部通信工程分指挥部，为临时机构，隶属于总指挥部。2. 通信工程分指挥部根据总指挥部的安排，负责完成通信的规划、设计、施工等任务。3. 总指挥部根据工程进展拨付投资。4. 通信工程建成后由邮电部门管理维护，管理费另议。5. 通信工程建设规模、投资、计划由分指挥部负责编制。

12 月 12 日，万家寨引黄工程总指挥部通信工程分指挥部成立，刘作师（省邮电管理局局长）任指挥。

# 一九九三年

## 省政府办公厅印发《关于万家寨引黄工程正式开工前有关问题会议纪要的通知》

**1993 年 1 月 12 日** 省政府办公厅印发《关于万家寨引黄工程正式开工前有关问题会议纪要的通知》。1992 年 12 月 23 日至 26 日，副省长郭裕怀召集忻州地区、朔州市和省直有关部门的负责人，深入到引黄工程工地进行了全面检查，并就有关问题进行了座谈讨论。议定事项如下：1. 兴建万家寨引黄工程是解决山西水资源严重短缺，促进山西经济上新台阶的一项重要措施；2. 确定了正式开工的指导思想及1993年的施工安排；3. 要进一步补充、完善、修正开工与经济发展结合；4. 与工程建设有关的单位都要为引黄建设大开绿灯；5. 兴建引黄工程要发扬改革创新的精神、艰苦奋斗的精神、无私奉献的精神、高度负责的精神和团结奋进的精神。

## 国务院批准万家寨水利枢纽和引黄入晋工程可行性研究报告

**1993 年 1 月 27 日** 国家计委以特急计农经〔1993〕87 号文件向国务院上报了《关于审批黄河万家寨水利枢纽和引黄入晋工

程可行性研究报告的请示》,《请示》对工程的位置、规模、投资、施工工期、移民等提出了具体的意见。鉴于万家寨水利枢纽及引黄入晋工程前期工作比较成熟，工程效益显著，建议国务院批准此项目的可行性研究报告。

2月22日，国家计委以计农经〔1993〕250号文发出通知。通知称：我委《关于审批万家寨水利枢纽和引黄入晋工程可行性研究报告的请示》，业经国务院批准，现印发你们，请按此办理。1. 按1991年物价水平，万家寨水利枢纽和引黄入晋工程总投资核定为53.7亿元（动态投资为67.2亿元），其中水利枢纽工程投资24.5亿元（含送变电工程投资3.74亿元），引水工程29.2亿元。在水利枢纽工程投资的24.5亿元中，按照水利部与山西、内蒙古两省区协商的投资原则，由水利部负担6.59亿元，山西省负担7.59亿元，内蒙古自治区负担6.59亿元。送变电工程3.74亿元投资，由用电方按用电比例分摊。2. 工程总工期为8年，其中施工准备期为2年，施工期为6年。3. 由于可行性研究报告中的引黄总干线横穿安太堡煤矿井田近6公里，压煤2.75亿吨，不仅严重影响露天煤矿的开采，而且给引黄工程的安全和露天煤矿的生产留下隐患。因此穿过安太堡煤矿的引水干线应改到露天开采区以外，投资相应增加部分由山西省和能源部协商解决。4. 拟定将水电站厂房放在内蒙古自治区一侧，枢纽管理机构设在山西一侧。5. 请水利部根据批复意见组织编制初步设计。

万家寨引黄入晋工程（枢纽、总干、北干）的批准立项，标志着引黄工程由前期工作转入正式开工的新阶段，是万家寨引黄工程一个重要的里程碑。

## 江泽民就万家寨引黄工程作重要指示

**1993年3月25日** 中共中央总书记江泽民看望出席全国八届人大和八届政协第一次会议的山西代表时指出，最近中央和国务院已批准引黄工程，引黄河水入晋，这件事一定要高标准、高质量地搞好，以缓解山西缺水的矛盾。

## 万家寨引黄工程被列为1993年省重点工程

**1993年4月12日** 省政府办公厅转发省重点办《关于我省1992年重点工程完成情况及今后工作安排意见的报告》称，根据山西十二大战略工程中各个项目前期工作进展情况，经省重点工程建设领导组研究确定，万家寨引黄工程等35项工程为1993年省重点工程。

## 万家寨引黄工程隆重举行奠基仪式

**1993年5月22日** 万家寨引黄工程奠基仪式在平鲁大梁水库工地隆重举行。中共中央政治局委员、国务院副总理邹家华，全国政协副主席钱正英，国家计委副主任叶青，煤炭部部长王森浩，原水利部部长杨振怀，电力部副部长陆延昌，交通部副部长刘鄂，水利部副部长张春园、严克强，地矿部副部长张宏仁，黄委主任亢崇仁，原水利部副部长冯寅、陈赓仪，建设部副部级局长邵井蛙等专程来晋参加了奠基仪式。省委、省人大、省政府、省政协领导王茂林、胡富国、卢功勋、梁国英、郭裕怀、张维庆、王云龙、曹丁、崔光祖、王文学、纪馨芳、刘泽民、吴俊洲、路正西以及退下来的老同志李立功、阮泊生、王庭栋、李修仁、赵力之出席了奠基仪式。国务委员陈俊生、农业部部长刘江、水利部部长钮茂生和山西省前任老领导陶鲁笳、王谦、霍士廉、罗贵波及陕西省省长白清才为奠基仪式发来了贺信和贺电。参加仪式的还有省直有关部门，有关地、市、县的负责同志和设计、施工单位代表及当地群众近 2 万人。奠基仪式由省委常委、常务副省长、引黄工程总指挥郭裕怀主持；邹家华、钱正英、胡富国、张春园及施工单位代表分别发表了讲话。最后，邹家华、钱正英、王茂林、胡富国等为引黄工程剪彩揭幕，并为工程奠基培土。

邹家华指出：山西省委、省政府多年来为策划万家寨引黄工程所作的努力，是符合山西实际情况的正确抉择，是具有远见卓识的明智之举。希望水利部和晋、蒙两省、区顾全大局，密切配合，协同工作，及时解决工程实施中的一些问题。希望国务院有关部委的同志继续对这项工程给予大力支持，希望参加工程建设的广大科技人员、工人、干部要发扬艰苦奋斗、无私奉献、真抓实干、奋力拼搏的精神，保质保量地按期完成设计、施工、监理任务，确保实现山西省人民政府提出的 1998 年送水到太原的建设目标，为山西能源重化工基地建设，为促进山西经济上新台阶，为支援全国经济建设作出积极贡献。

钱正英指出：为了确保工程顺利建成，要继续得到国家计委、水利部等中央有关部委的大力支持。抓紧做好筹措资金、选择施工队伍、技术培训等项工作。承担设计任务的单位要集中力量，精心设计，施工单位要精心施工。要通过工程建设培养起本省技术队伍，把修建引黄工程和促进当地经济发展紧密结合起来。要制订好施工方案，把引黄工程建设成优质工程。要及早制定运行管理的具体方案，以确保高标准地管好这项工程，在山西水利建设史上树立一块丰碑。

胡富国指出，我们必须认真贯彻落实党的十四大精神，把引黄工程建设作为山西经济迈上新台阶的重大战略措施，使之卓有成效地促进当地经济的发展。近期目标是坚持总干、南干、北干一齐上，以总干和南干为重点，加快步伐，保证质量，力争1998年实现送水到太原，为全省国民经济翻两番、人民生活达小康作出贡献。

## 郭裕怀邀请钱正英、严克强、陈赓仪、冯寅等为引黄工程提建议

**1993年5月23日** 副省长郭裕怀在忻州主持召开座谈会，邀请刚刚参加完万家寨引黄工程奠基仪式的全国政协副主席钱正英，水利部副部长严克强，原水利部副部长陈赓仪、冯寅，水规院院长高雪涛等就引黄工程在工程技术上提建议。引黄工程顾问王庭栋、刘锡田、许四复和引黄工程副总指挥乔贵江参加了座谈。他们建议：1.要采用一些现代高科技，如钢筋混凝土大坝的通仓浇筑、碾压混凝土可以加快速度；地下输水隧洞用喷锚支护、喷混凝土、枕梁模板全断面浇筑衬砌；防渗可利用涂料等，既节省

成本，又可加快进度。2. 为减少入库泥沙，进水口可采用日本移动式进水口。3. 要学习运用三门峡低水位排沙的办法，同时想办法把冰凌排出去。4. 要进一步搞好地质工作，根据地质情况来确定施工方法。5. 在管理上要积极推行业主负责制。6. 在长隧洞施工上要推广长洞短打、分段施工的做法。钱正英在座谈会上指出，当前应抓紧做好以下几项工作：1. 抓紧初步设计，减少盲目性。2. 工程建设要合理安排，量力而行。3. 要引进业主责任制、施工招标制和施工监理制度。4. 要引进国外技术和资金，包括施工管理的经验。5. 水利厅快速制订一个引黄用水规划，并搞好沿线的经济发展规划。这次会后，根据钱正英的意见，陈赓仪、冯寅、魏永晖、苏众四同志用 12 天时间，对万家寨水利枢纽及引黄工程的线路进行了现场考察，并提出专题考察报告。

## 引黄总指挥部贯彻邹家华、钱正英对引黄工程指示的措施

**1993 年 5 月 24 日** 省政府在忻州召开万家寨引黄工程座谈会。会议由省委常委、常务副省长、引黄工程总指挥郭裕怀主持，水利部北京水利规划设计总院、天津勘测设计院、忻州地委、省政府办公厅、省水利厅负责人及引黄工程顾问王庭栋、刘锡田、许四复和引黄工程总指挥部的工作人员共 40 多人参加了会议。会议议定：1. 坚定信心，毫不动摇，确保到 1998 年年底至少有两个机组抽水，把黄河水送到太原。2. 工程安排上，一要坚持万家寨水利枢纽和引黄工程同步建设，二要选择实力强、有经验的施

工队伍完成总干一、二级扬水站的交通洞、出渣洞，三要在今年全面完成南干的“四通一平”（通水、通路、通电、通信、平整场地）工作，在搞好地质勘探的基础上合理规划、挖掘支洞。3. 搞好资金筹措和建筑材料供应。4. 加快设计进度，年底把设计拿出来。5. 由太原市政府牵头搞好引黄工程送水到太原后的接水管网规划及用水、管水的规章制度。6. 强化引黄工程总指挥部管理系统。一要建立完善业主负责制、公开招标制和施工监理制度；二要建立精干、高效、廉洁的领导班子；三要坚持用市场经济的观点来组织工程建设，加强政府的协调管理；四要让参加引黄工程建设的全体人员发扬艰苦奋斗、无私奉献的精神。

## 胡富国主持研究万家寨引黄工程问题

**1993 年 5 月 28 日** 省长胡富国主持召开省政府常务会议，出席会议的有郭裕怀、张维庆、刘泽民、赵劲夫，列席会议的有吴俊洲、靳承序、卞学海、李才旺、王锴深、王可福。会议通报并讨论了交通、引黄、电力等方面的工作。对引黄工程议定的事项如下：1. 引黄工程筹集资金所涉及的电加价、提高煤炭水资源补偿费、利用世行贷款以及其他的有关政策和需要国家支持解决的问题要尽快以省政府的名义上报国家审批解决，提前做好各项工作。2. 万家寨引黄总指挥部的班子由郭裕怀负责，主要领导要选择业务熟、组织能力强、身体好、有事业心的同志担任。3. 引黄入晋工程的技术问题要尽快研究解决。4. 引黄入晋工程是关系山西经济发展、造福后代的大工程，各有关部门和地方要从全局出发主动配合，确保这项工程如期完成。

## 省政府向国家计委报送《关于万家寨引黄工程调整近期引水重点目标的请示报告》

1993 年 6 月 2 日　省人民政府向国家计委报送《关于万家寨引黄工程调整近期引水重点目标的请示报告》,《报告》提出，由于情况的重大变化，原报批的设计任务书第一期工程引水到朔州、大同，第二期工程引水到太原的目标次序，需要调整为近期以向太原供水为重点。主要原因和依据如下：1. 原报批的设计任务书，确定第一期工程引水到朔州、大同，是根据当时大同缺水十分严重、紧迫，必须优先解决的情况提出来的。但 1991 年在水利部支持下，我省集中力量完成了雁北册田水库的改造工程，向大同调水 1.5 立方米 / 秒，每年可向大同供水 4000 万立方米左右，使大同的缺水状况明显缓解。2. 与此同时，太原的缺水状况却越来越严重。每天超采地下水 20 万立方米，尚缺水 20 万立方米。多数机关单位和居民点实行低压供水、间歇供水，许多厂矿由于缺水而不能正常生产，甚至处于停产和半停产状态。汾河灌区的农业用水被一再挤占，晋祠泉也已经干涸。相形之下，太原地区的供水问题已经成为事关全省大局的第一位的紧迫问题。3. 从群众要求看，由于太原缺水问题最为紧迫，而且引水到太原不仅可以缓解工业和城市居民用水的紧张状况，还可以补济汾河灌区的水源，缓解工业争水、城市争水的矛盾。因此，近期以向太原送水为重点，更能唤起全省人民的关心，调动各行各业支持引黄工程的积极性。调整引黄工程的目标次序和近期重点，不仅是十分必要的，而且从筹资等方面看也是可行的。在今年5月举行工程奠基仪式期间，邹家华副总理、钱正英副主席听取了汇报，肯定了这一调整意见是符合山西实际情况的正确抉择，并要求我们精心组织，做好工作，克服困难，确保这一目标的实现。因为调整万家寨引黄工程近期引水的重点目标，事关重大，在按照国家基本建设程序正式上报可行性报告和初步设计之前，先向国家计委报告。

## 钱正英出席加拿大CIPM公司与引黄总指挥部技术咨询意向书签字仪式

**1993年10月17日至22日** 加拿大国际工程管理联营公司（CIPM）董事长甘农一行10人，考察万家寨引黄工程，并与引黄工程总指挥部签订了技术咨询意向书。10月20日至21日，全国政协副主席钱正英应邀来并出席了签字仪式，并听取了山西省关于水资源、水利发展战略和引黄工程南干线进展情况的汇报以及中加两国专家对引黄工程的技术分析，钱正英指出，1.对工程复杂性的认识，要如临深渊，如履薄冰；2.严格按基建程序办事；3.在工程建设中贯彻改革开放思想，以自力更生为主，同时积极引进国际上先进的技术、设备和管理经验。

## 国务院批准万家寨引黄工程为1993年开工准备项目

**1993年11月24日** 省计委转发国家计委《关于下达1993年基本建设新开工大中型项目计划和开工准备大中型项目计划的

通知》：1993年基本建设新开工大中型项目计划和开工准备大中型项目计划已经国务院批准，批准万家寨引黄工程为开工准备项目，1994年由国家计委下达新开工计划。

## 《山西省万家寨引黄入晋工程初步设计报告》报水利部并组织审查

**1993年11月26日** 山西省人民政府向水利部报送《山西省万家寨引黄入晋工程初步设计报告》。报告提出，万家寨引黄入晋工程位于山西省西北部，以黄河万家寨水利枢纽为取水首部，由总干线、南干线、北干线三部分组成。三条干线形似一个“人”字，横卧在晋西北忻州、朔州、大同三个地区内。总干线西起黄河万家寨水库，向东横跨偏关县北部的万家寨、黄龙池、马家塌、水泉堡、老营5个乡镇，至偏关县东端下土寨村附近的分水闸止，全长44.35公里。沿线主要建筑物如下：渡槽4座；有压隧洞5段，无压隧洞6段，总长42.66公里，其中隧洞长42.11公里；泵站3座，总设计扬程364米；调节水库1座，有效库容10.03万立方米。南干线由分水闸南行，纵贯偏关、平鲁、朔州、神池、宁武等县，至汾河支流洪河，为太原供水，全长103公里。沿线隧洞7条，长98.47公里；泵站2座；总设计高程284米；渡槽3座；埋涵3段；倒虹1座。北干线由分水闸向东，再向北，斜穿偏关、平鲁、朔州、山阴、怀仁等县至大同市，为平朔、大同供水，全长170公里。全线主要建筑物如下：隧洞1段，长30.59公里；地下泵站1座；调节水库1座，库容1.03亿立方米。引黄工程的最终规模是按照太原、大同和朔州 3 个城市，到 2020 年水平年的需水量确定的，到 2020 年 3 市共缺水 11.87 亿立方米，考虑到引水线路的输水损失，引黄工程最终年引水量为 12 亿立方米，其中供太原市 6.4 亿立方米，供大同和朔州市 5.6 亿立方米。总干、北干和南干共需静态投资 81.5 亿元，动态投资 105.6 亿元。其中到 1998 年以前完成总干、南干和北干朔州大平易分水闸以上的第一期工程共需静态投资 60.4 亿元，动态投资 77.4 亿元。

次年 1 月 30 日至 2 月 4 日，水利部水利水电规划设计总院受水利部的委托在天津主持召开审查会。中国国际工程咨询公司、水利部、黄委会，山西省计委、建设厅、水利厅等 24 个单位的代表、专家、工程技术人员 135 人参加了会议，山西省出席会议的有 27 人，由省计委副主任郑友三带队。经审查，基本同意总干线、北干线和大梁水库初步设计报告，原则同意南干线初步设计报告。在工程施工安排上，审查意见要求分两期施工：一期工程按 5 年工期安排，工程主要包括总干线、北干线朔州分水口之前及南干线；二期工程主要有北干线朔州分水口到大同赵家小村水库、南干调蓄水库以及各站剩余机组等。这次审查虽原则通过，但在南干的线路方案和总干一、二级站的合并以及泵站机组选型、全线自动化等方面，建议提出进一步的补充论证意见。

## 邹家华主持会议听取引黄入晋工程汇报

**1993 年 12 月 10 日** 中共中央政治局委员、国务院副总理邹家华在北京主持会议，听取山西省关于引黄入晋工程和太原至旧关高速公路建设等问题的汇报。国务院副秘书长张克智、国家计委副主任叶青、交通部部长黄镇东、水利部副部长张春园等参加会议。山西省代省长孙文盛、常务副省长郭裕怀，省计委主任张奎、副主任郑友三，交通厅厅长智玉莲，引黄工程总工王东科参加了汇报。会议指出，引黄入晋工程北干渠项目已经批准，建设资金大部分已落实，明年可以开工。山西省又提出南干渠方案，不在已批准的引黄入晋工程项目内，但可以抓紧时间进行可行性研究，待批准后再进一步落实资金。

# 一九九四年

## 陈锦华考察引黄工程并表示大力支持

**1994年1月20日至26日** 国家计委主任陈锦华及有关司、局负责人一行6人，在省委书记胡富国、代省长孙文盛的陪同下考察了万家寨水利枢纽和引黄工程，了解了工程进展情况和工程质量。1月26日，在太原迎泽宾馆召开的座谈会，陈锦华表示，万家寨引黄工程是件大事，是牵动着山西省3000万人民的一件大事。党中央、国务院对这项工程很关注。国家计委一定要采取积极的态度支持这项工程。搞好这项工程，一是资金问题，二是抓好施工管理，确保质量。根据全局情况和全省人民的愿望，水利枢纽和总干、北干国家计委已经批准，也开始行动了。南干线要按基建程序办事，做好审查、资金筹措还需要一些时间。请省里再想想办法，我们回去要多方面做好工作，积极促进省委、省政府确定的1998年送水到太原建设目标的实现。

## 江泽民关怀万家寨引黄和枢纽工程建设

**1994年1月29日至2月3日** 中共中央总书记江泽民在考察山西时讲："我认为山西的前景是很好的。当然山西也有不足，水资源贫乏，缺水是山西的一个大问题。现在国家已经注意到了，一些工程已经开始搞，像万家寨引黄和枢纽工程。”

## 万家寨引黄工程专家组组成

**1994 年 2 月 4 日** 经省政府同意，聘任 8 位同志为万家寨引黄入晋工程专家组成员。张泽祯：水利部技术委员会委员、水利水电科学研究院咨询；许四复：原山西省水利厅厅长、教授级高工；魏永晖：中国长江三峡工程开发总公司技术委员会委员、教授级高工；刘锡田：原山西省科协主席、教授级高工；潘延龄：水利水电规划设计总院教授级高工；张有天：水利水电科学研究院副总工；裴秉镛：中国水利水电建设咨询公司北京分公司副总经理、教授级高工；张德平：水利水电规划设计总院专家委员会副主任、教授级高工。专家组组长由张泽祯担任，副组长由许四复、魏永晖担任。

## 省有关部门发出联合通知：从供水企业中提取引黄专项基金

**1994 年 2 月 22 日** 省物价局、财政厅、建设厅联合印发《关于调整太原等 6 城市自来水价格并适当对职工补贴的通知》。《通知》指出，太原等 6 市平均水价由现行每吨 0.467 元，提为 1.012 元（含税）。根据资源条件好坏，从供水企业提价收入中集中一块作为引黄专项基金。集中标准由于水资源条件不同，按销水量计算每吨提：太原自来水公司 0.25 元，太化水厂 0.15 元，大同自来水公司 0.2 元，阳泉自来水公司 0.1 元，长治自来水公司 0.05 元，从 1995 年起各公司逐年递减 0.05 元。引黄工程专项基金采取内收取办法，在所得税后列支，列省财政预算外资金管理。

## 李鹏就万家寨引黄工程作重要指示

**1994 年 3 月 17 日** 国务院总理李鹏在看望参加全国人大、全国政协会议的山西代表团时明确指示，山西是一个缺水的省，这个问题中央很关心，我们大家要共同努力，把万家寨引黄工程建设好，并指出，这个工程的开工，是一项重要的战略措施。

## 《关于山西省水资源补偿费征收管理办法的补充通知》印发

**1994 年 4 月 28 日** 省财政厅、税务局联合印发《关于山西省水资源补偿费征收管理办法的补充通知》。《通知》提出，凡使用晋煤的省内外用户（包括销售部分），均需交纳水资源补偿费，原煤每吨 1 元，洗精煤每吨 1.5 元，焦炭（包括粒焦、焦粉）每吨 2 元。洗精煤、焦炭与原煤不能重复征用。从 1994 年 1 月 1 日起执行。

## 邹家华主持会议听取山西经济工作汇报，原则同意南干线方案

**1994 年 5 月 23 日** 中共中央政治局委员、国务院副总理邹家华在北京主持会议，听取山西省经济工作汇报。国务院副秘书长张克智、国家计委副主任叶青、国家经贸委副主任石万鹏和财

政部、电力部、煤炭部、交通部、中国人民银行、税务局有关负责同志出席了会议。山西省副省长郭裕怀就山西省经济情况和希望国家支持解决的问题作了汇报。会议对引黄工程提出，原则同意以向太原送水为重点的南干线方案，请国家计委在山西省做好前期工作的前提下（特别是建设资金要落实），抓紧项目立项审批工作，要考虑列入全国重点项目。

## 万家寨引黄工程管理局、引黄工程总公司成立并组建领导班子

**1994 年 7 月 15 日** 为适应引黄工程正式开工的需要，省委常委会议研究决定，成立万家寨引黄工程管理局、引黄工程总公司，并决定成立党委，撤销万家寨引黄工程总指挥部党组。乔贵江任党委书记，郑友三任党委副书记。

8 月 26 日，省政府办公厅晋政办函〔1994〕72 号文件通知：省政府决定成立万家寨引黄工程管理局、引黄工程总公司，两块牌子，一套机构，为正厅级事业单位。山西省万家寨引黄工程总指挥部成建制划转引黄工程管理局，为便于工作仍保留总指挥部牌子。

## 意大利 CMC 公司举行开工典礼

**1994 年 7 月 16 日** 意大利 CMC 公司承建的引黄工程总干 6 号到 8 号隧洞举行开工典礼仪式。省委书记胡富国、省纪检委书记冯芝茂、常务副省长郭裕怀，引黄工程管理局郑友三、乔贵江和有关方面的专家、新闻界人士、CMC 公司和引黄工程的工程技

术人员及周围群众5000余人参加了典礼仪式。CMC公司总裁苏蒂先生、副省长郭裕怀等讲话。胡富国、郭裕怀和苏蒂为工程剪彩，并观看了TBM开挖演示。

意大利CMC公司曾参与甘肃“引大入秦”工程建设。1993年6月3日引黄总指挥部与CMC公司签订了总长21公里、总干6号、7号、8号隧洞总承包合同。

## 世界银行对引黄工程进行确认考察

**1994年10月4日至19日** 以丹尼尔·古纳先生为团长的世行考察团对引黄工程进行确认考察。同引黄工程总公司、天津设计院的有关人员对工程进行了详细的讨论，考察了施工现场，并与太原、大同、朔州的用水户详细探讨了用水现状和黄河水的购买问题。通过考察提出确认书。他们认为，山西省缺水现象十分严重，引黄工程是解决山西严重缺水的唯一有效途径和选择，前期准备充分，经济上合理，技术上可行，建议世行贷款应在中国政府原定的1.5亿美元的基础上再增加贷款额度。

## 山西省整顿煤、电中间环节，为引黄工程筹措资金

**1994年10月** 根据郭裕怀副省长9月23日批示和省委领导有关指示精神，省物价局开始整顿煤、电中间环节乱加价、乱收费、乱摊派问题。省物价局经过深入调查研究，发现自1992年7月1日煤炭放开以后，由于价格机制和运销管理体制未配套，市场发育不全等原因，煤炭运销环节乱涨价的情况十分严重。全省

6000 多座小煤窑通过煤运公司把煤运到用户手里，中间环节的费用高达每吨 45 元，占到当时煤炭价格每吨 110 元的 40.91%，其中有一部分是合理收费，但有 40 多种属不合理收费，最低的每吨 2 元，最高的每吨 20 元，平均为每吨 6 元。乱收费的主要是社会各部门、煤炭运销系统和各级政府，既没有增加企业收入，还加重了用户负担。1985 年全省吨煤上站价为 56 元，扣除中间环节费用后，煤矿收入为 25 元。1994 年吨煤上站价涨到 110 元，煤矿收入也仅有 38 元。在电力中间环节上，也有任意加大收取城网改造费、城市附加费等情况，全省普查下来农村平均度电乱收费 0.048 元，城镇为 0.03 元。为此，省物价局决定通过整顿煤电中间环节，使企业多得利，同时抽出一小部分用于引黄工程建设。

12 月 7 日，省物价局、电力工业局联合发出《关于为万家寨引黄入晋工程筹集建设资金的通知》。26 日，省物价局、省煤炭工业厅联合发出《关于进一步整顿煤炭经营秩序，降低流通费用，为万家寨引黄入晋工程筹集建设资金的通知》，对煤电流通环节乱收费问题进行了认真整顿。其中煤炭方面主要有 4 条：1. 对未经国务院批准的收费项目一律取消；2. 合理地规定经营环节的费用，除 3% 的管理费，1% 的煤炭损耗，3% 的利润外，再增加 2% 的机动由各地、市掌握；3. 对整顿后的经营费用，要求各地、市物价部门具体了解每座煤矿到车站的距离，合理确定；4. 对煤炭运销公司代各部门所收费用一律停止征收，否则视为煤运公司的乱收费。电力流通环节整顿，率先在全国推行了农村综合分类电价，即和农民的见面价，同时成立乡电管总站，电工由电力部门统一委派和管理。在整顿的基础上，本着有利于增加企业收入，不增加用户负担，不推动物价上涨的原则，从 1995 年 1 月起开始执行吨煤增收 1 元，度电增收 0.015 元水资源补偿费用于引黄工程建设的政策。

次年 1 月至 8 月，省委、省政府以及引黄工程管理局、省物价局的领导及有关人员，通过赴京汇报、打电话、写信等多种形式，向国家主管部门和国务院领导反映情况。省领导胡富国、孙文盛、郭裕怀先后给李鹏总理、邹家华副总理写了汇报信，省政府向国务院和邹家华副总理写了专题请示，终于得到了国务院领导和国家计委及价格管理部门的理解和支持，允许这一政策在山西省实行。

## 胡富国主持省委常委会，研究万家寨引黄工程建设问题

**1994 年 11 月 5 日** 省委书记胡富国主持召开省委常委会议，出席会议的有孙文盛、梁国英、冯芝茂、郑社奎、王云龙，列席会议的有张邦应、王文学、纪馨芳、刘泽民、吴俊洲、张长珍、赵劲夫、武正国、马景龙、郭国太、薛荣哲、郑友三、王必胜及有关厅局负责人。

会议听取了引黄工程管理局局长郑友三关于万家寨引黄工程进展情况的汇报。会议认为：万家寨引黄工程是解决山西水资源紧缺，振兴山西经济的重点工程，万家寨引黄势在必行，刻不容缓，要统一认识，决不动摇。议定：1. 省政府向国家计委申请，

争取将此列入国家重点工程项目。2.省政府出台征收水资源补偿费等有关政策。将水资源补偿费吨煤1元增加到2元，度电0.005元增加到0.02元。从1995年1月1日起，增收款专项用于引黄工程建设。3.省政府争取世行贷款要由1.5亿美元增加到4亿美元。4.省政府争取国家出面协调解决内蒙古自治区资金到位问题。关于太原缺水问题，在引黄未到并期间，可先设计几个小方案，进行比较，在不影响引黄工程的情况下同步实施。

## 邹家华听取引黄工程进展情况汇报并作重要指示

**1994年11月12日** 国务院副总理邹家华在晋城听取了引黄工程管理局局长郑友三关于引黄工程进展情况的汇报，参加汇报会的有省委书记胡富国、省长孙文盛、副省长郭裕怀等。邹家华在听取汇报后指出，山西抓几个重要基础设施建设是正确的，不但对山西重要，对全国也重要，国家支持你们。山西水资源很缺乏，除了搞引水工程外，还要采取一些节水措施，搞节水工业、节水农业。

# 一九九五年

## 山西省五大班子首次赴万家寨引黄工程工地现场办公

**1995年2月13至14日** 山西省委书记胡富国带领省级五大班子、省有关部门的领导、各地市负责人和劳动模范、社会知名人士代表，赴万家寨引黄工程工地现场办公。这次会议的主题是统一思想、坚定信心、排除干扰、坚持不懈地把引黄工程搞下去。13日，参加现场办公会的人员察看了引黄工程总干10号隧洞出口段、意大利CMC公司工地，以及万家寨水利枢纽工程工地，并向坚守岗位的建设者表示了慰问。

14日，在偏关分指挥部召开了现场办公会议。副省长、引黄工程总指挥郭裕怀主持了会议。梁国英、卢功勋、冯芝茂、郑社奎、王云龙、崔光祖、董云海、王文学、纪馨芳、刘泽民、路正西、武三松等领导分别发了言，万良适作了书面发言。张邦应、孟立正、王民、光敏、秦国栋等领导也出席了会议。大家一致认为引黄工程是功在当代、利在千秋的大事情，顺民心，合民意，已引起省人、国人、世人的高度重视，只能前进，不能后退，因此进一步统一认识是非常必要、非常及时的。全省人民要像支持太旧公路一样支持引黄工程，把千百年来山西人民对水的梦想变为现实。

水利部建设司和黄委有关领导表示，一定支持山西省把引黄工程搞好。

太原、大同、朔州、忻州四地市和偏关县的领导表示，作为引黄工程的直接受益者，一定要保重点、顾大局、讲奉献，全力以赴支持引黄工程。

郭凤莲、李双良在发言中表示，现场参观备受鼓舞，现场办公会激动人心，引黄是全省人民的大事情，要以实际行动为引黄工程作出应有的贡献。焦祖尧、华而实等知名人士也在会议上发了言。

胡富国在会上发表讲话，他指出，省委、省政府 1998 年送水到太原的目标不变，时间不变，政策不变。山西要发展，人民要富强，关键还得自力更生、艰苦奋斗。我们山西现在就需要实干，需要有一大批敢拼、不怕苦、不怕累、不怕死，像焦裕禄一样为人民鞠躬尽瘁的干部。这样，山西的经济才能腾飞。

郭裕怀代表引黄工程总指挥部表示，这次会议对引黄工程关键性的问题作出了回答，引黄指挥部要坚决落实。尽管任务还很艰巨，但只要我们毫不松懈、继续努力，就一定能够完成，就一定能够向省委、省政府和全省 3000 万父老乡亲交一份满意的答卷。

## 郭裕怀写信汇报万家寨引黄工程筹资情况，邹家华批示有关部门要给予支持

**1995 年 2 月 18 日** 山西省副省长、引黄工程总指挥郭裕怀向国务院副总理邹家华写了汇报信，主要内容如下：为了筹措建

设资金，山西省已对煤炭销售和国家目录电价以外乱收费和乱加价进行了认真整顿，整顿出的不合理费用绝大部分返还给煤矿和电力用户，仅从吨煤中拿出1元和度电中拿出1.5分集中用于建设万家寨水利枢纽和引黄工程，以缓解工程建设投资高峰期资金短缺和世行贷款的配套资金。

邹家华副总理于23日在信上批示：请计委领导同志阅，并予支持。万家寨引黄工程不仅对山西十分重要，对国家也十分重要，请水利、电力部领导亦阅并予支持。此件同时转国家计委、水利部、电力部和煤炭部。

## 山西省政府向国务院上报《关于通过煤电收取水资源补偿费的请示》

**1995年3月14日** 山西省人民政府向国务院并邹家华副总理上报《关于通过煤电收取水资源补偿费的请示》。该《请示》称，万家寨枢纽及引黄工程作为山西省和全国的重点工程，得到了党中央、国务院的重视和国家计委、水利部、电力部等部委的大力支持，工程进展顺利。但存在的问题主要是资金紧缺。为此，我省采取了通过征收煤、电水资源补偿费的办法筹集建设资金。为了既合理筹集引黄资金，又不加重煤炭、电力企业和用户负担，从1994年下半年开始，我省大力整顿流通领域秩序，规范价格行为，取缔各种乱加价、乱收费、乱摊派行为。在此基础上，根据山西以煤、电为主的重工业特点，从“以水保煤、保电，以煤、以电养水”的指导思想出发，从1995年1月1日起吨煤增收1元、度电增收 1.5 分的水资源补偿费，用于万家寨引黄工程。同时，对省外用电及省内居民生活照明、农业排灌、中心化肥生产用电暂免征水资源补偿费。执行上述措施后，煤、电流通环节的各种违纪行为减少，流通秩序好转，减轻了企业和用户负担，吨煤降低流通费用、增加煤矿收入 5~10 元，度电平均降低用户负担 4.76 分。同时每年可为引黄工程筹资 6 亿元左右。最近我们又责成有关部门制定配套措施，继续整顿煤、电流通秩序和乱加价、乱收费行为，进一步减轻企业和用户负担。山西这项措施的出台是平稳的，企业和用户反应较好。但没有按规定程序报批，是不对的，今后一定引以为戒。为了顺利完成万家寨引黄工程，尽早解决山西省缺水问题，保证能源重化工基地建设，更好地支援全国经济，恳请国务院对我省征收煤、电水资源补偿费的措施给予批复。

## 胡富国写信汇报引黄工程筹资政策情况，邹家华作重要批示

**1995 年 3 月 30 日** 省委书记胡富国就引黄工程进展情况和出台筹资政策情况向国务院总理李鹏和副总理邹家华写了汇报信。邹家华批示："请李鹏总理阅示，山西的办法是在整顿秩序，不增加用户负担的基础上产生的，所以一方面有利于解决万家寨工程资金的筹集，另一方面也不致有大的影响。"

## 钮茂生考察万家寨引黄工程和水利枢纽

**1995 年 4 月 4 日** 水利部部长钮茂生及总工朱尔明、黄委副

主任陈先德等在副省长杜五安及引黄工程管理局局长郑友三、水利厅厅长赵生荣等陪同下，考察了万家寨引黄工程和水利枢纽。钮茂生对工程进展情况表示满意。

## 李鹏听取省五大班子汇报，对万家寨引黄工程作重要指示

**1995年4月10日** 在太原晋祠宾馆，省五大班子成员向来山西视察工作的李鹏总理汇报山西全面工作和万家寨引黄工程情况。省委书记胡富国、省长孙文盛，副书记梁国英、郑社奎，省人大常委会主任卢功勋、省政协主席郭裕怀等省五大班子成员及退下来的省级老同志和省直有关部门负责人参加了会议。引黄工程管理局局长郑友三和副局长王必胜等参加了会议。

李鹏在谈到万家寨引黄工程时指示，我赞成你们引水，山西省水资源很缺，不引水没有别的出路，要发展电，发展煤，就要引水，因此引黄是一条出路。我支持你们，不仅向北引而且向南引。但建设规模和分步实施要认真研究。扬程600多米，世界上也没见过。一吨煤收1元钱，一度电收5厘钱，电可以承受，煤炭能否承受得了，要好好研究。筹资政策应和物价挂钩，现在在物价高位的情况下，不同意再增加筹资；将来物价降下来了，可以优先照顾你们。还有节约用水问题，要积极推广喷灌、滴灌等技术，采取先进的引水灌溉技术。

为落实李鹏总理对万家寨引黄工程的重要指示，当日晚，胡富国、孙文盛、郭裕怀、王文学等省领导和国家计委主任陈锦华、

水利部部长钮茂生就万家寨引黄工程进行了座谈。议定：1. 规模可适当压缩，把北干和大梁水库砍掉，集中搞总干和南干。2. 万家寨枢纽内蒙古分摊的 13 亿元，如他们表态无力投资时，可由水利部和山西分担。3. 新出台的征收水资源补偿费的政策，合理不合法，可继续执行。外送电暂时不收。4. 把工程的可研报告再搞细一些。陈锦华最后讲，今天晚上我们对落实总理指示交换了意见，总理的意见总的是想把事情办好。按今天座谈的精神，重新研究引黄工程的可行性研究报告。

## 引黄工程管理局《关于落实李鹏总理对建设山西引黄工程指示的汇报》报送国家计委

**1995 年 4 月 29 日** 引黄工程管理局《关于落实李鹏总理对建设山西引黄工程指示的汇报》报送国家计委并陈锦华主任。报告提出：1. 缩小规模，分步实施。第一期集中建设总干和南干。工程建设资金为 54 亿元，加上枢纽分摊投资 14 亿元，共 68 亿元。泵站装机（包括 1 台备用）：总干一、二级泵站各装机 3 台，单机流量 6.45 立方米 / 秒；总干三级站装机 4 台，单机流量 4 立方米 / 秒；南干一、二级站各装 4 台，单机流量 4.3 立方米 / 秒。引水流量为 12 立方米 / 秒，年引水总量 3.2 亿立方米，占设计建设总规模的 1/4，1998 年建成。资金由省内筹资和向世行贷款两方面解决。第二期工程建设北干线、南干线调蓄水库和泵站的土建及剩余机组的安装，总投资 52 亿元。经测算，南干线单方水成本为 0.93 元，水价为 1.4 元，用户是可以承受的。2. 高扬程、大流量引水方案的确定。据预测，太原、大同、朔州三市年缺水量在20世纪末将达到8.07亿立方米，到2020年达到11.87亿立方米。万家寨水库每年8、9两个月为排沙期，全年引水时间为300天。因此，总干线输水流量确定为48立方米/秒，年引水12亿立方米。根据地形、地质条件和施工要求，整个工程设五级6座扬水站，总扬程648米，总装机42万千瓦。报告中还对引黄工程审批立项的过程，枢纽综合效益，整顿煤、电流通环节增收水资源补偿费等情况作了说明。

## 陈锦华、钮茂生受李鹏总理委托听取引黄工程建设情况的汇报

**1995年5月3日** 省政协主席、引黄工程总指挥郭裕怀带队，副省长纪馨芳、省计委主任张奎、引黄工程管理局局长郑友三、副局长王必胜、总工刘劲军、省物价局副局长韩维国、省水利厅副厅长李建国、水利部万管局局长周玉文、天津勘测设计研究院副院长王宏斌等18人赴京，代表山西省委、省政府汇报引黄工程建设情况。国家计委主任陈锦华、水利部部长钮茂生受李鹏总理委托听取了汇报，听取汇报后认为：1. 山西省委、省政府积极认真地贯彻了总理指示精神，对总理提出的一些问题也作了回答，工程局面打开了，质量也很好。2. 肯定了工程的必要性和方案的合理性。把万家寨的事办好，不仅是山西的事，也是全国的事。3. 国家计委、水利部积极帮助完善南干线程序。4. 国家计委、水利部对山西省出台工程筹资政策积极支持。陈锦华最后表示国

家计委和水利部热情支持山西的引黄工程事业。

## 陈锦华、钮茂生联名汇报引黄工程情况，李鹏、邹家华作重要批示

**1995年5月11日** 国家计委主任陈锦华、水利部部长钮茂生联名向李鹏总理写了报告，汇报引黄工程情况。报告中写道：遵照您在山西太原时的指示，山西省委、省政府组织省内有关单位对万家寨水利枢纽及引黄入晋工程建设方案和投资安排作了进一步研究，调整了工程建设方案，其主要内容如下：1. 根据建设资金的落实情况，提出分步实施方案，近期先集中力量建设引黄总干线和南干线，北干线放在后期建设；2. 补充了水价和用户承受能力的预测、电厂及工程经济评价财务分析；3. 明确了建设资金的筹措方式和筹资渠道，并测算了可能筹集的资金数额；4. 对万家寨枢纽工程的建设，特别是资金落实情况提出意见；5. 对工程的重大技术问题，主要是提水扬程等作了多年试验研究结果的说明。

我们的意见是：1. 万家寨水利枢纽和引黄入晋工程是解决山西省水资源紧缺问题的重要工程，不仅对山西省至关重要，而且关系到国家的重要能源基地建设，影响全国经济发展，工程的社会效益显著。山西省目前提出的分期实施的建设方案，是根据目前投资落实的可能，并兼顾近期和长远省内大中城市和能源基地的供水要求，总体上是可行的。2. 南干线的工程建设投资目前尚未完全落实，对山西省提出的吨煤1元和度电1.5分钱的筹资措施，

我们原则同意。但出台时要按照总理指示，待全国及山西省控制通胀取得成效后，优先考虑山西省出台措施。山西提出暂不加征向省外输出 100 亿度电的水资源补偿费，我们同意。3. 南干线工程建设规模和投资数额都较大，应当按照基本建设程序办理，在对建设方案进行充分论证的基础上，进一步落实建设资金，按程序报国家审批。4. 万家寨水利枢纽是引黄工程的水源工程，应当保证首先建设好。工程动态投资仍然要按照国务院批准的投资分担原则执行。内蒙古承担的投资不能及时到位的问题，待内蒙古正式报来意见后，再另行研究。

李鹏总理于 18 日批示：锦华同志，请你准备意见，6 月初的办公会上作一汇报，考虑到山西缺水，以及对国家提供煤炭的贡献，这个方案实有认真研究的必要。邹家华副总理于 19 日批示：请即退锦华同志，请计委作好准备。

## 邹家华就引黄工程筹资问题作重要指示

**1995 年 6 月 8 日** 山西省政协主席郭裕怀赴京向国务院副总理邹家华汇报引黄工程的情况。邹家华听取汇报后指示："这么大的工程要坚决干下去，你们本省可以继续收水资源补偿费，有问题我负责。"同时要求速报一个关于整顿煤、电中间环节，为引黄工程建设筹集资金的补充情况报告。当天，邹家华副总理在报告上批示："这几份材料，请送姜云宝同志，如有必要，酌内容报告李鹏总理。"

邹家华副总理的指示，更进一步坚定了山西人民建设引黄工程的决心和信心。

## 宋平来山西视察并就引黄工程作重要指示

1995 年 6 月 24 日至 7 月 1 日　原中共中央政治局常委宋平在省委书记胡富国、省长孙文盛、省政协主席郭裕怀、省委副书记梁国英等陪同下，先后到大同、朔州、忻州和引黄工程进行视察。视察期间，宋平同志就引黄工程建设发表了重要讲话，他说，山西别的水源不多，主要靠黄河水。万家寨引黄工程是山西的重大工程，你们叫作生命工程，符合实际。省委下决心搞引黄入晋工程是非常正确的，我很赞成。因为投资有困难，工程分两期搞，可以一块儿规划设计，一块儿确定筹资方案，分步实施。你们从煤、电中筹集资金的办法，应该说是可靠的，投资分散负担，从中间环节来解决。从中间环节挖潜力，尽可能不加重用户负担，我看这种筹集资金的方式是好的。建成后要给参加的建设者立个纪念碑，大家功不可没。我相信在省委、省政府的正确领导下，全省人民发奋努力，艰苦奋斗，山西大有希望。

宋平同志还为引黄工程题词："引黄入晋，造福人民。"

## 郑友三在省八届人大常委会第 16 次会议上作《关于万家寨引黄工程进展情况的报告》

1995 年 7 月 19 日　引黄工程副总指挥、引黄工程管理局局长、省计委副主任郑友三受省人民政府的委托，在山西省第八届人民代表大会常务委员会第 16 次会议上作《关于万家寨引黄工程进展情况的报告》。报告共分7部分：1.加快引黄工程建设的必要性；2.工程总体规模及分期实施方案；3.工程建设的艰巨性；4.党中央、国务院对引黄工程十分关心和重视；5.省五大班子领导全力支持引黄工程建设；6.工程进展情况；7.需有关方面支持和解决的问题。会议对报告进行分组审议，委员们就引黄工程建设提出了建议和意见。

## 省八届人大常委会第16次会议听取《关于加强领导、保证质量、按期完成万家寨引黄工程的决议》

**1995年7月20日** 山西省第八届人民代表大会常务委员会第16次会议通过了《关于加强领导、保证质量、按期完成万家寨引黄工程的决议》。决议指出，万家寨引黄工程是解决山西水资源的重点工程、生命工程，是造福全省人民的千秋大业，对保障全省经济发展和人民生活具有重要作用。省七届人大常委会第17次会议于1990年7月19日通过了《关于兴建万家寨引黄工程的决议》，要求本届人民政府和以后的各届政府都要全力以赴，毫不动摇，坚持不懈地工作，把这项工程胜利建成。省人民政府在这项工程的立项、筹建、组织施工等方面做了大量工作。在资金紧缺的情况下，各项工作取得了很大进展，已完成了供水、供电、交通、通讯等前期工作，第一期总干线、南干线和枢纽工程陆续展开，为实现省委、省政府确定的建设目标打下了坚实基础。会议指出，各级人民政府和全省人民，必须统一思想，统一认识，统一行动，高举改革开放和艰苦奋斗两面旗帜，再接再厉，团结战斗，奋力拼搏，克服困难，努力完成任务。会议强调，为了加快万家寨引黄工程进度，必须开辟多种渠道，积极筹措建设资金。省政府按照以煤养水、以电养水精神制定的征收煤、电水资源补偿费的政策，是完全正确的。煤炭、电力、税务等有关部门应认真执行。同时要通过多种渠道、多种形式引进外资，保证工程建设资金的需求。会议要求，为了建设好万家寨引黄工程，省人民政府必须进一步加强施工领导，精心组织，周密安排。针对工程浩大、技术复杂、科技含量高的特点，进一步加强施工监理和财务核算监督，合理使用资金，努力降低工程成本，节约投资，确保工程质量，力争把万家寨引黄工程建设成全国一流工程。会议号召，全省各条战线的广大干部和群众要大力支持万家寨引黄工程，为胜利建成这一宏伟工程贡献力量。

## 孙文盛、郭裕怀写信汇报引黄工程筹资情况，邹家华作重要批示

**1995 年 8 月 6 日** 山西省省长孙文盛，省政协主席、引黄工程总指挥郭裕怀联名给国务院副总理邹家华写信，汇报工程筹资情况。信中说：万家寨引黄工程建设在国务院领导的重视和关怀下，进展顺利。现总干线主体工程、南干线试验洞的施工都在紧张有序地进行，输水隧洞已掘进 20 公里。遵照李鹏总理的指示精神，本着分步实施、解决太原用水之急的原则，第一期工程集中建设总干线和南干线。资金筹集：1. 经国务院 1989 年批准出台的吨煤收取 1 元水资源补偿费，到 1998 年预计可收取 25 亿元；2. 世

界银行贷款2亿美元，折合人民币17亿元；3. 从1995年开始，对省内煤炭、电力流通环节乱收费进行了整顿，在不增加用户负担的基础上，收取吨煤1元及度电1.5分水资源补偿费，这样到1998年预计可收取26亿元。这三项资金可基本满足一期工程建设需要。在国家计委、水利部的指导下，完善工程建设程序的工作已完成，现整个工程的初步设计已通过水利部审查，南干线可行性研究报告去年10月业经中国国际工程咨询公司评估并报国家计委。恳请国家计委能尽快批复南干线的可行性研究报告。从今年新征收吨煤1元和度电1.5分的政策，也恳请国家计委能有所表示。

8月8日，邹家华批示：已向总理报告过，可以据此办理。

## 省委、省政府召开万家寨引黄工程建设誓师动员大会

**1995年8月12日** 省委、省政府在太原湖滨会堂召开万家寨引黄工程建设誓师动员大会。省委副书记梁国英主持会议。省委书记胡富国发表重要讲话，省长孙文盛作动员报告，省政协主席、万家寨引黄工程总指挥郭裕怀通报了引黄工程的建设情况。

胡富国在讲话中指出：1. 引黄工程是山西的生命工程，建设这一工程势在必行，刻不容缓。山西很缺水，引黄是解决山西缺水问题的唯一途径，舍此别无他途。从20世纪50年代开始酝酿，经过选点、研究、立项，历届省委、省政府真可谓费尽了心血！一些科技工作者几乎付出了毕生的努力。今天山西人民的夙愿终于付诸实施了。2. 大规模地建设引黄工程的条件基本具备，要不

失时机地把基础设施建设的重点转移到引黄工程上来。实行重点转移已具备了条件，时机也已成熟，这就是太旧高速公路建设已取得决定性胜利；制约引黄工程建设的若干重大问题基本解决；集中了一支国内外的劲旅；全省 3000 万人民对建设引黄工程充满热情和希望；中央对引黄工程高度重视、大力支持。3. 发扬大无畏精神，为实现 1998 年引水到太原的目标奋力拼搏。为实现这一目标，必须要坚定战胜困难的信心，要保持艰苦奋斗的精神，要具有尊重科学的态度，要发扬顾全大局的风格，要创造良好的社会环境，要解决好关键性问题。他向全省人民发布加快建设万家寨引黄工程的总动员令：万家寨引黄第一期工程建设从 8 月 12 日起全面铺开，全线上马，全省上下，特别是工程建设者们一定要认清形势，坚定信心，同心协力，鼓足干劲，力争到 1998 年年底把黄河水引到太原。

孙文盛在讲话中指出：1. 加快建设万家寨引黄工程是历史赋予我们的伟大使命。不管面临多大的困难，不论遇到多少艰难，万家寨引黄工程都要坚定不移地干下去，不达目的，誓不罢休。2. 万家寨引黄工程有党中央、国务院的大力关怀，有省级五大班子领导成员的统一意志，有全省人民的支持，一定能够顺利建成，一定要向全省人民交一份满意的答卷。3. 加快万家寨引黄工程建设，一定要发扬太旧精神，确保工程进度，确保工程质量，确保工程效益，确保为工程顺利建设创造一个良好的外部环境。

郭裕怀通报了万家寨引黄入晋工程的情况，主要分三部分，即关于引黄工程的必要性、紧迫性和重要意义，关于引黄工程建设项目的决策过程，关于万家寨引黄工程的规模、特点和奠基以来的进展情况。他最后指出，万家寨引黄工程自奠基两年多来已经取得了突破性进展。这项山西人民梦寐以求的生命工程，正处在全面施工的关键时刻。一定要在省委、省政府的正确领导下，高举改革开放与艰苦奋斗两面旗帜，埋头苦干，科学管理，奋力拼搏，克服困难，坚决把工程搞上去，绝不辜负上级领导和全省3000万父老乡亲的期望。

国家计委代表高俊才参加了会议，对万家寨引黄工程表示热情的支持。水利部代表马云良在会上宣读了水利部领导给大会的贺信。全国人大常委李立功代表老同志讲话，表示过去关心引黄工程，今后还要千方百计支持和关心这项工程。引黄工程管理局局长郑友三代表全体建设者表示，要以高昂的斗志、冲天的干劲把这项跨世纪的宏伟工程胜利建成。省煤炭、电力等部门的负责人及大同矿务局负责人表示坚决响应省委、省政府的号召，贯彻落实动员大会的精神，为引黄工程作出应有的贡献。太原市和偏关县负责人表示沿线受益地区要义不容辞地支持工程建设，为工程建设创造良好的条件。

出席会议的省领导还有卢功勋、冯芝茂、万良适、崔光祖、董云海、刘泽民、支树平、张邦应、吴达才、彭少逸、李蓼源、孙祥炎、王民、光敏、王文学、纪馨芳、彭致圭、杜五安、吴俊洲、张长珍、路正西、武三松、汤祊德、秦国栋、刘波、宋绍华、靳承序，省高级人民法院院长李玉臻、省人民检察院检察长左祥，原省级老同志阮泊生、王庭栋、李修仁、赵雨亭、朱卫华、卜虹云、王文章、王绣锦、韩洪宾、霍泛、胡晓琴、张健民、张广有、冯素陶、刘砚青、魏蕴瑜、李玉明、阎元锁、贾云标、张天乙、赵军、安志藩、阎定础、姚奠中、陈德贵、扆耀光、李庶民也出席了会议。省直各部门副处级以上干部及退下来的正厅级干部、国有重点煤矿负责人参加了会议。各地、市、县负责人在各地分会场参加了会议，全省广大干部群众收听、收看了广播、电视直播。

## 引黄工程总指挥部、引黄工程管理局分别召开会议和发出通知，贯彻落实引黄工程建设誓师动员大会精神

**1995 年 8 月 15 日至 16 日** 省政协主席、引黄工程总指挥郭裕怀主持召开会议，研究贯彻落实万家寨引黄工程建设誓师动员大会精神。副总指挥、引黄工程管理局局长郑友三，党委书记乔贵江，副局长王必胜等参加了会议。会议提出：1. 万家寨引黄工程经历了 30 多年的艰难奋斗历程，本届省委、省政府如此高度重视和大力支持，是对我们的巨大鼓舞和鞭策。我们一定要在认真学习、深刻领会大会精神实质的基础上，提高认识，坚定信念，背水一战，不管遇到多大的困难，也要把引黄的事情办好，不达目的，誓不罢休。2. 强化水资源补偿费的征收力度，管好、用好工程建设资金。3. 要紧紧抓住控制性工程，重点突破，整体推进。继续抓住总干一、二级地下泵站和南干 5 号、7 号洞等控制性工程项目和土洞段工程项目，加快国际招标项目的“四通一平”和临建设施的建设。4. 加强工程质量管理，完善质量保证体系。一是

调整充实管理局总监办的领导力量，强化管理。二是从原材料抓起，严把材料质量关。三是开展质量安全大检查，整顿施工秩序。5. 加强一线、保证一线、服务一线、充实一线的组织领导力量，分别成立总干和南干工程建设领导组，充实调整总干和南干技术骨干力量。鼓励青年技术干部到第一线工作，今年新分配的大学生全部安排到施工第一线。6. 成立专门的宣传班子，加大工程的宣传力度，促使更多的人了解引黄、关心引黄、支持引黄，为引黄工程建设作出贡献。

8 月 18 日，引黄工程管理局发出《关于在全局范围内迅速开展以实际行动贯彻落实省委、省政府誓师动员大会精神的通知》，对学习贯彻会议精神作了具体部署。

## 冀朝铸考察万家寨引黄工程

**1995 年 8 月 27 日至 28 日** 联合国副秘书长冀朝铸一行在省政协主席、引黄工程总指挥郭裕怀陪同下，考察了万家寨水利枢纽和引黄工程工地。在考察中冀朝铸指出，没有水，人类就无法生存繁衍，充分合理地利用有限的水资源是社会经济发展中一个至关重要的问题。山西省对水与发展的关系有着很高的认识和极高的自觉性。引黄工程是划时代的、世界上绝无仅有的工程，由我的家乡人民来创造这一奇迹，我感到十分荣幸和自豪。引黄工程对于振兴三晋具有极其重要的意义，而且事关全国经济的发展，造福全国。这一工程的胜利建成，将意味着山西发展重大转折的到来。

冀朝铸为引黄工程题词："引黄工程，振兴三晋，造福全国，世界之最"，并于8月31日听取了世界银行贷款项目专家组的审查情况汇报，对专家组的意见表示赞同。

## 杜润生考察万家寨引黄工程

**1995年9月9日至10日** 著名经济学家、原中央农村政策研究室主任、国务院农村发展研究中心主任、中顾委委员杜润生，应山西省政府邀请，在省政协主席、引黄工程总指挥郭裕怀，引黄工程管理局局长郑友三等陪同下，赴万家寨引黄工程工地考察。在听取了郑友三关于引黄工程进展情况的汇报后，他指出：1. 我们大家应有一个共识。山西缺什么？我们山西可以说是宝藏遍地，到处是矿产，土地、人口也不少，人才也不少，就缺水，水是我们最大的一个限制因素，它限制我们的生产，限制我们的发展，还限制生活质量的改善。2. 省委作出引黄决策，经省人大作出决议，中央批准，付诸实施，是必要的、及时的。现在动工还能赶得上，时间再拖下去，后悔莫及。3. 现在水的问题已到了一个临界点。地下水已过度开采，工业限产甚至停产，农村水浇地递减。最严重的是水源污染，水质变坏，影响人们饮用水，已不是一个发展问题了，变成一个生存问题。太原、大同、朔州地区生产和生活的用水，已接近最低安全标准。4. 我们建设引黄工程，解决了持续发展问题，防止环境恶化，也是为后代人造福，是个代际关系。我们投资120个亿，用10亿人民币换来每年1亿立方米水，可持续利用几百年。这个钱有一部分是替我们后代人花了，这叫转移支付，它的意义是深远的。5. 我们希望有两条，一是竭尽全力保证工程的质量，不但对得起当代人，也对得起后代人，叫后代人看了，会说我们祖一辈、父一辈这个工程搞得不错。第二个希望是培养人才。现在最关键、难度最大的东西是从国外的机构取得的，我们要利用这个机会，把引黄作为大学校，培养人才。

## 姜春云听取引黄工程介绍

**1995 年 9 月 16 日至 19 日** 中共中央政治局委员、书记处书记、国务院副总理姜春云在并参加全国农田水利基本建设工作会议期间，由省委书记胡富国、省长孙文盛陪同，在山西省展览馆展厅观看了引黄工程模型并听取了万家寨引黄工程的介绍。

## 引黄工程质量检查组检查工程质量

**1995 年 9 月 20 日至 28 日** 由省重点办牵头，组织省建设厅、水利厅、引黄工程管理局等单位对引黄工程进行了质量检查。检查组由省建设厅副厅长贾志朴任组长，省重点办主任史云标、引黄工程管理局副局长王必胜任副组长，共 35 名专家和技术人员分综合组、实测组和资料组，对工程质量、建设监理、施工队伍、设备机具配备、施工安全、文明施工、有无转包和私包乱雇现象等进行了综合检查。

检查结果如下：1. 质量情况。据 3 个组的现场检查，已开工工点的工程质量总体水平是好的。对 10 个工点的 1294 个点进行了实测，1215 个点合格，合格率为 93.9%。其中隧洞开挖测量628个点，合格率91.7%；砼衬砌断面测量131个点，合格率92.7%；喷锚厚度测量66个点，合格率90.9%；锚杆抗拉拔力测量38个点，合格率100%；施工洞径测量18个点，合格率100%；管片间错台测量411个点，合格率88.7%。华北冶建马万水工程队、铁十三局二处、省水工局二处、温州一建等工队质量较好。2.安全生产、文明施工和现场管理，从17个工点看，总的情况是好的，在安全方面，没有发现工程和人身安全重大事故，但事故的隐患比较普遍。3.建设监理力量弱，不能跟踪监理。山西省水利水电监理公司人员配备基本符合要求，手续齐全，监理比较规范。水电六局监理公司力量不足，同时资质未予评定，无营业执照，不具备独立法人资格，不符合监理规定。4.建筑市场检查。进驻引黄工程工地的15支施工队伍中，外省12支，其中有9支未注册登记，不符合山西省建筑市场管理条例规定。

检查组建议：1.要十分重视隧洞的防渗处理；2.要有专职的质量管理机构，并配备足够的人员；3.尽快建立指挥部中心试验室；4.强化建设监理；5.利用今冬明春抓好培训工作。

## 世界银行对引黄工程进行预评估

**1995年10月3日至22日** 以古纳先生为团长的世界银行引黄工程项目预评估团一行18人，对引黄工程进行了预评估。在此期间，与引黄工程管理局就引黄工程的设计、施工、财务分析、机构设置、采购、预算、供水、环评、移民、经济分析及隧洞施工方法、泵站布置、泵型选择、联接段等方面的问题进行了评估和讨论，并分别同省计委、财政厅、水利厅、农牧厅、物价局、环保局、太原市城建委、自来水公司和太原市、古交市政府以及天津勘测设计研究院、山西省水利勘测设计院等31个单位的代表和专家进行了座谈与交流，并实地考察了汾河一库、汾河二库、古交市、呼延水厂厂址、太原造纸厂和太原化肥厂以及引黄总干线土洞段的施工现场；举办了个人投资进行水利建设的BOT讲座，邀请省和太原市有关单位负责人共同研讨实施BOT的可行性。通过考察和预评估，提出《项目预评估团关于万家寨引黄工程的备忘录》。10月6日和21日，省政协主席、万家寨引黄工程总指挥郭裕怀和引黄工程管理局局长郑友三先后两次会见了预评估团古纳先生一行。郭裕怀对古纳先生一行对工程建设所付出的努力与艰辛表示感谢。预评估团希望山西尽快完成各项准备工作，确保世界银行贷款早日到位。

## 郭裕怀要求：强化引黄工程质量管理

**1995年10月11日** 省政协主席、引黄工程总指挥郭裕怀主持在偏关召开引黄工程强化质量管理会议。引黄工程管理局、省建设厅、重点办、水利厅的有关领导和专家及设计、监理、施工单位、原材料生产厂家等有关方面的代表近300人参加了会议。会议之前，郭裕怀深入工地进行了为期5天的调查研究，听取了省重点办关于引黄工程质量检查情况的汇报，并召集有关专家进行了认真的研究，据此，在会上发表了《千秋大业，质量第一》的重要讲话。

郭裕怀在讲话中指出：1. 从现在起必须把质量作为头等大事，摆到引黄工程最重要的工作日程上来。2. 前一段引黄工程质量总体水平是好的，但问题也有，要在总结经验的基础上吸取教训，为明年的全面开工奠定好的基础。3. 各级领导和全体引黄工程建设者必须充分认识质量问题对引黄工程建设的特殊意义。一是引黄工程在山西经济社会发展中具有特殊重要的地位；二是引黄工程投资巨大，是山西人民勒紧裤带、咬紧牙关上马的工程；三是引黄工程是封闭式、长距离隧道输水系统，并要求具备长时间运行、无压力输水、抗渗抗冻等条件；四是从工程管理体系、监理系统、施工队伍的结构、组织运行方式、技术力量、设备工艺、管理方法等方面衡量，还有很多不适应引黄工程全面质量管理要求的地方。4. 大力强化全员质量意识，牢固确立“质量是生命，质量是灵魂”的质量第一观念。坚决抵制不正之风和腐败风气。5. 健全和完善整个引黄工程的全面质量管理体系。一定要做到职责分明，责任明确，既要分工协作，又要相互制约和相互监督，形成运转灵活、高效的全面质量管理体系。6. 各个环节和每道工序都必须全面落实保证质量的规程、规范要求，严格按照水利部颁发的规程、规范施工。7. 抓住主要矛盾，下大力气突出解决好土洞和长洞的质量问题。要组织力量进行技术攻关和试验，搞好旁站监理，解决好土洞渗漏和土、岩结合部的压力承受问题，确保长洞按设计准确地顺利贯通。8. 针对现存的质量问题，开展全面彻底的整顿。对施工队伍要检查履约能力、履约效果，对违约转包、重要设备和技术力量不到位的要限期整顿。对监理单位要求进一步按照部颁标准制定和健全监理细则，在工作中严格执行，并自觉接受业主的管理和监督。9. 下功夫提高职工素质，开展全员培训，坚持持证上岗。10. 对全面质量管理要一抓到底，坚持高质量、高标准要求。他强调，全面强化质量管理，是引黄工程重点的战略转移，对整个工程来说，第一是质量，第二是质量，第三才是进度。

## 省国税局、地税局、物价局就万家寨水利枢纽和引黄工程所缴税费提出具体意见

**1995 年 12 月 5 日至 9 日** 遵照省政协主席郭裕怀的指示，省国税局张潞生、周增峰，省地税局杨并和省物价局岳中等赴水利部万管局和引黄工程偏关分指挥部就其反映缴纳各种税费过多的情况进行调查了解。据调查，目前涉及的税费共 25 种，其中税 6 种、费 19 种。税是增值税、营业税、印花税、固定资产投资方向调节税、资源税、耕地占用税。其中，除增值税为国税部门负责征收外，其余均为地税部门负责征收。涉及的费，山西 13 种，内蒙古 6 种。山西包括水资源费、土地出让费（金）、锅炉茶炉超标排污费和粉尘噪声污染费、养路费、营运管理费、矿产资源补偿费、污水排放费、注册登记费、定额编制费、增容费、投招标管理费、林业建设基金、弃渣罚款。内蒙古包括水土保持费、城市增容费、劳保调节基金、库区文物勘探费、蔬菜基地赞助费、扩建卫生院赞助费。

在广泛征求双方意见的基础上，根据国家有关规定，提出了

合理征收税费的意见和建议：1. 增值税。对万家寨枢纽工程左岸人工砂石骨料的征税，仍按山西省国税局《关于对万家寨水利枢纽工程人工砂石骨料征税的批复》内容征税；对万管局物资供应处向各施工单位销售的水泥、钢材、木材、柴油、炸药、粉煤灰的征税，依据现行增值税规定，构成销售货物行为，应按规定缴纳增值税。但鉴于万管局购价高于销价的实际情况，同意按其实际销售价计算缴纳增值税。对万管局下属自来水加工厂从黄河提水经加工后销售给各施工单位的生产和生活用水，应按自来水的适用税率征税，税率为13%，也可按简易办法依6%的税率计算。对万管局下属变电站从内蒙古购进经过变压后再销售给各施工单位的电，按规定应计算缴纳增值税。2. 营业税。对万管局反映的向各施工单位征收的建筑业营业税税率问题，营业税税金应列入工程造价作价，税率按3.03%计算，其他税、费由施工企业承担。对偏关分部反映的长河宾馆征税事宜，偏关县地税局对其提供食宿取得的收入依法征收营业税是正确的。对偏关分部打井向各施工单位提供生产和生活用水，可不征收营业税。3. 资源税。对万管局及施工单位开采青石加工成石料，可按非金属矿产品以最低税额每立方米0.5元，报请省政府同意后征收资源税。4. 固定资产投资方向调节税。对万管局在工地建的办公楼、招待所应缴的投资方向调节税问题，已缴的不再退库，未缴的报国家税务总局请求缓征。对万管局太原基地缴税问题，拟报请国家税务总局给予减免或缓征照顾。对偏关分部长河宾馆过去已做过减免按5%征收的处理，不再变更。5. 耕地占用税。对万管局施工用地和太原基地的缴税问题，省里无权减免，应按规定纳税。对 19 种费，省物价局认为，在山西的 13 种收费中，除水资源费、锅炉茶炉超标排污费和粉尘噪声污染费、污水排放费、定额编制费、投招标管理费、注册登记费和增容费 7 项均有政策依据，已收取的情况也未超过规定标准外，其他凡执行错误和超标的，省物价部门已委托当地物价部门对其进行检查纠正。其他合理收费是否需要减免，还请省领导审定。内蒙古方面的 6 种费，建议由山西和内蒙古两省（区）协商解决；或向中央有关部门反映，出面协商解决，以确保重点工程的顺利实施。次年 4 月 30 日，省政府办公厅副主任刘银才受副省长杜五安委托，召集省有关部门负责人，对万家寨水利枢纽工程建设的税费征收问题进行了研究协调，原则同意调查组提出的意见。

# 一九九六年

## 总干8号隧洞胜利贯通

**1996年1月10日** 引黄工程总干线最长的8号隧洞胜利贯通。总干线6号至8号隧洞全长21215米，由意大利CMC公司承建，采用世界上先进的大功率TBM进行施工。8号隧洞长12189米，其中土洞长87米，1994年7月18日开始掘进，其间创造了最高月进尺1004米、最高日进尺65.6米的纪录。

## 张奎等赴京向国家计委汇报引黄工程有关问题

**1996年1月16日至19日** 根据省政协主席郭裕怀的指示，山西省计委主任张奎、引黄工程管理局副局长杨晋生及有关人员赴京向国家计委汇报引黄工程南干线可研批复及利用世行贷款的有关问题。

国家计委意见如下：1. 南干线可研的批复，涉及电、煤加价用于引黄建设，李鹏总理已有明确指示，按国务院同意的意见办，不再下文。资金来源也照此批复。2. 关于世行备忘录中的几个关键问题。（1）工程范围和投资规模直接影响引黄工程项目程序的完善和工程的进展。对此，山西面临两种选择：一种接受世行的意见，将引黄工程联接段、太原城市供水管网配套工程等作为一个整体项目。这样，由于扩大了工程范围和投资，需国家计委重新审批。另一种坚持国家已认可的方案，即一期工程先建设总干和南干，将联接段工程作为单独项目与引黄工程分期实施，将太原城市供水管网配套工程等作为城建项目考虑，向世行说明情况。（2）引黄工程贷款额度在原2亿美元的基础上，适当增加贷款额度是可能的，如增加较多，要专门研究。（3）应当选择一家国内有经验的单位编制标书，这样在国际招标过程中，山西比较主动。（4）核实施工工期和进度安排，以便确定工程建设投资，平衡资金，并准确测算资金缺口。（5）对与世行认识不一致的问题。根据国内执行世行项目的经验，在符合世行贷款准则的前提下，该坚持的要坚持，否则在将来项目执行过程中会很被动。建议山西尽快提出意见报国家计委及有关部门，将世行备忘录中提出的问题确定下来。

## 彭真为万家寨引黄工程题词

**1996年1月23日** 原全国人大常委会委员长彭真为万家寨引黄工程题词："万家寨引黄工程是山西人民治水事业新的里程碑。"由女儿傅彦、女婿周援远专程赴并送到山西省委书记胡富国手中。93岁的彭老，多年来时刻关心山西三件事：团结、水、路。当他得知近年来山西建设了现代化的火车站、机场、太旧高速公路，又开始了新的治水事业，非常高兴。他在北京接见胡富国时说："三年有成，你干得好！我如要能行，也要为你，为修路，为治水搬一块砖！"

在赠送彭真题词的仪式上，安特制药有限公司董事长周援远向山西引黄工程捐赠了价值20万元人民币的药品。

## 薄一波答《引黄工程报》记者问

**1996年1月25日** 《引黄工程报》记者鞠克光随杨晋生副局长赴京采访原中顾委副主任薄一波同志。薄老在接受记者采访时说，山西引黄工程是件大事情，在京工作的同志都是赞成和拥护的，但一定要干好。党中央和国务院的领导同志非常支持和关心山西的工作，在山西工作、战斗、生活过的同志也非常关心和热爱山西，山西的工作一定要搞上去。在外工作的同志为引黄等工程捐了一些钱，引起了很大的反响，这是作为一个山西人应该做的，也仅仅是献点心意而已。要发挥“三晋民风勤与俭”的优势，发挥山西煤炭资源丰富的优势，实实在在地干一些事情，把山西经济发展起来。

## 引黄工程管理局职能配置、内设机构和人员编制方案确定

**1996年1月30日** 省人民政府办公厅下发《省万家寨引黄工程管理局（万家寨引黄工程总公司）职能配置、内设机构和人员编制方案的通知》。《通知》确定，山西省万家寨引黄工程管理局、万家寨引黄工程总公司，实行两块牌子、一套机构，为省政府直属正厅级事业单位。内设13个处室，均为正处级建制，即办公室、宣传教育处、人事劳资处、计划合同处、财务处、总工办

公室、工程管理处、质量监督处、机电处、物资处、经营管理处、行政后勤处、党委办公室。核定人员编制 150 名（全额 60 名，自收自支 90 名。含工勤人员），其中局领导职数 4 名，总工程师、总会计师、总经济师各 1 名，正副处长职数 39 名（包括 3 名副总工程师）。

## 胡富国主持研究世行贷款诸问题

**1996 年 4 月 9 日** 省委书记胡富国在太原主持召开省委常委会议。出席会议的有孙文盛、郑社奎、王云龙、冯芝茂、支树平、刘振华、武正国、张秉法，列席会议的有卢功勋、郭裕怀、王庭栋、李修仁、纪馨芳、彭致圭、杜五安、薛军、吴俊洲、薛荣哲、曹中厚、郑友三等。会议听取了万家寨引黄工程管理局关于接待世界银行引黄项目考察团有关情况的汇报，要求世行贷款谈判只能成功，不能失败。

会议决定：1. 关于引黄工程的范围问题可以按照整体考虑、一次承诺、分步实施的原则与世行考察团谈判。2. 关于贷款额度可接受世行一期工程贷款额度增加到 3.35 亿美元的意见，进一步争取国家计委认可。3. 关于太原市城市供水工程，要尽快成立工作领导组，专门负责，全面推进工程进展，不得延误。建设资金要积极争取利用日本协力基金。4. 关于联接段工程，和世行按照管线方案谈判。5. 关于水价问题，对世行提出的水价进行深入研究，并制订 1996 年至 2000 年水价调整计划，满足世行要求。6. 关于水利机构改革问题，世行提出建立一个跨行业的流域供水管理机构，实行城市和工业供水公司化的要求是合理的。请计委牵头，会同省水利厅等有关部门，与世行配合完成机构设置报告。机构可考虑在引黄工程管理局基础上设置。7. 移民安置由刘振华负责，对引黄工程管理局起草的《关于山西省万家寨引黄工程移民安置优惠政策》尽快批复下达。水利枢纽工程的移民问题，可以胡富国、孙文盛名义给内蒙古自治区党委书记、主席发出一个明传电报，以求得内蒙古的理解和支持。移民安置原则上应由水利部负责，在补偿上山西可以给予优惠。要尽可能做世行的工作，取得理解。8. 同意成立世界银行引黄工程贷款项目总体协调领导组，并确定了组成人员名单。还决定了省万家寨引黄工程领导组和世界银行引黄工程贷款项目总体协调领导组顾问。

省委常委会议还决定，凡是省委、省政府研究决定的有关万家寨引黄工程建设的事项，各有关部门和单位要不折不扣地抓紧落实；凡是有关引黄工程的请示事项，有关部门绝不允许扯皮、延误，否则要追究有关负责人的责任。省委、省政府办公厅要切实加大督查力度。

4 月 17 日，省委办公厅《关于成立世界银行引黄工程贷款项目总体协调领导组等有关事宜的通知》称：世界银行引黄工程贷款项目总体协调领导组，组长：郭裕怀（省政协主席、引黄工程总指挥、引黄工程领导组副组长），副组长：杜五安（副省长）、薛军（副省长）、郑友三（省计委副主任、引黄工程管理局局长），成员共有 10 人。王庭栋、李修仁任省万家寨引黄工程领导组和世界银行引黄工程贷款项目总体协调领导组顾问。

## 世界银行对引黄工程进行项目评估准备考察

**1996年4月9日至27日** 以古纳先生为团长的世界银行引黄工程项目评估准备考察团对万家寨引黄工程进行了全面考察，经过19天的工作，世行考察团在工程技术、财务、设备、机构供水及污水处理，环评移民和经济7个专业上同有关单位进行了讨论，在项目范围、投资概算等诸多方面达成一致意见。1.项目范围。一期工程是一个从黄河引水至用水户的完整系统，包括引黄工程部分、水资源机构改革部分、水污染控制和工业废水管理。2.项目概算及工期安排。引黄工程一期工程包括总干线、南干线及联接段工程，在2001年完成，总投资120.26亿元人民币。世行希望将贷款额度增加为4亿美元，并推荐使用意大利政府双边贷款3000万美元。太原市配套建设的供水工程及污水处理工程费用估算约27亿和22亿人民币，这部分资金由自来水公司自筹、省提供9亿人民币以及利用日本海外协力基金来解决。同时就工程监理、水机构改革、移民计划、国际招标工程、泵型研讨、联合设计咨询等问题达成了一致意见。古纳在考察结束时表示，将积极努力开展工作，力争项目早日实施。

## 邹家华会见世界银行官员鲍特利和古纳

**1996年4月29日** 国务院副总理邹家华在钓鱼台国宾馆会见了世界银行驻中国代表处首席代表皮特·鲍特利和世界银行万家寨引黄工程评估准备考察团团长古纳先生。

邹家华副总理指出，万家寨引黄工程是黄河中游上的一个重要项目，中央政府非常重视。工程在山西境内，表面上看是解决山西缺水的问题，实际上山西经济在全国经济发展中具有极为重要的地位。山西是中国的能源基地，是煤炭生产的集中省份，解决山西缺水的问题，使山西经济、山西煤电工业得到发展，这也是全国经济发展必须解决的一个重要问题。当前工程最重要的是如何更好地筹措资金。山西省水、电、煤水资源补偿费的出台收缴，就体现了中央政府的支持。很高兴看到世界银行能够与山西很好地合作。他说：引黄一期工程本身可分为三个部分：一是万家寨水利枢纽；二是从枢纽到太原水厂的全部输水工程；三是进入太原水厂到所有用户的管网建设。北干线输水到朔州、大同，放在第二期考虑。邹家华表示，中央政府将与有关方面仔细研究解决工程建设中的一切问题和采取必要的措施，支持山西省搞好这项工程，直到胜利建成通水。国家计委副主任叶青，山西省政协主席、引黄工程总指挥郭裕怀，副省长杜五安，引黄工程管理局局长郑友三、副局长杨晋生等参加了会见。

## 陈锦华考察万家寨引黄工程

**1996年5月8日至11日** 国家计委主任陈锦华在省长孙文盛，省政协主席、引黄工程总指挥郭裕怀，引黄工程管理局局长郑友三等陪同下，对引黄工程全线进行了考察，并听取了万管局局长周玉文关于枢纽工程建设情况的汇报。在11日孙文盛主持的汇报会上，陈锦华指出：引黄工程要保证整体性，贷款额度问题由国家计委负责解决；南干可研、联接段及太原市供水工程报告要尽快完善，国家计委在9月世行评估之前批复；水价问题要考虑实际承受能力，及早找到妥善处理的出路，不能搞优惠用水政策；工期到2001年，资金问题可因此而有所缓冲；水利枢纽1998年送电，要加强设备采购、人员培训工作，尽快解决枢纽的有关问题，保证源头工程的顺利建设。

## 邹家华主持召开引黄工程协调会议

**1996年5月22日** 国务院副总理邹家华受李鹏总理委托在北京主持召开引黄工程协调会议。国家计委副主任甘子玉、财政部副部长张佑才、建设部副部长毛如柏、水利部副部长朱登铨、外经贸部部长助理龙永图、国家环保局副局长张坤民出席了会议。山西省参加会议的有省委书记胡富国，省长孙文盛，省政协主席郭裕怀，省委常委、省委秘书长武正国，副省长杜五安、薛军，省长助理吴绍礼以及引黄工程管理局、省计委、省水利厅等有关单位负责人。胡富国、孙文盛、郭裕怀等作了汇报和说明，并提出了请求国务院帮助协调解决的几个问题。

会议议定：1. 对万家寨引黄工程的枢纽、引水、供水三部分要统筹规划，分别组织实施。要按照现代企业制度的要求，实行项目法人制度，工程的三部分要分别组成项目法人，实行静态投资包死，保证工期和质量。2. 万家寨引黄工程南干线、联接段和太原市供水工程的可行性研究报告，请国家计委在6月底以前报国务院，争取7月研究审批。对部分工程设计的修改报告、环评报告修改和补充、枢纽移民规划等，请水利部、环保局等有关部门抓紧研究审批。3. 山西省已经研究的筹集资金政策，可以继续执行，工程的整体性和对引水工程利用世行贷款 4 亿美元、意大利政府双边贷款 0.3 亿美元的承诺及供水工程利用日本协力基金“一般案件”贷款 1 亿美元等问题，请国家计委、财政部、外经贸部等部门抓紧研究落实。4. 枢纽工程建设请水利部牵头，组建由投资各方参加的枢纽工程董事会，成立具有法人资格的经济组织。枢纽工程中的投资等问题，请国家计委、水利部牵头，会同山西省、内蒙古自治区认真研究，协商解决。要坚持开发性移民，切实安置好移民的生产生活，使移民有基本稳定的收入来源。5. 水资源紧缺已成为制约我国经济发展的重要因素，对人民生活、社会稳定也有重要影响。各地、各部门要进一步提高认识，增强紧迫感，坚持开源与节流并举，除努力增加开源以外，还要采取切实可行的措施，千方百计解决水资源紧缺的矛盾，走出一条节水农业、节水工业、废水处理再利用的路子。

邹家华在会上指出，1. 对引黄工程，党中央、国务院都很重视，江泽民总书记、李鹏总理都对此事作过多次指示和要求，今天的会也是按李鹏总理的要求开的。山西引黄工程建设实际上也是我国一个大的经济问题，因为我们国家经济建设大的问题就是水的问题。所以，我们国家将水利提到基础设施建设的高度来研究。水的问题解决不好，将从根本上制约我们的经济发展。2. 解决水的问题，一为开源，一为节流。山西的办法就是搞引黄。山西搞万家寨引黄，不仅对山西的经济和山西人民的生活很重要，而且对全国都有很大的好处，关系到全国经济的发展。3. 万家寨引黄工程主要分三部分：一是工程的源头部分，就是万家寨水利枢纽；二是引水部分，包括总干线、南干线和联接段；三是供水部分，包括自来水厂、污水处理，直到用水户。这三部分是一个整体，要统筹规划。源头部分，即水利枢纽，由水利部负责；引水部分，由山西省负责；供水部分由建设部负责帮助协调，由太原市来搞。4. 万家寨水利枢纽投资 64 亿元，除内蒙古拿 9 亿元，山西省和水利部两家摊，每家 27.5 亿元，三方投资要走资本金，贷款不算资本金。如果按总投资 64 亿元，有 24 亿为资本金，各投 1/3，剩下 40 亿元用贷款，各自承担还贷，枢纽不还贷。5. 枢纽、引水、供水这三部分都要赶快建立项目法人制。项目法人就是要形成一个经济组织，要履行经济组织的功能，主要是项目策划、筹资、建设、经营、还贷、保值、增值等七项功能。6. 枢纽移民工作，不能轻视。要实行开发性的移民，安置费中一部分作为安置移民的资本，叫资本金；一部分给移民本人，帮助他盖房子，还有一部分钱是帮助他搞生产。7. 引黄工程向世行贷款 4 亿美元，加上意大利政府双边贷款 0.3 亿美元，由计委安排，经贸部帮助落实。山西省确定的筹资政策，照旧继续执行。太原市日本协力基金列入计划。需环保局、建设部、水利部、经贸部解决的问题，根据世行 9 月份评估要求，各个部门要总体考虑。需国务院审批的，争取 7 月份送国务院。

## 邹家华视察万家寨引黄工程并作重要指示

**1996 年 6 月 26 日至 27 日** 参加完太旧高速公路通车典礼的国务院副总理邹家华在省委书记胡富国、省长孙文盛、省政协主席郭裕怀等陪同下，视察了万家寨水利枢纽工地，引黄工程总干线 7 号、8 号隧洞、南干线头马营出水口以及联接段工程线路。视察中，邹家华强调指出，引黄工程在建设管理体制上要按照现代企业制度的要求，组织具有独立法人性质的经营实体，开展各项建设和经营活动。山西省在水资源的开发使用上要注意开发和节水并重，一方面要增加新水源，保证供水质量，保证生态环境；另一方面要强化节水意识，大力开展节水农业和节水工程。陪同视察的还有国家计委、水利部、财政部等有关部委的负责同志。

## 省委常委会议研究贯彻邹家华副总理指示，加强引黄工程建设问题

**1996 年 7 月 8 日** 省委书记胡富国主持召开省委常委会议。出席人员有孙文盛、郑社奎、王云龙、刘泽民、冯芝茂、刘振华、武正国、张秉法。列席人员有卢功勋、郭裕怀、纪馨芳、杜五安、薛军、王昕、吴俊洲及省直有关部门负责人。会议就中央政治局委员、国务院副总理邹家华最近视察山西时的重要讲话进行了学习，并研究了具体贯彻意见。

会议决定：1. 请郭裕怀、杜五安、纪馨芳、薛军等负责，对照邹家华对引黄工程的指示精神，提出具体落实意见后报省委常

委会研究确定。2. 7 月份要把引黄作为全省压倒一切的工作来抓，确保引黄工程有关问题，顺利提交国务院办公会议研究审定。3. 关于太原市城市供水工程概算利用外资部分，省计委可先按 1.84 亿美元报概算，如国家计委不同意，再按 1 亿美元报，缺口部分省里协调平衡。4. 太原市城市供水资金概算 1 亿美元不准确的问题，由郭裕怀、纪馨芳负责尽快查清，并就此问题近日向胡富国、孙文盛写出书面报告。5. 省委、省政府要切实把节水作为一项重要工作来抓，具体办法措施请省政府专题研究一次。会议指出：引黄工程浩大，任务非常艰巨，省五大班子和全省人民要坚定信心，发动全省 3000 万人民都来关心、支持引黄工程建设。

## 增收统配煤矿水资源补偿费政策出台

**1996 年 7 月 10 日** 省物价局、煤炭厅、煤管局、地方税务局联合印发《关于增加统配煤矿水资源补偿费的通知》，主要内容如下：1. 收取标准。原煤、选煤由每吨 2 元调整为 2.5 元，洗煤由每吨 3 元调整为 3.5 元，焦炭由每吨 4 元调整为 4.5 元。2. 收取范围，为山西境内的中央财政国有重点煤矿。3. 收缴资金。由省级地方税务部门负责征收，按规定时间逐级上缴省财政部门水资源补偿费专户。4. 水资源补偿费专项用于万家寨引黄工程建设，各级、各部门不得截留、挪用。5. 水资源补偿费解缴、管理等，按《山西省水资源补偿费征收管理办法》规定执行。6. 本规定从 1996 年 8 月 1 日起执行。

统配煤矿增收水资源补偿费，是根据煤炭部部长王森浩 5 月份考察引黄工程时提出的意见决定的。当时他了解到引黄工程投资高峰期投资强度不够，加之枢纽内蒙古投资不到位，汾河二库也需引黄部分投资，这样就加大了引黄工程近期的投资，同时考虑到统配矿负担较轻，煤炭价格已放开，适量提高水资源费是可以承受的。所以提出煤炭增收 0.5 元水资源补偿费的意见。后经省委常委会议讨论，决定执行这一办法。

## 胡富国主持省委常委会，研究引黄工程建设有关问题

**1996 年 7 月 12 日** 省委书记胡富国主持召开省委常委会议，出席人员有孙文盛、刘泽民、冯芝茂、董云海、武正国、张秉法，列席人员有郭裕怀、李立功、阮泊生、王庭栋、李修仁、霍泛、张邦应、吴达才、彭致圭、杜五安、吴俊洲及省直有关部门和太原市政府的负责同志。引黄工程管理局局长郑友三等参加了会议。会议听取了郭裕怀、郑友三关于万家寨引黄工程建设及阶段工作进展情况的汇报，汇报中谈到引黄一期工程世行估算投资如下：静态投资 91.8 亿元，动态投资 120.26 亿元。工程竣工的 2001 年，省内可筹资 82 亿元人民币。国外贷款主要有世行贷款 4 亿美元，意大利政府出口信贷 0.3 亿美元，折合人民币 43.884 亿元，合计国内外可筹资 125.884 亿元。万家寨水利枢纽自核总投资 64.2 亿元，山西分摊 16.16 亿元，加上引水工程山西共需投资 136.42 亿元，其中国内资金需求为 92.54 亿元，与可筹资金相比，尚有缺口 10.54 亿元，加上投资高峰年（1997—2000）需 4.46 亿元用于年度资金调剂，整个资金缺口还有 15 亿元。解决的途径：1. 从

1996年8月1日起向在晋统配煤矿增收吨煤0.5元水资源补偿费，煤炭部领导已同意；2.世行建议通过出台水价改革政策，从逐年提价收入中每年切出一块用于引黄；3.争取国家对山西外送电征收水资源补偿费；4.投资高峰年的资金缺口调剂，可通过向省信托投资公司、开发行、建行等金融机构贷款解决。

会议对引黄工程进展情况表示满意，并决定：1.关于建设工期问题。由于世行的介入，工程的合理性、科学性进一步提高。原定1998年引水到太原的建设工期，也需相应作一些调整。枢纽1998年蓄水发电，引黄一期工程2001年完成，但要立足于2000年完成；2.关于引黄工程土建部分，可划分为总干一、二级泵站和4号、5号洞及申同嘴地下水库，南干4号、5号、6号、7号洞和跨沟建筑物等三大标段；3.关于枢纽工程问题。枢纽概算，要坚持按国家移民标准，以实物量计算，实事求是地去解决枢纽工程的投资问题，请水利部尽快协调。如内蒙古方面实在不愿出资，我们山西出这部分资金，也要确保1998年蓄水发电产生效益。

## 郭裕怀率队赴京就引黄工程建设重大问题进行高层协调

**1996年7月13日至8月3日** 省政协主席郭裕怀率省计委、省引黄工程管理局等一行32人先后赴京，就引黄工程建设重大问题进行高层运作协调，取得了良好效果。

一、关于工程建设方案及资金平衡的汇报。7月15日，国家计委召开了引黄工程建设方案及资金平衡汇报会，提出引黄一期工程建设山西已筹资 85 亿元，采用核减部分建设内容、压缩投资等办法，工程建设可不用世行贷款。要求山西和设计单位制订出不用世行贷款方案，再次汇报。为此，郭裕怀于 19 日向国家计委主任陈锦华作了汇报。陈锦华指出：引黄工程利用世行贷款、太原城市供水工程利用日本协力基金贷款，国务院已明确，计委正在抓紧落实；引黄工程搞到现在，已别无选择，据陈耀邦副主任讲，引黄工程配套资金还有点不足，要让规划院把账算好。26 日，郭裕怀面呈胡富国、孙文盛、郭裕怀给邹家华副总理的联名信，并汇报了当前工作进展情况。邹家华当即批示："锦华同志：据悉，8 月 15 日承包商即将来华参加引黄工程总干和南干的投标，包括利用世行贷款部分。时间已经比较紧迫，请你再予过问。"30 日，接邹家华批示后，国家计委意见由水利部报联接段管线方案，建设部报自来水项目，计委投资司负责办批可研。8 月 2 日，郭裕怀将是否利用世行贷款方案比较文字送国家计委，具体意见如下：1. 引黄一期工程采用全内资建设方案，资金缺口过大，在国内目前尚无其他筹资渠道，不能保证工程的顺利实施；2. 若缺口资金利用国内银行贷款解决，与利用世行贷款相比，国内贷款利率较高，偿还期短，单方水价要增加 0.65 元；3. 全内资建设，不利于引进先进的技术，不利于提高管理水平。因此，引黄一期工程全部利用内资建设无法实施。

二、关于南干线、联接段及太原市城市供水工程前期程序的推进。联接段部分管线方案，水规总院审查后，同意将部分管线输水方案作为近期实施的推荐方案，并于7月23日将审查意见报水利部，水利部于31日报国家计委。29日，郑友三、王必胜向原国家计委副主任金熙英和中国国际工程咨询公司薛总工程师分别作了汇报。8月1日，郭裕怀分别致信国家计委副主任甘子玉、陈耀邦，呈述了尽快批复三个可研报告的意见。对于太原城市供水工程，甘子玉表示：按国务院定的意见办，绝不会误事，城市供水利用外资部分少量增加计委可以安排，但增加过大，需国务院批准。

## 万家寨水利枢纽工程建设领导小组第四次会议在北京召开

**1996年7月16日至19日** 万家寨水利枢纽工程建设领导小组第四次（扩大）会议在北京举行。会议由领导组组长、水利部副部长严克强主持，领导组副组长、山西省政协主席郭裕怀、内蒙古自治区政府副主席张廷武、领导组成员等参加了会议，并签订了联合建设万家寨水利枢纽工程的协议书。

会议议定了以下事项：1.确定了建设资金的筹集办法。万家寨水利枢纽工程（不含电站的送出工程）所需的建设资金由水利部、山西省、内蒙古自治区三方筹集解决，先采用过渡性的不注入资本金方案。水利部帮助内蒙古解决9亿元银行贷款，所需的其余建设资金由水利部和山西省各负担50%；枢纽工程使用山西引黄工程公路和通信线路，算作山西已投入枢纽资金；投入的全部建设资金，都视同贷款对待。利率和还款期限比照国家开发银行同期贷款利率和还款期限确定。枢纽工程投产运营后，通过售电和售水收益归还本息，按“先投先还，多投多还，少投少还”的原则，分配本息偿还量。还清全部投资本息后，三方各占有枢纽工程全部产权的1/3，分享工程收益的1/3，同时承担工程风险的1/3。2. 明确了电量电价，优惠了水价。（1）电量分配和电价测算。每年从实际发电量中（扣除厂用电）扣10%，作为库区及工程所在地用电，按8：2分配给内蒙古和山西，并执行优惠电价。其余电量，山西和内蒙古各分50%，所分电量执行上网电价。上网电价以15年全部偿还建设资金本息为测算基础，执行电力法规定的原则，测算度电售价为0.77元。（2）水价。以山西实际引水减少的发电量，按厂用电价计算发电损失，再加上取水口的运行成本，确定水费计算标准。山西不再承担原《意向书》确定的枢纽工程共用部分投资9%的用水补偿投资。这样单方水价约为0.027元，山西每年需付水费0.324亿元。3. 理顺了枢纽工程建设管理体制。（1）19日，严克强主持召开第一次董事会，选举山西省引黄工程管理局局长、引黄工程总公司总经理郑友三和内蒙古电力局局长、电力公司总经理乌力吉担任副董事长，山西省电力局局长卞学海、水利厅厅长赵生荣、内蒙古电力局副局长钱尚廉、计委工程咨询公司书记罗升祥和水利部建设司马云良、邹杰富为董事。由水利部出任第一任董事长，人选应能代表水利部并熟悉枢纽工程，待下一次董事会选举产生。监事会监事分别由山西省引黄工程管理局副局长、引黄工程总公司副总经理王必胜，内蒙古计委副主任武功，水利部财务司副司长牛文和职工代表一人组成。（2）黄河万家寨水利枢纽工程开发公司在现万管局的基础上改制。公司实行项目法人责任制。水利部经济管理局、山西省万家寨引黄工程总公司、内蒙古自治区电力集团公司分别作为三方委托出资法人单位，为公司股东。（3）对原领导小组成员作了必要调整。领导小组组长：严克强，副组长：郭裕怀、张廷武。成员：郑友三、王必胜、乌力吉、武功、何之垣、魏炳才。4. 推动了枢纽库区淹没处理和库区移民安置。922 米高程以下移民安置工作，内蒙古自治区表示按照已签订的移民协议抓紧完成。944 米高程以下按概算标准执行，多退少补。淹没处理和移民安置补偿标准应按国家有关规定，按审定概算由地方政府全面负责实施，黄河万家寨水利枢纽工程开发公司负责按计划拨款，检查督促，组织验收。库区维护和移民开发的后期扶持资金，从发电收入中度电提取 2 厘用于补偿，年限 10 年。

## 钱正英视察引黄工程并提出要求

**1996 年 9 月 9 日至 16 日** 全国政协副主席钱正英应中共山西省委、省政府的邀请，带领原国务院扶贫办副主任杨贵、引黄工程中方专家组成员张泽祯、魏永晖、张有天、裴秉镛、许四复、刘锡田等，在省领导胡富国、孙文盛、郭裕怀及引黄工程管理局局长郑友三等的陪同下，赴万家寨水利枢纽和引黄工程工地进行现场调研。此前，先派原水利部建设开发司司长、小浪底工程管理局局长朱云祥到工地进行了深入的调查研究。16 日，在晋祠宾馆召开座谈会，省领导胡富国、孙文盛、郭裕怀、郑社奎、冯芝茂和退下来的省级老同志王庭栋、李修仁、霍泛，省计委、水利厅等有关部门领导和引黄工程管理局副处级以上干部参加了会议。

钱正英发表了讲话，她首先肯定万家寨引黄工程从奠基以来取得了很大成绩。可概括为五个方面：一是工程总体方案不断得到完善。原一期工程是先送水到大同、朔州，现改为先送水到太原，包括了南干线和联接段工程；原来是利用汾河河道输水，现在采用部分管线和洞线输水，再加上太原市的供水工程，这就形成了一个完整方案。二是筹措了资金。省里向中央要了政策，通过煤、电、水几方面筹集资金，争取到世行贷款4亿美元，意大利政府贷款0.3亿美元，还争取到中央对枢纽的大部分投资。三是在方案有很大变化的情况下，完成了可行性研究报告，设计达到了一定深度，可作为国家审批的依据。设计难题基本得到解决。四是基本完成了工程的“四通一平”以及一些隧洞的开工，为全面开工创造了必要的条件。五是完成了初步的施工任务。枢纽基本按计划完成了任务，为1998年蓄水发电打下了基础。引黄工程总干完成30公里，南干铺开了一些工程，在不同地质条件、不同施工方法方面取得了初步实践经验。在谈到迎接今后更加艰巨的任务时，她说，当前为了全面开工，还要过三关：一是国家计委批准南干、联接段和太原市供水三个可研报告和引进外资的方案，二是通过世界银行评估，三是完成国际招标。这样才能进入全面施工。当前虽已取得了部分经验，但今后还会遇到困难，能否胜利建成，还有待实践考验。总的目标是一次投产成功，经受长期运行考验。通过调查研究针对需要注意的问题，钱正英提出：

1. 统一对“质量第一”指导思想的认识。对质量的复杂性、重要性，质量和工期的矛盾要取得一致的认识。应在保证质量的前提下，争取工期。要有高度的责任感和忧患意识，要着眼于最后建成的考验，防止领导的短期行为。2. 要确保标书的质量。原定国际招标的标书审查时间 13 天绝对不行，这次延长到 6 周时间，也要抓紧认真审查。3. 要检查已完成的工程，整顿已进场的队伍，总结前一段工程的经验教训，以求提高全面施工的水平。不合格的工队要坚决处理掉。4. 要花小钱，省大钱。对设计费、监理费，一定要合理付给，科学试验费、必要观测设备费也不能省。要给设代和监理人员提供必要的生活和工作条件，要加强施工地质工作。5. 在对外交往中要防止两种极端化倾向：一种是故步自封，闭关自守；另一种是让外国人牵着鼻子走。对外国人要高效率对高效率，严格性对严格性。现在看，对意大利承包商有点迁就。6. 充实和加强引黄管理局的机构和力量。原来为筹备工作而建的机构是不适应的，应加以调整充实。特别要加强技术方面的管理，建立健全总工、总监两个系统。还要建立一个高效的、精干的班子，在二线研究一些大的技术问题，协助总工、总监更好地工作。7. 争取水利部的支持。三个分指挥部现在技术力量远远不适应，要充实相当数量的技术骨干，发挥现有专家、技术员的积极性。再就是从水利厅调一些干部，破格选用一些超龄的技术干部。多分配一些大学生，抓紧培养。实在不够，可请水利部从全国选调少数干部。钱正英最后表示，要和山西的同志们同甘苦，共患难，分担责任，共同夺取新胜利。

朱云祥、张泽祯、魏永晖、张有天等专家在发言中提出：1. 要严格工程管理。计划管理是龙头，每年要编出一个年度计划，作为安排全年施工的重要依据。计划按概算和合同价格编制是很不准确的，应加大预备费的比例。严格进行合同管理和财务管理。2. 施工管理和技术管理分开带来了很多麻烦。手续过于烦琐，建议加以改进，建立以工程师为主的技术管理体系。3. 质量和安全管理也存在不少问题，粗细骨料多数不合格，钢筋控制不严，大部分洞段没有埋观测仪器。4. 物资供应不及时，有的工队在停工待料。5. 尽快为世行贷款做好准备，组成强有力的办事机构，配备外语人员，认真审查设计和标书，抓紧进行施工准备工作。6. 内部机构调整，理顺业主和监理、总部和分部的关系，赋予分部更大的职权。7. 标段划分过细，施工管理过小，给施工管理和监理带来了难度。8. 要开展专题研究，突破技术上的难题，如一、二级泵站优化厂房布置、黄土洞渗漏、水力抗磨、流量调节的可行性、南干地下水以下的洞段等。9. 南干隧洞全部安排 TBM 施工不合适，4 号洞、6 号洞和 7 号洞前段 10 公里，可用日本悬臂式掘进机施工。10. 要合理解决设计、监理费用，花小钱，省大钱，会取得更好的效果。

胡富国、孙文盛等在讲话中对钱正英等表示感谢。并表示，一定要认真贯彻落实钱正英副主席的建议，把引黄工程搞得更好。

## 引黄工程中方专家组在并召开会议研究工作

**1996 年 9 月 15 日** 引黄工程中方专家组部分成员，在陪同全国政协副主席钱正英视察引黄工程时，在晋祠宾馆举行了专家组会议。会议由组长张泽祯主持，许四复、魏永晖、刘锡田、张有天、张德平、裴秉镛参加了会议。

会议议定：1. 专家组下设水工、水泵、水力学、电气、自动化、施工、岩石力学和地质等专业组，针对性地研究解决工程建设中的重大技术问题。2. 协助引黄管理局进行各项专题评审工作：（1）总干一、二级泵站和南干 4 至 7 号隧洞国际标书设计；（2）引黄工程全线自动化调度设计；（3）解决工程设计图纸审查过程中提出的重要技术问题；（4）评审南干联接段初步设计。3. 现阶段主要工作如下：（1）总干一、二级泵站明管埋管方案的比较；（2）南干 4 至 7 号隧洞的地质专题和施工方案的研究；（3）黄土地段输水建筑物防渗、防止黄土湿陷变形及基础处理措施研究；（4）各泵站间流量平衡及水力过渡过程研究；（5）采用数值分析或水工模型试验，研究各种开停机情况下水位波动情况，以及用工程措施进行流量调节的可能性；（6）总干三级泵站，南干一、二级泵站前池及进水口水力学模型试验，研究前池水位变幅、流量调节及进水条件；（7）引黄工程全线自动化控制和管理设计；（8）对已完工程的质量监测与验收办法；（9）协助引黄局进行施工过程中的试验、研究、技术总结工作。

## 郭裕怀就“依靠科学、尊重专家”提出具体意见

**1996 年 9 月 17 日** 省政协主席、引黄工程总指挥郭裕怀主持召开引黄工程管理局领导及有关人员会议。会议根据全国政协

副主席钱正英“9·16”讲话，结合省委书记胡富国“8·16”常委会议讲话精神，着重研究了引黄工程要从思想上树立专家意识，尊重科学、尊重技术，从组织上切实加强管理局技术系统力量的问题。会议决定：1. 要切实形成尊重专家，以专家为师的良好风气，对专家提出的建议要有回音、有反馈，同时对专家的工作要组织好、服务好、专人专办。2. 在努力发挥中方专家组作用的同时，保留顾问组，由朱云祥、刘锡田、许四复组成。专家组每年定期不定期对工程建设进行咨询和推动。顾问组组长驻太原，凡是引黄工程的技术工作都要参加。考虑组建直接对总指挥部负责的技术委员会。3. 组建专家工作办公室，确定了专家组、顾问组的工作经费等问题。4. 加强以总工为首的技术力量，技术处划归总工领导，并着手考虑技术人员的充实、加强工作。5. 研究了世界银行评估前准备、国际标书审查及有关工作。

## 钱正英对审批南干线、联接段可研报告提出建议

**1996 年 9 月 23 日**　全国政协副主席钱正英在考察万家寨引黄工程后，给国家计委主任陈锦华写信，就引黄工程联接段可研报告的批复问题提出：鉴于 10 月 3 日世行评估在即，而世行又要求评估前南干线、联接段和太原市城市供水三个项目的可研报告得到国家计委的批准。为此，中国国际工程咨询公司受计委委托，进行了评估调研，提出联接段应进行“长洞”方案研究，与推荐的“管线”方案比较。但“长洞”方案还需做大量的前期工作，与世行评估发生矛盾。建议国家计委先批准“管线”方案，山西

抓紧进行两个方案的比较工作，最后确定最佳的联接段方案。

## 钮茂生表示水利部要继续支持引黄工程

**1996 年 9 月 24 日** 山西省委书记胡富国，省政协主席、引黄工程总指挥郭裕怀，副省长王文学在京与水利部部长钮茂生进行了座谈。水利部计划司副司长张国良、科技司副司长许洪波、引黄工程管理局局长郑友三、副局长姜凯等参加了座谈。郭裕怀、郑友三通报了引黄工程的进展情况。钮茂生表示，从全国一盘棋来看，引黄工程关系到山西，影响着全国。尽管引黄是地方项目，但是水利部过去、现在和将来都一如既往地积极促进，大力支持这一工程。水利部在技术、设计上要千方百计予以支持。水利部可以组织一批技术、管理干部，由山西挑选，并要促进可研报告尽快批复。凡是需要水利部做的事情，都积极努力地去做，共同把引黄的事办好。

## 引黄局召开国际Ⅰ、Ⅱ、Ⅲ标方案研讨会

**1996 年 9 月 28 日至 29 日** 引黄工程管理局邀请 D2 公司、CCPI 公司、天津勘测设计研究院、引黄工程顾问、专家组成员、工程监理等在太原召开引黄工程国际Ⅰ、Ⅱ、Ⅲ标方案研讨会。省政协主席、引黄工程总指挥郭裕怀出席会议并讲话。

会议认为：1. 总干一、二级泵站厂房布置、三洞室及五洞室布置方案都可行。从运行安全、维护管理简单，切合中国国情来看，五洞室方案较优。2. 国际Ⅱ标应对南干 4 号至 6 号洞的施工

方案作统一考虑。原方案采用TBM施工。考虑6号洞长14.6公里，为中奥陶系马家沟灰岩地层，TBM和钻爆法施工均有较大的风险，需采取适当的支护措施。而钻爆法施工在遇到喀斯特地形，工作面需要立即支护情况下较灵活，同意6号洞采用钻爆法施工。4号洞较短，地质条件不复杂，改为钻爆法施工。5号洞采用1台TBM从出口木瓜沟向进口方向掘进，但有可能进行大修，完成25.5公里有一定难度，且考虑到通风问题，拟在进口采用钻爆法掘进2~4公里予以接应。3.国际Ⅲ标，南干7号隧洞原两台TBM施工的方案是适宜的，但由于洞线较长，且存在着膨胀岩、有害气体、地下水等不良地质条件，同时考虑今后运行、检修的需要，洞线设若干支洞是必要的。

## 引黄工程总干7号隧洞贯通

**1996年10月4日** 由意大利CMC公司承建的引黄工程总干7号隧洞贯通。7号隧洞长2685米，采用双护盾全断面掘进机施工，历时三个月零七天。至此，CMC公司已完成承建隧洞总长21062米（总干6号至8号）70%的工程。

## 邹家华就引黄工程联接段方案作重要批示

**1996年10月6日** 山西省委书记胡富国、省长孙文盛、省政协主席郭裕怀就引黄南干线可研报告批复问题向邹家华副总理递呈请示报告，主要内容如下：10月5日，世行古纳先生给郭裕怀的传真，对国家计委未批准联接段工程的可研报告明确表示：

1. 对联接段的管线和洞线方案从技术可行性和经济合理性上进行了比较，世行不同意采用水电站及隧洞方案；2. 世行必须对整个项目即总干、南干、联接段进行评估，而不能对项目的某一部分进行评估；3. 如国家计委坚持采用长隧洞方案，将对整个系统的可行性重新进行审查，并不得不将评估团改为预评估团，可能将项目推迟到 1998 年或更晚，直到作出最后决定。鉴于世行的态度，请示报告提出：1. 关于联接段古纳先生坚持的管线方案是符合实际的，有道理的，且钱正英及随行专家考察后也建议先批准联接段目前可研报告；2. 管线方案已做了充分的前期工作，申报程序已完成。恳请邹家华副总理和陈锦华主任过问此事，请国家计委按世行评估程序要求，将南干和联接段（管线方案）及太原市城市供水可研报告一并尽快批准，并将意见函告世行，以免影响 10 月 20 日的正式评估。

10 月 8 日，邹家华就请示报告批示国家计委：当前先按管线方案，也就是按总干、南干、联接段的管线方案批可研报告。否则就会影响整个工作，后果将是严重的。至于洞线那是我们的论证工作，以后有结果再说。目前不能因此等待，请按此答复。

## 郭裕怀主持研究世行贷款有关问题

**1996 年 10 月 18 日** 在长河大厦召开了世行贷款综合协调领导组扩大会议，省政协主席、引黄工程总指挥、世行贷款综合协调领导组组长郭裕怀主持。参加会议的有省委常委、常务副省长刘振华、省人大常委会副主任张邦应、省政协副主席靳承序，综合协调领导组成员，引黄工程顾问刘锡田、许四复，省、市有关部门负责人，引黄工程管理局领导及准备世行贷款九个专业组的成员。

引黄工程管理局局长郑友三通报了世行贷款准备工作情况和接待世行评估团的工作重点。北京大学经济研究中心教授周其仁介绍了引黄管理体制设计的思路：1. 对世行体制改革设想的评估。世行提出的企业化体制改革有两个要点：一是有一个完整的水资源市场；二是在水资源市场下完成公司化改革，组织一批公司化的主体。认为：（1）他们的设想对山西改革有推动作用；（2）由于水资源市场供应垄断，世行的倾向是要考虑投资回报。但经我们研究发现有一个很矛盾的现象：一是预测引黄水到太原的水价为 5~5.28 元 / 立方米，只包括归还世行贷款的本息在内，不包括本国资金的本息。如把国内投资的本息也计算进去，水价显然太低，还要往高走。二是如再提高水价，需求就要起变化。例如，青岛引黄济青工程，规定生活用水 1.2 元 / 立方米，工业用水 1.5 元 / 立方米，但企业和市民仍感到用不起，到现在用水只达到设计水量的一半。天津引滦入津工程建成 10 多年，到现在也只用水一半左右，造成大量亏损。另一个问题是世行建议完成体制的企业化改革，建立水资源管理机构，问题是各公司之间的经济关系如何处理。是建立一个一个独立的公司，还是建立一个总的控股公司，把利润再在各分公司之间分割，我们还不明确。2. 我们的设计思路。按照投资要有回报的原则，采用逐步提高水价的途径。开始可按照营运成本来定价，大体 2 元 / 立方米左右，然后每年调价一次，让需求者竞争，超过定价的就是利润。这样有利于太原市的市场环境一致。但省人大、省政府一定要保证把水放够，实行“保量放价”。这样还可利用140亿元的固定资产投资形成一家公司，可以叫山西省黄河总公司，负责经营，积累资金。在下设立业主总公司、监理总公司、营运总公司，互相制衡。太原市每天30万立方米可开发的地下水，由市政府拍卖，价高者得。建议把双方的建议方案交给世行评估组进行审查。

郭裕怀在总结发言时指出，这次评估是最重要的一步，我们一定要努力追求成功，让世行贷款列入1997年财年计划。他要求：1. 各专业组要根据确定的任务，检查一下自己的工作深度能否满足世行要求，有无遗漏和失误，任务要专人专办，保证质量。2. 要认真，要负责。现在的问题是普遍不认真，不负责。太原市的任务还比较重，一定要努力完成好。3. 和世行打交道，要有国格、人格，不要把个人的意见当成业主的意见，在大的问题上要讲一个声音。希望大家齐心协力，共同完成这次评估任务。

## 世界银行对引黄工程项目进行评估

**1996年10月19日至11月10日** 以古纳先生为团长的世行项目评估考察团在山西对引黄工程项目进行正式评估。评估期间，9个专业组共举行大小会议79次，在水资源管理机构、水价、贷款偿还计划、培训与咨询服务、设置国际国内专家组、项目的采购计划、仲裁机构、环评移民管理、贷款生效条件、万家寨水利枢纽、汾河水库等问题上，双方达成了共识，评估程序全部完成。

11月6日，世行贷款评估工作总结会在长河大厦举行。古纳介绍了评估工作的主要内容，省政协主席、引黄工程总指挥郭裕怀讲话，他指出：评估程序的完成，标志着引黄工程将在原来的基础上全面展开，整个工程的设计方案将更加优化，工程管理水平会进一步提高，标志着引黄工程向1997财年贷款启动的目标又迈出了实质性的一大步。

11月9日，省领导胡富国、孙文盛、刘泽民、郭裕怀、冯芝茂、刘振华、武正国、梁国英、纪馨芳、杜五安等在迎泽宾馆为世界银行评估团举行欢送仪式。以古纳先生为团长的世行评估团从1995年开始，先后6次赴山西考察万家寨引黄工程，为加快引黄工程利用世行贷款进程付出了巨大的心血。省领导对古纳先生一行表示感谢，古纳先生也表示，一定尽力促成1997财年贷款项目的启动。仪式结束后，省领导就引黄工程下一步工作交换了意见。

## 省委常委扩大会议研究引黄工程利用世行贷款等重大问题

**1996年10月30日** 中共山西省委在太原召开常委扩大会议，就引黄工程利用世行贷款、召开再动员大会、体制改革、水价原则等进行了讨论。省领导胡富国、孙文盛、刘泽民、卢功勋、郭裕怀、冯芝茂、武正国、张秉法、王文学、纪馨芳、薛军，原省级领导王庭栋、李修仁、赵力之、霍泛、阎武宏、贾云标，万管局、省计委及引黄工程管理局有关领导、专家参加了会议。

会议认为，引黄工程这一重大决策不仅是应该的，而且已证明是非常符合现实的，目前所取得的成绩是很不容易的。现在，各方面的工作基本就绪，万家寨引黄工程世行评估工作进展顺利，关键问题是要实实在在去干，像干太旧高速公路那样，必须上下一致，同心协力。全国政协副主席钱正英9月考察引黄工程时提出的观点意见非常重要，必须认真贯彻执行。在今后的工作中，一定要把工程放在市场经济、价值法则上去考虑，注意解决经济体制转换过程中出现的各种问题。水价是全省人民关心的问题，是关注的重点。会上，北京大学中国经济研究中心教授周其仁提出了既考虑社会的承受能力，又着眼于经济的发展，妥善解决水价问题的新思路。会议决定，近日在全省范围内进行一次抢枢纽、保引黄工程再动员大会。省长孙文盛在会上要求，在探讨问题时，一定要确保1997年世行贷款目标的实现。在考虑引黄工程的下一步工作时，一定要站在引黄的大局去考虑，从山西的大局去考虑，眼界要放宽。在引黄工程上，包括后续管理方面，一定要按照市场经济的需要去操作去推进。省委书记胡富国最后指出，经过讨论和研究，心中更有数，头脑更清醒，目标更明确，决心更坚定。现在万家寨引黄工程进展顺利，所遇到的难题都一个一个地得到了解决。省委决定，要在近期召开动员大会，要告诉全省人民引黄工程整个进展情况，使大家进一步了解、关心、支持引黄工程。首先要抓住枢纽这一龙头，1998年蓄水发电，并分步实施，先抓一期工程引水到太原，再抓二期工程引水到大同、朔州。

## 省委、省政府在太原召开“抢枢纽、保引黄”动员大会

1996 年 11 月 5 日　中共山西省委、省政府在湖滨会堂召开“抢枢纽、保引黄”动员大会。参加动员大会的除主会场 2000 多名省直单位的干部外，全省 11 个地市、118 个县还设了分会场，数万名各级干部收看了大会现场直播。另外，各地的社会团体和企事业单位、有条件的居民委员会和村民委员会也组织群众进行了收听收看，有组织的收看人数约 50 万人以上。会议由省长孙文盛主持，他首先宣读了邹家华副总理的贺电，并致开幕词。接着播放了引黄工程专题片《千年意愿化宏图》。省委书记胡富国发表了讲话，水利部代表马云良、内蒙古自治区代表乌力吉在大会上讲了话，万管局局长周玉文作了表态发言。

最后，孙文盛介绍了为引黄工程作出巨大贡献的万家寨水利枢纽工程的建设者代表和山西省引黄工程建设者、专家代表，水利部和晋、蒙两省区的领导会见了代表们，并合影留念。

胡富国在讲话中指出，万家寨引黄工程是事关山西，事关全国，事关强国富民的大事。召开这次大会，就是要把省委、省政府的决心向全省人民表达出来，进一步动员全体共产党员、全省人民群众，像当年支援抗战一样，像近年来支援太旧高速公路建设一样，支援引黄工程建设，万众一心，艰苦奋斗，夺取引黄工程建设的伟大胜利。他详细谈到了引黄工程资金、技术、效益方面的情况：1. 资金已经落实。一是按照 1988 年出台的收取水资源补偿费的政策，到 2000 年可筹资 20 亿元；二是按照 1995 年中央

批准山西以煤养水、以电养水的政策，到2000年可筹资60亿元；三是争取世行贷款4亿美元，意大利政府贷款3000万美元，日本协力基金1.8亿美元，共6.1亿美元，折合人民币约50亿元。这些资金都不存在多大问题。这样，引水到太原和枢纽所需资金就基本得到落实。2.关于攻克技术难关问题。引黄工程的特点：一是隧洞长，埋深大，地质情况复杂，地下隧洞总长220公里，其中南干7号洞长43.5公里，为世界第一；二是泵站扬程高，难度大，泥沙多，这给水泵选型和制造带来了困难；三是防止渗漏的难度很大；四是引黄工程是个封闭式的输水系统，需要采用国际先进的自动化系统，对全线进行监测和调控。为了攻克技术难关，在充分发挥本省技术人员作用的同时，不惜代价聘请高级技术专家，引进国际先进设备，进行国际招标，特别是在钱正英、杨贵、朱云祥、张豫生、张泽祯等专家的帮助下，有的技术难关已经攻克，有的可望攻克。我相信，只要精心组织，认真对待，是完全可以攻克所有技术难关的。3.效益问题。按综合经济效益评价，引水工程年经济净收益可达12.39亿元，特别是枢纽工程，1998年就可以蓄水发电，产生效益，回收投资。从1998年到2001年，即引水到太原前3年，山西就可以得到20亿度调峰电的回报，以后可以长期稳定地每年分到5亿~8亿多度调峰电。按现在测算的电价是1度0.7~0.8元，8亿度调峰电就是6亿元。通过上述三个方面的分析，可以把三个担心变为三个放心，或者叫基本放心。他代表省委、省政府向全省人民宣布：第一，一期工程包括枢纽、总干、南干和太原引水工程在2001年全部完成；第二，枢纽工程

1998年蓄水，第一台机组发电；第三，在一期工程取得重大进展之后，着手进行二期工程建设，引水到朔州、大同。

乌力吉和马云良在发言中，都对万家寨水利枢纽和引黄工程充满信心，表示要努力协作，克服困难，保质、保量，按期完成。世行评估团团长古纳先生发言中说，“这个工程不仅仅是一个公益项目，还是一个效益十分显著的项目，将惠及山西人民，对全国经济发展具有重要意义。”他表示：“我本人有机会参加这一跨世纪宏伟工程的建设，与山西人民一道建设这一生命工程，是非常荣幸的。我和我的同事们将尽最大努力，从资金、技术、管理等方面给予帮助，支持这项工程顺利建成。”

参加会议的还有省领导刘泽民、郭裕怀、冯芝茂、董云海、支树平、刘振华、武正国、张秉法、梁国英、王文学、纪馨芳、杜五安及原省级老领导阮泊生、李修仁等，国家有关部委领导、引黄工程顾问、专家及世行评估团成员也出席了动员大会。

是日，国务院副总理邹家华向省委、省政府召开的“抢枢纽、保引黄动员大会”发来贺电。向万家寨水利枢纽、引黄工程的全体建设者和山西人民致以热烈的祝贺！希望水利部、内蒙古、山西省密切配合，协同作战，继续发扬艰苦奋斗、无私奉献、奋力拼搏的精神，保质、保量，按期完成建设任务，实现万家寨水利枢纽1998年蓄水发电、2001年通水到太原的目标。

## 引黄工程国际标资格预审工作完成

**1996年11月13日** 引黄工程国际标资格预审工作完成报世

行审批终稿。12 月 7 日，世行农村及社会发展处处长约瑟夫·哥德堡向引黄工程总公司副总经理姜凯发来《关于山西省万家寨引黄工程——土建工程资格预审评审意见》，至此，国际标资格预审工作全部完成。

国际标资格预审工作的过程和情况如下：世界银行于 8 月中旬批复本项目的资格预审文件，并在 8 月 20 日联合国《发展论证》商业版刊登《山西省万家寨引黄工程预审报告》，引黄工程管理局于 9 月 4 日分别在《人民日报》和《中国日报》刊登资格预审通告。至申请文件递文截止的 10 月 30 日，包括中国、德国、法国、意大利、西班牙、瑞士、瑞典、新西兰、奥地利、巴西、日本、韩国、土耳其、墨西哥和中国香港等 15 个国家和地区的 26 家公司递交了资格预审申请文件。涉及国外公司 28 家、内地公司 22 家和香港公司 2 家。

经评审工作组和国际咨询专家的审查和咨询，报资审领导小组。资审领导小组于 11 月 13 日对工作组和国际咨询专家的意见进行了审查，并提出审查意见，完成了报世行审批的评审报告终稿，最后经万家寨引黄工程总指挥部批准，共有 7 家联营体和 4 家单独的公司通过了Ⅰ标的资格预审，共有 8 家联营体和 2 家单独的公司通过了Ⅱ标的资格预审，共有 8 家联营体和 2 家单独的公司通过了Ⅲ标的资格预审。通过预审的共有 9 家联营体和 5 家单独的公司。

12 月 6 日，经世行审查批准，共有 10 家联营体和 4 家单独的公司通过了资格预审。这 10 家联营体如下：西班牙维克多、意大利萨利、哥尔、奥地利朗格公司联营体，瑞典斯勘纳、新西兰唐纳、香港保尔和巴西AG公司联营体，德国赫克蒂夫、瑞士马蒂和中国水电十四局、水电三局联营体，奥地利曼瑞埃、奥地利阿尔比和中国上海隧道局联营体，西班牙古比塔斯、西班牙安特卡努、中港建设总公司和中国铁十四局联合体，法国卡皮侬、德国蒂可霍夫、德国维斯和中国铁三局、山西水工局联合体，德国霍尔兹曼和中国安能公司联合体，日本大成建设、前田和中国水电五局联合体，德国翠柏林和中国水电九局联合体。4家单独的公司是韩国真露建设公司、法国杜美斯公司、韩国东亚建设公司和墨西哥ICA公司。

## 引黄总指挥部贯彻落实省委、省政府“抢枢纽、保引黄”动员大会精神

**1996年11月13日至15日** 引黄工程总指挥部由省政协主席、引黄工程总指挥郭裕怀主持召开会议。参加会议的有引黄工程顾问杨贵、朱云祥、刘锡田、许四复、牛辉林，引黄工程管理局领导郑友三等以及有关处、室负责人。会议主要讨论贯彻落实省委、省政府11月5日“抢枢纽、保引黄”动员大会精神，确保1998年枢纽蓄水发电、世行贷款1997财年启动、引黄工程2001年建成通水三大目标的实现。

会议研究决定：1. 确保工程质量。对施工队伍和监理队伍进行坚决果断、大刀阔斧的整顿。在抓紧清理遗留问题的同时，对工程质量彻底检查，该返工的返工，该停工的停工，该驱逐出场

的工队和监理单位坚决驱逐出场。在清理整顿到一定阶段，召开一次较大规模的质量现场会。同时要完善施工标准、施工规范，对现场出现的技术难题专题进行研究。对 CMC 公司要严格按合同办事。2. 建立健全监理系统。从体制上保证监理系统的独立性，建立以总监、总监代表、现场监理为网络的监理系统。单列监理账户。对国际标段 10 万美元以下，国内标段 40 万元人民币以下的问题，授权总监有现场处理权。平鲁试验室业务由总监负责。3. 健全技术系统。所需工程技术人员，一方面从局内部按专业能归队的尽量归队，招聘的外部人员尽快到位，一方面选派年轻技术干部赴二滩、江垭等地培训，并设置技术方面的专门账户。4. 确保 1998 年蓄水发电。王必胜以山西省代表、监事会主席、引黄局副局长身份进驻枢纽，并组建枢纽办公室，帮助解决枢纽建设中的困难和问题，协调疏通与枢纽、内蒙古的关系，争取水利部和有关部门的支持和帮助，当前要着力推进枢纽移民、机电设备订货、小沙湾工程迁建、枢纽投资管理等工作。同意将 1998 年底以前发电的效益作为奖励基金，阶段目标的奖励从工程费用中垫支，由投产发电奖励基金中扣除，剩余基金全部用于第一台机组发电的奖励。会议同意《盯住枢纽，确保九八蓄水发电的工作建议》。5. 成立局后勤办公室，并在财务上设立专门科目。近期主要任务是搞好车辆管理、接待服务，确保必要的办公条件，将施工补助和奖励、激励基金等列入工程预算等工作。6. 理顺物资供应关系。要认真研究标书中业主物资供应的范围及要求；对砂石骨料的供应要严格按照国际惯例及标书的要求进行；在充分调研的基础上，确定朔州转运站的建设方案。7. 办公室工作要突出综合职能，实现综合、协调、服务职能。局机关要确立为一线服务，为基层服务意识，逐步规范化、制度化，在提高工作水平和工作效率上狠下功夫。8. 会议要求按照世行贷款清单，按质、按量、按时完成。决定将外联处、世行办合并，会议还听取了土建国际标承包商资格预审情况的汇报，要求工作组从严把握，按程序要求将审查结果报送世行。

郭裕怀在总结讲话中指出，为做好当前工作要注意以下几个问题：1. 坚持对上、对下负责的一致性；2. 提高对顾问、专家重要性的认识，牢固树立尊重专家、依靠专家的意识；3. 加强培训，努力提高整体素质；4. 进一步坚定改革信念，强化改革意识；5. 通过学习中共十四届六中全会精神，形成讲政治、讲学习、讲正气的风尚；6. 宣传工作要有超前意识，要注意恰当把握对承包商和各种人物的宣传。

## 引黄工程管理局整顿施工、监理队伍

**1996 年 11 月 15 日至 12 月 15 日** 根据省委、省政府“抢枢纽、保引黄动员大会”精神和引黄总指挥部 11 月 13 日至 15 日会议精神，引黄工程管理局副局长兼总监刘劲军带领 23 人的工作组深入工地，与各分指挥部和电信总站一起对引黄工程的承包商和监理单位进行了为期一个月的清理整顿。整顿情况如下：1. 工队的整顿。通过召集有问题的承包商逐一谈话，指出他们的违约行为和质量问题；同时针对不同问题提出不同要求，问题严重的必须由承包商的所在局派人来进行整顿。经过对 12 家承包商逐一进行清理整顿，针对性地采取了处理措施，决定终止合同、驱逐出场的承包商有 3 家，清退分包商 12 家，有 2 家承包商被勒令停工整顿，3 个承包商更换了项目负责人。通过整顿普遍注意了质量，各家都在准备大模板，砼衬砌有了大改观。对错台、变形等质量问题，抽专人购置电动砂轮，采用人工磨掉。监理严把开仓合格证的发放，各家都在准备灌浆设备，使提高质量有了一个良好开端。2. 监理的整顿。已进驻引黄工地的监理单位共有 7 家，多数监理人员能够胜任工作，但因刚组建起步，机构不完善，适应国际标和联接段的力量仍感不足。据此，确定了“完善机构，充实人员，解决困难，落实责任”的整顿原则，由引黄工程顾问杨贵和刘劲军专门召集各监理单位负责人会议，指出了各家的不足和存在的质量问题，要求他们增强责任心，监理好现有工程，严把开仓证；迅速落实旁站人员，以合同为依据，建立健全各项监理制度，加大落实力度，确保监理作用真正发挥。3. 质量问题的调查和处理情况。通过调查，发现了 10 个承包商的 102 处质量问题，并基本查清了造成这些问题的原因、位置、材料来源及有关负责人，为总结经验教训和处理这些问题打下了基础。11 月 30 日，在总干 10 号洞出口，召开引黄沿线各施工单位班组长以上负责人参加的质量现场会。把“生命工程的生命在于质量，高度负责的高度在于认真”作为会标和会议的主题。会议当场凿除 10 号洞出口段 5 处不合格的混凝土，并现场浇筑两块合格的混凝土，组织与会人员参观了凿除、浇筑现场，使大家受到了深刻的教育。

11月20日，正在北京出差的郭裕怀，在百忙中致函正在工地抓承包商和监理队伍整顿工作的刘劲军，对整顿工作提出要求：一定要真正认识到你们肩上的责任重大。对施工质量的检查和把关不能有一丝一毫的疏忽和松懈，要动真格的！要大刀阔斧，不留情面，要以“壮士断腕”的决心和气魄，决不惜情护面，决不心慈手软，决不犹豫退让。这一仗打不好，整顿不彻底，引黄大业将遗患无穷。

这封信对搞好整顿工作，起到了很大的激励和促进作用。

## 引黄工程管理局赴内蒙古商谈“抢枢纽、保发电”亟待解决的问题

**1996年11月19日至21日** 引黄工程管理局局长郑友三、副局长王必胜率枢纽办公室人员赴呼和浩特向内蒙古方面通报山西省“抢枢纽、保引黄动员大会”情况，促使内蒙古方面就确保1998年发电做好相应的工作。为确保1998年蓄水发电，他们向内蒙古建议：1. 加快农村移民工作。2. 内蒙古专项迁建采用概算包干，由内蒙古负责设计施工。3. 电厂接入系统两省、区均已委托前期工作，1997年3月之前完成审批程序。4. 完善资本金制度。内蒙古提出资本金数额为概算的10%，三方各占1/3股份和注入资本金，其他以贷款解决。5. 小沙湾水源工程已编制可研，投资1.3亿元，工期3年，其改建是制约蓄水发电的关键。我们同水利部一道努力争取国家计委的协调，与准格尔煤田达成协议。6. 建立提前发电奖励基金。7. 加强董事会、监事会的工作，加大领导

力度，及时解决工程实施过程中的问题，确保1998年蓄水发电。内蒙古方面表示，要加强对移民工作的领导，专款专用，加大工作力度，切实做好移民工作。

## 省政府明确万家寨引黄工程总指挥部职能

**1996年11月19日** 省政府发出《关于明确山西省万家寨引黄工程总指挥部有关事宜的通知》，明确引黄工程总指挥部为政府行政机构，具有相应的行政职能，并授权其代表省人民政府承担有关引黄事务的组织、领导和协调工作，其主要职能如下：代表省人民政府研究、制定涉及万家寨引黄工程事务的有关政策；代表省人民政府与国务院，国家有关部门、邻省（区）联系办理有关万家寨引黄工程的事务；协调省内各相关利益机构及政府行政部门之间实施有关工程建设、移民等行政事务；设计、组织并推动市场和水资源机构改革。

## 世界银行与国家计委、财政部进行总结性会谈

**1996年11月20日** 世界银行引黄工程项目经理古纳先生、世行中国代表处项目官员蒋礼平先生和国家计委外经司国际金融组织处副处长蒋小菲、财政部世行司农业处张文才在京就引黄工程世行贷款评估工作进行了总结性会谈。

山西省计委、引黄工程管理局有关人员参加了会谈。古纳先生介绍了评估工作的基本情况和评估报告的重要内容，表示世行对引黄工程项目进行的研究是认真和详细的，而且是从长远的观

点来考虑的。国家计委和财政部有关人员提出：联接段工程方案问题的决定权在山西，且国家计委已将可研报告报国务院，还未接到审批意见。明年2月份古纳先生再次来华时将着重讨论单一货币贷款方式和可变利率问题。

## 郭裕怀主持会议，研究世行贷款、工程质量等重大问题

**1996年12月28日至31日** 为进一步落实省委、省政府"11·5"动员大会精神，使引黄工程建设再上新台阶，适应引黄工程从前期准备向全线开工转折的需要，引黄工程总指挥部召开会议。会议由省政协主席、引黄工程总指挥郭裕怀主持，出席会议的有引黄工程管理局领导郑友三、姜凯、刘劲军、王必胜、卫耕润、杨晋生、李德奎，引黄工程顾问杨贵、朱云祥、刘锡田、许四复、张豫生、牛辉林，列席会议的有省有关部门及各分部，各处、室、站负责人。

会议首先传达了省委书记胡富国12月27日的指示，听取了引黄工程各方面的工作情况汇报，围绕工程质量、技术等方面存在的问题进行了深入的研究与讨论。

胡富国在指示中说：现在是把施工质量提到首要和中心位置的时候了，要把质量方面存在的问题都搞清楚、摆出来，决不要回避、掩饰，然后一个一个加以及时、彻底、果断地解决，不然掩盖起来会危及全局，会葬送整个工程，也会葬送省委、省政府，葬送我们自己。

会议议定了以下主要问题：

1.关于程序推进和世行贷款工作。郑友三汇报了关于程序推进、万家寨引黄工程技术问题内部研讨会和国家计委外资司主持的利用世行贷款方案预审会的情况。议定：（1）世行贷款谈判前急需落实的任务，要抓紧办理；积极与有关方面衔接，并注意与世行的沟通。关于采用单一货币或综合货币形式，听取有关专家意见后决策。转贷方式同意统一归口财政部门，但要取得世行同意。同时要促进省财政厅向国家财政部争取部分软贷款。（2）太原市城市供水工程，近期与太原市及省直有关部门衔接，对存在的问题进行专题研究。督促省水利厅落实汾河水库取水口的勘测、设计等工作。（3）会议强调，与世行交往无小事。要严格注意保密，按程序办事，尽快制订几条符合引黄工程实际需要的保密守则，严格执行。

2.关于工程质量和工队、监理的整顿。会议听取了刘劲军关于前段整顿情况的汇报，认为整顿工作富有成效，但要进一步深入下去。（1）必须坚持质量第一、严字当头、一丝不苟、寸步不让、依法办事的原则。对已提出警告的施工、监理队伍进行二次复查，杀回马枪，如发现欺骗业主的，或确实没有履约能力的坚决清退。严重违法乱纪的移交司法部门处理。对整顿前后的工程质量要划出一条线，决不允许再出现类似的质量问题。下一阶段要更深入地触动监理队伍。（2）抓基础工作，保施工质量。坚持充分授权，明确责任，分级管理，分级负责的原则。技术、监理系统要尽快补充专业技术力量，尽快制订适应引黄工程建设的管理办法、施工规范。开展全员培训，培训后考试，持证上岗。(3)省建设厅、重点办、省水利厅质检站抽调骨干力量参加质量检查和整顿。清理整顿进行到适当时机，召开声势浩大的现场质量会。(4)对CMC公司存在的质量、索赔等问题要抽调专人专题剖析研究；对水电六局监理存在的问题也要专题研究。(5)局计划合同办牵头召集招标办、总工办等部门对以往招标、合同、技术规范等方面存在的问题进行清理。对遗留问题的处理，要坚持原则，分清责任，严格按合同、法律、规范，客观、公正、实事求是地予以解决。

3. 关于技术工作。听取了姜凯关于前一段技术系统工作进展情况的汇报，议定：(1)土建国际标标书参照世行要求的格式修改，服从世行贷款1997财年启动大局。(2)同意标前会1997年2月23日在朔州召开，尽快提出总体安排方案，向省政府提出专题报告。承包商进场前应由业主提供各方面条件，要具体安排逐项落实。(3)对意大利政府贷款要积极争取使用，使用方式可与省电力局等单位协商，抓紧推进。(4)工程验收一定要坚持标准，严格按合同办事。同时要注意技术资料的收集和归档。(5)自动化设计，要长期满足、适应工程需要，不能单纯追求单一技术的先进，要多方面比较论证，选好设计单位。

4. 关于枢纽工作。听取了王必胜关于万家寨水利枢纽工程建设情况的汇报，指出当前重点抓好以下工作：(1)对于枢纽概算的调整，要坚持原则，做到合理有利。(2)促进枢纽体制和机构的尽快到位，积极促成总经理人选尽快产生。(3)倒排日期，制订严格的网络控制计划，确保 1998 年蓄水发电。（4）尽快确定接入系统工程的投资分摊办法，与省电力局协商，报省计委确定。（5）小沙湾迁建工程要继续与有关方面保持接触，争取国家计委早日裁决。

会议还对物资供应、财务工作等问题进行了研究讨论。

# 一九九七年

## 国务院批准引黄入晋工程南干线和联接段可行性研究报告

**1997 年 1 月 8 日** 国家计委计农经〔1997〕31 号文件通知，万家寨引黄工程南干隧洞出口至太原城市接水口输水工程可行性研究报告已经国务院批准。国家计委 1996 年 10 月 9 日上报国务院《关于审批山西省万家寨引黄工程南干隧洞出口至太原城市接水口输水工程可行性研究报告的请示》中称：1. 万家寨引黄入晋工程是山西省在建重点水利建设项目。建设联接段工程可以避免利用原河道输水可能产生的污染和渗漏问题，是保证太原市得到足够优质、洁净的黄河水的重要措施。同意将联接段工程作为引黄入晋工程的重要组成部分，与引黄入晋工程同步实施。2. 原则同意联接段工程选定部分管线方案，即从南干 7 号洞末端至汾河水库约 81 公里利用天然河道输水，从汾河水库至太原呼延水厂约 57 公里采用以压力管道为主的输水方式。3. 按 1995 年下半年物价核定工程静态投资 14.74 亿元，总投资 22.72 亿元。建设资金除利用外资约 0.78 亿美元外，其余投资由山西省解决，外资本息偿还亦由山西省负责。4. 关于引黄工程利用外资 4.3 亿美元的具体方案，待世行完成评估以及意大利政府正式承诺后，再行审批。

1月8日，国家计委计农经〔1997〕33号文件通知，山西引黄入晋工程南干线可行性研究报告已经国务院批准。国家计委1996年10月4日上报国务院《关于审批引黄入晋工程南干线可行性研究报告的请示》中称：根据国务院批准的引黄入晋工程的总体规划，万家寨引黄总干渠引水流量为48立方米/秒，多年平均引水量12亿立方米，为太原市供水的南干渠引水流量为25.8秒立方米，多年平均引水量为6.4亿立方米，南干线输水线路总长为103公里。核定引黄入晋南干线工程静态投资为24.5亿元，动态投资为33亿元，其中拟利用世行贷款2.25亿美元（万家寨引水至太原整个工程利用世行贷款4亿美元，除南干线工程利用2.25亿美元外，还有总干线工程1.27亿美元，联接段工程0.48亿美元。关于利用世行4亿美元贷款的具体方案，待世行评估后，由山西省报我委审批），其余投资由山西省解决。资金的主要来源是吨煤加收1元和省内用电每度征收1.5分的水资源补偿费。鉴于太原市缺水严重，引黄南干线工程的前期工作基本完备，工程投资也基本落实，建议国务院批准山西省引黄入晋南干线项目的可行性研究报告。请山西省做好工程初步设计工作，进一步优化建设方案，初步设计由山西省水利部审批。工程开工时间在年计划中解决。

1月25日，引黄工程总指挥部在太原举行新闻发布会。省长孙文盛发布新闻：引黄入晋工程联接段和南干线可行性研究报告已经国务院批准，国务院明确批复了山西省吨煤度电增收水资源补偿费的方案，国家计委决定增加对万家寨枢纽工程的资金投入，国家批准万家寨引黄工程 1997 财年利用 4 亿美元世行贷款，标志着引黄工程建设将进入一个新的历史阶段。

## 引黄工程总体协调领导组审议《山西省万家寨引黄工程体制方案》并向职工通报

**1997 年 1 月 18 日至 19 日** 《山西省万家寨引黄工程体制方案》审议会在太原举行。会议由引黄工程世行贷款总体协调领导组组长郭裕怀主持，引黄工程顾问王庭栋、李修仁、霍泛，省政府秘书长薄越亮，总体协调领导组副组长郑友三和领导组成员赵生荣、易培刚，省人大、省政协、省纪委以及省委组织部、省计委、人事厅、水利厅、财政厅等 20 多个部门的负责人参加了会议。北京大学中国经济研究中心专家组周其仁教授，对引黄工程体制方案的内容作了说明。审议认为：方案的总体构思和框架很好，是积极可取的，有超前意识和创新精神，把商业化原则引进到工程中势在必行，也体现出引黄工程总指挥部深化体制改革的远见、决心和魄力。要继续认真研究，把方案修订好，报省委、省政府审定。

1 月 21 日，引黄工程总指挥部召开引黄系统职工大会，由引黄特邀顾问牛辉林通报了《山西省引黄工程体制方案》情况。该方案由北京大学中国经济研究中心周其仁教授领导的课题组编制完成，要点如下：1. 方案设计的理论和实践依据：（1）世行关于引黄体制政企分开、进行公司化改组、建立三元制衡机制、还本付息的硬性要求；（2）邹家华副总理关于建立项目法人责任制和现代企业制度的指示；（3）省委关于引黄体制要改革，作为山西改革开放“窗口”的指示；（4）国内外大中型引水工程建设、营运的经验和教训；（5）引黄工程成功的经验及形成的业主公司和监理公司的格局。2. 总体思路和指导思想：用改革的办法，把商业化原则、市场经济原则引入引黄体制中，一是最大限度地调动人的积极性，使人尽其能；二是最大限度地把钱用在工程上，使财尽其用，使投资得到保值和增值。3. 方案的总体框架：（1）投资体制，包括筹措工程资本的体制和确保投资安排和效益的体制。计划建立一个“黄河基金”（暂名），资金来源主要有5项：按吨煤度电收取的水资源补偿费，1998年枢纽发电后的收入，通水到太原后售水取得的利润，实行金融运作后吸收的社会投资，工程沿线及所属公司在经营和开发中的收入。资金投向主要有4项：建设期的投资，营运期的投资，可能进行的金融运作的投资，还本付息。由于基金的设立是一项涉及金融、立法、政府授权等方面的问题，这一部分需高层领导协调来解决。（2）建设体制：组建业主、监理、承包商三元制衡的体制。业主和监理、承包商是合同关系、雇佣关系。监理又是独立、公正的实体，主要是制约承包商，对业主也起到一定的制约作用。（3）营运体制：要突破对统一供水资源的行政性分割，把引黄工程的业主公司、汾河一库、汾河二库、汾河灌溉管理局、太原市供水公司从纵向整合成一个汾河流域的供水公司。（4）以上体制就可以做到资金的保值、增值。但由于我国还不具备完全市场运作的环境，正处在由计划经济向市场经济的过渡期，因此不可能实行完全的商业化、市场化。除黄河基金和公司以外，还需要有政府部门即引黄总指挥部和管理局，要用行政手段保证公司化的运作。4. 实行聘用制、经济激励机制及人员培训。实行政企分开以后，总指挥部系统的干部只能是实行月薪制，新建的三个公司的人员要按现代企业制度，实行聘用制、年薪制和经济激励机制。现有人员要进行培训，训后考试，持证上岗。

郭裕怀在会上指出，改革是一场革命，我们不可能舒舒服服地改革，必须坚定信心，不能止步不前，更不能动摇。他强调：1. 改革的核心是解决人和钱的问题，当然要靠思想教育的作用，但核心是体制。预期决定行为，这次改革就是把预期和行为结合起来，首先解决分配，把钱和他的利益联系起来，就会激励他勤奋、拼搏，注意节约。不断地竞争，使每个人都处于高度的竞技状态。2. 体制转型期间，所有工作责任都由原机构负责，一直到宣布旧机构撤销为止。现在并不承诺把现有人员都安排到新体制中任职，要经过考试、考核，择优录用。从长远看，我们这支队伍是有潜力的，只是少数人不适应，希望大家继续努力。

## 引黄工程总指挥部召开质量现场会

**1997 年 2 月 18 日至 19 日** 引黄工程总指挥部在偏关召开质量现场会。参加会议的有引黄工程总指挥部，引黄工程管理局，省水利厅，省重点办，引黄各处、室、站、分部负责人，以及参加引黄工程建设的各施工、监理单位的负责人，共 150 余人。18 日，全体与会人员先后赴南干 1 至 3 号洞和总干 10 号隧洞出口段进行现场检查，听取了工地负责人的汇报。19日上午，在偏关分指挥部召开大会，刘劲军作了关于质量问题的情况汇报，郭裕怀作了《约法三章，确保质量》的讲话，省水利厅厅长赵生荣，省重点办主任史云标，偏关、平鲁、宁武分部负责人，华北水利水电学院原副院长张镜剑，铁三局党委书记刘春山，省水利勘测设计院驻南干1号、2号隧洞监理组，省水工局，铁十三局南干3号隧洞项目部代表等相继发了言。

郭裕怀在讲话中着重讲了三个问题：一、引黄工程开工诸事俱备，今后的问题，成也质量，败也质量。1997年是引黄工程全线开工的一年，是世行贷款启动、国际承包商进场的一年，是建设期体制转型的试验期，也是决战枢纽的一年。今后引黄工程的命运将取决于质量。为什么说质量是引黄工程的命根子呢？首先，因为引黄工程不同于一般的公路、铁路和普通的建筑工程，它是输水工程，要求不能渗，不能漏，不能有沉陷，不能有坍塌，一旦出了问题，就一丈不通，万丈无功。而且，引黄也不同于一般的输水工程，它扬程高，埋深大，隧洞长，沿途的地形和地质条件十分复杂，特别是多处经过见水就沉陷的湿陷性黄土，技术难度大，科技含量高，是中国没有、世界罕见的高难工程。同时，施工战线长，国内外承包商一齐进场，工程管理特别是质量管理的难度很大。由于质量在整个引黄工程中的决定性影响和质量管理在工程管理中的决定性地位，势必使质量问题成为这个生命工程的命根子。二、必须高度重视和认真汲取试开工阶段在质量管理问题上积累的经验教训。从省水利厅质监站报告提出的数据来看，我们必须肯定试开工阶段工程质量是逐年提高的，总的看也是好的。但也存在一些不容忽视的严重问题。造成工程质量中存在的问题，经过整顿的调查和分析，有以下八个方面的原因：1. 承包商违约或违反建筑市场有关规定，严重影响了施工质量。2. 监理工作不到位、不尽职。3. 业主方也存在不能按合同规定严格要求监理到位，按合同规定严格检查承包商工队资质，按合同对工程支付严格把关和保证施工环境等问题。4. 设计方面存在的问题。5. 原材料质量问题。6. 部分施工现场管理混乱。7. 工程的试验、检测手段和条件没有及时得到解决。8. 我们各方对引黄工程施工的重点、难点，没引起足够的重视和认真进行调查研究。三、约法三章，确保质量，把全员质量意识和全面质量管理真正落到实处。约法三章内容如下：1. 必须严格遵守合同，坚决按合同和合同法办事。2. 必须严格遵守水工规范，坚决按水工规范组织原材料、施工、监理、质检和验收。3. 必须严格遵守社会公德和职业道德，坚决按社会公德和职业道德自觉地规范自己的行为，在参与引黄工程这个大型公益事业中自觉地做到善事善举、善事善办。

## 张基尧考察枢纽工地，高度评价郭裕怀关于质量问题的讲话

**1997 年 3 月 11 日** 水利部副部长张基尧等在万家寨水利枢纽工程开发公司董事长王文珂、山西代表王必胜等陪同下考察了枢纽工地。在工地现场，张基尧仔细了解了工程建设、职工生活

等方面的情况，他要求全体建设者继续发扬无私奉献、团结协作、科学求实、开拓进取的精神，确保工程1997年安全度汛和1998年第一台机组发电目标的实现。并要求各施工单位一定认真编制，以确保实现1998年发电为目标的网络计划，从材料、机械、设备到人力资源都要做好充分准备，要以月进度保季进度，以季进度保年进度。要保证关键路线一路畅通，重要结点按期实现，要实施分阶段承诺机制，建立实现承诺的奖励办法，确保建设目标按期实现。12日，张基尧听取了枢纽工作的汇报，并同山西驻枢纽的代表进行了座谈。他高度评价了郭裕怀总指挥关于引黄工程质量的两个讲话。他说，郭裕怀同志关于引黄工程质量的《千秋大业，质量第一》和《约法三章，确保质量》两个讲话，讲得很好，很切合实际，有普遍意义，已批示水利部建设司传阅，并准备印发给全国各重点水利基建工程。

## 国家计委对万家寨引黄入晋工程利用世界银行贷款方案给予批复

**1997年4月1日** 国家计委向山西省计委下达《关于山西省万家寨引黄入晋工程利用世界银行贷款方案的批复》。主要内容如下：

1. 山西省万家寨引黄入晋工程的建设，对缓解太原地区城市和工农业生产用水紧张状况具有重要的作用。鉴于此，同意你省利用世行贷款4亿美元，用于建设引黄入晋工程的总干线、南干线和联接段引水至太原工程，输水线路203公里，工程建成后，每年向太原输水3.2亿立方米，输水流量每秒12.9立方米。

2. 项目总投资为 112.97 亿元，其中总干线 40.24 亿元，南干线 41.56 亿元，联接段 22.72 亿元，输变电和全线自动化投资 6.75 亿元，环境管理与机构建设的 1.7 亿元应适当压缩。项目所需国内配套资金 79.75 亿元，由你省根据国务院对项目可行性研究报告批复的原则予以落实。

3. 原则同意你委所报世行贷款的使用分配方案及采购内容。世行贷款 4 亿美元，分别用于总干线工程 9956 万美元，南干线工程 19989 万美元，联接段工程 6600 万美元，全线自动化（总干、南干）工程 2388 万美元。有关水机构和环境管理设施建设 1067 万美元应尽量压缩，并切实落实具体项目，确保项目效益，以保证世行贷款的偿还。按资金用途划分用于咨询培训费用的 1628 万美元也应适当压缩，调减下的资金用于设备招标采购，请按国内有关招标采购的规定办理审批手续。

4. 所借世行贷款还本付息及汇率风险，由本省根据与财政部商定的转贷条件负责偿还，并请特别注意落实项目建设所需对外偿还的利息费用。请认真落实项目建设的其他配套条件。有关项目实施执行情况，请及时报国家计委及有关单位。

## 引黄一期工程世行贷款谈判成功并完成批准程序

**1997 年 4 月 14 日至 18 日** 万家寨引黄工程一期工程利用世界银行贷款 4 亿美元，在美国华盛顿世界银行总部进行了紧张的谈判后，达成协议。

中方参加谈判的代表团团长为财政部世行司副司长潘晓江，

成员包括财政部、国家计委、山西省计委、财政厅有关负责人员，引黄管理局局长郑友三、副局长姜凯。世行参加谈判的有项目负责人古纳、律师德威特、支付官员金洪明、咨询专家李群、项目助理王晓岚。谈判期间，中国驻世界银行执行董事李勇、执行副董事赵晓宇、世行中蒙局罗兰德先生给予了充分的支持与合作。双方围绕《贷款协定》《山西项目协定》《引黄工程总公司项目协定》三个法律文本工程执行和实施、财务条约、贷款实施和终止日期等问题，进行了认真和反复的讨论，并达成了共识。

万家寨引黄一期工程世界银行贷款 4 亿美元，为世界银行本年度最大的融资项目，实行单一货币。1996 年 10 月 20 日为追溯报账起始日，至 2003 年 6 月 30 日终止，还款期 20 年，含宽限期 5 年。贷款将同省内自筹资金安排在总干、南干、联接段部分工程及国际货物采购中使用。工程建设将按国际惯例对限额以上标段进行国际招标。

其间，应世界银行邀请率团出访美国的引黄工程总指挥郭裕怀指导了我方与世行的谈判工作，并与世行常务副行长赛维里诺、中蒙局代局长罗兰德就山西省同世行的引黄二期工程贷款交换了意见。赛维里诺表示，二期工程贷款世行绝不犹豫。谈判结束后，郭裕怀代表山西省对中外人员的辛勤工作和支持帮助表示感谢。

6 月 3 日，世界银行中蒙局农村和社会发展处处长约瑟夫·哥德堡先生致电国家财政部部长刘仲藜并引黄工程总指挥郭裕怀，告知他们，世行执董会于当日批准了引黄工程的 4 亿美元贷款，并希望能早日签订贷款协定和项目协定。

8月29日，中国驻美大使馆公使周文仲与世行新任驻华首席代表、世行中国项目局局长黄育川在美国华盛顿分别代表双方签署了万家寨引黄工程贷款协定和项目协定。根据协定，贷款生效时间为1997年11月27日。按照世界银行要求的程序，之后的贷款协定又经国务院主要领导人签字，项目协定经山西省政府主要领导人签字，并办理了转贷和法律各项手续。国内程序全部完成后，将有关资料报送世行。

11月24日，世行向引黄工程总指挥部发来传真：世行已接受引黄总指挥部为满足世行贷款协定生效的先决条件所提交的资料。中华人民共和国和世行之间为引黄工程签订的《贷款协定》，以及世行和山西省之间签订的《山西项目协定》，世行和山西万家寨引黄工程总公司之间签订的《万家寨引水工程项目协定》均在11月21日生效。

至此，引黄工程世行贷款正式启动。

## 引黄工程体制改革进入实施阶段

**1997年5月13日** 引黄工程总指挥部召开全系统处级以上干部和引黄工程管理局机关全体职工大会，宣布《山西省引黄工程人才市场（试验期）实施方案》正式出台，全员进入内部人才市场，原则上全体干部、技术人员、职工都处于待岗和竞岗状态，并开始了竞岗报名工作。至此，引黄工程体制改革进入了实施阶段。

会上，首先由引黄工程顾问牛辉林通报了赴上海、深圳、平朔露天煤矿考察体制改革的情况。综合沪、深等地改革开放的主要经验和体会总结如下：1. 发展地方经济、搞活国有企业的唯一出路是改革开放。2. 建立现代企业制度的前提是达到“产权清晰、责权明确、政企分开、科学管理”的要求。3. 建立现代企业制度“根本在体制，关键在机制”。体制是权力划分的根本制度，机制包括用人制度、分配制度。4. 国有企业灵活机制的核心是用人制度和分配制度。用人制度的核心是竞争，分配制度的核心是激励。5. 改革需要解放思想、大胆实践和慎重推动相结合。根据外地的经验，结合引黄工程的实际，引黄工程体制改革的核心是搞好建设、资金、营运三大体制和竞争、激励两大机制。接着，分别宣读了《山西省引黄工程人才市场（试验期）实施方案》和建设总公司、咨询有限责任公司的组建方案。

省政协主席、引黄工程总指挥郭裕怀在讲话中指出，我们的《引黄工程体制改革大纲》符合引黄工程实际工作需要，符合世行的要求，符合市场经济的要求，要毫不动摇地按照大纲的要求去做。我们要加快改革的速度，具体措施，一条是用人，另一条是报酬制度，再加一个组阁制度。搞两个公司，就是要把两个老总立起来，独立起来，责任明确，授权明确，今后就是你负责，不是第二、第三个人负责。明明确确，不留旧体制的痕迹和尾巴。这样才能真正搞资本经营，第一要保值，第二要增值。选人极其重要，选错人就误事，要把最能干、最负责任的人放在最重要的岗位上。他要求各分部一手抓改革，一手抓工程，迎接工程全面开工，迎接国际承包商进场。

## 引黄工程“三元制衡”建设体制正式启动运行

**1997 年 5 月 29 日** 引黄工程指挥部召开扩大会议，省政协主席、引黄工程总指挥郭裕怀，副省长、常务副总指挥杜五安，引黄工程顾问王庭栋、李修仁、霍泛，总指挥部和管理局领导、管理局处级以上干部，引黄建设总公司和黄河咨询有限公司中层干部参加了会议。杜五安主持会议，并宣布了省委、省政府关于引黄工程指挥部和引黄管理局新一届领导班子成员任命名单。郭裕怀在会上宣布：引黄工程的建设体制正式启动运行。

郭裕怀在讲话中指出：1. 全体员工要认真学习省委、省政府有关引黄工程的文件和胡富国书记的重要讲话，学习《引黄工程体制改革大纲》，《大纲》是引黄工程的宪法，通过学习，要着重加深对商业化、公司化原则，分级负责、政企分开原则的理解，加快两大公司内部部门职能的界定。2. 对于体制改革，要有坚定的信心，不能动摇，不能走样，要坚决去做。3. 两个公司真正按商业化原则、公司化原则运作，步伐要加快。两个公司在改革中不存在过渡阶段，要完全彻底地改革。4. 在转型中一定要紧紧把握住现代企业制度的特征，就是产权清晰、权责明确、政企分开、科学管理四个方面。在产权明确以后，要认真进行财务分析、成本分析，要研究资金的流程。不管哪个部门都不准再有遗留问题。这次两个公司聘用的人，一要快到位，二要确实负起责任来，三要出色完成任务。根据他们的工作实绩，考虑签订聘用合同。这次聘用是探索靠市场来选拔、培养人才的路子，把真正能干的人放在重要岗位上。要参照二滩、小浪底、三峡的做法，尽快建立起激励机制，给予他们合理的报酬。

杜五安指出，正确路线确定以后，领导干部就是关键。这次引黄新一届领导班子的充实调整，充分说明省委、省政府对我们的信任。我们只能前进，不能后退；只能团结一致，不能打横炮。引黄工程是省委、省政府确定的改革典型，我们要积极创造出引黄自己的精神、经验和管理模式，这是中西结合的、符合中国国情和商业化原则的新经验。我们绝不辜负省委、省政府的信任和全省 3000 万人民的期望。

## 乔石视察万家寨引黄工程

**1997 年 5 月 31 日** 中共中央政治局常委、全国人大常委会委员长乔石在省领导胡富国、卢功勋、郭裕怀等陪同下视察了万家寨水利枢纽和引黄工程工地，并看望了现场的管理人员和工程建设者。乔石在视察中指出：改变严重缺水的局面，对山西来说至关重要，要搞好规划，要抓紧干。引黄工程是从山西的实际出发的，也是符合国家发展需要的，具有重大的经济和社会效益。这些年，山西在工程建设上作出了巨大努力，取得了可喜的成绩。他强调，引黄工程技术含量高，施工难度大，要继续精心组织，精心施工，努力采用先进技术和工艺，严格把好质量关，按计划建设好，以促进发展，造福人民，并为引黄工程题词：“艰苦奋斗，引黄入晋。”

## 引黄工程传达邹家华的重要批示，强调财务监督和管理的重要性

1997年6月21日 引黄工程总指挥郭裕怀主持召开总指挥部办公会议，副总指挥赵生荣、姜凯、刘劲军等和引黄管理局领导牛辉林、卫亚林、李德奎出席了会议。

郭裕怀简要通报了近日在京高层运作的情况，他传达了邹家华副总理最近对引黄工程的重要批示："在工程实施过程中，一定要坚持质量第一，勤俭办事，不超概算，对办公楼及其辅助设施的建设，要做到实用、方便，不求豪华，祝取得更大成绩。"郭裕怀强调：引黄工程之所以能得到国务院和有关部委的关心、支持，是因为工程本身的重要性，是因为山西省委、省政府在政府高层有信誉。

会议听取了赴京推进太原市城市供水项目的情况汇报，听取了姜凯、卫亚林关于理顺和加强引黄工程计划、财务管理工作的设想，听取了刘劲军关于今年防汛工作安排的情况汇报。会议对引黄工程的近期工作作了安排：1. 近期要确定总指挥部议事制度、会议和纪要制度、完善决策程序。会议重申，管理局是总指挥部的办事机构，不是决策机构。2. 为确保有效的财务监督和财务管理，对枢纽、引黄工程建设总公司、汾河二库等大额投资均须总指挥签字。财务中心主要负责基金的筹备，以及根据总指挥部批准的省计委下达的年度工程计划和投资计划向各单位拨付投资，并行使投资监控职能。3. 两大公司要抓要害，抓关键、抓薄弱的

环节，已授权的事两大公司要积极去办，不要等不要靠。两大公司要有一个隆重的成立仪式，向社会公布法律赋予的新生命。

## 省委、省政府正式批复《引黄工程体制改革大纲》

**1997 年 6 月 25 日** 中共山西省委、山西省人民政府向万家寨引黄工程总指挥部并各地市委、各地区行署、市人民政府、省直各有关部门、各大型企业下发《关于对〈山西省引黄工程体制改革大纲〉的批复》（以下简称《批复》）。《批复》称：省委、省政府同意《山西省引黄工程体制改革大纲》，要求引黄工程总指挥部将此作为引黄工程体制改革的纲领性文件，认真贯彻实施，切实抓好落实，用全新的体制保障工程建设目标的实现，在改革方面为全省走出一条路子，并为国有企业改革提供示范的经验。《批复》还指出，引黄工程是山西的生命工程。各地、各有关部门、各企业一定要提高认识，带着爱党、爱山西的深厚感情，积极支持、密切配合引黄工程，优化施工环境，把引黄的事情办好。同时，要认真学习引黄工程的改革精神和改革经验，抓住体制这个根本，机制这个关键，管理这个重点，解放思想这个前提，进一步深化国有企业改革，进而推动全省各方面的改革，开创山西改革的新局面。

《山西省引黄工程体制改革大纲》，共分 9 章、55 条，对引黄工程新体制的设计依据和指导思想，引黄工程总指挥部、投资体制（黄河基金）、建设体制（三元制衡）、营运体制（汾河流域供水总公司）、供水和水价形成机制、竞争性水源的制度安排、效益核算和激励机制、体制转型和程序等问题都作了详细的阐述和具体的规定。

## 陶鲁笳考察万家寨引黄工程

1997年8月18日 原中共山西省委第一书记陶鲁笳前往万家寨引黄工程工地，考察了由意大利CMC公司承建的引黄总干6号、7号、8号隧洞和万家寨水利枢纽工程，并听取了施工经过的汇报。陶鲁笳表示，通过考察受到很大鼓舞，这项工程十分艰巨、很伟大，建成后人民将获得很大效益。

## 引黄工程土建国际标Ⅰ、Ⅱ、Ⅲ标合同签字仪式隆重举行

1997年8月28日 万家寨引黄工程土建项目国际标Ⅰ、Ⅱ、Ⅲ标合同签字仪式在太原迎泽宾馆隆重举行。省领导胡富国、孙文盛、郑社奎、刘泽民、郭裕怀、武正国、陈德毅、徐生岚、杜五安、薛军和原省级老领导王庭栋、李修仁、霍泛，引黄工程总指挥部、管理局、工程总公司、咨询公司和省有关部门的负责人，国外承包商代表等100多人出席了签字仪式。

省政协主席、引黄工程总指挥郭裕怀首先讲话。他说：这样大型的国际性招标、评标在山西水利建设史上尚属首次。因此，作为业主一方，我们要靠有效的合同向山西3000万人民保证生命工程的质量、工期和概算；作为承包商要靠忠实地履行合同，在这项世界级工程中取得良好的记录、信誉、声望，以及应得的经

济效益；作为监理，则要依靠合同树立在工程建设中的权威、声誉，在国内外打出自己的品牌；作为咨询机构和代理机构，则要靠合同证明自己的专业水平、工作信誉和机构形象。他希望签约各方都能够做引黄工程的大英雄，做山西人民的大功臣。

接着，引黄工程总公司总经理姜凯代表业主分别跟奥中联营体的穆勒先生、万龙联营体的查安东先生和代理商中国机械进出口公司、中技国际招标公司的代表在土建国际Ⅰ、Ⅱ、Ⅲ标合同书上签字，姜凯和奥中联营体的代表阿鲁塔、万龙联营体的代表查安东分别在仪式上讲了话。

省委书记胡富国代表省委、省政府向即将投入国际标段建设的各方提出三条要求：1. 山西人民对承担这一工程的业主、承包商、监理三方都给予了极大的关注和历史的厚望，各方的功过荣辱系于引黄工程的成败之中；2. 希望奥中、万龙两个国际联营体在这个使用世界银行贷款的世界级工程建设中，建设出世界水平的高质量工程来；3. 希望签约各方承担起庄严的法律责任、神圣的历史责任，不辜负山西 3000 万人民的厚望，打胜打好引黄一期工程的攻坚战。

签字仪式后，省委、省政府在迎泽宾馆设招待酒会。省长孙文盛祝酒时说：“合同的签署，将工程建设的各方紧紧连在一起，在今后 48 个月的日日夜夜中，工程建设各方将沿着严格执行合同的共同之路，达到工程建设圆满完成的共同目标。在各方的精诚合作、共同奋斗之下，一定能够把生命之水引到太原。”

## 省委、省政府召开引黄工程国际标开工令发布暨动员大会

**1997 年 8 月 30 日** 省委、省政府在太原市工人文化宫召开万家寨引黄工程开工令发布暨动员大会。大会由省政协主席、引黄工程总指挥郭裕怀主持。大会一开始，省引黄工程管理局局长郑友三首先宣读了从华盛顿发给郭裕怀和引黄工程总公司的关于万家寨引水项目《贷款协定》和《项目协定》签署的传真以及国家计委发给大家的贺电。

引黄工程总公司总经理姜凯介绍了国际标开工准备情况，向黄河水利工程咨询公司授予工程的监理权。黄河水利咨询公司副总经理孙玉生介绍了监理公司进场的准备情况。承包商代表作了发言，表示要在万家寨引黄工程这一世界级工程中，认真履行合同，按期、保质完成项目建设。

山西省黄河水利工程咨询公司总经理刘劲军以总监身份，向国外承包商奥中联营体、万龙联营体发布开工令，要求承包商严格遵守合同，完成万家寨引黄工程土建项目国际Ⅰ、Ⅱ、Ⅲ标工程，并与承包商代表在开工令上签字。

省长孙文盛在讲话中指出，万家寨引黄工程土建国际Ⅰ、Ⅱ、Ⅲ标开工，是山西改革开放和经济建设所取得的又一重大成就，是历届省委、省政府近 40 年来为筹备和建设引黄工程付出心血和努力的结晶，是重要的阶段性成果。他说，开弓没有回头箭，国际标段一开工，工程的质量、工期和概算都要依靠合同去保证，

从业主公司到承包商、监理公司，从施工的管理到施工环境，稍有失误就可能带来对质量、工期和投资的巨大影响。因此，全省各级党政部门、各级干部和广大群众，特别是工程沿线的各级党政部门和人民群众要真正做到在思想上、行动上，像爱护自己的生命一样爱护引黄工程，像战争年代支援前线一样支援引黄工程，为工程建设创造良好的施工环境。

省委书记胡富国在讲话中指出，实践充分证明，是邓小平同志倡导的改革开放给山西引黄工程的上马、开工带来了历史的机遇，给省委、省政府和全省 3000 万人民带来了创造辉煌业绩的机遇。我们抓住了这个机遇，又敢于坚持改革开放的方针，引黄工程才能有今天这样令人欣喜的局面。引黄工程坚持改革开放，与国际惯例接轨的大胆探索，为全省的改革开放提供了宝贵经验，尤其是国营企业改革要认真借鉴引黄工程体制改革的实践。改革需要全社会的支持，引黄需要全省上下的支持。我们不仅要支持引黄工程的建设，更要支持引黄工程的改革。让我们扬改革风帆，创辉煌伟业，奋战 48 个月，在 2001 年把黄河水顺利引到太原。

郭裕怀在大会结束时指出，国际标开工和我驻美公使与世行官员正式签署引黄工程贷款协定，标志着引黄工程建设已经步入了一个攻坚的新阶段。引黄工程总公司与国际承包商正式签订合同，并向黄河水利工程咨询公司授权，黄河水利工程咨询公司向承包商发出开工令，标志着业主、承包商、监理三元制衡的体制已经正式开始运转。如果说具有法律效力的权威性的国际标合同签字是一字千钧，那么今天引黄工程总公司对黄河水利工程咨询公司的授权，则是一言九鼎。他表示，引黄工程全体建设者、管理者决不辜负省委、省政府和全省人民的期望，一定要同心同德，协同努力，确保工程建设目标的圆满实现。

参加大会的有省党政军领导、原省级老领导，省直各部、委、办、厅、局和各人民团体的负责同志，太原市委、市政府及市直各部门、自来水公司、北郊区、古交区、娄烦县负责同志，忻州地委、行署，朔州市委、市政府，偏关县、平鲁区、朔城区、神池县、宁武县等引黄工程沿线各地、市、县、乡代表，阳城电厂和引黄工程系统代表共1200余人。省电视台、省广播电台对大会进行了现场直播。各地市、县、区领导班子成员及有关部门负责同志在当地分会场收看、收听了会议实况。

## 邹家华对引黄工程建设质量问题作指示

**1997年9月3日** 国务院副总理邹家华在山西省委书记胡富国关于引黄土建工程国际Ⅰ、Ⅱ、Ⅲ标招标已结束的电话报告卡上批示：“要严格监理工作，坚决贯彻质量第一的要求，不符合质量要求的不能通过，还要施工公司赔偿。”

## 引黄总干6号隧洞贯通

**1997年9月7日** 引黄工程总干6号隧洞贯通，至此，由意大利CMC公司承建的引黄总干6号、7号、8号总长21531米的隧洞，历时三年零一个月全线贯通。标志着引黄工程在“预开工、试验洞”阶段引进国际承包商和先进设备，在与国际接轨、吸收借鉴国外先进施工经验、抢工期等方面取得了阶段性成果。

意大利CMC公司在承建引黄工程中，采用的是世界上先进的隧洞开挖掘进机械——双护盾全断面掘进机，在施工中平均日进尺30多米，并创造了日进尺68.5米的最高纪录。CMC公司又加入万龙联营体，将参与南干土建国际Ⅱ、Ⅲ标的隧洞施工。

## 邹家华对万家寨水利枢纽电价作重要批示

**1997年9月15日** 国务院副总理邹家华在《国家计委送审〈关于研究万家寨水利枢纽工程问题的会议纪要〉的请示》报告上，对万家寨水利枢纽电价作了重要批示："拟同意。其中关于电价问题，由于枢纽发电主要是调峰所用，因此电价也可以按峰价收取。过去也协商过。"这就再次明确了万家寨枢纽的电价为调峰电价。

## 国家计委批复关于山西黄河水源太原城市供水工程项目建议书

**1997年9月23日** 国家计委对山西省计委《关于呈送黄河水源太原城市给水工程项目建议书的报告》及补充说明报告等作了批复。批复意见如下：1. 为缓解太原市严重缺水局面，改造现有陈旧的供水设施，原则同意建设山西黄河水源太原城市给水工程。2. 该工程近期建设规模原则确定为新增日供水能力80万吨，采取分步实施办法。首期建设规模40万吨/日，配水管线96.8公里；第二步建设规模及实施时间视需求情况酌定。建设内容包括：净水厂一座、市内配水管网系统及其他配套设施。净水厂厂址为太原市北郊呼延村，土地可按80万吨/日规模一次征用，其他设施分步建设，远期发展用地可在规划中预留。3.该工程总投资19.2亿元，其中首期工程投资12.24亿元。在资金筹集上，原则同意安排国家开发银行贷款10.2亿元，其余部分由山西省从城建专项建设资金及煤炭资金中解决。对少量设备如国内确实不能解决，可考虑适当进口，所需外汇在可行性研究报告中核定。4.请据此进行工程可行性研究工作。编制的可行性研究报告报我委审批。

## 省委、省政府在偏关召开万家寨引黄工程现场办公会议

**1997年10月8日至9日** 省委、省政府在偏关召开了万家寨引黄工程现场办公会议。省五大班子负责同志胡富国、孙文盛、刘泽民、卢功勋、郭裕怀、冯芝茂、刘振华、武正国、杜五安，引黄工程顾问王庭栋、李修仁、霍泛，省直有关部门、引黄工程沿线有关地、市、县和国有重点煤矿的主要负责同志及引黄工程的负责同志共80多人参加了会议。与会同志考察了万家寨枢纽工程工地、总干二级泵站和总干6号、7号洞，听取了引黄工程总指挥部关于万家寨水利枢纽工程进展情况，1997年水资源补偿费征收情况，以及引黄工程沿线生态环境和施工环境治理情况的汇报，胡富国、孙文盛在会上作了重要讲话。会议主要议定了以下问题：

1.贯彻党的十五大精神，努力深化引黄工程体制改革。会议认为，引黄工程的建设体制、运行体制和投资体制的全面改革，符合党的十五大精神。希望省引黄工程指挥部和广大建设者抓住

党的十五大给我们创造的机遇，高举邓小平理论伟大旗帜，按照《引黄工程体制改革大纲》和省委、省政府关于引黄工程世行贷款偿债资金的批复精神，充分利用和吸收国际、国内大型水利工程建设的宝贵经验，大胆探索、大胆创新，努力深化引黄工程的体制改革，为全省国有企业改革走出一条新的路子。同时，全省上下都要爱护和支持引黄工程的新体制，为引黄工程的体制改革创造一个良好的外部环境。

2. 进一步加强水资源补偿费的征缴力度。今年 1 至 9 月份水资源补偿费的征收情况总的不错，但仍有一些单位存在拒交和欠交现象，甚至私自挪用、占用水资源补偿费，这是绝对不能容许的。全省各级政府、各有关部门，特别是煤炭、电力、税务、财政等部门，一定要统一思想，加强领导，识大体，顾大局，把水资源补偿费的征收工作当作本地、本部门的工作重点来抓，明确目标责任，克服困难，严格征收，足额上缴，千方百计保证引黄资金的落实。

3. 继续优化引黄工程沿线社会环境和生态环境。自今年 3 月 26 日省委、省政府第二次现场办公会以来，引黄工程沿线社会和生态环境状况有了明显的改善，成绩是可喜的。忻州、朔州等地市都专门成立了由主要领导挂帅的支持引黄工程办公室，偏关、宁武等县的工商、税务、土地、公安等部门对引黄实行了“一个窗口、一条龙”服务的做法，为今年 9 月新进场的 3 个国际标顺利开工创造了良好的外部环境。希望其他地、市、县也要认真学习他们的经验和做法，进一步优化环境，提供优质服务，全力保障引黄工程建设的顺利进行。

4. 加大汾河上游地区污染治理力度。引黄工程从宁武县头马营出水口至太原，其中有80多公里的天然河道输水线路，因此汾河上游生态环境的改善特别是水污染的防治工作显得非常重要。汾河上游各级政府和有关部门一定要认真贯彻落实国务院和省政府有关文件精神，牢固树立环保意识，克服地方保护主义的狭隘观念，对一些排污大户绝不能手软，该关闭的要坚决关闭。汾河上游地区的5个县、区要在年底以前再发动一次治理污染的攻坚战。年内安排的重点治理项目必须在年内完成，对完不成治理任务的企业，要坚决实行停产治理、关闭治理、限期整治。挤占河道的各种违章建筑也要在年底以前全部清除掉。对河道内倾倒的垃圾，沿线政府和环保部门要按要求，如期完成清理工作。

5. 抓紧研究解决偏关县城、万家寨镇的规划建设和引黄沿线群众的受益问题。偏关县城的规划建设要立足于自力更生，省里予以适当支持，引黄指挥部也要从实际出发，给予一定的帮助。要借引黄工程这个优势，先把万家寨镇和偏关县带动起来，进而辐射到保德县甚至静乐县。关于沿线群众的受益问题，要抓紧研究一些政策，引黄工程应该造福沿线的群众，调动沿线群众的积极性。

## 南干1号隧洞贯通

**1997年10月15日** 由铁三局承建的引黄工程南干线1号隧洞胜利贯通。该洞全长895米，其中明洞48米，土洞段281米，岩洞段576米，是引黄工程从分水闸通往太原的首座隧洞，它的贯通，不仅能大大缓解分水闸竖井罐笼出渣进料的压力，加快施工进度，而且将改善南1－Ⅰ标的条件，提高总干11号隧洞、北干1号隧洞的通风能力。

## 省重点办发出《关于引黄工程有关收费项目的通知》

**1997年10月28日** 山西省重点工程建设领导组办公室向省引黄管理局及省直有关单位、引黄工程沿线各县（市）人民政府及有关部门发出《关于引黄工程有关收费项目的通知》。根据省政府办公厅会议纪要〔1997〕第17期的要求，经与有关部门协商，确定引黄工程的收费项目。

1.根据国务院《矿产资源补偿费征收管理规定》、省政府《山西省矿产资源补偿费征收管理实施办法》及有关规定，凡是开采建筑材料的采矿权人，均应缴纳矿产资源补偿费。具体征收范围：（1）凡采矿权人所采的建筑材料作为商品获取利润的属征收范围。施工单位自采自用的暂不征收，但采集与使用属两个法人单位的，应按征收范围对待。（2）矿产资源补偿费由采矿所在地的县级矿产管理部门征收，其他任何地方再不得重复征收。征收标准按国务院150号令有关规定执行。

2.根据省委办公厅1996年转发的《关于加强流动人员管理工作的实施意见》和省政府《山西省职业介绍机构管理规定》及有关规定，县级以上劳动职业介绍机构，可向用人单位一次性收取临时用工介绍服务费、农民工岗前培训费和外来人员就业证工本费。征收标准按省物价局、省财政厅晋价费字〔1997〕166号文件规定执行。

3. 根据省政府1993年《关于认真贯彻落实〈国务院关于加强水土保持工作的通知〉的通知》及有关规定，对引黄工程设计规划区域以外的配套工程和毁坏地貌植被易于造成水土流失的，由县级水土保持监督机构，一次性收取水土流失补偿费。征收标准，按省物价局、财政厅、水利厅晋价涉字〔1992〕第59号文中有关规定执行。

4. 根据省人大颁布的《山西省实施〈中华人民共和国城市规划法〉办法》及有关规定，对引黄工程建在市区、县城及建制镇规划区范围内的辅助和公用设施部分，由县级建设行政主管部门收取城市规划管理费和城市基础设施配套费。征收标准按省物价局、财政厅、建设厅晋价涉字〔1992〕第70号和晋价涉字〔1993〕第13号文件中有关规定执行。

次年4月7日，省重点工程建设领导组办公室，针对万家寨水利枢纽工程和引黄工程的一些建设单位和施工单位不同程度地存在欠税和不按时交纳税款的问题，又发出了《关于认真交纳工程税款的通知》，要求：1. 各建设单位和施工单位都必须严格按照国家有关规定依法纳税；2. 税务部门要严格按照国家规定的税种、税率和征缴范围收税，防止重复收税和漏税；3. 征收双方如有分歧，要及时向省重点办和省税务部门反映，不得由此影响工程的正常进行；4. 各县重点办要会同税务部门组织纳税单位做好收缴工作。

## 何康考察引黄工程

**1997年11月8日至9日** 全国人大常委、原农业部部长何康一行，在引黄工程副总指挥郑友三、原省农业厅厅长刘耀宗陪同下，先后考察了枢纽大坝，总干一、二级泵站，国际I标监理楼、总干6号洞进口、8号洞出口、南干1号洞等，并听取了郑友三和王文珂关于引黄工程及枢纽大坝建设情况的介绍。何康表示，回京后要向全国人大和中央有关部门替山西呼吁三个问题：1.山西出台水资源补偿费，整个引黄工程投资大体平衡，但在投资高峰年份资金仍有缺口。山西省内用电户每度电交2分钱，而向京、津、唐外送电也应当收取水资源补偿费，一年外送100亿度电，可收取2亿元。听说国务院领导很重视此事，当初政策出台时，正赶上全国物价指数上升，现已降下来了，我们呼吁能使这项政策得到落实，补充引黄工程建设资金的不足。2.万家寨枢纽发电都是峰电，应当执行峰值电价。呼吁国务院价格部门给予理解和支持，以保证引黄工程得到好的经济效益回报。3.引黄总指挥部已进行了引黄沿线可持续发展规划，国家计委也很重视，联合国计划署要来考察，表示给予帮助。我回去向国家计委、科委及农口有关部门呼吁，在资金上帮助把这项工作搞好。这是对引黄沿线的帮助，也是对引黄工程的支持。

## 引黄工程总公司与CMC公司就总干6、7、8号洞工程质量、索赔等问题多次会谈并达成协议

**1997年12月8日** 引黄工程总公司与CMC公司就总干6、7、

8号隧洞施工中的索赔问题进行了首次会议。参加会议的有引黄工程总公司及索赔小组的人员、CMC公司的代表、咨询公司的工程师代表等。此后，会谈陆续进行，所谈内容由索赔扩展到工程质量、遗留工程等方面，参加会议的人员也有所调整。经过一年多艰苦、深入的多次会议，对涉及的问题逐步进行了澄清，为问题的解决创造了条件。

为了尽快结束总干6、7、8号隧洞的施工合同，1999年2月5日至10日，引黄工程总公司与CMC公司在引黄偏关项目部举行高层会议，就6、7、8号隧洞工程遗留问题、CMC公司提出的索赔问题及其他遗留问题进行了会谈，经双方同意对所有合同问题以一揽子方案的方式来解决。参加这次会谈的有引黄工程总公司总经理张振杰、原副总工张克俭、偏关项目部经理赵玺、CMC公司董事长弗拉蒂尼、咨询公司第二项目部工程师代表李秀卿，以及有关人员。

经过会谈，对质量、索赔等问题，在考虑工程的实际情况和双方各自利益的基础上，业主、承包商在经济费用方面作了相应的让步，达成一致协议。1. 目前6、7、8号隧洞中存在不符合合同规范和有关协议要求的质量问题，为修复这些质量问题还需要投资640万元，CMC公司同意承担这部分费用。2. 业主将支付未付给承包商的追加工程及扣款共计1076万元。3. 业主同意免除承包商下述尾工工程的施工责任：（1）沙峁东、西沟埋涵及堤坝上部和周围一切建筑物；（2）6号隧洞两个积水坑自理；（3）8号洞出口的处理，包括削坡和拆除出口洞段的管片和砼；（4）店湾弃碴场处理。这些工程由业主实施，承包商付给业主 115 万元人民币的费用。4.CMC 公司提出索赔费用总计 6886 万元，业主依据合同通过审核，并考虑到承包商确有损失，同意补偿承包商 2679 万元整。

经过会谈，双方同意工程竣工日期为 1998 年 3 月 31 日，在本次会议之后 20 天内，由工程师颁发工程竣工证书，并商定维护证书日期为 1999 年 4 月 30 日。同时，还对安全监测项目的移交、CMC 店湾生产和生活营地的移交等，达成了一致协议。

会议结束时，业主、承包商、工程师三方的代表，共同签署了会议纪要。

# 一九九八年

## 省五大班子领导又一次赴引黄工地现场办公

1998年2月9日至10日　省委书记胡富国、省长孙文盛带领省五大班子领导和各有关部门，有关地、市、县负责人与内蒙古自治区电力局局长乌力吉一起来到万家寨水利枢纽和引黄工程工地，慰问春节期间仍奋战在第一线的全体建设者，同时召开现场会，对工程亟待解决的问题进行了研究和部署。会议提出了1998年“保一争二决战枢纽，引黄入晋全线打响”的奋斗目标，要求在引黄入晋的关键之年、枢纽的决胜之年，全体建设者要紧紧围绕质量、工期、概算三大目标，加强管理、取得突破、加大改革力度。工程沿线要进一步优化施工环境，引黄工程要带动当地经济发展。

9日，与会人员到引黄国际Ⅰ、Ⅱ、Ⅲ标工地，咨询公司第一监理部和枢纽大坝参观慰问。10日上午在万家寨枢纽召开了现场会。

在现场会上，黄河万家寨枢纽有限公司董事长王文珂作了《走现代企业之路，为确保实现九八年计划目标而奋斗》的汇报，引黄工程副总指挥、引黄管理局局长郑友三作了《关于引黄工程进展情况》的汇报，省政协主席、引黄工程总指挥郭裕怀作了《1998

年引黄工作要点和引黄工程财务分析情况》的讲话，内蒙古自治区电力局局长乌力吉作了讲话，表示全力支持，保证按时发电，原省级老同志王庭栋、李修仁、霍泛和全国著名劳模申纪兰、山西大学党委书记相从智发了言。胡富国、孙文盛作了重要讲话。

郭裕怀在讲话中说，已经过去的1997年是引黄历史上值得大书特书的一年。新的一年，面临着更为有利的机遇和更大的挑战，是引黄的关键之年、攻坚之年、决胜之年。他宣布了1998年引黄工程的五个目标：一、巩固完善新体制；二、确保从国际I标到联接段全线开工；三、开展全员全面质量和财务管理上台阶活动；四、继续关注枢纽工程1998年蓄水发电目标的实现，保一台，争二台；五、前期工作争创一流，力争使引黄工程列入全国重点工程。

孙文盛在讲话中指出，在1998年这个关键之年，整个引黄工程要坚持改革开放，坚持艰苦奋斗，紧紧围绕“质量、工期、概算”三大目标的控制开展各项工作，通过加强管理不断巩固和完善引黄工程的新体制，力争在全面质量管理和财务、投资管理等方面都提高到一个新的水平。他要求：一、要继续加大对万家寨水利枢纽和引黄工程沿线地区社会环境的治理力度。二、从今年开始，太原市委、市政府及有关县区要认真做好黄河水源太原供水工程及配套管网建设各项工作，力争早日开工建设。三、加大对引黄工程建设的宣传力度。

胡富国在总结讲话中说：“目前工程进展令人满意，枢纽发电有把握，引黄工程大有希望。但是在工程进展顺利的时候，更不能掉以轻心，满足现状，要考虑到还会有很多想不到的困难。要下大力气加强科学管理。引黄沿线要为工程提供优质服务，工程也要为沿途老百姓办好事。要广泛宣传引黄工程的重要意义和作用，广泛推广引黄工程体制改革的经验，推动全省的改革。”

省领导郑社奎、刘泽民、冯芝茂、刘振华、武正国、侯伍杰、纪馨芳、梁国英、薛军、范堆相、赵凤翔，原省级老同志王庭栋、李修仁、霍泛，以及特邀代表申纪兰、郭凤莲、相从智、谢克昌、白纯洲等参加了这次慰问活动和现场会。

## 郭裕怀在全国政协九届一次全会上作《大型基础设施建管体制必须全面改革》的发言

**1998 年 3 月 9 日** 全国政协委员、省政协主席、万家寨引黄工程总指挥郭裕怀在全国政协九届一次全会上作了《大型基础设施建管体制必须全面改革》的发言，结合引黄工程管理体制改革的实践经验，谈了这方面的深切体会和重要意见。

郭裕怀在发言中谈到，新中国成立以来，国家和地方在大型基础设施建设中投入了大量的资金，相继建成了一批大型基础设施项目。这些项目在国民经济和社会发展中发挥了重要作用。但是，从投资回报和营运效果的角度来看，相当一批项目并不理想。与其他经济部门相比，大型基础设施建设两个转变的步伐，仍然明显滞后。这表明，在这个特殊领域中推进体制改革，具有一定的难度。中心问题是如何在大型基础设施中引进市场化和商业化原则，其要点有三：1. 明确负责建设和营运的市场主体；2. 确立建筑市场的交易规则；3.解决基础产业的市场定价机制问题，从我们引黄工程几年来改革的实践经验看，这三个问题是必须解决也是可以解决的。

必须解决政企不分的建管体制，实行项目法人责任制，解决由谁来真正承担投资风险、追求经济效益、对项目长远营运负责任的问题。大型基础设施建设的资金主要来自财政和开发银行贷款，过去的建管主体其实还是行政机构。由于项目建设工期长，投资回收期更长，与各级任期政府的业绩追求有矛盾，因此，往往是投资的不管建设，建设的不管营运，自始至终无人对建设成效问题作细致的研究。那种不考虑投资回报的福利性行政定价显然是不可取的。但是，如果一步到位，实行包括工程造价、营运成本和偿贷在内的完整的成本水价，目前的市场也无法承受。经过论证，我们确定以引水的营运成本为基础，按照水市场的供求状况和实际承受能力不断调整水价，直至可以收回全部投资并赢利。但这样就带来另一个问题，即在水价真正达到盈利水平之前的相当长的时间内，由谁来承担还贷，如何还贷。我们确定的办法是，由控制着工程资本滚动开发收益权的投资控股公司承担，采用以电养水等多元化经营互补办法还贷，最终获得投资回报。我们认为，这种定价机制和偿贷办法对于带有公益性和垄断性的大型基础设施来说，是具有普遍参考意义的。

总之，大型基础设施建管体制改革的核心问题，是把市场化、商业化原则引入大型基础项目的投资、建设和营运全过程。只有沿着这个方向探索，才能实现全面改革的目标。

## 世行对引黄工程项目进度非常满意

**1998年3月16日** 世界银行负责万家寨引黄工程项目的官员古纳给引黄工程总指挥郭裕怀发来传真。传真中说：非常感谢你和姜凯先生为我们提供了一份详细的项目进度报告，特别要祝贺你们在这么短的时间内解决了如此众多的专业技术问题。在过去进行的省级银行贷款项目中，我从未见过如此详尽和透彻的分析。如果在今后的工作中能够照此进行，相信这项工作一定能够按时完成，并且达到项目的预期目标。传真中还说：非常高兴收到关于山西省北部水机构改革、引黄工程总公司体制改革、水价改革以及水资源管理的详细建议书。一系列改革措施是在北大经济研究中心主任周其仁教授以及山西省水机构有关人员的帮助下编制完成的。初步审查之后，我们认为这是我们见过的世行贷款项目中由中国专家提出的最有见地和最有效的水机构改革计划之一。总而言之，到目前为止，我们对工程的进展非常满意。

## 引黄总指挥部提出引黄工程全面实施“升级治理战略”

**1998年4月17日** 引黄工程总指挥部发出《关于全面实施“升级治理战略”的意见》（以下简称《意见》）。

随着新体制的建立和前期工作接近尾声，全线开工在即，引黄工程的工作重点转移到工程建设的管理上来。年初，总指挥部就明确提出，1998年是引黄工程的管理年。工程管理的现状如何和抓什么？怎么抓？4月初，郭裕怀总指挥同北京大学教授周其仁等，副总指挥、引黄管理局局长郑友三也带领有关人员，先后深入工程一线进行调查研究。调查的情况表明，在工程管理上，合同履行中存在的问题已严重影响到工期。前几年进场的13家国内承包商，有11家拖延工期严重，而新进场的国际承包商，工期又有拖延。这样下去，将使工程建设的三大目标难以控制，直接影响2001年通水到太原总目标的实现。这些问题表现为在三元制衡中对承包商的制衡不力，而在不少方面又反映出我们工作不到位的问题。据此，郭裕怀总指挥提出“升级治理战略”，要求从现在开始，必须痛下决心，分类、分项提出整顿措施，进一步完善体制，强化管理，明确职责，使工程管理上台阶、上水平。《意见》共六点，从两大公司职能到位与促进工作到位的措施等方面提出要求。

一、“从现在开始到今年9月底是治理整顿的最好时机。”

二、“提高工程管理水平两大公司必须职能到位，密切配合。”《意见》明确提出，“解决承包商的问题，提高工程管理水平必须充分发挥两大公司的职能作用”。必须在总结经验教训的过程中进一步完善新体制，改进制衡方法，两大公司要各尽其责，主动配合，依法监督，加强法制，确保合同，做好三个控制。两大公司要按照《体制改革大纲》授权，恪尽职责，联手把工程搞上去，从根本上改善各自为政，有事不及时沟通，搞内部摩擦等做法。工程公司作为建设期业主，对工程建设应负全责，决策层人员必须深入工程第一线，尽量通过直接的信息判断决策，并与监理协商解决问题，做到快速反应；监理要向业主负责，在施工中发现需由业主解决的问题，要主动报告和沟通，使问题能够得到及时解决。工程建设中，两大公司要冲锋在前，行使好自己的职权，带好队伍，盯住工程，各负其责，共谋大事，共创大业，使三元制衡体制在引黄工程建设中充满活力和生机。

三、"'后撤''收缩'不是'后退'，是为了加强和充分发挥两大公司的职能。"4 月 10 日总指挥部平鲁会议提出"指挥部后撤，管理局收缩"的改革措施，是实现《体制改革大纲》确定目标的重要步骤。指挥部的位置后撤，给两大公司让出舞台，可以促进两公司职能到位，促进两公司直接协调和处理工程事务。这绝不意味着总指挥部在"后退"，更不等于放任、放纵。指挥部的主要精力要放在对工程目标的控制和执行程序的监督。管理局作为指挥部的办事机构，要对公司行使监督职能。

四、"有效的激励要与工作目标一致。"为实现工程建设的总目标，各个单位、各个环节都要确定各自的年度工作目标、阶段工作目标，重新核定各自的职能和工作量，同时在报酬的浮动上体现充分的激励，促进各项工作的进一步到位。

五、"要确保有效的监督。"指挥部要建立健全监督体系。有效的监督要体现在对工作目标的考核，与激励挂钩。① 财务监督；② 人事监督，对员工的工作效绩、职级升降、报酬分配等进行考核；③ 职能到位监督，针对工程，监督各单位、部门、岗位职责到位、快速反应、协调配合、沟通制度的落实。

六、"要为'两会'的召开做好准备。"（一）国内承包商升级治理会议；（二）在两大公司提出治理整顿措施，管理局提出收缩意见的基础上研究决策的总指挥部办公会议。

郭裕怀总指挥在5月6日总指挥部办公会议上讲话指出："升级治理战略"的核心就是"制裁"。"制裁"首先是承包商、设计单位，也包括两大公司，谁不按合同办事就制裁谁。这是引黄工程建设的需要。每个部门、每个人的工作如何，都要放在工程上检验。对目前现场存在的问题，要认真分析原因，要在提高认识的基础上统一增强对危险性的认识，增强危机感，这样才能对承包商、对我们内部下决心进行治理。

## 屠由瑞考察万家寨引黄工程

**1998年5月1日** 全国政协常委、原国家开发银行党组书记屠由瑞，由省委副秘书长乔炳林陪同，先后考察了万家寨引黄工程枢纽工地、二级泵站、总干6号洞进口和沿线紫金山、葛家山生态建设工程，并听取了引黄工程管理局局长郑友三、副局长王必胜关于工程建设和资金筹集情况的汇报。考察后，屠由瑞谈了几点感受：1.引黄工程不是普通的基础工程，它对于山西的经济发展和文明建设将起着巨大作用，山西省委、省政府决策和实施这项工程是十分正确的，我们开发银行是支持和配合的。2.引黄这么大的工程由山西省独家承担，它不仅造福于山西，而且对全国经济发展也起着很大的作用。山西勒紧裤带搞建设，这在全国也是很少有的。3.工程管理者能用长远的眼光看问题。在工程建设的同时，就注意沿线水土流失治理，同时引进国外先进的技术手段进行施工，工程总体设计中既有隧洞也用河道、埋涵等，这是很好的。4. 资金筹措落实，贷款占的比例不大，工程建成运营后不会成为亏损企业，是一个良性循环的体制。5. 引 12 亿立方米水仅占黄河过水量的很少部分，水源是有保证的。同时又注意到了水价改革和推广节水措施，开源、治理、节流一起抓，这不仅在山西，在全国都是有重要意义的工作。

## 引黄工程“升级治理”现场会议在偏关召开

**1998 年 5 月 13 日至 15 日** 引黄工程总指挥部在偏关召开“升级治理”现场会议。国内承包商的法人代表、设计单位代表及建设公司、监理公司、管理局 150 余人参加了会议。

引黄工程“升级治理”，这是引黄总指挥部在管理年推出的重大举措。“升级治理”预示着引黄工程新体制开始向设计单位、承包商、社会监理辐射。“升级治理”战略在保护业主、监理、承包商三方共同利益的同时，对制止工程建设中普遍存在的拖延工期问题，有效执行合同，尽快与国际惯例接轨有着积极的现实意义。

省委、省政府对这次会议十分关注。胡富国书记在百忙中发来了致万家寨引黄工程“升级治理”现场会的一封信，信中说：“全面实施‘升级治理’战略是完全必要的，一定要抓紧抓实，长期坚持下去。希望通过这次会议，所有引黄参战者，牢牢树立法制观念和合同观念，严格执行合同规定，在确保安全和质量的前提下坚决按合同工期完成施工任务。”

郭裕怀在会上作了《确保建设工期，责任重于泰山》的重要讲话。他指出，2001 年通水到太原的目标早已昭告天下，务期必成，毫无退路。这是压在我们参会各方身上的重大经济责任、政治责任、法律责任。今年工程已经全面展开，引水到太原的期限只有三年多时间了，已经再没有一点余地和退路，再不能有丝毫的拖延了，必须破釜沉舟，背水一战，万无一失。他要求：一、各个方面必须统一认识，形成统一意志，统一步调，形成强大合力，确保“三控制”目标的实现。二、严字当头，升级治理，以合同准则确保“三控制”目标的实现。在引黄工程国内合同执行中，质量是一个重要方面，但从目前看，治理拖延工期成了刻不容缓的事情。“升级治理”的中心是坚持严格执行合同，确保“三控制”目标，方针是完善合同，落实责任，限期整改，升级制裁，严格履约。这次“升级治理”是全方位的，除了面对承包商、设计单位和监理单位以外，也包括建设公司内部的自我惩处和引黄总指挥部对建设公司的制裁。这是背水一战，必须言出法随，说到做到，切实付诸实施。三、加强领导，把实现“三控制”目标落实到当前工作中。我们要求，这次会后一个月初见成效，三个月彻底扭转局面，并在今后把好势头长期保持下去，直到每一项目完工，直到整个工程建成通水。

会议期间，业主公司按“升级治理”战略的要求与13家国内承包商进行谈判，签署了保质、按时完成工程的《履约保证书》，并对业主公司、承包商、设计单位和监理单位提出了严格的工作要求和具体的惩罚措施。

郑友三在会议总结讲话时强调：一、认真贯彻会议精神，把“升级治理”措施落到实处，要统一思想，清楚地认识到各方所负的历史责任。二、在保证工期的同时，决不能放松质量管理，真正做到千秋大业，质量第一。三、突出重点，统筹安排。他说，“升级治理”是全方位的，“升级治理”保护的正是所有引黄参加者的共同利益。

省建委主任赵劲夫、省水利厅厅长赵生荣、省重点办主任史云标及省工商局有关方面的负责同志出席会议并在发言中表示，从各方面工作和实际出发，全力支持三晋“生命工程”建设和“升级治理”战略的实施。北京大学教授、引黄体制改革课题组组长周其仁也专程来参加这次会议，并从经济学角度对引黄工程的“升级治理”战略进行了阐述。侯文正研究员和山大师院储仲君教授还分别为参会人员宣讲了《中华人民共和国合同法》和《中华人民共和国建筑法》。

## “升级治理”现场会提出“升级制裁”的具体办法

**1998 年 5 月 13 日** 在引黄工程“升级治理”现场会上，引黄工程总公司总经理姜凯作了“贯彻升级治理战略，确保工程进度”的讲话，为全面实施“升级治理”战略，坚决严格执行合同，确保“三控制”目标，根据“惩前毖后，吸取教训，落实责任，限期整改，升级制裁，严格履约，扭转局面”的方针，提出了升级制裁的具体办法：

1. 业主首先要“打铁先得本身硬”。工程总公司全体员工，全部从工资中拿出一大块实行浮动，主要同工期、质量、概算“三控制”目标挂钩考核。工程全线除因不可抗拒的原因之外，全年只要有一项工程拖了工期，或者出现一个重大安全和质量事故，就要相应扣发工资。由于工程总公司违约直接造成拖延工期，将接受引黄总指挥部给予的不同级别的制裁。与工程总公司签订合同的另一方也有权追究其责任，在三元制衡体制内或合同法的范围内解决。

2. 按照新的约定工期和分解确定的进度，承包商当月完成进度在 90%以上达不到计划要求的，当月提出批评，责令提出赶工措施，从第二个月起扣结算款的 2%，如第二个月仍如此则提出警告，到第三个月仍如此，则要求撤换其现场经理，半年仍然如故，则清退出场，索赔延误工期的损失，并在新闻媒介曝光。完成进度在 80%至 90%之间者，同样采取以上措施，并从第二个月起扣结算款的 3%，连续 5 个月仍然如故，则清退出场，索赔损失，并在新闻媒介曝光。完成进度在 70%和 80%之间者，当月发出警告，责令提出赶工措施，并扣结算款的 5%，到第二个月底仍无改变，则要求撤换其现场经理，如连续 4 个月仍如故，则清退出场，索赔损失，在新闻媒介曝光，并致函中央主管部委和山西省建委，建议降低其资质等级，在山西范围内取消市场准入资格。完成进度在 70%以下者，当月发出警告，扣结算款的 10%，连续两个月仍如此，则清退出场，索赔损失，在新闻媒介曝光，并致函中央主管部委和山西省建委，建议降低其资质等级，在山西范围内取消市场准入资格。

3. 设计单位不能按供图协议供图，拖延在 7 天以内的，每张图每拖一天罚款 50 元，超过 7 天以上的，每拖延一天每张罚款

100元。如有实质性错误，每处错误罚款10元，并规定时间补图，补图时间如拖延供图，每天每张罚款100元。由于设计错误造成工程损失按工程返修费的20%赔偿甲方损失。如多次发生类似问题或由此造成重大损失，将致函中央主管部委和山西省建委，建议降低其资质等级，在山西范围内取消市场准入资格。

4. 对监理公司，如发现监理人员旁站不到位或施工记录严重不合格者，第一次当面批评，第二次警告，扣发当月10%的工资，第三次发现上述问题，则通报当事者和该项目负责人，并扣发当事人全月工资。若一个月仍无改善，扣发该项目负责人三个月的监理费，清退当事人，并在新闻媒介曝光。情节严重的也将同样致函有关主管部门和山西省建委，建议取消监理资格。

## 黄毅诚考察万家寨水利枢纽工程，听取引黄工程汇报

**1998年5月19日** 原国家能源部部长黄毅诚到万家寨水利枢纽工程工地考察，并听取了引黄工程管理局副局长王必胜关于引黄工程情况的汇报，枢纽开发公司副总经理张毓成关于枢纽工程进展情况的汇报。在座谈时，黄毅诚对枢纽1998年第一台机组发电要注意做好的工作、按照政企分开的原则建立现代企业制度，以及龙口开发等问题提出了指导意见。

## 张基尧高度评价万家寨引黄工程

**1998年6月1日** 水利部副部长张基尧在引黄工程偏关分指挥部，听取了山西省副省长范堆相关于山西水利基本建设情况的

汇报，黄河水利咨询公司总经理刘劲军关于引黄工程建设情况的汇报。引黄工程总指挥郭裕怀参加会议并讲话。

张基尧在听取汇报后谈了自己的认识，对引黄工程建设和体制改革给予高度评价。张基尧说，引黄工程实际上是国家南水北调的一次演习，为我国今后水利建设提供了宝贵经验。如果说小浪底工程是一个挑战性工程，那么，引黄工程同样也是挑战性工程，这是我们中华民族在水资源调配上的伟大创举。他对搞好引黄工程建设，谈了几点认识：1. 干好引黄工程要有一个好的机制。引黄工程目前实行的三元制衡机制，是接轨国际惯例、符合中国国情的一种建设机制。首先要处理好业主与监理的关系。业主的职责是合同签订、资金筹措、资源配备和外部环境的创造，监理的职责是“三控制一协调”。明确合同责任的，由监理负责；合同责任以外的，由业主负责。这一点不清楚就要打乱仗。同时还要处理好业主与承包商、监理与承包商的关系。三元制衡是以业主负责制为中心，以工程师监理为基础，以承包商施工为主体的一种机制。这个机制运转灵活，工程建设就能顺利发展。2. 要抓好合同管理和技术管理。工程管理的重点是国际工程的管理，国际工程管理的重点是合同管理。国际承包商到中国来的目的就是获取最大利润。现在就要更多地收集资料，对现场情况进行跟踪，做好原始记录，如进场时间、设备、人员是否达到合同要求等，对外商所有文件性的东西，要认真研究，不能把问题积累下来，要及时处理。对外商的各种价差补偿要从严控制，劳务价差问题较多，而且量大，工程师要经常监督外商的劳务支付情况，要他提供工资单的影印件。各种资料收集起来，到时就是反索赔的有力证据。搞好合同管理是为今后的反索赔打下基础。技术管理要分出几个层次：第一个层次是设代和现场监理人员，最基层的临时问题在现场解决；第二层是监理工程师，由设总和总工一起决定；第三层是技术委员会，聘请有关专家，最后由业主决策。技术管理一是层次，二是程序，三是制度。3. 处理好和外商的各种关系。要树立业主和监理工程师的权威，要凭我们的工作能力和素质赢得国际承包商的尊重。只有让国际承包商在心里佩服你，他才能在工作中服从你。

## 钮茂生考察万家寨引黄工程

**1998 年 6 月 14 日** 水利部部长钮茂生在山西省万家寨引黄工程考察时指出："民以水为天"，党和国家领导人对水利事业十分关心，近期还专门作了一系列重要指示。水资源缺乏是制约中西部经济社会发展的一个重要原因。山西省引黄入晋，在大力实施开源的同时，注重节流和综合治理，这是解决水资源缺乏的长远之策。

山西省省长孙文盛、省政协主席郭裕怀同钮茂生一起进行这次考察。他们先后考察了万家寨水利枢纽工地、引黄工程一级泵站及引黄沿线生态治理工程。在枢纽工地，万家寨枢纽开发公司向领导们汇报了关于目前施工进展情况和实现年底第一台机组发电的有利形势。钮茂生部长听后十分高兴，他要求大家一鼓作气，确保目标的实现。在引黄工程一级泵站，钮茂生部长详细了解了泵站的施工情况和有关技术问题。钮茂生、孙文盛、郭裕怀还登上偏关县黄河东岸的明灯山，详细查看了枢纽库区周围的水土保持治理情况。在引黄工程的大力支持和引黄沿线政府的高度重视、人民群众的不断努力下，引黄工程沿线生态环境已有了明显的改观。

## 陈锦华视察引黄工程

**1998 年 7 月 24 日** 全国政协副主席陈锦华，在省委书记胡富国、省政协主席郭裕怀、副省长杜五安的陪同下，视察了万家寨枢纽大坝和引黄二级泵站，并在偏关分指挥部听取了郭裕怀关于引黄工程体制改革和“升级治理”情况的介绍，引黄管理局局长郑友三关于引黄工程进展情况的汇报，咨询公司总经理刘劲军关于施工现场情况的汇报。

在听取汇报时，陈锦华重提郭裕怀在全国政协会议上《大型基础设施的建设管理体制必须进行全面改革》的发言，赞扬了引黄工程体制改革。他还说，引黄工程可谓好事多磨，先是北干线往朔州、大同引水，后来考虑到太原的需要，又有了南干线，以后又有了联接段，形成了一个完整的工程体系。陈锦华指出，万家寨引黄工程，是改天换地的伟大工程。超越前人的壮丽事业，多少代人的梦想，现在开始实践了。山西省很重视基础设施的建设，这些重大的基础设施，对山西未来的发展，将起到重要作用。

## 朱镕基来并视察工作，表示对引黄工程给予支持

**1998 年 7 月 30 日** 国务院总理朱镕基来太原视察工作。在

听取省委、省政府工作汇报后，朱镕基总理作了重要讲话。朱总理说，山西这几年确实取得很大成绩，面貌有很大改变。特别是基础设施抓得早，抓得好，这个路子是非常对头的，这是造福于山西的。我完全肯定山西省委、省政府这几年领导山西人民做了大量的工作，取得了很大的成绩，为山西人民办了实事，办了好事。这一点应该完全地、充分地肯定。朱总理在讲话中表示，你们搞的引黄工程如果资金不够，中央会支持的。

## 联接段汾河水库取水口工程、1 至 6 号隧洞工程开工

**1998 年 8 月 18 日** 咨询公司工程师代表向水电五局发布了联接段汾河水库取水口工程开工令。9 月 28 日，向铁道部第十五工程局发布了联接段 1 至 6 号隧洞工程开工令。

联接段汾河水库取水口工程和 1 至 6 号隧洞工程，分别为引黄土建工程的国内Ⅳ标和Ⅴ标。这两个标段的施工招标，是采用国内竞争性招标的方式进行的。1 月 9 日，引黄工程总公司在《经济日报》上刊登联接段国内标（Ⅳ、Ⅴ标）的投标资格预审通告后，投标工作按程序逐步进行。Ⅳ标，有 22 家国内施工企业购买了资格预审文件，19 家递交了资格预审申请，4 家通过资格预审购买了招标文件。Ⅴ标，有 41 家购买了资格预审文件，14 家递交了资格预审申请，5 家通过资格预审购买了招标文件。5 月 6 日，投标截止并公证开标。之后，评标工作严肃认真地进行。6 月 15 日决标，水电五局和铁 15 局分别以最低价中标。汾河水库取水口工程的合同价为人民币 17655127 万元，开工后 28 个月竣工。1 至 6 号隧

洞工程的合同价为人民币16530000元，2000年4月30日竣工。

## 杜润生称赞引黄工程是中国水利走向创新之路的路标工程

**1998年8月27日** 我国资深经济学家、引黄工程总顾问、原中央农村政策研究室主任、国务院农村发展研究中心主任杜润生在太原听取了关于引黄工程进展情况的汇报后为引黄工程的有关人员作了一场十分精彩的报告。

杜润生主要讲了三个问题：

1. 引黄工程是一个充满巨大挑战的工程。山西水资源危机已逐渐走向严重化，必须从黄河调水。但是黄河年年断流，又没有多少水可调。调水需要的投资巨大，而财政拨款的比例很小，大部分是要偿还的贷款。调来水即使控制成本，水价还是在高位上，初算的结果可能比现在高一倍。要按全额成本计算价格，还要贵得多，群众用不起。如果不控制价格，无偿用水，更没有前途，等于工程白干。所以摆在面前的是个充满矛盾的巨大挑战，是个限制因素很大的工程。为了突破限制，必须对过去那种政企不分、责任不专的传统办法进行改革，必须有所创新。但是改革创新也不是一帆风顺的，要面临许多挑战。财务问题是最费脑筋的事情，技术难度大，很多预先估计不到。沿黄河引水单位很多，黄河究竟会变成什么样子，这又是生态方面的挑战。另外，还有社会阻力的挑战，会遇到许多的社会阻力。而且，补偿工程消耗还有个社会承受能力问题。这些都是挑战，但是不能不接受，要勇敢接受挑战。挑战是个机遇，它可以培养我们的战斗力和智慧，可以发展我们的事业和经验，逼得我们走创新之路。同志们都是勇敢的，敢于面对困难的，而且都是能够在困难面前拿出办法来的。我看到这一点，心里非常高兴。

2. 引黄工程经过接受挑战，打了一仗，取得了初战的成功。好就好在总体设计的思路是以市场原则为导向，许多问题用了市场的概念，放弃了原来的老概念。思维方式的变化，能够引出许多物质的、精神的新果实。我们国家正在部署一个创新体系，要制度创新，组织创新，技术创新。引黄工程可以看作是一个创新工程，可以说是中国水利建设走向创新之路的路标工程。我感到引黄工程已经初步走出政企不分、责任不专、效率低下、后遗问题过多的老路。主要表现如下：初设的目标体现了改革取向；投资到位和工程进度基本上保持一致；注意提高人力资本的价值，避免了官僚主义；有若干方面同国际接轨，这种接轨取得了世行专家的认可。这几条都是已经出现的成果。当然，引黄也开始遇到了违反合同等问题。所以要预先全面设防，不要轻信承诺，要有报警器。要很好地利用业主、监理、承包商三元制衡的机制。其实不仅经济上要三元化，政治组织上也应该有制衡和约束，要群众、社会、法律同时监督。现在要进一步把可能发生的问题估计到。解决这些问题，要有信息技术手段、报警手段、制衡手段，还要有追踪观察的手段。

3. 扩大战果，争取全胜。这方面集中到一点，就是努力创新。制度创新、组织创新、技术创新，这三者互相联系，互相依存，重要的前提就是知识创新。引黄要更多地依靠人力资本的投入，把水利工程变成一个知识工程。我们跟国际接轨，就是转移知识，把人家有关的知识转移过来，很好地消化。为此，必须做好这样几件事：1. 必须群策群力，大家都开动脑筋，发挥主动性、创造性，要收罗一批人才；2. 要拟订出学习计划，选一些项目，进行培训；3. 要很好地制定报酬激励制度；4. 要发展信息技术，把计算机网络搞好。引黄要达到最终目标，除了以水养水、以电养水、以煤养水，更重要的是要培养出一批人才、一支队伍。如果国家开发西线的南水北调工程，你们的这一套经验，将来会有用途。你们可以主动请缨。要扩大整个引黄的成果，向全流域的治理进军，心中要有一个大黄河、大流域的概念，不是光有山西的概念。

郭裕怀总指挥主持报告会。原省级老同志王庭栋、李修仁、霍泛和总指挥部、管理局、两大公司领导以及各部门的负责人听取报告。北京大学教授周其仁、宋国青、李九九也参加了会议。

## 国家计委批复关于山西太原引黄供水工程可行性研究报告

**1998 年 8 月 28 日**　国家计委以计投资〔1998〕1675 号文件向山西省计委下达关于山西太原引黄供水工程可行性研究报告的批复：

1. 原则同意所报黄河水源太原城市供水工程可行性研究报告。

2. 该工程建设规模确定为日供水 80 万吨，分两期实施。首期建设规模 40 万吨 / 日，争取在 2001 年建成投产；二期工程待首期工程建成后，酌情组织实施。

该工程从汾河水库取水，净水厂设在太原市北郊呼延村西侧。工程建设内容包括：净水厂一座，DN200～2200毫米配水管网158公里，加压站、水质监测、调度指挥中心等相关配套设施。土地按80万吨/日规模布局需要一次征用，土建工程及其他配套设施建设分期实施。

3. 该工程总投资23.07亿元（首期工程投资15.42亿元），其中利用日本海外协力基金“一般案件”贷款1.6亿美元，贷款本息由山西省负责偿还；国内配套资金9.79亿元中，中央财政预算内专项资金2400万元，地方财政预算内专项资金17000万元，开发银行贷款20000万元，其余部分由地方财政及地方专项建设资金解决。

4. 鉴于该工程分两期建设，必须按照实事求是、量力而行、节约资金和尽快发挥投资效益的原则，合理安排各阶段建设任务，落实建设资金，并避免投入资金的闲置浪费。尤其是利用国外资金要考虑工程分期实施的要求，进行合理安排。

5. 请按此进行工程初步设计工作。待各项建设条件落实后，将开工报告报我委审批。

该项目为可享受免征关税和进口环节增值税的项目。

## 国际Ⅱ、Ⅲ标全断面掘进机启动运行

**1998年11月7日** 国际Ⅱ标温岭南干6号洞出口的2号全断面掘进机于当日14时正式启动运行。全断面掘进机在洞外一边安装底部管片，一边向前滑行，到11月10日，机头已全部进入大埋涵，开始向掌子面推进。11月14日，国际Ⅲ标宁武头马营南干7号洞出口的4号全断面掘进机启动运行，到11月20日10时，主机头已经进洞。11月26日，南干7号洞进口的3号全断面掘进机启动运行，该机将从小狗儿涧支洞进入主洞。

由万龙联营体承建的国际Ⅱ、Ⅲ标，是引黄工程南干线最关键的工段。国际Ⅱ标的主要工程量是南干4号、5号、6号隧洞，总长47公里，由两台全断面掘进机从4号洞进口和6号洞出口相向开挖掘进。国际Ⅲ标主要工程为南干7号隧洞，长42.5公里，由两台全断面掘进机从进口处和出口处相向开挖掘进。这4台全断面掘进机，头马营的1台由法国NFM公司制造，其他3台由美国罗宾斯公司制造。主机直径4.88米，机体全长近300米。承包商从1997年9月1日，经过14个多月的进场筹建，经过全断面掘进机设备的设计、制造、调运、组装和调试等工作，3台正式投入生产。

全断面掘进机的启动运行标志着引黄工程南干线现代化机械施工的宏大局面已经展开。这是继英吉利海峡隧道集中使用11台全断面掘进机之后，在世界上又一次比较集中使用全断面掘进机施工的工程项目。

# 一九九九年

## 郭裕怀就国际Ⅱ、Ⅲ标进度、质量问题向DRB致函

1999年2月14日　引黄工程总指挥郭裕怀就国际Ⅱ、Ⅲ标进度、质量问题向争端审议委员会（DRB）主席哈里·费思特先生致函，表明了以下几点：

1. 自去年10月份以来，国际Ⅱ、Ⅲ标现场进展不顺，质量问题严重。为此，1月25日，总指挥部主持召开了神池会议，邀请国际承包商董事会代表、业主公司、监理公司负责人和有关高级专家出席，旨在表明我们对工程现状的严重关注，并要求改变工地无法令人满意的局面。这是由各方高层人士参加，为推动合同各方严格履约，确保工程质量和进度的高层会议。1月25日之后的现场情况表明，神池会议起到了应有的作用。国际Ⅱ、Ⅲ标出现了一些积极变化。

2. 2月11日至13日，业主召集CCPI/D2、BBV和国内专家举行了“技术论证会”，会议认为，国际Ⅱ、Ⅲ标出现的质量和进度问题是由于施工工艺及设备不符合要求，以及缺乏严格的质量管理措施而导致的。会议形成的结论随后送达。

3. 在2月22日至23日召开高层会议。我们不认为这一要求的含义是清楚的。DRB召开听证会，属于合同范围，我们将按国

际惯例执行。

同日，工程总公司总经理张振杰也就此事致函哈里·费思特先生，表明以下几点：

1. 我们正在致力于解决国际Ⅱ、Ⅲ标的问题。

2. 所有 DRB 听证会都应按照合同和 DRB 协议规定进行。我们建议，应在 DRB 不参加的情况下举行一次甲、乙双方的高层会议。如果双方能达成协议，DRB 将免于旅途辛劳，如达不成协议，双方可根据合同和协议规定，将争议提交 DRB。

3. 自 1 月 25 日神池会议以来，承包商的现场工作有一些改善，业主将尽全力为承包商创造一个良好的施工环境。

4. 2 月 11 日至 13 日，业主召集 CCPI/D2、BBV 和国内专家举行“技术论证会”，会议认为，国际Ⅱ、Ⅲ标出现的质量和进度问题是由于施工工艺及设备不符合要求，以及缺乏严格的质量管理而导致的。会议形成的结论随函附上。

基于以上四点，我们认为 DRB 的听证会应该推迟举行，并应严格按照合同和 DRB 协议执行。我们希望承包商积极改进现场工作，在 DRB 举行听证会之前，通过友好协商方式解决争议。

## 引黄总指挥部对国际Ⅱ、Ⅲ标施工质量问题作出重大决策

**1999 年 2 月 21 日** 引黄工程总指挥部在平鲁咨询公司驻地召开会议，宣布对国际Ⅱ、Ⅲ标的施工质量问题采取措施：管片安装不合格，不得继续向前推进。郭裕怀总指挥出席会议并作了

讲话，郑友三局长主持会议，引黄工程顾问周其仁教授作了讲话，咨询公司总经理李文芳宣布了总指挥部的决定和工程师的要求，工程总公司总经理张振杰和卫耕润副局长与会。

总指挥部决定：① 从2月22日8点开始，国际Ⅱ、Ⅲ标的TBM2和TBM4，如果有一环管片安装不合格，不得向前推进，现场监理可以当场驱逐不执行工程师指令者出场。TBM1和TBM3在三天的继续试验期满后，也要与TBM2、TBM4一同执行工程师指令。施工现场只允许出现安装、修复和研究安装工艺三种行为，不得停工。② 由李文芳约见万龙联营体项目经理扎法罗尼，要求其就不能集中精力在现场、不能执行工程师指令、不能有效协调万龙联营体三方关系和TBM2不能满足合同要求等问题作出答复。如答复不能令人满意，有可能被工程师宣布为不受欢迎的人，要求其总部换人。警告现场经理福格里，必须严格执行工程师指令，同时驱逐在现场辱骂、殴打中国劳务人员的外籍责任者。③ 请专家对TBM2进行诊断，并要求万龙联营体限期提交这台掘进机的有关翻新证明资料、使用合格证等，以确认其能否满足合同要求。④ 如万龙联营体拒绝执行工程师指令，管片安装始终不能达到合同要求，在《菲迪克条款》要求的期限内，考虑部分或全部中止合同。总指挥部同时要求：凡不坚决执行工程师指令的现场监理，不论新老引黄人，违犯一次就走人。

周其仁教授即席讲话，他说，现场监理要有足够的心理能量，要理智地、坚决地、毫不动摇地执行工程师指令，不合格不得前进。质量问题，就是要咬住不松口，咬到底！工地要有祥和的气氛，但这是在双方都执行合同的条件下才能实现的，我们要促使万龙联营体回到遵守合同的轨道上来。

郭裕怀告诫所有与会同志：今天的会也是一次培训会、动员会，是对业主，尤其是对监理最实际的考验和选择，考验你够格不够格，胜任不胜任。旁站监理要责任到人，寸步不让，咬住不放。总指挥部、管理局、业主公司要全力配合咨询公司，管理局机关的人员要到现场来体验，要接受这种现场培训，要研究怎么为一线服务。

## 胡富国就引黄工程国际Ⅱ、Ⅲ标现场情况和总指挥部“1·25”“2·21”会议采取的有关措施作出批示

**1999 年 2 月 23 日** 山西省委书记胡富国就引黄工程总指挥郭裕怀及引黄工程管理局局长郑友三、引黄工程总公司总经理张振杰、黄河水利咨询有限公司总经理李文芳等同志，于 2 月 22 日以书面形式汇报的引黄工程国际Ⅱ、Ⅲ标现场情况和引黄总指挥部“1·25”“2·21”会议采取的有关措施作出批示。批示全文如下：

非常赞同你们的意见，再次提醒我在引黄动员大会上的誓言，如工程质量有问题，造成漏水，我带头投河而死。如真出问题，你们的责任、下场如何，可想而知。总之，你们这种极端负责的精神，使我敬佩，敬佩！工作方法要讲究，更重要的是提高我们监理人员的素质。

## 工程师向万龙联营体下达停工令

1999年3月12日　工程师向国际Ⅱ、Ⅲ标承包商万龙联营体发出停工令。

## 引黄总指挥部向省委、省政府领导汇报工程进展情况

1999年3月30日　引黄工程总指挥部就国际Ⅱ、Ⅲ标工程进展情况及遇到的问题，向省委书记胡富国、省长孙文盛作了详细汇报。会议由引黄工程总指挥郭裕怀主持，省委秘书长武正国出席了汇报会。

引黄工程副总指挥、管理局局长郑友三代表总指挥部就工程建设情况，尤其是目前国际Ⅱ、Ⅲ标的施工现状、存在问题及对此所采取的一系列对策和措施情况，作了全面汇报。引黄工程顾问周其仁教授就国际Ⅱ、Ⅲ标问题及业主、工程师采取对策的实施过程，由此产生的影响、可能的后果等方面作了进一步分析汇报。副总指挥赵生荣等也分别在会上作了汇报发言。

郭裕怀同志强调：我们的态度和观点仍然是在确保质量这个大原则上决不让步。同时，我们也本着良好愿望，愿意在友好的气氛中进行合作。孙文盛省长说：对引黄同志们忘我的辛勤工作和对工程的高度责任心，一是非常理解，二是坚决支持。他说，质量第一，坚定不移；工程建设，进度要服从质量。胡富国书记说："我同意引黄总指挥部同志们的认识和采取的一系列措施。我们要加快提高与外国承包商打交道的水平，提高人员的素质，不

惜代价地培养人才，特别是省内的人才。”

汇报时在座的还有引黄工程管理局副局长牛辉林、王必胜等同志。

## 省领导会见 DRB 成员和世行古纳先生

**1999 年 4 月 2 日** 省委书记胡富国、省长孙文盛会见了 DRB 成员和世行古纳先生，并同他们进行了座谈。省委常委、秘书长武正国，省委办公厅主任李才旺，引黄管理局局长郑友三和引黄总指挥部顾问朱云祥接见时在座。

世行古纳先生是 4 月 1 日晚抵并的，与他同行的还有张泽祯、李晓凯两位先生。

古纳和朱云祥就引黄工程的管理体制、机构等问题谈了意见。DRB 成员就停工和他们提出的试验方案发表了意见。他们认为工程师下达停工令是正确的，但现在应该对他们提供的方案进行试验。

孙文盛省长谈了五点意见：一是省委、省政府对古纳先生的态度；二是我们的责任；三是关于这次会面的起因；四是关于现场指挥问题；五是我们的态度。孙文盛在讲话中再次表明了省委、省政府对工程质量的高度重视。

胡富国书记对业主和承包商的合作关系、设计与复工问题、引黄工程的体制、人员素质等发表了看法，他说：本质问题就是保证工程质量，这是解决问题的前提和目的。

4 月 2 日下午，引黄工程总指挥郭裕怀在山西大酒店会见了

DRB 成员。DRB 成员分别发表了考察现场后的意见。郭裕怀认为，DRB 提供的报告基本上是客观公正的，表示要响应 DRB 关于试验方案的建议，但要按照程序进行。

会见结束后，DRB 成员与引黄工程总指挥部举行了会谈。引黄工程总指挥郭裕怀，副总指挥郑友三、姜凯、刘劲军等，引黄工程管理局副局长牛辉林、卫耕润，工程总公司总经理张振杰及承包商、天津设计院的负责人，CCPI 的专家等参加了会议。世行古纳、张泽祯、李晓凯等在座。会谈中，DRB 成员认为，承包商指出止水条的设计存在问题，是有理由的，并要求尽快开始试验和发出复工的指令。业主和天津设计院方面认为，没有充分理由说明质量问题就是止水条的设计造成的。承包商进场后，在合同执行、质量控制、设备等方面存在问题，不能不说是造成质量问题的原因。同意对 DRB 提供的方案进行试验，但要严格按程序进行。

## 工程师向万龙联营体发出复工令

**1999 年 4 月 3 日和 5 日** 国际Ⅱ、Ⅲ标工程师代表李文芳相继发出指令，要求 4 台 TBM 掘进机开始掘进，店湾、温岭管片厂恢复生产。至此，从 3 月 12 日停工的国际Ⅱ、Ⅲ标工地全面复工。

## 引黄总指挥部通报国际Ⅱ、Ⅲ标复工后的施工情况

**1999 年 4 月 18 日** 引黄工程总指挥部在太原召开办公会。郭裕怀总指挥主持会议，副总指挥郑友三、姜凯、刘劲军等，管理局副局长牛辉林、王必胜、卫耕润、李德奎、卫亚林等参加了会议。

会议通报了国际Ⅱ、Ⅲ标复工后的施工情况，认为施工进度加快，施工质量明显提高。会议还听取了对DRB提供的方案进行试验的准备情况，安排了当前的工作。郭裕怀在讲话中要求，要继续鼓舞士气，精诚团结，集中精力，全面推进工程；要持续地讲吃苦精神，讲责任到位、认真负责的精神。他还对施工现场、招标工作、财务工作等提出了要求。

## 省政府和水利部批复引黄一期工程初步设计

**1999年4月27日** 水利部、山西省人民政府根据国家计委计农经〔1993〕250号、〔1997〕31号、〔1997〕33号文件精神和水利部水电规划设计总院、山西省计委历次有关引黄工程初步设计的审查意见，以晋政函〔1999〕49号文件批复了引黄入晋一期工程初步设计。主要批复内容如下：

一、原则同意水利部天津水利水电勘测设计院和水利部山西水利水电勘测设计院共同编制的引黄一期工程初步设计及内外资概算。二、引黄一期工程设泵站5座，其中，总干3座，南干2座，共装机15台，单机引水流量均为6.45立方米/秒。总干三级泵站单机容量为6000千瓦，其余各泵站单机容量均为1.2万千瓦。三、按《山西省万家寨引黄一期工程内外资概算审查意见》，引黄一期工程内外资总概算126.15亿元。考虑到住房制度改革的实际和全线自动化系统补充初步设计审查意见，同意总投资调整为124.78亿元，总干线41.23亿元，南干线46.75亿元，联接段26.99亿元，输变电工程2.56亿元，全线自动化5.58亿元，水机构及环境管理1.67亿元，其中静态投资111.08亿元。四、资金来源：外资4.3亿美元，其余由山西省筹措解决。

## 引黄总指挥部检查国际Ⅱ、Ⅲ标施工质量

**1999年4月27日至28日** 引黄工程总指挥郭裕怀，副总指挥郑友三、姜凯、刘劲军等，工程管理局副局长王必胜、卫耕润及工程总公司总经理张振杰、咨询公司总经理李文芳等赴国际Ⅱ、Ⅲ标工地进行了现场检查。他们先后查看了位于头马营、温岭、小狗儿涧和西坪沟的隧洞以及南干二级泵站。

27日晚，郭裕怀、郑友三等与国际Ⅱ、Ⅲ标承包商负责人扎法罗尼、福格里等进行了会谈，双方共同签署了要求DRB推迟听证的函件，互相介绍了双方专家工作组成员，并宣布工作组启动。扎法罗尼请求中方原谅其前一阶段的某些做法，业主方面表示可以理解。双方共同认为承包商与工程师的现场人员应互相尊重，互相信任，形成良好合作的气氛。

会谈中，扎法罗尼表示：愿意尽最大的努力，以最好的质量，在最短的时间内完成这项工程，令业主满意，并最终为山西人民的利益作出贡献。国际Ⅱ、Ⅲ标工程师代表李文芳说：目前，国际Ⅱ、Ⅲ标进度加快，质量提高，这是合同各方共同努力的结果，但在工程中还存在着不尽如人意的地方，希望承包商能采取更积极的措施，达到合同要求。工程师会按照诚实守信的原则，做好工作。郭裕怀说：看了国际Ⅱ、Ⅲ标目前的现场，很高兴。施工质量明显提高，正朝着我们希望的方向发展。要珍惜这种势头，

发展这种势头。要沟通好，互相理解，创造友好的合作气氛。

## 邹家华视察引黄工程

1999 年 5 月 14 日　全国人大常委会副委员长邹家华在引黄工地视察。省长孙文盛，省政协主席、引黄工程总指挥郭裕怀，省委常委、秘书长武正国，省人大常委会副主任姚新章，副省长、引黄工程常务副总指挥杜五安，引黄工程副总指挥、管理局局长郑友三，以及有关地、市、县领导陪同检查。邹家华副委员长先后视察了枢纽大坝、发电厂房和总干一级泵站。

邹家华一行来到枢纽大坝，看到库区的水上有许多漂浮物，他说，“黄河水怎么变成了这个样子，太可惜了，太可怜了，垃圾这么多。应该让水库上游的县、乡领导来看看库区的水污染，要从上游管理水污染，要让他们参加管理，还必须有支队伍专门检查这件事。”他还说，“库区的水是引水水源，不能有游船，不能搞旅游业，要保证库区的水不受污染。”视察枢纽大坝、发电厂房后，邹家华副委员长来到引黄工程总干一级泵站，听取了工程的进展情况，询问了外国承包商奥中联营体、万龙联营体与中方的合作情况。他说，“希望你们能交出一个合格的工程，一是确保质量，二是如期完工，三是不超概算。最重要的是质量，这三条你们要是有一条做不到，那么你们的信誉在中国就会受到影响，因为这个工程是很重要的工程，关系到山西、内蒙古两个很重要省、区的经济发展。如果质量出现问题，影响了供水、供电这两个主要功能，就影响了两个省、区的经济发展，也影响中国的经济发展，中央对这个工程是很重视的。”

省长孙文盛对承包商奥中联营体的负责人说：“邹家华副委员长三次来引黄工地，1993年、1996年、1999年，这说明了中央政府和山西省委、省政府对这个工程是十分关注的。希望你们把邹家华副委员长这次来工地视察告诉你们总部，希望你们的总部能够重视，将来能给山西交一个保证质量、如期通水、长期稳定运行、令山西人民满意的工程，那么你们的信誉就会大大提高。”

## 朱镕基对《国家计委关于山西省引黄入晋一期工程举报问题的调查报告》作重要批示

**1999年8月10日** 国务院总理朱镕基就《国家计委关于山西省引黄入晋一期工程举报问题的调查报告》，向中共山西省委、省人民政府和水利部的主要领导同志作出重要批示：问题严重，本应通报全国，鉴于工程尚未建成，责任人均已调任，请你们认真整改、查处，汲取教训，减少损失。

根据国务院领导的指示，由国家计委、水利部和山西省人民政府组成的联合调查组，于5月24日至7月15日，对引黄入晋工程建设中存在的问题进行调查核实。调查结束后，他们与水利部、山西省政府就调查结果交换了意见。

通过调查发现，项目存在的主要问题如下：

1. 前期工作不足，决策上有失误。由于该项目边勘测，边设计，边施工，边改变方案，边审批，带来了以下严重问题：初步设计概算超可行性研究报告投资严重；沿用传统的建设模式，贪大图全；盲目决策造成直接经济损失近9000万元，主要是南干改线造成已开工的四个支洞被迫废弃，进口的掘进机长期搁置不用等。

2. 工程质量存在严重问题：主要是总干6、7、8号隧洞衬砌的管片错台普遍超标，有些洞段纵坡超差严重，9号洞底拱砼浇筑质量差，伸缩缝施工不规范，橡胶止水带不合格，正在施工的南干4、5、6、7号洞，模具大部分不合格，生产的管片合格率低。

3. 用工程建设资金办实体、搞经营，进行长期投资和贷款。几年来分别在太原、北京注册了5个经营性公司，兴办了4个企业实体，已造成亏损813万元。将建设资金违规借出和未经批准设立基金，进行计划外投资和贷款。

4. 投资控制不严，建设单位管理费失控。主要问题是非生产性房屋设施存在房屋闲置多，已购建的房屋设施多，规划建设的房屋设施多，购置高档小汽车偏多，工资福利待遇较高，建设单位管理费失控等。

5. 管理体制政企不分，机构重叠。按照《引黄工程体制改革大纲》，实行总指挥部领导下的管理局、工程总公司、咨询总公司单位分工负责制。工程总公司是建设期的业主，负责工程建设的组织和实施，与监理、承包商等单位签订合同，不能真正形成项目法人的职能。咨询总公司由指挥部赋予了它超出正常监理单位的职能，即承担了部分业主的职能。下属单位也存在机构重叠和职能交叉的问题。

调查报告最后提出了几点建议：1. 改革现有引黄工程建设管

理体制，完善项目法人责任制；2. 强化施工质量管理，杜绝工程质量隐患；3. 在修改定员的基础上重新拟定和规划非生产性房屋建设；4. 严禁用工程建设资金搞经营；5. 严格控制工程建设成本、杜绝铺张浪费等。

## 引黄管理局向省政府报告贯彻落实朱镕基总理批示精神并进行整改的情况

**1999 年 12 月 23 日** 引黄工程管理局向山西省政府报送了关于贯彻落实朱镕基总理对《国家计委关于山西省引黄入晋一期工程举报问题的调查报告》(以下简称《报告》) 批示精神的整改情况报告。

《报告》称，根据朱镕基总理的重要批示精神，引黄系统从今年 7 月中旬起，就对国家计委、水利部联合调查组提出的意见和建议开始进行清理整顿工作，特别是 12 月 4 日省委、省政府宣布任命新的领导班子后，进一步深化和加大整改工作的力度，目前的整改情况如下：

1. 改革引黄工程现有建管体制，完善项目法人制度。10 月 12 日省委常委会议决定成立省政府引黄入晋领导小组，12 月 4 日，省委、省政府宣布撤销总指挥部，管理局并入引黄工程总公司，一套人马、两块牌子。这一变动充分体现了政企分开和统一、精简、效能的原则。随后又全面整顿引黄工程监理队伍，已确定工程总公司一名副总经理兼任咨询总公司总经理职务。全面落实项目法人责任制。

2. 强化施工质量管理，杜绝工程质量隐患。由水利厅组织 19 名专家，从 11 月 26 日至 12 月 7 日对引黄工程进行了一次全面质量检查。检查结果认为，已建工程质量基本上是好的，但也存在一些工程质量问题，并提出了相应建议。据此，总公司针对质量缺陷，责令承包商按照要求，限期修复，加强了对已完工程的验收工作，落实监理责任，明确质量责任制。由总公司负责筹备成立技术委员会，对工程实施过程中出现的重大质量技术问题进行研究，提出处理方案，确保 2000 年年底前修复。

3. 在修改定员的基础上重新拟定和规划非生产性房建。重新提出的定员编制方案已上报省计委审查。

4. 严禁用工程建设资金搞经营。在现行体制中引黄工程参股建设、长期贷款和借款的投资从引黄建设项目中全部划出，组建新的经济实体作为独立项目管理，确保保值、增值。对引黄系统所办其他经营实体的资产和债权、债务进行彻底清理，与业主彻底脱钩，要在 2000 年年底前收回投资。

5. 严格控制工程成本，杜绝铺张浪费。压缩了下半年的管理费支出，引黄系统的所有单位一律停止增购小汽车，并从 2000 年 2 月开始，全面整顿公司财务。

6. 积极配合国家审计署对引黄工程的年度审计，确保资金的高效使用。

# 后 记

经过三年的策划、组稿、编辑，《引黄入晋工程回望》即将正式付梓。

本书的面世，要感谢集团公司党委的支持。他们不仅高度肯定编纂此书的意义，而且在内容取舍、体例确立等方面给出了具体意见。集团公司党委书记、董事长樊安顺亲自担任编委会主任，亲自参与策划、组稿等工作，保证了本书编纂工作的顺利推进。

在此还要感谢郑友三、王东科、王必胜等数十位本书的作者。他们其中有几位已经退休，但仍然不辞辛劳，应邀为本书撰稿。在紧张的出书时间内，他们数易其稿，反复核对数据、史实，提供第一手资料，确保了书稿的真实性和史料性价值。

本书还得到了朱嘉明教授的鼎力支持。作为著名经济学家，他百务缠身，但依然对本书进行了认真审读，提出了不少具体修改意见，并欣然为本书作序。

最后感谢原山西省万家寨引黄工程总指挥、山西省政协主席郭裕怀。他是引黄事业的奠基者、推动者、建设者。同对引黄事业的一贯关心和支持一样，他对本书的出版一如既往给予了很大的关心。他不仅对本书内容亲自把关，甚至还主动参与组稿、作序等具体工作，体现了一名老共产党人无私、忘我、一心为公的情怀。

一本书的编辑出版是一项系统的工程，对参与本书编辑工作、资料收集工作给予过大力支持的集团公司档案管理部、人力资源部同志及所有参与本书编撰的人员，在此一并致谢。

《引黄入晋工程回望》编委会

2019 年 11 月 26 日

**图书在版编目（CIP）数据**

引黄入晋工程回望 /《引黄入晋工程回望》编委会编 . —北京：
东方出版社，2020.7
ISBN 978-7-5207-1553-9

Ⅰ . ①引…　Ⅱ . ①引…　Ⅲ . ①纪实文学—作品集—中国—当代
Ⅳ . ① I25

中国版本图书馆 CIP 数据核字（2020）第 095144 号

**引黄入晋工程回望**
（YINHUANGRUJIN GONGCHENG HUIWANG）

---

**作　　者：**《引黄入晋工程回望》编委会
**责任编辑：**张凌云
**出　　版：**东方出版社
**发　　行：**人民东方出版传媒有限公司
**地　　址：**北京市朝阳区西坝河北里 51 号
**邮　　编：**100028
**印　　刷：**北京汇瑞嘉合文化发展有限公司
**版　　次：**2020 年 7 月第 1 版
**印　　次：**2020 年 7 月第 1 次印刷
**开　　本：**710 毫米 ×1000 毫米　1/16
**印　　张：**33.75
**字　　数：**300 千字
**书　　号：**ISBN 978-7-5207-1553-9
**定　　价：**74.00 元
**发行电话：**（010）85924663　85924644　85924641

---



**如有印装质量问题，请拨打电话：（010）85924728**